D0374933

Elogios para *Beso*

«Una obra perfecta, repleta de romance, política, escándalos y suspense ininterrumpido».

Laura Wilkinson, saltadora olímpica
ganadora de la medalla de oro

«...no menos vertiginosa que la prosa del autor en solitario ganador del *Christy Award*, sino también más apasionante según nos vamos adentrando en la vida de una mujer con unas relaciones familiares retorcidas y dolorosas...»

Publishers Weekly

«Dekker y Healy forman un gran equipo para crear un astuto suspense redentor. *Beso* te embelesa las emociones y es intelectualmente fascinante: no te lo pierdas».

Lisa T. Bergren, autora de *The Blessed*

«El cerebro humano podría ser considerado como la auténtica última frontera; sabemos muy poco acerca de él y aun así hace funcionar el mundo tal y como lo conocemos. Así que cuando escritores como Erin y Ted exploran esas regiones misteriosas, yendo hacia lugares complicados como la memoria, el alma y las relaciones, me siento enganchada. La creatividad de esta historia de suspense casi seguro que también enganchará a otros lectores. ¡Realmente memorable!»

Melody Carlson, autora de *Finding Alice*
y *The Other Side of Darkness*

«Dekker y Healy demuestran ser un gran equipo en este *thriller* imaginativo e intrigante».

James Scott Bell,
escritor superventas de *Try Darkness*

«*Beso*, de Erin Healy y Ted Dekker, es un *thriller* espléndido que me cautivó desde la primera frase. Esa trama tan original me dejó intrigado, y es posible que nunca vuelva a ver un beso de la misma manera. ¡Estoy esperando el siguiente libro!»

Colleen Coble,
autora de *Cry in the Night*

«El equipo de escritores formado por Erin Healy y Ted Dekker me han llevado a través de un libro verdaderamente absorbente con *Beso*. Es uno de esos libros en los que sigues pensando cuando no lo estás leyendo. Lo recomiendo encarecidamente, sobre todo si no te importa quedarte despierto hasta tarde porque no puedes cerrar el libro».

Rene Gutteridge, autora de *Skid*
y *My Life as a Doormat*

«...pura evasión con una verdad inevitable. La historia es absorbente, preciosamente trazada, y muy bien narrada».

Titletrakk

beso

TED DEKKER
Y ERIN HEALY

GRUPO NELSON
Una división de Thomas Nelson Publishers
Desde 1798

NASHVILLE   DALLAS   MÉXICO DF.   RÍO DE JANEIRO

Publicado en Nashville, Tennessee, Estados Unidos de América.
Grupo Nelson, Inc. es una subsidiaria que pertenece completamente a Thomas Nelson, Inc.
Grupo Nelson es una marca registrada de Thomas Nelson, Inc.
www.gruponelson.com

Título en inglés: *Kiss*
© 2008 por Ted Dekker y Erin Healy
Publicado por Thomas Nelson, Inc.
Publicado en asociación con Creative Trust, Inc.,
5141 Virginia Way, Suite 320, Brentwood, TN 37027.

Editora General: *Graciela Lelli*
Traducción y adaptación del diseño al español: *Ediciones Noufront, www.produccioneditorial.com*

Los títulos de Thomas Nelson Inc. pueden adquirirse al por mayor para usos docentes, comerciales, para recaudar fondos o para ventas promocionales. Para más información, por favor contacten con SpecialMarkets@ThomasNelson.com.

A menos que se indique lo contrario, todos los textos bíblicos han sido tomados de la Santa Biblia, versión Reina-Valera 1960.
©1960 por Sociedades Bíblicas en América Latina,
©renovado 1988 por Sociedades Bíblicas Unidas.
Usados con permiso.

Nota del editor: Esta novela es una obra de ficción. Los nombres, personajes, lugares o episodios son producto de la imaginación de los autores y se usan ficticiamente.
Todos los personajes son ficticios, cualquier parecido con personas vivas o muertas es pura coincidencia.

ISBN: 978-1-60255-390-3

Impreso en Estados Unidos de América
10 11 12 13 14 WCF 9 8 7 6 5 4 3 2 1

Mima tu historia, ¿quién más podría?
Promete que volverás más tarde.

JEREDITH MERRIN, *FAMILY REUNION*

Y acuérdate de que fuiste siervo en Egipto...

DEUTERONOMIO 16.12

prólogo

La vista desde la ventana de mi terapeuta es normal y corriente. Cuatro pisos más abajo, el asfalto del aparcamiento se ondula bajo las olas del calor abrasador del verano de Texas. Permanezco aquí frente a este paisaje porque es más fácil que mirar a los dos hombres que están en el despacho detrás de mí. Ahí está mi apreciado Dr. Ayers, el espíritu más sabio que he encontrado jamás. Debe tener unos ochenta años, a juzgar por su arrugada piel del color del chocolate y su cabellera blanca como el algodón, aunque sea tan ágil como un quinceañero. Mi querido hermano, Rudy, también está aquí. Él me ha mantenido atada a mi cordura y debe haberse ganado la santidad con ello.

Rudy viene a estas sesiones porque sabe que le necesito.

Vengo (igual que he estado viniendo durante semanas) porque estoy intentando dejar mi pasado atrás.

Pero hoy estoy aquí porque esta noche veré a mi padre por primera vez en cinco meses. En el mejor de los casos, mis encuentros con Landon son bastante difíciles. Siempre terminan igual, con los ánimos encendidos, palabras ásperas y heridas abiertas. Pero esta noche debo hacer frente a Landon. No sobre mi pasado, sino sobre su futuro.

Sí, he llamado a mi padre por su nombre de pila. La distancia que eso crea entre nosotros me ayuda a aliviar mi dolor.

—Así que tu dilema —dice el doctor Ayers detrás de mí— es que temes que las consecuencias de enfrentarte a él sean peores que las de permanecer en silencio.

Asiento al cristal de la ventana.

—Por supuesto, preferiría evitarlo todo. Incluso Rudy piensa que debería esperar hasta que supiese... más. Pero si estoy en lo cierto, y no me defiendo ahora... ¿Por qué estoy aquí? He hecho una montaña de un grano de arena y estoy haciéndole perder el tiempo a todo el mundo. Debo dejar esto atrás—.

Probablemente Landon no quiera siquiera escucharme. No de la manera en que él te escucha a ti, Rude.

—También te escucha a ti —dice Rudy. Él siempre ve el lado positivo.

La verdad es que Landon no me escucha. Sin embargo, Rudy, subdirector de la campaña electoral del senador Landon McAllister para la presidencia de Estados Unidos, sigue los pasos del hombre y de esa manera obtiene toda su atención. Además, Rudy no se parece en nada a nuestra madre, no como yo. Mamá era una preciosa belleza guatemalteca con la tez del color del café. Yo heredé su personalidad y su aspecto desde el día en que comenzó a crecerme esta oscura y gruesa melena negra. Aún hoy llevo el pelo corto y suelto, como ella hacía. Tengo su cuerpo alargado, sus grandes zancadas, su risa.

Contra todo pronóstico, los recesivos genes irlandeses de nuestro padre ganaron la batalla genética con Rudy. En cuanto a mí, siempre he creído que a mi padre le resulta penoso mirarme.

—Y no creo que ella deba restarle importancia —dice Rudy al terapeuta—. Creo que Shauna debe andar con mucho cuidado. Hay que intentar no agotar todas las posibilidades con papá, si se puede evitar. Si ella tiene razón, que Dios nos ayude.

Al final me giro para mirar a mi hermano.

—No es mi propósito acabar con nada, Rudy, aunque nunca llegue a tener lo que tú tienes con Landon.

Esta verdad me duele más que la de aquello que he descubierto. Y eso que he descubierto, aunque en parte sea posible, es monstruoso.

El dolor de cabeza por la tensión acumulada que comenzó arriba del todo de mi columna extiende sus dedos hacia mi nuca. Es posible que el malestar que siento ahora mismo surja de donde yo sospecho, o tal vez tenga su raíz en mi certeza de que él volverá a rechazarme esta noche.

Sí, estoy casi segura de que tengo náuseas por la posibilidad de otro rechazo.

Nunca olvidaré la primera vez que mi padre me dio la espalda, aunque la segunda vez fue aún más dolorosa, y aunque todas las veces desde entonces se han unido para provocarme un terrible y punzante dolor de cabeza.

Rudy fue la causa involuntaria del primer abandono de Landon. Mi hermano vino al mundo cuando yo tenía siete años, y nuestra madre murió diecinueve minutos después de dar a luz. Recuerdo que se me cortó la respiración cuando escuché que ella se había ido. Sinceramente, pensé que a lo mejor me había muerto yo también aquellas pocas horas, mi madre y yo, ambas muertas el mismo día por culpa del bebé.

Mi padre dijo que era culpa de Dios, aunque parecía que me culpaba a mí de la muerte de mamá. Supongo que yo era el blanco más fácil.

Después de que el médico nos comunicase la desoladora noticia, mi padre se apartó mascullando algo acerca de mi tío y se llevó a Rudy fuera del hospital sin mí. El tío Trent me encontró dos horas después, escondida detrás de un sillón de la sala de espera.

La verdad no solamente hiere, sino que avergüenza: en aquel momento deseé que Rudy estuviera muerto. El día que estuve junto al ataúd de mamá me pregunté qué le pasaría a Rudy si apretase su pequeña carita contra aquella suave manta de color azul. Deseaba que el equilibrio del universo estuviera dispuesto a devolverme a mamá.

Me llevó sólo una noche comprender que el corazón de Rudy había sido destrozado en más pedazos que el mío propio. Las lágrimas que lloré por mamá venían de un pozo que no podía secarse. Aquella noche le di un biberón de leche tibia y me lo llevé a mi cama, prometiendo que guardaría viva la memoria de mamá en aquel niño pequeño que nunca la conocería.

Ahora tengo veintiocho años, y he tardado en darme cuenta de que las heridas del rechazo no se curan con el tiempo. Se abren de nuevo al menor toque, tan profundas como la primera vez que fueron infligidas. El dolor es tan real como una riada de las que irrumpen en la estación húmeda aquí en Austin, incontenible e imparable.

El dolor, incluso cuando consigo entumecerlo con éxito, me ha mantenido alejada de la gente y de Dios. De vez en cuando me paro a pensar en lo irónico de todo eso: cómo fue que el Dios de mi madre, que una vez me pareció tan real y confortante, se las arreglara para morir cuando ella lo hizo.

Demasiadas muertes en una sola noche.

Y aquí estoy yo, esperando de nuevo a una de estas noches. La muerte de la esperanza. Durante gran parte de mi vida, el odio hacia mi padre y la esperanza de conseguir su cariño han llevado una coexistencia estresante en el interior de mis costillas.

Estoy llorando y ni siquiera me he dado cuenta de cuando he empezado.

La voz del doctor Ayers es dulce:

—¿Crees que tu padre está relacionado con este asunto que estás investigando?

La pregunta que se esconde detrás de esta pregunta apuñala el poco espacio sensible de amor por Landon que aún conservo. *¿Crees que tu padre es culpable de algo más aparte de hacerte daño? ¿Te importa más la verdad o el pasado?*

De alguna manera, me importan ambos. ¿Acaso es eso posible?

—Creo que es capaz. Más que eso... —me sorbo la nariz—. No lo sé aún. Es muy pronto, aunque en algún momento lo sabré. Muy pronto.

El doctor Ayers se recuesta sobre su sillón de cuero y entrecruza las arrugadas manos sobre su delgado estómago.

—Cuéntame: ¿qué quieres conseguir con este enfrentamiento?

Me asaltan muchas posibles respuestas. Quiero estar equivocada, de hecho. Quiero que Landon me cuente que ninguna de mis sospechas es verdad. Quiero que mi padre me asegure que no tengo nada de lo que preocuparme, que él es un hombre íntegro que nunca haría nada tan estúpido ni tan dañino. Nada como lo que ha hecho.

Los ojos de Rudy bordean mi cabeza, y la verdad de lo que realmente quiero me golpea en el estómago. Camino hacia mi silla y me siento.

—Quiero derribarlo —digo después de pensármelo un momento—. Quiero que sepa cómo te hace sentir la traición. Quiero recuperarlo.

Mis lágrimas se vuelven sollozos. No puedo evitarlo. No puedo parar.

Rudy pone su mano en mi rodilla. No para rogar que deje de llorar, sino para recordarme que él está a mi lado.

El odio hacia mi padre no se convirtió en parte de mi vida hasta la segunda ocasión en la que me dio la espalda.

Yo tenía once años. Patrice había sido mi madrastra durante tres días cuando asumió mi educación, con el permiso de Landon. Había reclamado a Rudy, y me tuvo a mí.

Su manera de educarme, si se le puede llamar eso, incluía encerrarme en armarios y quemar los álbumes de recortes que mi madre me había hecho, y negarse a alimentarme más de un día entero. Según me hacía mayor, dejé de tratar de encontrarle sentido a aquel comportamiento y sencillamente me volví más desafiante. Ella respondía gradualmente con medidas más extremas. No escondíamos nuestro rencor mutuo.

Sospecho que también le recordaba a mi madre.

Sin embargo, cuando se volvió suficientemente descarada como para pegarme y quemarme, me derrumbé y se lo conté a Landon. Le mostré las quemaduras triangulares del interior de mi brazo derecho, causadas por la plancha de Patricia como castigo por no sacar mi ropa limpia de la secadora antes de que se arrugase.

Landon me entregó un tubo de pomada y se dio la vuelta, diciendo:

—Si alguna vez llegas tan lejos como para mentir sobre mi mujer de nuevo, yo mismo te curaré eso. Y no te gustará.

Mi mujer. Él siempre llamaba a mamá *mi amor.*

El doctor Ayers no hace ningún intento por calmarme. Antes ha dicho que llorar es el mejor bálsamo. Al final, hurgo en mi mente para encontrar las palabras que justifiquen lo que acabo de decir.

—Si Landon paga por lo que ha hecho, le pondré fin.

—¿A qué? —dice el doctor Ayers.

—A mi pasado.

Se toma unos minutos para responder. Rudy saca de la nada un pañuelo e intento recomponerme.

—Así que dices que bloquear tu acceso al pasado es lo que necesitas para continuar con tu vida.

Hay algo más que un intento de claridad en el tono del doctor Ayers (tal vez un desafío).

—Sí —me sueno la nariz con el pañuelo—. Eso es exactamente lo que digo. Quiero dejar atrás mi pasado.

—Causándole a tu padre aquello que él te ha causado a ti. Traicionándolo, dices.

—No. Forzándole a que me recuerde.

—¡Ah! Ya veo. Así que cuando él te recuerde tú habrás conseguido tu objetivo y podrás olvidar tu pasado.

Sus palabras me llenaron de confusión. De la manera en que él lo decía parecía que estuviese totalmente equivocada. Pero en mi cabeza mi objetivo está (estaba) claro. ¿No es así como funciona? ¿Superar el pasado, conseguir justicia, hacer que el dolor desaparezca?

—Algo así —digo.

El doctor Ayers asiente con la cabeza, lo ve todo mucho más claro ahora. Se levanta y da la vuelta al escritorio, se apoya en la parte de delante y se inclina hacia mí.

El doctor alarga su vieja mano y la apoya en mi hombro.

—¿Te importaría que te diese una teoría alternativa para que la considerases?

Francamente, no lo sé.

El doctor Ayers se incorpora:

—Es posible que tu plan sólo consiga hundirte más aún en el dolor de tu pasado, no separarte de él.

Mi confusión aumenta.

—¿Entonces, cómo sugieres que deje mi pasado atrás?

—Ya está detrás de ti, cariño. Y ahí será donde se quede para siempre. No puedes hacer que desaparezca...

—Pero quiero que lo haga. Y creo que puedo hacerlo.

—¿Causando más dolor? Esas matemáticas no son lógicas.

—Pero, simplemente, ¡no puedo ignorarlo!

—No, eso es verdad.

—Pero opinas que no debería enfrentarme a Landon.

—Oh, no estoy juzgando lo que debas hacer, Shauna. Solamente hablo de tus motivaciones. ¿Qué es lo que realmente quieres?

—*Olvidar.* Quiero olvidar cada pequeño y punzante detalle provocado por personas que se suponía que me *querían.* Quiero que alguien saque estos recuerdos de mí.

El doctor Ayers me apunta con el dedo, sonriendo.

—Yo me sentí así una vez.

Respiro hondo, tranquilizándome.

—¿Sabes que era reverendo antes de empezar a ayudar a la gente aquí? —señala su modesta oficina—. Un tipo de pastor diferente, pero no por ello menos valioso. Expulsado de mi púlpito por unos tipos que decían que amaban a Dios, pero que odiaban a sus hijos negros. Pasé muchos años sintiéndome como tú te sientes ahora, creyendo que si lo miraba con suficiente perspectiva encontraría la manera de borrarlos a ambos, la plaga de mi memoria y la apestosa gente a la que creía responsable de mi dolor. —Se inclina de nuevo hacia mí, usurpando mi espacio—. Pero descubrí algo mejor. Shauna, tu historia pasada no es menos importante para tu supervivencia que tu habilidad para respirar. Al final, solamente puedes decidir entre saturar tus recuerdos con dolor o con perspectiva. Olvidar no es una opción. Te estoy diciendo la verdad: el dolor no es el plan que tiene Dios para tu vida. Es una realidad, pero no es parte de ese plan.

Exhalo.

—Ahora mismo Dios y yo no estamos en situación de hablar. Y menos aún sobre sus planes para mi vida.

—Dolor o perspectiva, Shauna. Eso es todo lo que tienes bajo tu control.

Dejo caer la cabeza entre mis manos, estando ahora más segura que nunca de que absolutamente nada está bajo mi control.

A pesar de la advertencia del doctor Ayers, decidí hablar con Landon aquella misma noche. Sin reparar en las consecuencias (un final para mí o más dolor para él), esperaba que la verdad contase para algo.

En vez de eso, cuando llegó el momento, tropecé sobre mis propias palabras. Landon se creía muy listo y llevaba ventaja desde el principio. En vez de mantenerme firme, me ofendí por algo que él dijo. No puedo recordarlo ahora con exactitud, algo acerca de que el mundo es de los hombres, y cuando intenté encauzarlo de nuevo me echó por tierra con un par de malas palabras.

Así que aquí estoy una vez más, conduciendo a toda velocidad, de noche, por una carretera mojada, huyendo de otra pelea con Landon. Y como ha hecho tantas otras veces, Rudy me ha acompañado para calmar mi temperamento explosivo. Sonríe ligeramente mientras yo despotrico. Algunas veces creo que me encuentra entretenida.

El zumbido de los neumáticos besando el asfalto mojado me suaviza el ánimo.

—No sé por qué le he dejado que se volviese contra mí así, Rudy.

—Te has manejado bien. Pensaba que habías mostrado mucho autocontrol.

—Pero no el suficiente.

—De acuerdo, no el suficiente.

La verdad no hace que Rudy se inmute. Mi coche va cuesta abajo hacia un puente que lleva al este de Austin.

—En el fondo, papá se preocupa por ti, tú lo sabes.

Miro a Rudy. No, no lo sabía. Al igual que él tampoco sabe de mi terror a la plancha de Patrice. Se lo conté al doctor Ayers, pero no a Rudy. Él y Patrice se llevan bastante bien.

—¿Y por qué cosas se preocupa?

¿Por la relativa inseguridad de mi pequeño coche? ¿Por la salud de mi corazón?

Mi corazón está aún más magullado que la piel detrás de mis brazos.

Así que, ¿por qué nunca he dejado de esperar? Deseando solamente que Landon...

—¡Cuidado!

El grito de Rudy llega en el mismo momento en que las luces de otro vehículo me deslumbran. Todo pasa tan rápido que no tengo tiempo siquiera para pensar si girar el volante o parar.

Se escucha un claxon, unas voces gritan, y luego el terrible sonido del metal haciéndose pedazos contra el metal.

Papá...

Es la última súplica de ayuda que inunda mi mente antes de que el mundo acabe.

Se cambió el móvil de oreja y miraba fijamente la entrada del hospital a través de la ventanilla de su coche. Las luces del aparcamiento estaban todavía encendidas, aunque el amanecer había irrumpido en el horizonte detrás de él.

—Ha estado en quirófano seis horas —dijo—. Hemorragia interna.

—¿Dónde está ella *ahora*?

—En una habitación privada.

—Pero todavía está en coma, ¿no?

—Sí.

Era irónico que Shauna McAllister hubiera esquivado la muerte para acabar en coma.

—Fácilmente puedo llegar ahora hasta ella. Estará muerta en una hora.

—No. Cambio de planes. Nuestras manos están atadas. Te lo explicaré más tarde, pero por ahora es mejor que permanezca con vida.

—Ella es un riesgo demasiado grande como para...

—¿Cuál es su pronóstico?

—Demasiado pronto para saberlo. Puede quedarse en coma tanto un día como un año.

—O para siempre. Incluso si se recupera tendrá daño cerebral.

—Sí, es posible.

—Así que por ahora que permanezca con vida. No es una amenaza mientras esté inconsciente.

—¿Y cuando vuelva en sí?

—Con un poco de suerte, lo habrá olvidado todo.

—Yo no hago negocios con la suerte.

—Pues los harás hoy. Como he dicho, nuestras manos están atadas. Su estado nos hace ganar tiempo. Llamaré al doctor Carver; seguramente nos dé algunas opciones. Si tenemos que cambiar de rumbo, lo haremos más tarde.

—¿Y qué pasa si ella recuerda?

—Si lo hace, muere.

1

SEIS SEMANAS MÁS TARDE

La pesadilla de morir en un agua oscura empañaba las horas del sueño más profundo que Shauna McAllister hubiera experimentado nunca. En un bucle eterno se hundía, se ahogaba y, de alguna manera, era resucitada sólo para hundirse y ahogarse de nuevo, una y otra vez, en un terror sin fin. Siempre la misma lucha, siempre la misma búsqueda desesperada de una bocanada de aire. Siempre la misma intensa agonía durante la misma cantidad de tiempo antes de que las imágenes de su mente se atenuasen.

Luego un parpadeo, y de nuevo a la vida.

Despiadado, agotador.

Le dolía el estómago como si cientos de cuchillos se lo rebanasen, cortando siempre la cantidad necesaria para raspar, sangrar y escocer. El agua helada no era suficiente anestésico.

No podía recordar dónde estaba ni cómo había llegado hasta allí.

¿Por qué no estaba su padre con ella? ¿Adónde se había ido Rudy?

El agua se cerraba de nuevo sobre su cabeza. Con gusto le daría la bienvenida a la muerte y dejaría que su fatiga se saliese con la suya. Estaba muy cansada.

Algo la tocó. Una mano firme, amable y servicial agarraba su muñeca. En esa lucha hercúlea era toda la fuerza que no podía reunir. Y tanto era así, que en el mismo momento en que se resignó a ahogarse sintió como si emergiese de aquellas oscuras aguas; tal vez no moriría ese día.

Shauna rompió la superficie, jadeando y dejándose caer como un pez recién pescado lanzado a la cubierta de un...

No, estaba en una cama, algo delgado que tembló cuando se movió.

Sus manos golpearon unas barandillas de metal y se agarró fuertemente para evitar deslizarse de nuevo bajo el agua, aunque una clase de sexto sentido le decía que no había agua. Empezó a toser y no podía parar, como si el oxígeno en ese lugar pudiera matarla igual de rápido que el líquido.

¿Cómo llego hasta ahí?

Alguien le colocó una almohada bajo los hombros. Alguien estaba hablando. Mucha gente estaba hablando al mismo tiempo, con ánimo y atropelladamente.

Abrió los ojos y tomó su primera bocanada de aire.

Una mujer de mediana edad con una bata de enfermera estaba de pie junto a la cama, con los ojos brillantes abiertos de par en par y una ligera sonrisa en su boca mellada. Pulsó el botón del interfono en el panel que estaba sobre la cama, tan fuertemente que el plástico del micrófono se partió.

Shauna era poco consciente de toda la gente que abarrotaba la habitación.

—Doctor Siders —le dijo la mujer a la pared. Se puso la mano en el corazón como si quisiera evitar que se le escapase—. Le necesitamos aquí ahora. ¡Se ha despertado!

Aún desorientada, Shauna se sentía el centro de atención de aquella pequeña multitud de su habitación. A través de la neblina que empañaba su mente se centró en aquel doctor tan alto que llevaba una bata blanca y que se movía alrededor del cabecero de su cama. El hombre tenía un ochenta por ciento de extremidades y un veinte por ciento de cuerpo, largo y enjuto y estirado como una cuerda de violín.

—Hola, Shauna, ¿me oyes?

Sintió que su barbilla bajaba unos pocos centímetros.

Él puso la mano en su hombro.

—Soy el doctor Gary Siders. Y tú... bueno, digamos que eres una chica con mucha suerte. Sin duda, el caso más insólito que he tenido en mucho tiempo aquí.

¿Dónde era aquí? ¿Dónde estaba Rudy?

Trató de hacer memoria. Imágenes al azar colisionaban en su memoria en una especie de naufragio que no podía reconstruirse como una explicación de lo ocurrido: comprando en un mercadillo de Guatemala, felicitando a una compañera en la empresa de contabilidad donde trabajaba, removiendo las verduras en un wok en su loft del centro.

Estos eventos aislados parecían desconectados de esta cama blanca, de esta habitación blanca, de esta gente vestida de blanco. No podía recordar, y el vacío era la pieza más desconcertante de este puzle blanco.

Vio un destello de color. Azul. Un anillo de graduación azul en una mano larga y angulosa que sujetaba el mentón de un hombre. Un hombre guapo. Estaba parado debajo de la televisión, con los brazos cruzados, y su frente arrugada por la preocupación activó alguna conexión en el cerebro de Shauna que decía: simpático. Los ojos marrones de él sostuvieron los de ella, y él sonrió de una manera casi imperceptible, con esperanza.

Su mente no lo reconocía. Pero era un descanso para sus sentidos, un objeto cálido y compasivo en una sala fría y desconocida. Ella sonrió de vuelta.

Al otro lado de la cama, sus ojos aterrizaron en Patrice McAllister.

Shauna se estremeció involuntariamente. ¿Cómo era posible, después de todos aquellos años, que aquella mujer pudiera hacerle tener miedo? Patrice llevaba puesto su traje azul marino de marca y su cara inexpresiva. Tenía toda la buena pinta de Diane Keaton, pero su corazón era una piedra.

La cicatriz debajo del brazo de Shauna parecía que quemaba, como siempre que Patrice estaba cerca de ella. Shauna buscó a su padre. No había señal de él. No le sorprendió.

En vez de eso, vio al tío Trent de pie detrás de Patrice. Una corta capa de cabello blanco cubría su cabeza manchada por el sol. Trent dejó descansar su mano en el hombro de Patrice como si la obligara a permanecer quieta. Las finas arrugas de sus ojos provocadas por la risa aliviaron el miedo de Shauna.

En esos latidos de reminiscencia, Shauna sentía su cuerpo con una nueva conciencia, como si sus sentidos hubieran estado de vacaciones y recién retornaran: la rigidez de sus miembros, el dolor de su estómago, la dureza del colchón, la incomodidad de las sábanas que picaban. Quería salir de la cama. Sus músculos no respondían.

—Vamos a sentarte. —El doctor se acercó hasta los controles de la cama y ella se levantó con un zumbido—. ¿Mejor?

—¿Dónde estamos? —carraspearon sus cuerdas vocales.

—En el Centro Médico Hill Country.

Había estado en el hospital muchas veces, pero nunca como paciente. Detrás de él, en una repisa, unas flores viejas se marchitaban en agua sucia. Otros vasos vacíos se alineaban detrás de aquel.

—¿Cuánto tiempo?

—Sólo debería llevar unos cinco minutos. Programaremos una evaluación neuropsicológica completa cuando estemos seguros de que estás preparada. Tomará un día o dos.

—Quiero decir cuánto tiempo he estado aquí.

Él dudó.

—Seis semanas.

¿Seis semanas?

—Has estado entrando y saliendo del estado de inconsciencia, nunca despierta del todo.

—No recuerdo nada de eso.

—No es extraño.

—¿Qué día es hoy?

Él miró su reloj de pulsera.

—14 de octubre. Domingo. Viniste el 1 de septiembre.

Septiembre.

Trató de recordar agosto.

Nada. Julio.

Nada. Más lejos.

Nada.

¿Había estado allí seis semanas? Su mente no quería conectar con esa idea, y mucho menos con algún recuerdo específico.

Él deslizó una luz cegadora por sus ojos, y ella se estremeció. El extraño debajo del televisor se acercó a la cama y posó una cálida mano en su pie tapado con la manta. El gesto le dio ánimo. ¿Quién era ese hombre? Alguien en quien ella confiaba, aparentemente.

—Sigue mis dedos —dijo el doctor Siders. Ella se centró en su mano nervuda, considerando cómo había pasado tanto tiempo sin que ella lo supiera. Seis semanas desde...

¿Desde qué?

Viajó a Guatemala. Eso fue cuándo, ¿en marzo?

Él levantó la manta y deslizó una uña a lo largo de la suela de su otro pie. Sus reflejos hicieron que apartara el pie de su alcance.

—No tienes ningún respeto por los niveles de la escala Rancho; si te mueves entre ellos muy rápido, tendré que darte el alta esta tarde. Los datos de la ECG son inútiles. Aparentemente, sólo eres culpable de una conmoción cerebral. No hay TCE. El IRM y el TAC están limpios, aunque no son los más fiables, considerando que estás con una medicación en pruebas.

Ella no tenía ni idea de lo que él estaba hablando.

—¿Puedes decirme quiénes son los que están aquí en la habitación con nosotros? —le preguntó el doctor.

Shauna posó sus ojos en el doctor.

—La mujer de mi padre, Patrice McAllister. Y el tío Trent, Trent Wilde, un amigo de la familia. No es realmente mi tío.

—¿Y a qué se dedica el señor Wilde?

La respuesta llegó a ella sin necesidad de buscarla. Eso la sorprendió.

—Es el director ejecutivo de la empresa de mi padre, McAllister MediVista.

—¿Dónde está emplazada la empresa?

—En Houston.

—¿Sabes quién es él?

El doctor Siders señaló hacia el hombre cuya cálida mano todavía descansaba en su pie.

Ella lo examinó de nuevo. Frente ancha. El mismo color de cabello y de ojos. Azúcar moreno. Más mayor que ella, tal vez en la treintena. Profesional. Puede que sea un atleta (un corredor o un ciclista). Pero en cuanto a quién era, estaba en blanco.

Miró su cabeza. Patrice suspiró y golpeó los dedos en sus brazos cruzados.

—¿No te acuerdas de Wayne Spade? —preguntó el doctor—. Creo que vosotros dos os conocéis bastante bien.

—¿Cómo de bien?

El tío Trent intercambió una mirada con Wayne, que desvió la suya y empujó las manos hasta el fondo de sus bolsillos.

—Cariño —dijo Trent—, Wayne y tú habéis estado unidos durante muchos meses.

La vergüenza se instaló sobre Shauna.

—No querrás decir...

—Está bien, Shauna —el tono de Wayne era cauteloso, y su sonrisa disimulaba lo que Shauna entendió como decepción. Ella escuchó lo que él no decía: habían sido algo más, y él no quería que eso le hiciera daño a ninguno de los dos—. Tómate tu tiempo.

¿Cómo podía haberse olvidado de alguien tan cercano? La angustia le llenó el estómago.

—Lo siento —suspiró.

El doctor Siders se volvió hacia ella.

—Wayne salvó tu vida, querida. Te sacó del agua y te realizó una reanimación pulmonar hasta que llegó la ambulancia.

¿Este hombre? ¿Él salvó su vida? ¿Qué agua?

El doctor continuó.

—¿Dónde vives, Shauna?

—¿Qué...? Eh, en Austin.

—¿Cómo se llama tu padre?

—Landon. McAllister.

—Y ahora mismo está haciendo campaña para...

—Presidente —dijo ella—. ¿Dónde está?

—En California, creo. Nuestro personal está intentando ponerse en contacto con él para darle las noticias de tu situación. ¿Puedes decirme el resultado de las elecciones primarias de febrero?

Él ganó, por supuesto, o si no, no estaría todavía en campaña. Tenía algunas preguntas sobre ella misma, pero la conversación se estaba moviendo demasiado deprisa como para que ella articulase lo fundamental. ¿Por qué podía recordar a su padre pero no a...? ¿Cómo se llamaba? ¿Wayne? ¿Por qué podía recordar el año pasado pero no el verano? Perdía el equilibrio en el filo de un enorme abismo repleto de nada más que ansiedad.

—¿Podemos avanzar, por favor? —preguntó Patrice.

El doctor Siders comprobó sus notas.

—¿Recuerdas el accidente?

Wayne pareció recobrarse de la bofetada de olvido de Shauna. Acariciando su tobillo, dijo:

—¿Ahora es el mejor momento para sacar todo eso a la luz?

—El... ¿Tuve un accidente?

—Vaya, para partirse de risa... —murmuró Patrice.

Shauna no podía mirar a su madrastra, pero dio con los ojos de tío Trent. Él le negó con la cabeza. No hagas caso.

—Sí —le dijo el doctor a Shauna—, ¿lo recuerdas?

Shauna miró a Wayne.

—¿Estabas allí? ¿Cómo es que tú...?

—Estaba siguiéndote hasta tu casa, desde la mía —dijo tío Trent.

—No entiendo —dijo Shauna.

—Dr. Siders —dijo Wayne—, está muy cansada.

—Ha estado durmiendo seis semanas —dijo Patrice, poniéndose de pie—. Puede estar despierta unos minutos más.

—Patrice... —dijo Trent.

—No —le cortó ella—, ya está bien de melodrama. Merecemos saber lo que ella sabe.

—No lo entiendo. —Shauna apretó las sábanas bajo su puño—. ¿Qué pasó?

—Cuéntanoslo tú, Shauna. Creo que sabes exactamente lo que quiero decir. Si estás haciendo el tonto —Patrice se inclinó sobre la cama—, si descubro que te estás riendo de Rudy y de tu padre con este número...

Frunció el ceño y tanteó sus palabras.

Nada excepto la propia visión retorcida del mundo de Patrice podía darle sentido a tales acusaciones. Las sienes de Shauna palpitaban. Miró a tío Trent, rogándole sin palabras que le hiciera justicia.

Él apartó a Patrice de la cama.

—Rudy estaba contigo, cariño. Tú conducías cuando el coche colisionó con un camión y se salió del puente.

Shauna lo intentó con un suspiro poco profundo, pero no podía respirar.

—¿Está bien?

Los ojos de Wayne se apartaron. El doctor Siders parecía tan desconcertado como Shauna. Trent miraba a Patrice sin ofrecer respuesta.

—¿Está bien Rudy?

Patrice miró con odio a Shauna.

—No te mereces una respuesta. Tendrás que contarnos exactamente qué pasó. Dónde tienes las drogas. Por qué planeaste herir a Rudy. No me puedo creer que alguien pueda llegar tan lejos. Eres un monstruo. Casi has arruinado a tu padre. Es increíble que se las haya arreglado para salir adelante.

Rudy estaba herido. El miedo inyectó adrenalina en el corazón de Shauna. ¿Drogas?

—¿Dónde está? —demandó ella.

—En California —dijo Trent.

—¡Me refiero a Rudy! —echó para atrás las mantas.

Patrice se acercó a Trent. El doctor Siders se sacudió el aturdimiento. Dejó caer sus apuntes sobre la repisa que estaba detrás de él, y después se abalanzó sobre la cama para sujetar el brazo de Shauna.

—Os quiero a todos fuera ahora mismo. ¡A todos! Ya hablamos de esto.

Se quitó de encima las manos del doctor Siders.

—Dime dónde está Rudy.

La cara de Wayne se encendió con preocupación, y alcanzó a Shauna justo cuando ella sacaba las piernas del borde la cama. Una mesa auxiliar se interponía entre ellos, y él se tropezó.

Sus pies desnudos golpearon el suelo e intentó permanecer erguida sobre sus piernas atrofiadas, que se resentían a sus demandas tanto como todos en aquella habitación aparentaban hacerlo. La sangre de su cuerpo corrió hacia sus pies para ayudarlos, vaciando su cabeza. Patrice se retiró y observó cómo Shauna se caía. Se fue abajo antes de que cualquiera pudiera agarrarla, golpeándose la mandíbula contra la mesa y poniendo freno a su lengua. Saboreó la sangre y escuchó cómo su cráneo se estampaba contra el suelo de vinilo, y después se deslizó de nuevo en las aguas oscuras.

2

Wayne sujetaba el codo de Shauna y la ayudaba a caminar por el blanco pasillo. Ella había insistido en caminar en esta ocasión, desesperada por dejar la silla de ruedas, y decidida a dejar el hospital tan rápido como fuera posible. Ya era miércoles.

Después de un día de oscilar entre la consciencia y la inconsciencia, seguido de dos días enteros de escáneres, pruebas, muestras, interrogatorios y estudios, tenía aún más preguntas que la primera vez que se despertó.

Pero no había más respuestas. Todos se negaron a hablar de Rudy y eso la estaba volviendo loca.

—No puedo creer cuánto has progresado ya —dijo Wayne cuando su energía flaqueaba. Ella se tomó un descanso y se apoyó en la pared—. Eres increíble.

Ella buscó sus ojos.

—Por favor, Wayne. Cuéntamelo.

—¿Contarte el qué?

—Lo que nadie más va a hacer. Sobre Rudy.

—Ya hemos hablado de ello —su tono reflejaba más tristeza que impaciencia—. Shauna, me han contando lo mismo que te han contado a ti. No puede ser tan terrible cuando le han mandado a casa.

—¡Esto es ridículo! ¿A qué viene tanto secretismo?

—Él está en casa. Y tiene los mejores cuidados que el dinero de tu padre puede comprar.

—¿Así que todo lo que podemos saber es que le han mandado a casa para morir?

Wayne se rió entre dientes.

—Vaya... Realmente te vas a lo peor, ¿no?

—No te rías de mí. —Shauna comenzó a caminar de nuevo.

Él se despejó y se puso a su lado.

—Sólo quiero decir que tu padre no estaría de viaje si ése fuera el caso.

—¡Esto es de locos!

—Estoy seguro de que es por tu bien. Trent se ha estado preocupando por todo...

—Mi padre tendría que haber estado en su lugar. Pero él nunca estuvo donde se le necesitaba, ¿no?

—Ahora está volviendo sobre sus pasos.

—Eso he oído.

Wayne no le contestó. Realmente, ¿qué le podía decir? Shauna no le deseaba a nadie la dinámica disfuncional de su familia.

—Gracias por todo lo que has hecho estos pocos días.

—De nada.

—Me siento muy mal por no... por no...

Wayne le puso un dedo sobre los labios, provocándole a ella una ligera descarga de electricidad estática. Se estremeció. Él la miró sorprendido, y luego le lanzó una amplia sonrisa.

—No te preocupes por nada de eso —dijo él—. Lo iremos descubriendo en la medida en la que avanzamos. Ahora mismo tienes cosas más importantes de las que preocuparte.

Puso su mano entre sus omóplatos y la dirigió hasta la oficina, frotando su espalda con dulzura.

El doctor Siders ya estaba allí, con su cuerpo larguirucho doblado en una silla demasiado pequeña para él. La oficina estaba pintada sin inspiración alguna, en tonos malvas y verdes que no lograban su objetivo de calmarle el ánimo. Los colores chocaban con el excesivo orden de las sillas y con el caos del papeleo en cualquier superficie plana disponible.

—Esperaré fuera —dijo Wayne.

—Te puedes quedar.

—Esto es un asunto personal —dijo Wayne—. Después me contarás tanto como te parezca. Estaré aquí para ti.

Su delicadeza le tomó ventaja a sus nervios. Podía presionarle para conseguir información sobre Rudy hasta que le contara lo que quería oír o hasta que se despidiera de ella.

La doctora Millie Harding, psiquiatra temeraria con el pelo rojo y ensortijado y pintalabios llamativo, se cruzó en el camino de Wayne junto a la puerta, y después saludó a Shauna con una suave caricia en el hombro.

Shauna casi ni lo notó.

—Me prometiste contarme lo de Rudy —le dijo al doctor Siders.

—Por supuesto, Shauna. Pero tú eres nuestro principal asunto ahora mismo. Déjanos que te pongamos al día para acelerar nuestras evaluaciones, y entonces...

—Me he pasado tres días imaginando lo peor.

—Tienes una crisis terrible que afrontar —dijo la doctora Harding. Su voz grave sugería que había fumado durante décadas—. Perder la memoria es suficiente catástrofe para procesar. Una cosa cada vez, cariño.

—Sólo si alguien dijera «Rudy está bien», yo podría...

La puerta se abrió de nuevo y dejó pasar a un hombre arrugado que parecía sacado directamente de la década de los ochenta. Llevaba una chaqueta marrón de pana y una corbata color verde hoja. El pelo castaño claro se le ondulaba en la frente.

El doctor Siders se puso en pie.

—Rudy está bien. Shauna, deja que te presente al doctor Will Carver.

—Tienes un aspecto estupendo, Shauna—dijo el doctor Carver, sacando y metiendo sus manos de los bolsillos del pantalón. No se sentó cuando el doctor Siders lo hizo—. Estamos encantados.

—El doctor Carver ha sido el encargado de la supervisión de la investigación clínica de las nuevas medicinas que te hemos administrado durante tu coma, Shauna.

—¿Nuevas medicinas?

—De un ensayo clínico que está todavía en sus comienzos. Tu padre accedió a inscribirte en el protocolo de acceso expandido...

—Mi padre.

El doctor Carver dudó.

El doctor Siders dijo:

—Tú sabes que este hospital está estrechamente relacionado con la investigación y el desarrollo de McAllister MediVista.

Shauna no tenía ni idea.

—¿Qué protocolo, entonces?

—De acceso expandido —dijo el doctor Carver—. En pocas palabras, está reservado para situaciones excepcionales en las que los médicos creen que algunas medicinas experimentales, incluso en una fase temprana de su desarrollo, son la única esperanza de recuperación para un paciente.

—No podemos explicar de ninguna manera cómo caíste en coma —dijo el doctor Siders—. No tenías evidencias de daño cerebral, ni ninguna otra explicación para tu estado.

—Posiblemente una sobredosis de alguna droga empuje a una persona al coma —dijo el doctor Carver. El doctor Siders le miró con el ceño fruncido.

—¿Sobredosis? —repitió Shauna.

—El análisis de sangre detectó trazas de MDMA en tu cuerpo, suficiente como para hacerte peligrosa al volante...

—¿MD qué?

—Éxtasis. Es imposible saber cuánto habías tomado realmente...

—¡Nunca he tomado *nada*!

Incluso aunque no pudiera recordar, Shauna sabía, en la parte más profunda de su ser, que nunca hubiera hecho algo así. Nunca.

¿O sí?

—Las pruebas eran bastante...

El doctor Siders levantó ambas manos.

—Vamos a tomarnos las cosas con calma. Nadie está siendo atacado aquí.

El doctor Carver levantó sus ojos marrones pero al final se sentó y dejó que el doctor Siders siguiera con la explicación.

—Cuando tu coma entró en la segunda semana, el senador McAllister ordenó a la rama farmacéutica de MMV que llevara tu caso. Las posibilidades de total recuperación en pacientes en coma decaen bruscamente tras la quinta semana. Incluso sin un daño cerebral del que preocuparse, todos fueron apremiados con la necesidad de que tú volvieras en sí, si se podía, antes de ese límite.

Shauna estaba segura de que casi toda la presión la había realizado la campaña de su padre. MMV estaría encantado de poner sus manos en ella en medio de la campaña presidencial. Tenía sentido, al menos en cuanto tuviera que ver con generar simpatía hacia el favorito. Esa clase de descubrimiento en una crisis personal sería grandiosa para los votantes con un corazón compasivo.

El doctor Carver se aclaró la garganta.

—Hemos estado probando las aplicaciones de un nuevo combinado de sustancias para pacientes con trauma, y creímos que estimularía tu cerebro para salir del coma. Nuestra teoría es que tu cerebro se colapsó como resultado de algún tipo de shock devastador, más que por un daño físico.

—¿Está diciendo que mi cerebro no pudo sobrellevar un simple accidente de coche?

—Es demasiado fácil, Shauna, pero sí. Esa es la idea, de todos modos.

—Y tus test psicológicos han corroborado esa teoría hasta ahora —dijo la doctora Harding.

El doctor Carver tomó la voz.

—Ese cóctel incluye una complicada combinación de ansiolíticos, incluyendo propanolol y D-cicloserina; ¿has oído hablar de ellos? —Shauna negó con la cabeza—. También lleva otras pocas cosas más. Originalmente fue desarrollado para tratar problemas como la hipertensión, pero en los últimos años han tenido éxito en el tratamiento de víctimas de crímenes violentos, lesiones de guerra, esa clase de cosas. Reducen el estrés del paciente y aceleran su tiempo de recuperación.

—¿Borrándoles la memoria? —preguntó ella.

La doctora Harding negó tan fuerte con la cabeza como para darle volumen a su espesa mata de rizos.

—No, no, no... Aunque no sería raro que este tipo de tecnología alcanzara algo más. No, esta medicación lo que hace es suprimir la intensidad de las emociones asociadas a tu memoria. Su impacto se vuelve menos traumático a largo plazo.

¿Menos traumático de lo que han sido los últimos tres días?

—¿Y esa medicación funciona dos semanas después del suceso?

El doctor Carver cruzó los brazos.

—En tu caso lo hizo, aunque no sabemos cómo. La fórmula de MMV es única, porque incorpora la última tecnología fármaco-genética.

Él dudó, como si explicárselo a ella fuera un insulto. Era, después de todo, la hija del fundador y presidente de MMV. Cuando ella parpadeó, continuó:

—Eso significa que adaptamos el equilibrio químico de los medicamentos para que combinen con tu respuesta personal a cada elemento; una respuesta determinada por tu código genético particular.

Shauna parpadeó de nuevo.

—¿Os habéis metido con mis *genes*?

El doctor Carver soltó una risita entre dientes, y a Shauna le pareció irritante.

—No, nos hemos «metido» con las medicinas, basándonos en lo que sabemos acerca de tus genes.

La carga de su ya pesado corazón aumentó. Había tomado drogas (increíble), y había sido drogada, y ahora su cabeza era un agujero negro del que quizá no podría salir nunca. Le empezaron a temblar las manos. Deseó que Wayne se hubiera quedado.

—Es complicado, aunque progresivo. Te mantendremos con el tratamiento durante unas cuantas semanas más, y lo iremos disminuyendo según vayamos notando tu mejora. Pasaré más tarde para repasar la medicación contigo.

—Desde luego —dijo el doctor Siders—, tu recuperación no puede ir mejor. Ya has progresado hasta ahora más rápido de lo que esperábamos.

—Quiere decir físicamente.

—Tienes poquísimas lesiones para un accidente tan violento como éste. Algún trauma en tu abdomen, en su mayoría cortes por los cristales. Pensamos que pasó después del accidente, cuando saliste del coche. Pero no tienes daños internos. Ni siquiera un hueso roto.

—Puede que debas darle las gracias al éxtasis por ello —dijo el doctor Carver.

Las mejillas de Shauna se encendieron. ¿Eso era posible? ¿Por qué no podía *recordar*? A su desesperación se le sumó el elemento extra de la frustración.

—¿Y qué hay de mi mente?

El hombre se giró hacia la doctora Harding.

—Piensa que tu mente está protegiéndote de algo que sabe que no podrás manejar —dijo ella.

—¿Crees que el trauma del accidente fue lo que causó mi pérdida de memoria?

—Es el culpable más convincente.

—¿No todas esas drogas experimentales?

—Es poco probable.

—Pero, ¿cuándo recordaré?

—Cuando tu mente esté lista. No es algo que puedas forzar o precipitar.

—¿Cómo puedo... contribuir?

—¿Es eso lo que quieres?

Shauna no estaba segura. Pero si tenía que tomar una decisión en ese momento, se inclinaría hacia el sí. Moriría cayéndose en aquel enorme agujero lleno de nada. Más importante aún, su silencio con respecto a Rudy sólo podía significar que ella era responsable de alguna horrible tragedia, un daño indescriptible que le hubiera causado. ¡Debería ser castigada por ello! Y si ellos renunciaban a castigarla, ella se encargaría de hacerlo recordando cada detalle.

—Sí.

El doctor Carver carraspeó.

La doctora Harding inclinó su cabeza hacia un lado y reflexionó su respuesta durante bastantes minutos.

—Para mucha gente la amnesia es traumática al principio, y luego se dan cuenta de que es más que un favor. No estoy segura de cómo será para ti, pero si puedes encontrar una manera de agarrarte a esto, si puedes considerar tu situación como algo no malo del todo, te pondrías a ti misma en el mejor estado de ánimo.

—¿No malo del todo?

—Una pizarra en blanco. Un nuevo comienzo.

Shauna sacudió su cabeza, poco segura de qué más responder. Podía imaginarse que alguna clase de destrucción de ciertos recuerdos podía serle una bendición. ¿Pero un enorme agujero en el pasado? Eso no tenía mucho sentido para ella.

La doctora Harding pareció darse cuenta de que Shauna no estaba convencida. La psiquiatra pelirroja se inclinó hacia ella y le habló muy despacio.

—Entonces... sugiero que te enfrentes a ello más adelante. Debes mirar hacia delante en el camino de tu vida, no volverte sobre tus espaldas. No te esfuerces por recordar con demasiado ímpetu. Deja el pasado detrás de ti y haz que tu mente decida cuándo está preparada para revisitar tu historia.

—Que no debería hacer nada, dice.

—No exactamente. Retoma la vida en donde sea que recuerdas haberla dejado marchar. Yo puedo ayudarte con eso. Deja que tu memoria, si así lo decide, se reconstruya a sí misma en su contexto.

—No lo entiendo.

—¿Cuáles son los hilos que te ves capaz de sujetar o revisitar? ¿Una iglesia, un trabajo, una escena social, una afición, un novio?

Shauna levantó sus manos dándose por vencida. Toda su vida se había mantenido a sí misma apartada de amistades cercanas. En su mayoría esa elección había sido un mecanismo de defensa para ella, una manera de protegerse y no añadir dolor al dolor, una manera de conservar su energía emocional. Había reducido su mundo a un tamaño pequeño y manejable. Ahora deseaba no haberlo hecho.

—Yo no... no sé... —sacudió su cabeza—. ¿Wayne Spade?

En su cabeza él era más una pregunta que una respuesta.

La doctora Harding cruzó sus manos sobre su regazo.

—Háblame de Wayne.

—No tengo mucho que contar.

—Entonces, tal vez sea por ahí por donde debas empezar.

¿Tal vez? ¿Tal vez? ¿Eso era para lo que toda esta gente servía, para pronunciar posibilidad tras posibilidad, nunca una certeza? ¿Cuándo conseguiría las respuestas que necesitaba? Las respuestas reales, no aquellas especulaciones.

Ya había sido suficientemente paciente. Terminaría ahora, empezando con su pregunta más urgente.

—¿Cuándo veré a Rudy?

El doctor Siders dejó sus gráficos a un lado y se inclinó hacia delante.

—Tan pronto como sepamos que...

—¿Qué es eso tan difícil de mis preguntas sobre mi hermano? Estoy preguntando por la información más básica...

—Shauna, cuando estés preparada para...

—¡Ahora estoy preparada! ¡Quiero verle *ahora*!

La frustración de Shauna se disolvió en lágrimas desgarradoras. Ojalá Rudy estuviera aquí para consolarla. Sin él, sin el recuerdo de aquella terrible noche, estaba perdida.

—¿Qué hice? ¿Qué pasó que fue tan horroroso que nadie puede hablarme de ello? ¡Merezco saber la verdad!

Puso las manos sobre su cabello y lo apretó con fuerza desde la raíz. Rudy no había venido a verla desde el día en que salió del coma. Ese simple hecho debería ser toda la información que necesitaba para confirmar la monstruo-sidad de sus actos.

Levantó su cabeza y les miró a través de sus ojos borrosos. La habitación daba vueltas. La doctora Harding zarandeaba su cabeza y decía algo, pero Shauna solamente podía oír su propia culpabilidad gritándole. Cerró los ojos y no vio otra cosa más que a Rudy.

En un jadeo para tomar aire escuchó al doctor Siders decir:

—Tenemos que sedarla.

Ella negó con la cabeza y se quejó. Rudy. Rudy.

Cuando una aguja penetró en el músculo más delgado del antebrazo de Shauna, ella le dio la bienvenida al dolor. Le dio permiso para que cubriese y calmase su sufrimiento.

La áspera voz de la doctora Harding llegó a los oídos de Shauna al mismo tiempo que el sedante llegaba a su cerebro.

—Sois unos estúpidos.

Millie Harding atravesó corriendo el vestíbulo tras Will Carver, dando una zancada por cada tres del farmacólogo.

—¿Qué ha sido eso de allí arriba? —preguntó Millie.

Carver paró y se giró sobre sus talones, vio quién era, y después reanudó su marcha sin contestar. Ella le alcanzó de nuevo en otras cuatro zancadas.

—¿Estabais tú y Siders planeando contárselo todo?

—Pensaba que eso era lo que tú estabas haciendo.

Millie se puso en el camino de Carver, con los brazos en jarras.

—¿De qué estás hablando?

—¿Vas a servirle su memoria en una bandeja de plata?

—Me habéis malinterpretado. Y no le he dado ninguna idea que realmen-te pudiera ayudarla a rememorar lo que pasó.

—Seré yo el que decida eso.

—No, no lo serás. *Yo* no he llegado todavía a decidir nada excepto si quie-ro que me paguen al final del día.

—A todos nos van a pagar. Pero sólo si nos comportamos como profesionales.

Millie le agarró de la manga a Carver, parándole.

—Vosotros dos deberíais intentar ser mejores mentirosos.

Carver se deshizo de una sacudida de la mano de Millie.

—Las únicas mentiras que alguna vez funcionan realmente son las que pueden confundirse con la verdad —dijo marchándose con paso airado—. No me preguntes de nuevo.

3

Una ligera caricia en su frente se llevó el martilleo de la cabeza de Shauna. Abrió los ojos en la habitación del hospital, atenuada por las horas del atardecer.

Wayne estaba inclinado sobre ella.

—¿Shauna?

El agotamiento tiraba de ella como si estuviera atada a una piedra.

—Me contaron lo que pasó.

Enfocó la cara del hombre que, hace mucho, había sido su único aliado. Si se aprendía de memoria sus amplias sienes, sus mejillas delgadas y su mandíbula cuadrada, tal vez podría recordarle. Tal vez podría encontrar su camino de vuelta a la verdad.

Ahí estaban de nuevo todos esos *tal vez*.

—¿Sabes? Se suponía que tu tío Trent iba a ser el que te explicase todo esto.

—¿Todo el qué?

—Todo lo de Rudy. Todo eso que no sé por qué los doctores no te quieren contar.

—¿Por qué no lo hizo?

Wayne se encogió de hombros.

—Lo que sé es que él no quería que tuvieras que vértelas con demasiados asuntos a la vez.

—¿Y por eso todo el mundo piensa que es más beneficioso dejar en el aire las posibilidades más desalentadoras que encarar la realidad?

Wayne levantó sus cejas como si fuera a decir: *«Es retorcido, lo sé»*.

—Somos un grupo desordenado, mi familia, digo.

—Cada familia lo está, a su manera.

—Trent Wilde no es ni siquiera mi tío, ¿lo sabías? Es el mejor amigo de Landon.

Wayne asintió con la cabeza.

—Pero siempre ha demostrado ser digno del tratamiento.

—Excepto en ejemplos como este, sí. No puedo echarle esto en cara. Tiene buenas intenciones.

Shauna se acomodó en la cama y escuchó el sonido del metal chocando contra el metal. Algo le pellizcaba el tobillo. ¿Qué demonios? Levantó la manta. Una correa de cuero estaba ceñida abajo en su pierna derecha, y su hebilla metálica enganchada en una de las barandillas de la cama.

¿Un candado? ¿Eso era legal?

Señaló la correa.

—¿Esto entra en la categoría de «demasiados asuntos»?

—Tenemos algunos asuntos de los que ocuparnos antes de que te vayas a casa.

—¿Qué clase de asuntos?

—¿El doctor Siders te habló del éxtasis?

—El doctor Carver lo hizo.

—Había algo en tu coche. Y en tu *loft*.

¿En su casa? La acusación de Patrice de que había herido a Rudy intencionadamente aterrizó en la mente de Shauna como una araña saltadora.

—¿Cuánto?

—No mucho, pero suficiente.

—¿Suficiente para qué?

—Te están acusando de posesión y conducta temeraria.

—¿Pero me están encerrando ahora?

—Te pusiste un poco... histérica antes. Pensaron que era necesario.

Cada revelación era una nueva traición, una rotunda bofetada a lo que ella hubiera estado creyendo acerca de sí misma. ¿De qué más era culpable?

—¿Qué más no sé?

—Eh... Hay un guardia ahí fuera, en la puerta.

La boca de Shauna se abrió de golpe.

—¿Qué significan los cargos?

—Habrá un juicio. Ya has sido acusada.

Negó con la cabeza.

—No quiero un juicio. Ni siquiera sé lo que hice. Ni siquiera puedo negar nada.

Wayne le cogió su mano. Se sentó en el borde de la cama y la atrajo hacia su hombro. Ella apretó su frente contra el mentón de él, y se sintió confortada por la calidez de su piel. Descansando así no le resultaba difícil del todo creerse que había estado unida a él antes.

La colonia que llevaba era ligera y alegre. No pudo encontrar su nombre.

Shauna cerró los ojos. Hubiera podido quedarse así todo el tiempo que él hubiera querido, dejándose caer en su calidez...

No cálido, sino caliente. Su piel estaba caliente, como si tuviera fiebre, pero seca. ¿Notaba él ese calor? Antes de que pudiera mencionarlo, antes de que pudiera enderezarse, le pareció que su cara era consumida por una llamarada, un fogonazo de energía tan caliente que pensó que su piel se había quemado.

Gritó y se retiró de él, tocándose la frente. Estaba más fría que las yemas de sus dedos.

—¿Qué es eso? —preguntó Wayne.

—¿Lo has sentido?

—¿Sentir el qué? —La frente de Wayne se arrugó.

El rubor de la vergüenza, no el calor sobrenatural, fue lo que enarboló las mejillas de Shauna. A duras penas llegaba a saber lo que había pasado, aunque parecía suficientemente claro que lo había experimentado en solitario. Y, tal vez, sólo en su cabeza.

—No es nada —negó ella con la cabeza—. Tengo los nervios crispados, supongo.

Wayne se puso en pie, y después se dirigió a la ventana.

—¿A qué se asemeja, Shauna? ¿Qué sientes cuando intentas recordar? He estado intentando ponerme en tus zapatos.

Le llevó unos cuantos minutos presentar la analogía perfecta.

—Es como si estuviera mirando el índice de un libro y no pudiera encontrar el tema que necesito, ni siquiera aunque esté muy segura de haberlo leído antes en ese libro.

—¿Qué puedo hacer para ayudarte?

—Ya has hecho mucho.

—Bueno, de momento no me voy a ir a ninguna parte, así que si tienes alguna idea brillante...

—Puedes llevarme a ver a Rudy —dijo ella antes de reflexionar completamente en lo que quería decir: regresar a casa de su padre. Al hogar de su infancia.

A la casa de Patrice.

Wayne cerró los ojos y suspiró:

—Shauna.

Y ella dijo, más insegura:

—Al final tendrán que quitarme esta cosa aunque sea para ir al baño, ¿no?

—Shauna, la policía ha dado instrucciones al personal de que te echen un ojo.

—Les caes bien, Wayne. Se creerán todo lo que les digas.

—Si te vas ahora, las autoridades lo sabrán. Te tomarán inmediatamente. Solamente tendrías unos minutos con Rudy. De hecho...

—Eso es todo lo que necesito. Suficiente para tener una respuesta. —Miró la maraña que había hecho con las sábanas en su mano—. Lo suficiente para disculparme.

Parecía que Wayne se ablandaba.

—Por favor, Wayne. Por favor, haz esto por mí. Haré lo que haga falta para que las cosas vayan bien, ¿de acuerdo? Pero *primero* voy a ir a ver a mi hermano. Tú puedes ayudarme, o me marcharé de aquí por mi propia cuenta y tomaré un taxi. ¿Qué va a ser?

Una pequeña sonrisa rebasó los ojos y la boca de Wayne.

—Me encantaría verte marchar, pero no sé cómo pagarías la carrera —dijo él.

—Llévame. Haz que mi padre se encargue de mí en persona. No deberías ser el único en esa posición.

Él se dejó caer sobre el alféizar de la ventana y bajó la cabeza.

—Por favor, reconsidéralo.

—¡Ya lo he considerado con cuidado! Repetidas veces. Por favor, ayúdame —le imploró ella también con sus ojos—. Eres mi único amigo ahora mismo.

Wayne se volvió hacia Shauna y cruzó los brazos.

—¿Y cómo sugieres que te saque de aquí?

Por primera vez desde que se había despertado en aquella horrible habitación blanca, Shauna se sentía desbordada por el alivio. Él pensaría en algo. Wayne envolvió una mano sobre su tobillo, como le había visto hacer el día que despertó. Consideró su súplica hasta que el alivio de Shauna volvió a convertirse en preocupación. A lo mejor él no ayudaría, después de todo.

Ella apartó la mirada, y entonces él dijo:

—Creo que podría conseguir la manera de que tuvieras cinco minutos con tu hermano. Diez como mucho. ¿Podrás vivir con eso?

Era una pregunta retórica, ¿verdad?

4

West Lake lindaba con el río Colorado en las estribaciones con vistas a la ciudad, una de tantas zonas residenciales de las afueras de Austin que se consideraban a sí mismas como «la puerta de entrada a las colinas». Wayne conducía allí a Shauna en su camioneta Chevy rojo burdeos a través de una débil llovizna de octubre. Era casi las siete de la tarde del miércoles.

Ella no dejaba de tamborilear sus dedos sobre su regazo.

—¿Ha vuelto ya Landon de California?

—Sí. Regresa esta tarde.

¿Qué le diría a su padre? Tal vez después de ver a Rudy se sintiese mejor preparada.

Y Patrice...

Patrice estaría allí. El estómago de Shauna dio un vuelco. No había puesto pie en la propiedad de su padre desde las Navidades del año de su graduación en la universidad. Había intentado mantener la rutina de las vacaciones por el bien de Rudy, pero incluso eso le había resultado imposible. Cuando Rudy le contó que no era necesario que sufriera por las Navidades por él (porque aquello les hacía sufrir a todos), Shauna finalmente se dio permiso para evitar la finca del todo.

Shauna cerró los ojos. *Dios, por favor, ayúdame.* Aquella oración espontánea vino de algún lugar abandonado desde hacía mucho tiempo en su subconsciente, y se sintió molesta de que hubiera prorrumpido de repente sin anunciarse.

—Has sido mi salvador de muchas maneras, Wayne. Nunca te he dado las gracias por sacarme del río. Por salvarme la vida.

—En realidad te salvaste tú misma. En el momento en que te cogí tú ya estabas fuera del coche. Encontraste la manera de salir por una ventana rota, supongo. Todo lo que hice fue sacarte fuera del agua. No soy exactamente Superman.

—No puedo imaginar siquiera qué suerte fue que estuvieras allí.

Hubo un tiempo en que Shauna le habría dado a Dios el crédito de esa clase de milagros. Pero ahora no estaba tan segura.

—¿El tío Trent dijo que me estabas siguiendo a casa? ¿De qué iba todo eso?

—Estábamos en la casa de Trent...

—¿Cuál?

—La que está en el lago Travis. Había montado una juerga para uno de sus amigos. Tú dejaste la fiesta temprano. Me pidieron que me encargara de seguirte de vuelta a la ciudad. Perdiste el control del coche en el puente de la 71. Atravesaste la barrera. Realmente no vi cómo pasaba.

—Pero sabes cómo fue.

—Había un camión en el puente viniendo en la otra dirección. El conductor dijo que viraste bruscamente y te metiste en su carril, y luego volviste otra vez a tu carril —paró un momento—. Estaba resbaladizo. Oscuro. Tú estabas disgustada.

—¿Disgustada?

—Una discusión con tu padre.

Landon y ella siempre estaban peleando por algo. Incluso ese hecho había sobrevivido a su amnesia.

—Intento evitarlo siempre que puedo. Sencillamente... no estamos bien juntos. Nunca me ha creído.

—Eso ha sido duro para ti, lo sé.

El comentario dejó a Shauna fuera de juego.

—Había olvidado que tú... que tú ya sabes algo de esto. ¿Tú te llevas bien con tu padre?

—La verdad es que sí. Mi madre y yo tenemos una historia diferente, sin embargo. Ella ha estado ausente mucho tiempo —alargó la mano a lo largo del asiento para estrechar la de ella—. Sé que eso no te hace sentir mejor, de todas formas.

Las lágrimas ardían en las esquinas de los ojos de Shauna, pero ella no las dejó salir.

—¿Cuánto sabes de mi familia?

Wayne escogió sus palabras con cautela.

—Patrice y tú sois archienemigas, y el porqué no viene al caso. El senador y tú tenéis problemas de comunicación, entre otras cosas. Rudy es tu mejor amigo.

El hecho de que Wayne entendiera su situación de una manera tan simple le dio una sorprendente seguridad.

—No sé si podré enfrentarme a volver a casa.

Él asintió con la cabeza.

—Siempre podemos dar la vuelta, sólo tienes que decirlo. Estaré ahí contigo, ¿vale? No voy a irme de tu lado. Si algo se vuelve raro, o muy intenso, te sacaré de allí.

Shauna suspiró y se relajó en el asiento.

—¿Por qué discutimos Landon y yo aquella noche?

—No estoy seguro. No os peleasteis en público.

Bueno, eso era algo por lo que dar gracias.

—¿Y qué hay de nosotros? Me siento fatal. No entiendo cómo mi mente puede olvidar algo como eso, sencillamente.

—Como dije, lo descubriremos según vayamos avanzando. Todavía no me has echado fuera de una patada —él le sonrió—. Es un buen comienzo.

Ella se rió.

—¿Cómo nos conocimos?

—Nuestros caminos se cruzaron unas cuantas veces (antes de que te rindieras) en Harper & Stone.

—¿Yo me rendí?

—En julio. Me dijiste que necesitabas algo de tiempo para planear tu siguiente movimiento. Dijiste que las pasantías no te funcionaban bien.

Bueno, eso sonaba como una brillante manera de avanzar en la carrera. Pero cada vez más se daba cuenta de que había caído en la costumbre de tomar decisiones estúpidas.

—¿Hasta dónde recuerdas? —preguntó él—. ¿Lo has precisado?

—Recuerdo las vacaciones en Guatemala de marzo. Después de eso... —calculó mentalmente que su memoria estaba en blanco en los seis meses anteriores—. Si he tenido suerte, no habré olvidado nada de valor.

La luz de una farola iluminó la cara de Wayne a través del parabrisas mojado. Él desvió la mirada de ella.

—Excepto tú, claro.

Él frunció el ceño.

—Claro.

Tal vez la razón por la que ella no tenía muchos amigos cercanos no tenía nada que ver con su negativa a relacionarse; a lo mejor todos la veían como la necia insensible que era y se apartaban de su camino para evitarla.

—¿Así que tú también eres un pasante? —preguntó ella.

—No. Soy jefe de finanzas de McAllister MediVista.

Esa noticia la sobresaltó.

—¿Trabajas para mi padre?

—Siempre preferías que dijera que trabajaba para tu tío.

—Debes pensar que soy tonta.

Wayne negó con la cabeza.

—No del todo. Recuerda que Harper & Stone manejan nuestras cuentas.

Ella asintió.

—Pero el señor Stone creía que yo representaba un conflicto de intereses. Él me mantenía alejada de esas cuentas.

—Lo hacía. Pero tú me ayudaste con algunas investigaciones durante la última auditoría. Eso fue por mayo.

Ella trató de hacer venir el suceso. Inútil. Pero era cierto que cuando se trataba de auditorías y horas extra, todo el mundo arrimaba el hombro.

—Así que nosotros... ¿qué somos exactamente?

Él mantuvo la mirada en el asfalto.

—No hemos llegado a una respuesta para esa pregunta. Nos hemos visto en actos sociales, hemos salido muchas veces. Nos gustamos... a mí me gusta tu compañía.

—De alguna manera, eso debería hacer las cosas más fáciles —dijo ella. Mantuvo su voz suave y esperanzada—. Para empezar de nuevo, quiero decir.

Wayne giró el volante y su camioneta se condujo hacia el camino privado de la casa de los McAllister.

—Sí, tal vez lo sea.

La finca de los McAllister era un recinto residencial cerrado, al que bordeaba el río Colorado; un extenso rancho de estuco y terracota de diez acres, que incluía una casa de invitados, pistas de tenis, un gimnasio y un pequeño embarcadero donde Landon, de vez en cuando, anclaba su yate. Shauna solía pensar que fácilmente hubiera podido ser la villa de algún señor de la droga colombiano.

Shauna colocó una mano sobre su estómago irritado. Odiaba este lugar y todos los recuerdos que albergaba.

Las medidas de seguridad alrededor de su padre eran más grandes de lo normal, con las elecciones generales a menos de un mes. Y aún así Wayne pasó dentro sin problema.

Entraron en la mansión por una entrada lateral que conducía al comedor de diario, situado lejos de la brillante cocina de acero inoxidable. Shauna olió a barbacoa de leña de mezquite y a patatas con mantequilla, y ese olor sólo le provocó nauseas.

Saludó con la cabeza a un cocinero que no reconocía y apresuró su paso hacia Wayne a fin de no quedarse atrás. Él cogió su mano y paró antes de llegar a la puerta.

—¿Estás bien?

Ella asintió con la cabeza, pero no sentía nada parecido a estar bien.

Shauna empujó la puerta abierta y entró al comedor.

Landon, Patrice y otra mujer estaban sentados en una mesa de roble comiendo los últimos bocados de su cena. Rudy estaba sentado junto a la ventana.

El tintineo de los tenedores en los platos paró bruscamente, y la sala se quedó en un completo silencio. El mismo con el que la miraban a ella fijamente.

Landon dijo algo, pero Shauna no escuchó sus palabras. Solamente era consciente de Rudy.

Su imparable hermano, un campeón de atletismo fuerte y en forma, había sido reducido a una ramita retorcida, contorsionado en un artilugio de silla de ruedas que tenía pinta de caro y hecho a medida para su cuerpo arrugado. El respaldo le mantenía en una posición reclinada, y estaba levantado sobre la estructura como un *monster truck* con ruedas pequeñas. Una bolsa colgaba de un palo sujeto a un lado de la silla, y un fino tubo de plástico discurría hasta el abdomen de Rudy.

Debía haber perdido quince kilos desde su último recuerdo de él. Sus rizos salvajes, castaños y gruesos, habían sido afeitados, y unas grandes tiras de espuma le sujetaban el cráneo velloso. Una cicatriz le atravesaba la parte de arriba de su cabeza a través del nuevo cabello que crecía. «Rudy». Su nombre le salió de los labios como un último suspiro.

Shauna se sentía muy débil para permanecer de pie. Buscó a tientas el respaldo de una silla y se apoyó. Wayne tocó su hombro.

—Lo siento tantísimo... —susurró él—. No lo sabía.

Con la mente embotada, se deshizo de su mano.

No podía apartar los ojos de la silueta marchita de Rudy. Entonces Shauna supo que tenía que haber muerto en el río aquella noche. Ella había hecho aquello...

Debajo del nacimiento del pelo, un oscuro cardenal que hacía tiempo que había abandonado su fase de color cubría su frente y su ojo derecho. Sus ojos grises (ella sostuvo la respiración), sus ojos grises la estaban mirando.

—¿Rudy? —Y esta vez su nombre salió de su boca con esperanza.

—Puede verte, pero no puedo asegurar que te reconozca —dijo la mujer que estaba junto a Patrice. Shauna miró a aquella mujer de mediana edad con las mejillas demasiado maquilladas y la nariz demasiado pequeña para su ancha cara. Descansaba su pequeña y simétrica barbilla sobre las manos entrelazadas—. Está en lo que llamamos un estado mínimo de consciencia.

Shauna volvió a Rudy. Las lágrimas llenaron sus ojos con aquella visión inverosímil.

—¿Qué quiere decir *estado mínimo de consciencia*? —preguntó Shauna.

—Que tiene funcionando un par de neuronas más que un vegetal —dijo Landon.

—Señor McAllister —dijo gentilmente la mujer—, él está consciente.

Shauna miró a su padre por primera vez desde que llegó a la casa. La voz de Landon McAllister era como siempre la había recordado: profunda, fuerte, clara y carismática, la voz del flautista que todos seguirían. Pero sus habituales ojos brillantes estaban apagados hoy. Las líneas de su amplia boca estaban derrumbadas. Se le notaba claramente una de sus venas sobre su sien izquierda, igual que la que tuvo en las semanas posteriores a la muerte de su madre.

Este hombre estaba roto, y el corazón de Shauna se desbordó con una nueva clase de dolor.

Él no le sostuvo la mirada mucho tiempo. De nuevo, era el primero en apartarse.

—¿Cómo de despierto está? —preguntó Shauna. Volvió a poner su atención en los ojos de su hermano.

—Realmente no lo sabemos —dijo la invitada.

—Increíble lo poco que tu gente sabe —murmuró Landon.

Patrice se dirigió a Shauna por primera vez, en un tono frío y formal:

—Shauna, esta es Pam Riley, la enfermera interna de Rudy. Pam, esta es la hija de mi marido y su novio, Wayne. No la esperábamos esta noche, porque está bajo arresto domiciliario en el hospital.

Las mejillas luminosas de Pam se iluminaron más aún, y Shauna hizo como que no escuchó. Wayne descansó la mano en su hombro.

—Así que, ¿mínimamente consciente es bueno? —preguntó Shauna a Pam—. Quiero decir, ¿hay esperanza?

—La esperanza es un cuento de hadas para los culpables —dijo Landon, y luego tiró lo último de su café—. Así que te puedes sacar de la cabeza cualquier memez inspiradora ahora mismo.

Sus palabras se le clavaron como puñaladas. Acercó su silla a Rudy y le dio la espalda a la mesa.

—Todo daño cerebral es en realidad un terreno desconocido —dijo Pam—. No nos gusta hacer predicciones o promesas. Pero no nos hemos resignado al estado actual de Rudy. Hay muchas cosas por hacer.

Landon se levantó de la mesa con su plato vacío como si hubiera escuchado ese discurso miles de veces. Sus grandes zancadas le dirigieron a la cocina.

—El senador ha tomado todas las medidas para incrementar las posibilidades de recuperación de Rudy. Tal vez más tarde pueda enseñarte el...

—Shauna tiene una cita con las autoridades locales —dijo Patrice—. Me temo que eso tendrá que esperar.

Shauna apretó los dientes para evitar contestarle. No aquí. No ahora.

Pam precisó:

—Para contestar a tu pregunta, Shauna, sí que hay casos documentados de pacientes en un estado mínimo de consciencia que recuperan sus funciones...

—Después de más de veinte años —dijo Landon, regresando—. Y lo llaman milagro. Seguro que hay esperanza, sólo que yo no viviré para verlo.

—El caso de Rudy deja un montón de posibilidades abiertas —continuó Pam como si nada—. Su daño fue causado por el trauma más que por la hipoxia...

—¿Qué es eso?

—Falta de oxígeno.

—¿Entonces él no se ahogó?

—No, sólo se golpeó. Salió despedido del coche antes de que golpease el agua, y respiró por sí mismo todo el tiempo.

Rudy no había dejado de mirarla todo el tiempo. Ella temblaba.

—¿Y por qué es eso mejor que ahogarse?

—La hipoxia apaga todo el cerebro —dijo Pam—. ¿Recuerdas a Terry Schiavo? Eso es lo que le pasó a ella. Para Rudy, sin embargo, el daño ha sido parcial. Devastador, pero parcial. Algunas partes de su cerebro todavía funcionan bien. Es posible, con el tiempo, que esas áreas sean capaces de reconstruir las conexiones perdidas.

Landon se movió para ponerse al lado de Rudy y colocó una amable mano en la cabeza de su hijo. Rudy mantenía los ojos en Shauna. Aquellos ojos podían estar expresando reconocimiento o fascinación. Clemencia o acusación. Podían estar buscando la llave para liberarle de su prisión, o gritándole para que se marchase. Podían no estar viendo nada en absoluto.

—Con el tiempo, Rudy será capaz de compensar sus otras pérdidas —dijo Pam.

—No hay compensación para esto —dijo su padre.

Emparejados con las palabras de su padre, a Shauna le pareció que los ojos de Rudy se tornaban hostiles. La perforaban, juzgando su olvido.

—Papá, lo siento tanto... Lo siento tanto, tanto, Rudy. Por favor, perdóname.

Se soltó de la silla, cruzó la habitación hacia Rudy, y se sentó con cuidado en una silla cercana a él. Se inclinó hacia delante y le tocó la mano. Si pudiera hacer todo aquello bien, lo haría sin pensárselo dos veces. Se sentaría en aquella silla y se encerraría a sí misma en la mente rota de Rudy para que así él volviera y fuera de nuevo la fuerza tranquila en medio de su atormentada familia. ¿Cuánto le llevaría? Haría lo que fuera.

—Por favor. Lo siento mucho.

Su piel le parecía acartonada y artificial. Él no respondió. Ella apretó sus dedos.

—Para, Shauna —dijo Landon, lanzando la orden como una patada a su corazón. Dejó la mano de Rudy en un movimiento defensivo. ¿Qué parara el qué? ¿De tocarle? Miró a su padre e instantáneamente reconoció aquella ira suya tan familiar: la frente tensa, los labios planos.

¿Por qué no podía ser igual de familiar con su cariño? Sólo un minuto de las horas de amor que había derramado en Rudy. No necesitaba mucho más de Landon, sólo un momento, un guiño, una sonrisa.

La certeza de que confiaba en ella. La protegía.

—Tu humillación no ayuda a nadie.

—Desearía que yo...

—Esto no va de ti, Shauna. Va de Rudy. Va de que tú lo has apartado de nosotros. Rudy no hará campaña conmigo. Él no llegará siquiera a intentar conseguir uno solo de sus sueños. ¡Cielo santo, Shauna! ¡Ni siquiera era lo suficientemente viejo como para desilusionarse! ¡Quería ser un *político*!

Rudy profirió un gemido que le provocó un escalofrío a los nervios de Shauna. Permaneció de pie, sin saber qué hacer.

—Creo que todos deberíamos tomarnos un respiro —dijo Pam, rodeando la mesa—. Bajemos un poco el volumen, ¿de acuerdo?

—¿Está bien? —preguntó Shauna.

—¿Está bien? —repitió Patrice, apenas audible—. Eres increíble.

Shauna volvió a sentarse despacio en la silla y cogió la mano de Rudy de nuevo. Su cabeza empezó a golpear la almohadilla.

—Shh... Rudy —Shauna acariciaba su palma. No podía vislumbrar la visión de su dolor—. Shh... —Él golpeaba su cabeza aún más fuerte, y por primera vez, sus ojos se apartaron de los de ella. Se deslizaron hacia arriba, hacia atrás de su cabeza—. ¿Rudy?

—Deja que yo me encargue de esto —dijo Pam, preparada para sacarle de la habitación en la silla de ruedas. Pero Shauna no podía dejar marchar a su hermano.

Landon se inclinó sobre ella y sujetó la muñeca de Shauna. Apretó su pulgar contra sus pequeños huesos y ella gritó, dejando caer la mano de Rudy. Los ojos de su padre eran grises, como los de su hermano, aunque mucho más transparentes en lo que querían decir.

—Lo siento.

—Pedir perdón no lo arregla. Sólo has conseguido disgustarlo.

El quejido de Rudy se elevó en un chillido agudo según Pam lo sacaba de la pelea en dirección al vestíbulo, hacia su habitación. Landon soltó a Shauna y le dio la espalda para asomarse a la ventana.

—Tienes que saberlo —dijo Patrice a Shauna, apilando los platos vacíos en la mesa, haciendo más ruido del que era necesario—. Lo has disgustado.

—Creo que ha respondido ante el conflicto; él siente la tensión entre nosotros, obviamente.

—Así que extirpamos la causa, y *voilà*.

—No hace falta ser sarcástico.

—Estoy hablando en serio.

Shauna cruzó sus manos delante de ella para evitar que la sacudieran. Sintió el movimiento de Wayne para ponerse a su lado. Miró a Landon para que la defendiera, pero se había retirado del intercambio.

—Admito toda la responsabilidad de lo que le ha pasado a Rudy —dijo, mirando fijamente sus pulgares—. Y sé que no hay manera de compensarlo, pero estoy segura de que puedo ayudar a...

—Shauna, le debes tanto a tanta gente que *nunca* serás capaz de compensar ni siquiera a uno de ellos.

Las primeras lágrimas de Shauna por fin se escaparon, y no podía decir si eran lágrimas de injusticia, o ira, o angustia por la verdad de las palabras de su madrastra. Sintió todas aquellas emociones al mismo tiempo, y alcanzó a ciegas la mano de Wayne. Le agarró con fuerza.

Patrice dio la vuelta a la mesa, cerrándole el espacio protector que Shauna había mantenido apenas.

—Siento no poder recordar...

—¡Ya está bien de ese juego, Shauna! Estoy harta y cansada de que uses esa cantinela de víctima como una excusa para salirte con la tuya. Estoy segura de que lo recuerdas todo. Le debes a tu padre más respeto que el que estás mostrando.

—Realmente no entiendo...

—Claro que no. Si el hecho de prescindir de tu cabecita descerebrada no le causara a Landon una pésima publicidad, no te hubiera dejado venir a casa. Bastante malo es ya que hayas sido acusada de una felonía.

Landon no hizo ningún intento de intervenir.

—Patrice —suplicó Shauna—, fue un accidente.

Odiaba ser reducida a una hoja temblorosa delante de aquella cruel mujer, mientras su padre actuaba como si nada estuviera pasando. Pero no tenía motivos para esperar de él algo más. Landon siempre había sido Landon. A su pesar.

—¡No estoy hablando del accidente! —ahora Patrice gritaba, y algo dentro de Shauna se encendió—. ¡Estoy hablando de tu desprecio por todos los sacrificios que tu padre ha hecho por ti! ¡Estoy hablando de tu falta de respeto por su carrera, de tus descarados esfuerzos para minar todos sus logros! ¡Eres la mocosa más manipuladora y testaruda que he visto nunca! ¡No te atrevas a sentarte aquí y jugar ese jueguecito conmigo!

Aquellas acusaciones golpearon a Shauna como un rayo, en una sacudida mortal. Se levantó y restregó sus manos en sus pantalones.

—Landon, nada de esto es verdad. Ayúdame. Cuéntaselo. Tú y yo tenemos nuestra parte de... desacuerdos, pero siempre he respetado tu trabajo.

Sin mirar a su hija, el senador se alejó de la ventana y se marchó de la habitación.

Su último abandono derrotó a Shauna. Durante unos instantes no pudo respirar.

Patrice se apostó tan cerca de Shauna que podía oler el café rancio en su aliento.

—Si sigues insistiendo con esto, voy a intervenir, y no me importa lo caro que te salga.

—¿Intervenir? ¿Insistir con qué? —dijo Shauna.

—Te estás riendo de él en su cara; eres una indiscreta con tus compañías. Mientes a cualquiera que vaya a publicarlo. Tu conducción temeraria ha costado miles de dólares en pleitos. Estás traficando con sustancias legales...

—¡*No* lo estoy! Eso es ridículo.

—No tengo ninguna razón para creerte, y, de hecho, con gusto testificaré en tu contra cuando llegue el momento.

Shauna se sentía aturdida.

—Lo que encontraron... tiene que ser de otra persona.

—¿De otra persona? ¿En *tu* coche? ¿En *tu loft*? De ninguna manera. ¡Eres una cría estúpida!

—No tengo ni idea...

—Y te lo diré de una vez por todas, no me creo que *fuera* un accidente. Creo que lo has inventado todo para echar a tu padre abajo, ¿y qué mejor manera de apuñalarle por la espalda que arrebatarle aquello que más le importa? Nunca quisiste que Rudy siguiera los pasos de su padre. Cualquiera con un poco de visión de la realidad podría ver lo que estás intentando hacer aquí.

Shauna intentó calmar el ritmo de sus latidos. Se libró de la mano de Wayne y él la soltó. De mala gana, pensó.

—¿Por qué querría yo...?

—Cállate. Nada de lo que digas podrá cambiar lo que sé que eres, Shauna.

—Tú no sabes quién soy.

—No te creas tan importante. Te conozco mejor que nadie. Y si yo fuera tú, estaría buscando la manera más rápida y certera de quitarme de en medio. No vales nada para tu padre o tu hermano.

Sólo se necesitó una fracción de segundo para que la ofensa superase el sentido común de Shauna.

Le dio una bofetada a Patrice.

Shauna ni siquiera se veía capaz de hacer algo así, ni siquiera lo había pensado. Y ahora ya estaba hecho. Una uña hizo brotar sangre de la sien de Patrice.

De acuerdo.

Shauna vio el rubor en la piel de Patrice, y vio la gota de sangre que se derramaba desde el arañazo, y se vio a sí misma saltando encima del caballo salvaje que era su furia, una furia desbocada que dejó su mitad sensible en el suelo.

—¡No tienes ni idea de lo que estás hablando! Amo a mi hermano tanto como te odio a ti... ni siquiera puedes hacerte una idea de cómo te odio...

—Lo mismo digo.

—¡... yo nunca le haría daño! ¡Tú, Patrice, tú eres la razón de que esta familia no pueda mantenerse junta! Tú eres la razón de que mi padre me haya dado la espalda...

Patrice se carcajeó.

—¡... y tú tienes que hacerte responsable de tus propios errores en vez de hacer alarde de los míos frente al mundo!

Patrice presionó la herida con sus dedos. En algún lugar lejano, sonó el timbre de una puerta. Shauna siguió adelante.

—Eres una mentirosa, y una bruja, ¡y nunca has hecho nada por nadie que no te beneficiara a largo plazo!

—Y *tú*, niña, eres la única que va a ir a juicio por cualquier cosa.

El caballo salvaje de Shauna se desplomó, todas sus cuatro patas rotas en un momento.

—Eso es todo mentira.

—No puedo decirte lo que quieres oír, chica. —Patrice cogió la pila de platos y se giró para seguir el camino de su marido fuera de la habitación. Se paró en la puerta—. Creo que será mejor que te apartes de Rudy. ¿Entiendes?

Shauna asintió con la cabeza sin entender nada. Se apoyó en Wayne. Él puso uno de sus brazos sobre sus hombros.

—Lo siento mucho.

—Tendría que haberte escuchado.

—Sabes que nuestro tiempo se acaba.

Ella asintió sin fuerzas.

—Sabes que tengo que contarle a la policía que hemos venido aquí.

Bajó su cabeza una vez más. Había recibido sus cinco minutos. Eso era todo lo que él le había prometido.

—¿Señor Spade?

Wayne se giró hacia la voz. Shauna miró también.

Había una mujer asiática en la entrada. Una del servicio, tal vez. Shauna no la reconocía, pero se encontró a sí misma cautivada por los ojos de la mujer, que le intercambió la mirada, aunque le hablaba a Wayne. Eran de dos colores diferentes, uno marrón oscuro, el otro más claro. Avellana, tal vez.

—Hay unos oficiales aquí. Preguntan por la señora McAllister.

5

—¿Nada, entonces?

—Nada. Cuando vuelve sobre los últimos seis meses, su cerebro está tan muerto como un ratón en formaldehído.

—¿Y estás seguro de que no sabe nada antes de eso? ¿Estamos seguros?

—Mientras la memoria de sus últimos meses no regrese, estamos bien. Pero si empieza a recordar, tendremos que volver a entrar en el juego. Hay un cincuenta por ciento de posibilidades.

Él resopló.

—Sigo diciendo que sería mejor hacerlo ahora.

—No podemos. Ahora no. Aún debemos esquivar el disparo. Si recuerda, la matamos inmediatamente. Hasta entonces les echaremos un ojo.

—Bien, pero esto puede estallar.

—Ya ha estallado, ¿recuerdas? Ella estalló. Estamos intentando apagar el fuego.

Shauna descansaba en un banco estrecho frente a una pared de hormigón en el centro de detención. Su nariz casi tocaba la pintura desconchada. Aunque su cuerpo era largo y delgado, tenía que mantenerse en equilibrio sobre la tabla para evitar caerse. Le dolía todo el cuerpo. Una aguda punzada en el costado se le había estado clavando toda la noche. Se centró en el dolor. Le dolía menos que su situación actual.

Había sido acusada la noche anterior y procesada en primer lugar el jueves por la mañana, gracias a la insistencia de Wayne, del tío Trent y de su influyente abogado, Joe Delaney. Parecía que la prensa no se había dado cuenta aún de que había abandonado el hospital, justo como Wayne esperaba. El señor Delaney concertó una cita para encontrarse con ella en su despacho el 26 de octubre, al cabo de una semana, dándole tiempo para atender sus necesidades médicas y poder instalarse de nuevo en su casa.

¿Qué se suponía que tenía que hacer mientras tanto?

Ahora esperaba al tío Trent, que había insistido en viajar a medianoche en un vuelo privado para pagar su fianza. «Es la labor de un padre», le había pedido a Wayne que le dijera.

Lo era. Lo era.

Ella cerró sus ojos, dudando entre desvanecerse en el olvido o intentar trazarse un plan para redimir sus últimos y graves errores.

—Salgamos de aquí, Shauna —la suave voz de Wayne la despertó, y el sonido de una verja deslizándose la sacó del asiento. Traía un abrigo ligero para Shauna.

El tío Trent entró en la celda con la mano extendida y la ayudó a levantarse a la vez que la estrechaba en un fuerte abrazo. Su cara redonda estaba amablemente arrugada y suave, con la boca revelando una perpetua sonrisa. Llevaba su típico jersey de cuello alto de marca y su chaqueta de sport en aquel frío día de octubre, siempre elegante aunque informal, tanto en casa como en ropa de trabajo. Su pelo corto y canoso le acariciaba la mejilla como si fuera terciopelo.

—No te preocupes por nada, cielo. Todo esto va a pasar muy pronto. —Ella cerró los ojos. En la seguridad de su abrazo era fácil creerle—. Descansarás en casa de tu padre hasta que estés al cien por cien. Wayne va a quedarse contigo para asegurarnos de que tienes todo lo que necesites.

—Preferiría irme a casa. Quiero decir, a mi casa.

—Cielo —dijo Trent—, tu padre puso en alquiler tu *loft* un par de semanas después del accidente, tus cosas están empaquetadas y han sido trasladadas.

Shauna no podía creer lo que estaba oyendo.

Sí, sí que podía.

—Es sincero cuando dice que cuidaba de ti mientras te recuperabas.

¿Y cómo fue capaz de hacerlo? Un hombre en campaña electoral para presidente no tiene tiempo de cuidar de nada más que sus propios intereses.

—Landon y Patrice no quieren ni verme cerca de ellos.

—El lugar es lo suficientemente grande como para que podáis evitaros unos a otros. Wayne te puede ayudar. —Wayne asintió—. Le puedo conceder al hombre unas vacaciones, después de todo. Y no tuve que retorcerle el pescuezo para que aceptase.

Shauna se sonrojó.

—Perfecto, pues —le propinó un beso paternal en la frente—. Queremos lo mejor para ti.

— Tío Trent, lo siento si hice algo vergonzoso en tu fiesta de aquella noche.

—Está totalmente perdonado.

Ella sonrió.

—Lo supongo.

Ella y Wayne se separaron de Trent en la oficina principal. Wayne dio un largo suspiro y se volvió para mirarla.

—¿Cómo lo estás llevando?

—Mejor ahora que estás conmigo de nuevo.

Wayne enarcó sus cejas y ladeó un poco la cabeza.

—¿Ya me has echado de menos?

Ella dejó caer su mirada, confundida por su propia confesión. Se sentía cómoda con él, como se debería sentir con un viejo amigo, y eso que aún apenas le conocía. Tal vez su subconsciente era poco trabajador.

—¿Hay una puerta trasera? —preguntó ella.

—Ya está todo listo —dijo él. Le ayudó a ponerse el abrigo—. Lo necesitarás para protegerte de la lluvia.

Ella introdujo las manos en los bolsillos y se quedó junto a la pared, con la cabeza agachada, y él la llevó hacia el medio del palacio de justicia y después por un pasillo de mármol. Rozó los dedos contra la pared para entrar en calor.

Tres pisos de escaleras más abajo les bajaron hasta una puerta trasera y de ahí a un estrecho bloque de hormigón entre dos altos edificios. La llovizna de la noche anterior se había vuelto una lluvia ligera que venía directamente hacia abajo.

—Por aquí —dijo Wayne cogiéndole de la mano. Se dirigieron hacia el aparcamiento, al final del corredor. Entre ellos y el aparcamiento un hombre rubio con un chubasquero caqui se apoyaba en la pared de ladrillos, haciendo malabarismos con tres paquetes de cigarrillos.

Wayne tiró de ella para que se diera prisa, pero el hombre se colocó enfrente de Shauna, pisándole el pie y dejando que los paquetes de cigarrillos se le cayesen al suelo. Ella tropezó. El extraño la sujetó de la cintura.

—Bueno, no soy un bailarín, señora McAllister. —Shauna miró a Wayne, sobresaltada por haberle oído decir su nombre—. Perdón por mi mala elección del momento.

Wayne la atrajo hacia su lado.

—Señora McAllister, me gustaría hacerle un par de preguntas sobre...

—La señora McAllister no tiene nada que decir —dijo Wayne, guiando a Shauna alrededor del hombre.

—No le voy a quitar mucho tiempo —insistió el hombre, bloqueando el camino de Wayne. Por lo menos era quince centímetros más alto que Wayne, y lo mismo de ancho.

—Apártese, por favor.

—Sin cámaras.

—No.

—Es sobre el accidente. Sobre los primeros informes.

—Mira, tío. ¿Por qué no me dices para quién trabajas para que llame a tu jefe y le presente una queja?

El hombre retiró uno de los envoltorios de celofán y miró a Shauna.

—Me gustaría saber de la otra persona que iba en su coche.

¿Qué coche?

Parecía que podía leer su mente.

—La noche del accidente.

¿Rudy?

Wayne condujo a Shauna hacia la puerta por la que acababan de salir.

—Shauna, no digas nada.

—¿Sobre Rudy? —susurró ella.

—Un testigo presencial coloca a un segundo pasajero en el coche con usted —gritó el hombre.

¿Un segundo? Rudy era el único.

Wayne la presionaba por la espalda para volver a la puerta del palacio de justicia. El malabarista de cigarrillos les seguía, indiferente. Wayne tiró de la palanca. Cerrado. No había otro camino para salir excepto pasando por aquel hombre. Shauna se limpió la lluvia de la frente. Su pelo se estaba empapando.

—¿Cómo te llamas? —preguntó Wayne.

—Smith —el hombre extendió la mano. Wayne no se la estrechó.

—¿Y trabajas para...?

—Soy *freelance*.

Wayne se burló.

—¿Cómo supiste...?

—Soy un *buen freelance*.

—Muy bien, *Smith*, yo también era un testigo presencial y no vi a nadie más...

—Tardaste un rato en llegar a escena, según tengo entendido.

—... ni el conductor del camión, que estuvo allí desde el principio. Y si hubieras hecho bien tus deberes, hubieras visto que el informe del accidente dice lo mismo. Siento mucho tener que decírtelo, pero probablemente le has pagado a alguien un buen montón de dinero por un soplo falso.

Smith guardó los paquetes en los bolsillos de su chubasquero.

—Siento que no podamos serle de más ayuda —dijo Wayne—. Ahora, si no le importa, la señora McAllister ha tenido un día muy difícil.

El hombre se hizo a un lado y se inclinó extendiendo el brazo con una reverencia shakesperiana.

Sacó un cigarrillo y le sostuvo la mirada mientras ella se dejaba guiar por Wayne.

Con Wayne de espaldas, Smith dejó caer el personaje de reportero y se despidió de Shauna con un lento movimiento de la mano, como si fuera un amigo triste diciéndole adiós.

6

Shauna estaba tan obsesionada con el gesto de despedida del hombre que no le estaba prestado toda la atención a Wayne cuando la llevó de vuelta al hospital para encontrarse con el doctor Carver antes de volver a casa. Él dejó sus llaves en el cenicero del Chevy antes de entrar.

El breve encuentro pasó entre su vago desinterés y su distracción. Él le entregó cinco frascos, etiquetados solamente con números, y le explicó qué píldoras contenían cada uno, y le indicó que debía tomarlas dos veces al día.

¿Había una tercera persona en el coche? ¿Y si Rudy tenía un amigo, a lo mejor, y las drogas eran suyas? La posibilidad de que hubiera una tercera persona lo cambiaba todo.

No, no podía ser... aún había drogas en su *loft*, por no mencionar en su sangre. ¿Y por qué toda aquella gente no vio a aquel pasajero anónimo?

—Siders está deseando que te vayas a casa ahora, Shauna. —Wayne tocó su hombro, sacándola de golpe de sus pensamientos.

—Bien.

—Siempre y cuando volvamos una vez a la semana. La doctora Harding te quiere aquí mañana. Te ingresará si ve que es necesario. ¿Te parece bien?

—Vale.

Al cabo de un rato estaban de nuevo en la camioneta, yendo hacia la casa de Landon, y ella estaba de vuelta en sus pensamientos, preocupada por los sucesos de los últimos días. No hablaba mucho.

Wayne dejó el vehículo en el aparcamiento y ella alzó la cabeza.

Estaban enfrente del bungalow que hacía de casa de invitados en la propiedad de los McAllister. Con seis dormitorios en la casa principal, pocos invitados habían ocupado aquel alojamiento más remoto, y el estuco y las tejas de color rojo que hacían juego con las de la casa grande habían empezado a desmoronarse. Unos preciosos y altísimos nogales extendían sus brazos a lo ancho, y en los días de verano daban sombra como un precioso encaje. Pero en aquella tarde grisácea de octubre las ramas apenas se cernían como una maraña de nubes.

—¿Por qué estamos aquí?

Wayne la miró confundido.

—Sabías que veníamos a la finca.

—Me refiero al bungalow.

—Ah, idea de tu padre.

—Ya veo.

—Pensó que tendrías más intimidad así.

—Cierto. Mi antigua habitación está demasiado cerca de la casa.

—Pam ocupa tu cuarto ahora.

Por supuesto.

—Hay tres habitaciones aquí, así que estaré cerca. Si no te importa. El senador te ha puesto a un ama de llaves en el tercer cuarto. A tiempo completo, a tu servicio. Si es necesario, es más fácil que recibas aquí las visitas: los doctores, los terapeutas...

—Lo que veo es un lugar donde Landon puede tenerme bajo control.

—Será bueno que estés aquí. ¿Toda esta seguridad? Sin medios de comunicación, sin presión.

Wayne salió de la camioneta, y luego ayudó a Shauna a salir, sumergiéndose en la lluvia. Pisaba fuerte, sintiendo el peso de su nueva vida, dirigiendo sus pasos al amparo del porche.

Aquel dolor apagado pero preciso que la había irritado en el palacio de justicia se resintió de nuevo en su costado. Una apendicitis sería oportuna e incluso poética. E incluso irónica. Podría haber sobrevivido a ser catapultada a un río helado y haber evitado daño cerebral y a pasar por un ensayo clínico con efectos alucinógenos, para después ser desmontada por un órgano inflamado y en desuso.

Pero el dolor pasó.

La mosquitera de la puerta chirrió.

Una mujer guapa aunque inexpresiva sujetaba la puerta: era la mujer asiática que Shauna vio en el comedor de la casa principal la última noche.

La pequeña mujer dejó que la puerta se cerrara sola de un golpe. Le dio la mano a Shauna.

—Soy Luang Khai, su ama de llaves.

—¿Perdona?

—Llámeme Khai.

—¿Rima con *Hawái*?

—Se acerca.

—Shauna McAllister. Supongo que conoces a Wayne.

Khai asintió con un gesto seco:

—El señor McAllister dijo que vendría. La tercera habitación está preparada para usted.

Fijándose más ahora en Khai, Shauna se convenció de que el ama de llaves debía tener más de treinta años. Shauna estudió la disparidad de sus ojos durante más tiempo de lo considerado educado.

—He perdido mis lentillas —dijo ella, y luego abrió la puerta para invitarles a pasar.

Shauna entró en la habitación principal, que estaba decorada como la suite de un hotel: dos dormitorios y un baño compartido en un lado de la sala de estar, y un dormitorio autónomo en el otro lado. Detrás de una chimenea de doble cara había una pequeña cocina y una barra de desayuno con vistas al río.

Además del mobiliario que debía llevar allí años (el sofá de ante marrón, una silla Morris hecha jirones que necesitaba un nuevo tapizado), la habitación estaba llena de cajas marrones apiladas en tres alturas.

Shauna intentó comprenderlo. ¿Aquellas eran sus cosas?

—Acaban de llegar —dijo Khai—. Cuando haya descansado la ayudaré a desempaquetarlas.

Shauna abrió las cajas más cercanas. Libros: contabilidad, libros de texto, manuales. Pilas de periódicos. Unas pocas revistas.

Ropa en la siguiente. Allí tirada, sin ordenar. Tendrían que haberlo lavado y planchado todo.

Más ropa. Ropa de cama y toallas.

—¿Tal vez prefiera comer algo primero?

Shauna abrió la tapa de una cuarta caja.

—No sé si podré.

—¿Le gusta el *tom yam*? ¿Sopa?

—*Adoro* esa sopa —dijo Wayne—. Comida tailandesa.

Se asomó a la cocina.

Shauna sacó algunas cosas de la caja. Su iPod, un joyero de lentejuelas, un vaso de cristal artesanal, un elefante de madera.

Aquello no era suyo. ¿O eran cosas que no podía recordar haber adquirido? El animal posaba con un pie hacia delante y con los colmillos arriba, su trompa en lo alto, como si estuviera haciéndola sonar. La madera era oscura. De cedro, tal vez, y con un ligero barniz. Una línea decorativa en la madera corría desde la boca del elefante, alrededor de la forma de su oreja, y luego hacia abajo por su espalda. Lo siguió con su dedo índice antes de devolverlo a la caja.

—Vosotros comed —dijo Shauna—. Hay algo que yo debo hacer primero.

Cogió el iPod de la caja y se lo guardó en un bolsillo del abrigo. Sus dedos rozaron un trozo de papel. Sacó una pequeña nota de papel rojo doblada en cuatro veces. ¿Cómo no se había dado cuenta antes? La desdobló y vio escrita una dirección con letra ordenada, en diagonal sobre una esquina. Una dirección en Victoria, Texas.

—¿Conocía a alguien en Victoria?

Shauna ni siquiera estaba segura de saber dónde estaba Victoria.

Wayne se asomó desde la cocina, llevando un cuenco humeante en las manos.

—¿Qué es eso que necesitas hacer? —le preguntó.

—Rudy. —Ella dobló de nuevo el papel y se lo guardó en el bolsillo—. Necesito ver a Rudy.

Corbin Smith se arrastró hasta el teléfono de la mesa de la cocina, levantó el auricular y presionó la tecla de marcación rápida. El número tres, después el buzón de voz y el despacho. Le dio un trago a una botella de Gatorade y se giró para abarcar toda la vista panorámica del centro de Austin mientras el teléfono sonaba. Nunca se cansaría de aquel lugar. Cuando llegara el momento de devolvérselo a su legítima dueña (y tenía fe en que ese día llegaría), se lo tendría que pensar dos veces para soltarlo.

No, realmente no. Tal como estaban las cosas, estaba convencido de haber tomado la decisión correcta al haberse lanzado a aquel lugar cuando subió el alquiler, y mantenérselo listo para ella. Aunque hiciera mella en su cuenta bancaria.

Su mejor amigo contestó al teléfono.

—Si vuelves a llamarme, me cambiaré de número.

—Qué bueno escuchar tu voz, tío.

—¿No te he explicado lo que pasará si...?

—Miles de veces. Un viejo cuento. Tengo algo nuevo para ti hoy.

—Ya lo he leído en el periódico.

—Esto no.

—Pues dímelo entonces para que pueda dejar la línea libre.

—Está despierta. Caminando con sus propios pies. Fuera del hospital.

Eso le hizo callar. Smith escuchaba una respiración al otro lado de la línea. Se echó encima del silencio.

—¿No te lo había dicho? ¿No lo hice? *Sabes* que es una luchadora.

—Nunca dije que no lo fuera.

—La he visto hoy. He hablado con ella.

—¡Apártate de su camino! ¿Voy a tener que ir allí yo mismo y estrangularte con mis propias manos? No tienes ni idea de lo que estás haciendo, Corbin.

—Oh, lo tengo muy claro. Ahora que *tú* te has apartado de esto, cosa que no entiendo, eres *tú* el que no tiene las ideas claras. Yo soy el sabueso ahora, ¿sabes? Yo soy el que sabe lo que se cuece aquí más de lo que tú nunca has sabido.

Eso por lo menos hizo que Corbin se ganara una risa.

—Lo que tú digas.

—Tienes que volver. Hoy. Deja que te traiga a toda velocidad.

—No.

—Tienes que verla. Te necesita.

Esta vez su negación dudó.

—No.

—Si no lo haces, ella irá a buscarte. Le he dado tu dirección.

—Corbin, esto no es un juego.

—No estoy jugando contigo. Piensas que esto va a durar para siempre, y te estoy diciendo que podemos darle la vuelta.

—¿Cómo?

—Estoy trabajando en ello. Ten un poco de fe.

—Tengo fe en que verme puede matarla, lo que sería una desgracia que no podría soportar. Y eso es todo, en resumidas cuentas.

Corbin buscó en su arsenal de persuasión el arma más grande, el disparo más mortífero que pondría a aquel tipo en movimiento. ¡El sabueso era en realidad una mula!

—No recuerda nada. No me conocía. No sabe nada.

Corbin le dio otro trago a aquella bebida con sabor a cereza, esperando un poco de lucha antes del último suspiro.

—Es lo mejor, entonces.

Se atragantó con el zumo y estuvo diez segundos tosiendo para echarlo fuera.

—¡Idiota! Ella te necesita ahora más que nunca.

—No me vuelvas a llamar.

Después llegó el último suspiro.

Corbin tiró el inalámbrico al otro lado de la cocina y maldijo mientras éste se deslizaba hacia la parte de atrás del sofá.

7

Ya era hora de acabar con aquel juego.

Shauna estaba de pie, furiosa, en un sendero sombreado detrás de la casa de su padre. Tres personas diferentes del equipo de seguridad de su padre le habían negado la entrada a la casa familiar.

—Lo siento, son órdenes de la señora McAllister.

Patrice. Ésta era la situación más insultante e inimaginable en la que se hubiera encontrado nunca.

Tenían muchos asuntos pendientes, ella y la mujer de su padre, asuntos que venían de largo. El día de la boda de Landon, Shauna le contó a un reportero que se las arregló para colarse en el banquete de boda, que Landon y Patrice se casaban más por fines políticos que por amor. Cuando el periodista le insistió para conseguir más detalles, Shauna se inventó la historia de que lo había escuchado a escondidas en una conversación de la pareja. Lo esencial era lo importante que sería este matrimonio para la carrera de Landon y que Patrice tenía sus propios objetivos políticos en mente.

Shauna tenía once años. Y no sabía que el chaval era un periodista. Sobre todo, estaba disgustada con Patrice porque no le había dejado llevar los pendientes de rubí de mamá. Patrice había dicho que eran llamativos y que no quedaban bien con el vestido de Shauna: una cosa con volantes al estilo belleza sureña que Shauna odiaba, odiaba, odiaba. Estaban en Texas, después de todo, casi en el siglo *veintiuno*.

Necesitaba que alguien comprendiera lo infeliz que era, y aquel hombre parecía genuinamente interesado, como nadie más parecía estarlo en la fiesta.

La mañana siguiente también estaba interesado el resto de Texas.

Patrice vendió los pendientes de su madre en eBay años más tarde.

Ése fue el primer paso de la escalada de conflictos entre las dos mujeres, aunque Shauna nunca volvió a causar otro suceso con tanta mala intención. No podía decir lo mismo de su madrastra.

Shauna fue hasta la esquina oriental de la propiedad e irrumpió en el espacio abierto lleno de maleza. Había tiempo para hacer a su padre partícipe de aquel desastre.

Alcanzó el gimnasio en cinco minutos, sin aliento y con las rodillas temblorosas. Pero la indignación por aquella atrocidad la propulsó a través de la doble puerta principal hacia la sala de pesas iluminada por luz natural en el corazón mismo del edificio.

Un hombre alto con un traje poco imaginativo la vio llegar. El senador estaba echado en su máquina de estiramientos.

La piel curtida de Landon McAllister le había hecho ganarse al electorado, aunque no sabía casi nada de ganadería. La realidad era que él odiaba los protectores solares y su yo irlandés se arrugaba bajo el sol de Texas. Su aspecto era convincente, de todas maneras. Sus cejas espesas y su ancha boca sugería competencia; su cabello parcialmente gris, sabiduría; y su peinado desaliñado, un atractivo muy natural.

Shauna le gritó cuando aún se encontraba a varios metros de distancia.

—¿Qué te crees que estás haciendo, encerrándome fuera de la casa? Fuiste tú el que me invitaste, ¿verdad?

Landon aún hizo un par de movimientos más antes de dejar las pesas.

—Me has dejado encerrada fuera.

Landon suspiró desde lo más profundo de sus pulmones.

—Patrice te dejó fuera. No puedes estar metiéndote en sus asuntos, Shauna.

—Son *nuestros* asuntos, no suyos.

Landon se puso de pie y se secó el sudor de la cara.

—A lo mejor más tarde le hablaré sobre esto. Cuando Rudy se mejore. Pero no ahora. No todavía.

—¿Qué rábanos tiene esto que ver con Rudy?

—Tú lo disgustaste.

—¡*Patrice* lo hizo! ¡Nuestra pelea lo disgustó!

—Entonces, ¿por qué no hay nadie peleando excepto cuando tú estás alrededor?

—Yo no quiero pelear, Landon. Sólo quiero pasar tiempo con mi hermano. ¿Es eso un delito?

—Si irrumpes y entras, sí.

Landon se dirigió a las duchas.

—¡No entiendo por qué crees que encerrarme fuera puede ser bueno para Rudy!

—Ese es el problema, Shauna. No entiendes nada. Tú pasas volando por la vida con un ojo cerrado y luego actúas sorprendida cuando te chocas contra un árbol. Vas a acabar con esta familia, con cada uno de nosotros, uno por uno, si no creces ya y te enderezas.

¿Crecer? ¿Enderezarse? Su mente daba vueltas por el bombardeo verbal. No importaba lo que hiciese, su padre le diría que lo había hecho mal. Sin valor. Sin mérito.

Cuando se quedó sin poder replicar, Landon McAllister lanzó todo el peso de su cuerpo contra las puertas abatibles y se separó de su hija una vez más.

Shauna se giró sobre sus talones y gritó de frustración.

A su agravio sólo le llevó unos minutos derretirse en lágrimas. Corrió afuera y caminó directamente hacia Wayne, que la sujetó.

Él la rodeó con sus brazos, como si fuera el movimiento más natural del mundo. El agradable aroma de su camisa, de suavizante mezclado con colonia, le hizo pensar a Shauna que él le prestaba atención a los detalles, y que él debía tratarla con el mismo cuidado.

Tal vez recordaría algo, algún lugar donde el rechazo no la alcanzase, si descansase sobre su pecho.

—No sé qué hacer —susurró ella.

Él no la dejó marchar. Y no trató de decirle qué hacer. Solamente la sostenía.

—No me merezco tu apoyo en todo esto —dijo ella—. Lo que he hecho es... imperdonable.

—Todo el mundo necesita a alguien.

—¿Por qué estás tan dispuesto a ayudarme?

Wayne no contestó en seguida. La acunaba con delicadeza.

—Tal vez yo lo necesite también.

—¿Para qué? Soy un hazmerreír público, una delincuente cualquiera, sin pasado, sin trabajo, sin amigos, nada digno...

—Para.

Y ella paró.

Inclinó su cabeza hacia atrás para mirarle. Él entornó sus ojos, mirándola, no a la manera en que su padre lo hacía, censurando. Sus ojos así entornados le dieron una sacudida. *¿Por qué dices esas cosas horribles sobre ti?*

—Vas a salir de esta —dijo él.

¿De dónde venía su fe en ella?

Deseó poder recordar la historia que compartían. Era muy injusto para él que ella no pudiese hacerlo.

Podría recordar, porque él creía en ella.

Le besó antes de decidir si besarle era lo correcto.

Él dio un paso atrás y se apartó de ella.

—¿Qué pasa? —preguntó ella, sin saber si se encontraba aturdido o si le hacía gracia.

—Yo no...

—¿No qué? —Ella se le acercó y levantó los brazos sobre sus hombros. Sus músculos se relajaron.

—Nada —sonrió él—. Estás llena de sorpresas.

Wayne ladeó su cabeza tímidamente, lo suficiente para que ella no tuviera que estirarse. Se acercó a ella y la acarició con sus labios con suavidad, levemente, sin pedir nada. Él sabía a jengibre, dulce y especiado.

Shauna se sentía tan segura, tan protegida, que la decepción simultánea vino de repente. ¿Esperaba electricidad, familiaridad? ¿Una inmediata restitución de los archivos perdidos?

Incluso así, toda la horrible realidad de su despertar se quedó a un lado durante unos segundos mientras él la sostenía. Tomaría aquel regalo.

Wayne fue el primero en romper la conexión, y tiró de ella hacia un lento abrazo. Ella sintió su respiración en la nuca.

—Te he comprado un regalo —dijo él, sacando de su chaqueta un teléfono móvil.

—¿Qué es esto?

—Un teléfono.

—Ya sé lo que quieres decir, sabelotodo.

—Nuevo número. Los medios tienen el antiguo. Un tío del *Statesman* empezó a llamar todos los días después del accidente. Scott Norris, creo que era. Y un montón de gente más reclamándote. Incluso algún loquero. Seguramente tienen planes de convertirte en el próximo Dr. Phil. Dejé de contestar bien pronto.

Solamente era un teléfono, pero de alguna manera Shauna lo vio como una declaración de fe en ella.

—Es muy amable de tu parte. Gracias.

—El señor Wilde se hará cargo de las facturas hasta que te las puedas apañar tú sola. Y ya te he guardado en la memoria mi número, en caso de que necesites algo. Aunque tengo planeado quedarme cerca. Tecla de marcación rápida número dos.

Lo hizo. El teléfono de él sonó en otro bolsillo, y lo que escuchó no fue otra cosa que una tabla de salvamento.

Le besó una vez más.

—Siempre salvándome la vida —le dijo.

La paz relativa de Shauna de aquella tarde con Wayne no duró hasta la noche, cuando empezó a soñar.

Un campo de fútbol: ofensiva en la línea de cuarenta yardas. Allí estaba Shauna, preparada, esperando la señal del *quarterback*, a menos de dos yardas del sudoroso y concentrado defensa.

—¡Quince azul! ¡Quince azul! ¡Set! ¡En pie!

Se lanzó primero a la izquierda en falso antes de cortar a la derecha, luego se enderezó y se escapó del defensa sin tocarlo. Sus tacos encontraron agarre en el corto césped, se escapó de la zona marcada con una X, todo recto hasta la mitad del campo, rápido y fuerte.

Más rápido que cualquier otro jugador del Sun Devil. Después de todo, ella era primero corredora, después jugadora de fútbol.

Amaba ese juego. Amaba la adrenalina que insuflaba el riesgo de apuntar a punto muerto, donde ser golpeado era casi siempre un hecho.

Voló, apenas tocando la hierba, propulsada por los bufidos de aquel defensa tan comprometido.

Uno uno mil...

¡Más deprisa! ¡Más deprisa! ¡Muévete, Spade!

La multitud estaba en pie.

Dos uno mil...

El defensa era rápido, pero no lo suficiente. Su respiración se acompasaba con el ritmo de su pulso. Miró arriba, a su derecha, sobre su hombro. Por el rabillo del ojo detectó a otro defensa yendo hacia ella. Estaba en el punto de mira.

Ese pase vendría pronto.

Tres uno mil...

Se centró en la piel de cerdo con forma de arco y alargó la mano.

El balón en relieve conectó con sus brazos como un zumbido desértico.

Y los defensas conectaron con ella; el que iba detrás la cogió levantándola por las costillas, y el que venía por el lado le dio un golpe bajo en la cadera.

Oyó un crujido eléctrico y la parte de atrás de sus párpados chispearon con destellos de estrellas fugaces. Escuchó a la multitud estremecerse al unísono. Un hormigueo salió disparado de su cintura y empezó a apretar su respiración.

No sueltes el balón.

Lo sujetó fuertemente con ambas manos mientras su torso de goma se desdoblaba de su innatural forma de S. Sus piernas se apagaron allí abajo, y lo primero que notó fue el golpe en la cara contra el césped, oliendo y probando su húmeda suciedad a través del casco. La gravedad, la velocidad y el descomunal peso de otro cuerpo pesado fue lo que la aplastó.

Las estrellas fugaces se desvanecieron en una noche clara, y el rugido del estadio se sentía como un murmullo.

Y se escuchó a sí misma gritando. Nunca había sentido un dolor como aquel. Unas lanzas se le clavaban a lo largo de sus piernas para salir por sus talones, clavándose cada vez más. Una cinta invisible de hierro le constreñía los huesos de la cadera. Su pelvis pronto se quebraría.

Alguien se echó al césped a su lado.

—Está bien, está bien.

¡Oh! ¡No estaba bien!

—¡Shauna! Está bien. Estoy aquí.

Alguien le agarró de la muñeca y la acercó a la tierra.

Gritó y abrió los ojos. Vio estrellas... a través de una ventana. Una ventana sobre... el cabecero de una cama. Su cama. Wayne estaba sentado en su cama, inclinado sobre ella, sujetando sus muñecas contra el colchón.

Khai se apuró y encendió una lámpara en el viejo tocador de roble. La habitación estalló en un amarillo cálido. El tocador, la mesilla de noche, el sillón. Tres cajas de cartón. Grabados en las paredes. Un mapa histórico de Austin, Texas. Wayne, con una camiseta y unos pantalones de franela. Khai con un albornoz. Se ceñía el cinturón y lo cerraba sobre su cuello.

La respiración de Shauna se calmó y Wayne le soltó los brazos.

—¿Estás bien? —Él se restregó los ojos y se movió al borde de la cama.

Ella sólo pudo asentir.

—Has debido tener una buena movida —dijo él.

Ella se cubrió la cara con las manos.

—Era tan real... Lo siento. Nunca antes me había pasado. No que yo recuerde, de todas maneras.

—¿Quieres hablar de ello?

¿Hablar de una pesadilla como aquella? ¿Se la podría calificar de pesadilla? ¿Ella, jugando al fútbol? Casi una comedia.

—Debería preparar té —dijo Khai, y dejó la habitación tan rápido como había entrado.

—No tenía miedo —empezó ella—. De hecho, estaba jugando al fútbol con una especie de equipo de la escuela. Yo no sé nada sobre fútbol. ¿Cómo puedo haber tenido un sueño así de intenso?

—Dime qué pasó.

Shauna se lo contó lo mejor que pudo recordar. Para su sorpresa, los detalles del sueño no se habían evaporado como solían hacer cuando se despertaba. Mientras relataba la escena, Wayne no la interrumpió ni una sola vez.

Cuando terminó, él dijo:

—¿El entrenador te llamó *Spade*?

—¿Tú le encuentras una explicación?

—Suena como un sueño que yo podría haber tenido.

Shauna había pensado que había soñado que era Wayne, pero, ¿soñar sus sueños? Esa era una idea espinosa.

—Yo solía jugar al fútbol —dijo él.

—¿De verdad?

Él carraspeó.

—Un poco. No estaba hecho para aquello. Era rápido, pero me ponía enfermo que me pillaran. Me llevé un buen golpe en el instituto y digamos que hicimos las paces. No muy diferente a lo que tú has soñado allí.

Se puso de pie y se pasó una mano por el pelo.

—Era extraño —se estremeció ella—. Ha sido uno de los sueños más realistas que he tenido jamás. No entiendo qué encanto tiene este deporte, desde dentro, digo. Nunca he sentido un dolor semejante.

Wayne asintió despacio y cruzó los brazos. Miró al suelo.

—Qué bueno que sólo haya sido un sueño.

—Sí —murmuró ella—. Muy bueno.

Pero aunque su tiritona había parado, las manos le seguían temblando debajo de las sábanas, y una voz calmada e irracional que salía de la parte de atrás de su cabeza se preguntaba si todo aquel episodio era algo mucho mayor que un producto de su imaginación.

8

El sonido de las pesadas ruedas del suburbano pulverizando gravilla despertó a Shauna en las horas previas al amanecer del viernes por la mañana. El séquito de Landon le estaba poniendo de nuevo en pie de campaña.

A las seis, incapaz de volverse a dormir, se tiró fuera de la cama.

Los cinco botes de pastillas en la mesilla de noche le sugerían que pusiera algo en su estómago vacío. Shauna dio unos golpecitos a cada frasco y puso las pastillas en el hueco de su mano, y se dirigió a la cocina.

Khai ya estaba trabajando, cortando verdura. Shauna dejó sus medicinas en la mesa, luego encontró una barra de pan de molde y puso una rebanada en la tostadora. El gran cuchillo de cerámica de Khai hacía *clac-clac-clac* sobre una berenjena en una tabla de plástico. Cuando terminó de hacer cubitos el vegetal, Khai dejó el cuchillo y cogió una taza de la alacena que estaba enfrente de ella. Sin preguntar, la llenó de té de una tetera que descansaba sobre una hornilla, y después puso la taza en la barra enfrente de Shauna.

—Gracias —dijo Shauna. Dio un sorbo y cerró los ojos. Jazmín. Suave y apenas dulce.

Khai puso la berenjena en un cuenco y reanudó su trabajo, estrujando unos cuantos dientes de ajo con la parte ancha del cuchillo.

La tostada dio un salto, y Shauna la puso en equilibrio sobre la taza para ponerse de pie junto a la ventana. Afuera, al fondo de una larga colina, el río se precipitaba hacia la ciudad. Intentó comer, pero el pan se le hacía una bola en la garganta.

Khai la miraba de vez en cuando.

—Eso no puede saber muy bien —dijo al cabo de un minuto, mientras echaba el ajo en el cuenco de la berenjena—. Tenía un hermano que no pudo comer más que pan tostado por un tiempo.

Shauna tiró el pan a la basura y fue a echar un ojo a lo que tenía el cuenco de Khai.

—¿Con tu comida tan elaborada?

—Bueno, entonces no sabía una palabra de cocina. Él estaba luchando contra un cáncer. Las tostadas le herían la garganta, pero se le asentaban en el estómago.

—Lo siento.

—Está mejor ahora. Dios le abrió un camino. Vinimos a Estados Unidos para el tratamiento.

—¿Cuánto tiempo llevas aquí?

—Doce años o así. —Enjuagó el cuchillo en el fregadero y alargó la mano para agarrar un paño y secar el filo.

—¿Alguna vez has vuelto?

Khai negó con la cabeza.

—Mi madre era de Guatemala —dijo Shauna—. Voy allí dos veces al año. Es uno de mis lugares preferidos.

—Puedo entender eso —dijo Khai, sonriendo—. Un fuerte sentido del lugar nos mantiene cerca de nuestras familias.

O alejados de ellos, pensó Shauna.

—¿Te trasladaste a Texas cuando viniste a Estados Unidos?

—No. Nueva York. Florida. Estuvimos en México un tiempo. Mi hermano todavía está en el este.

—¿Es él tu única familia?

Las manos de Khai, que sujetaban el cuchillo mientras lo limpiaba, dejaron de moverse con tanta suavidad que Shauna no estaba segura de que realmente hubieran parado. Pero entonces Khai asintió levemente.

—Siento lo de su hermano —dijo Khai.

—No me dejarán verle.

La conversación discurrió por los pensamientos de las mujeres acerca de sus hermanos. Shauna tenía la ligera idea de que Khai no conseguía ver a su hermano a menudo si él estaba todo el tiempo en Nueva York. Pero ese pensamiento estaba totalmente eclipsado por su propia tristeza al verse arrancada de raíz de Rudy, aunque ambos compartieran la misma propiedad. Shauna volvió a la ventana, recogió las pastillas de la mesa junto a ella y se las tragó con su té ya templado.

—¿Tienes algo más que esta sopa? —preguntó Shauna—. ¿Cómo la llamaste? ¿*Tom fam*?

—*Tom yam*. Ese Wayne se la terminó toda —dijo Khai, abriendo de un tirón la puerta de un armario. Shauna estudió al ama de llaves y se apoyó sobre el alféizar.

—Él no te gusta.

—Estoy haciendo *namprik nun* ahora. Una salsa. Puede que quiera un poco.

Sacó una lata de chiles verdes, la puso en la barra y apretó el abrelatas contra ella con tanta fuerza como si estuviera apretando las tuercas de la rueda de un coche.

—¿Qué es lo que te disgusta de Wayne?

Khai respiró hondo y devolvió el abrelatas a su cajón.

—Ha sido muy atento con usted.

—¿No te gusta porque ha sido amable?

—Quiero decir que mis sentimientos hacia él no deberían enturbiar los suyos.

—¿Has tenido un altercado con él?

La mujer negó con la cabeza, cogió el cuchillo limpio y empezó a picar de nuevo. Se encogió de hombros.

—No confío en él.

—¿Por qué?

—Porque no. Tengo un don con la gente.

—Bueno, ha sido más bueno conmigo que cualquiera de mi propia familia.

Khai siguió cortando hasta que Shauna se quedó convencida de que los chiles habían quedado pulverizados.

—¿Cuánto llevas trabajando aquí? —preguntó Shauna.

—Desde julio.

—¿Me conocías antes de venir a la casa el jueves?

Khai negó con la cabeza y repitió el proceso de lavar el cuchillo.

—No. Había visto fotografías. Nunca la vi de visita.

—Pero conocías a Wayne.

—Él vino una vez.

—Sin mí.

—Negocios con tu padre. No estoy segura.

—¿Wayne y yo estábamos saliendo?

Khai miró a Shauna:

—¿No se acuerda?

—No recuerdo mucho de los últimos seis meses o así. Necesito respuestas sobre... qué estuve haciendo. Todas las circunstancias alrededor del accidente... La gente dice cosas.

Khai no le pidió más explicaciones. Deslizó el cuchillo limpio de nuevo en la madera junto al fregadero.

—¿Qué piensa el resto de los empleados de mí?

—Que va a su aire.

Ella lo hacía, de hecho, pero sabía por experiencia que buscar el aislamiento solamente alimentaba una maraña de rumores.

—Estoy segura de que los chismorreos vuelan por esta finca con tanta libertad como lo hacen en el centro de la ciudad.

—Yo no le doy mucho crédito a los chismorreos.

El ama de llaves selló el cuenco de verduras con plástico transparente y lo guardó todo en el frigorífico.

—Eso es malo, ¿eh?

—No es lo que quise decir. —Khai frunció el ceño a través de la puerta abierta del frigorífico. Aquellos ojos de distinto color desconcertaban a Shauna. ¿A cuál se suponía que debía mirar?—. Usted se mantiene a distancia de este lugar. Del senador, dicen ellos.

—¿Alguna vez has escuchado algo acerca de mis intentos para socavar la campaña de Land... del senador?

Silencio.

—¿Qué clase de cosas dice Patrice de mí a mis espaldas?

—Nada que no le haya dicho a la cara, estoy segura. Esa mujer no se muerde la lengua.

Shauna suspiró y apoyó la frente contra el frío cristal de la ventana. Cerró los ojos. Intentar descifrar las reservas de toda aquella gente era como darse de bruces contra un muro. Si continuaba golpeándose la cabeza lo suficientemente fuerte, tal vez reventaría y se abriría desparramando sus recuerdos...

—Está sangrando —dijo Khai, haciendo que Shauna se estremeciera. La pequeña mujer estaba de pie junto a Shauna, señalando la pechera de su camisa azul vivo.

Bajó la mirada. Un brote de sangre parcialmente seca florecía de su cintura. Shauna se levantó la ropa y encontró una larga mancha expandiéndose por su camiseta interior, debajo de sus costillas, donde se había herido. Se examinó la piel de alrededor. Parecía que una cuchillada había estado rezumando durante un tiempo.

—Oh. —Buscó a su alrededor un pañuelo de papel y rasgó un trozo del rollo de cocina de la barra.

—Espere —dijo Khai, dirigiéndose a su cuarto. Regresó con una bolsa y la dejó sobre la mesa. Shauna tiró el trozo de papel y aceptó una toallita antiséptica.

—Debería hacer esto en el baño.

—No hace falta. Echémosle un vistazo.

—Sólo es un corte. Tengo docenas de ello. Del accidente.

—Mucha sangre para un corte tan pequeño. Esto debe curarse ahora mismo.

—Puedo limpiarlo.

—Deje que la ayude. —Khai sacó un rollo de gasa de la bolsa.

—¿Tienes guantes o algo así?

También sacó un par de guantes de látex.

—Mucha práctica con primeros auxilios —dijo Khai.

Usó la gasa para aplicar presión a la herida, y Shauna sintió un dolor punzante. Se mordió el labio inferior.

—¿Duele?

Shauna asintió y Khai quitó la gasa. Uno de sus hilos se enganchó en algo.

—¡Ay!

Khai se dirigió a la ventana de la cocina para tener luz natural, y luego buscó con una mano en su kit de primeros auxilios, sacando unas pinzas.

—Quieta.

Khai se inclinó sobre el corte y en segundos volvía a llevar las pinzas, ahora ensangrentadas, a la luz del sol.

—¿Qué es eso?

Shauna le agarró la muñeca a Khai para ver. Las pinzas agarraban una pieza delgada de metal, húmeda con la sangre de Shauna, con forma de velero, pero no mucho más grande que la goma de borrar de un lapicero.

Khai movió la cabeza con incredulidad.

—No algo que debiera estar en su cuerpo.

—Tal vez me choqué contra algo.

—No si sus ropas no tenían señal alguna.

Cierto. Aunque sus camisetas estaban ensangrentadas, no estaban rasgadas.

—Esto es como metralla —dijo Khai, depositando la pieza en la palma extendida de Shauna—. Esto viene del interior de usted.

—Seguramente algo del accidente.

—Se podría pensar que se habría visto en los rayos X.

Shauna levantó el metal y lo sostuvo a la luz de la ventana. «Se podría pensar».

$$\sim\!\!\!\sim\!\!\!\!\diagdown$$

Shauna golpeó la puerta de Wayne, tres golpes rápidos. Eran casi las nueve y había estado esperando. Necesitaba su ayuda. Y su relajante compañía. Había ido a la casa a ver a Rudy otra vez, sólo para ser rechazada de nuevo en la puerta. La separación forzada de su hermano había sido la causa de la media hora de paseo arriba y abajo por el porche del bungalow.

Wayne apareció, una mano en el pomo y la otra tirando del dobladillo de su camiseta hacia la cintura de sus jeans. Le sonrió.

—Buenas —dijo él.

—¿Cuánto tiempo podrás quedarte en Austin? —preguntó ella.

Wayne se rió de aquello y cogió su mano, empujándola hacia la habitación, hacia un sofá de dos plazas en una de las paredes.

—¿Cuánto quieres que me quede?

Ella se dejó caer en el sofá, y él se sentó enfrente, en la esquina de la cama sin hacer, inclinado con los codos sobre las rodillas.

—No es eso lo que te he preguntado —aclaró ella—. Me preguntaba si podrías mostrarme los alrededores.

—¿Los alrededores de Austin? Te resultan más familiares a ti que a mí.

—Los alrededores de los sitios donde hemos estado. Donde he salido contigo. Si salimos. A los lugares, me refiero —soltó de sus pulmones lo que parecía todo el aire de un balón—. Lo que intento decir es que quiero orientarme de nuevo. Siento como si estuviera fuera de mi antigua vida. Literalmente. He pensado que tal vez si vamos a algún sitio... Contigo. A algún lugar donde soliéramos ir. A lo mejor eso pondría algo en movimiento. Me daría un comienzo.

Wayne asintió mientras ella hacía la petición. Luego se enderezó y se rascó la cabeza.

—Estás disgustada por lo del periodista, por lo que dijo de una tercera persona en tu coche.

¿Cómo sabía él eso? Ni siquiera se había dado cuenta de que eso estaba en el fondo de su petición, no hasta que él lo dijo. Asintió despacio.

—Entre otras cosas.

—Aquel tipo no tenía buenas intenciones, preciosa —dijo él—. Los reporteros como él son capaces de inventarse cualquier cosa para hacer que hables. Así es como se hacen con sus exclusivas.

—¿Crees que está mintiendo?

—Sé que está mintiendo. Yo estaba en el lugar... y había mucha más gente. Nadie vio a nadie más que tú y Rudy.

—Tal vez puedas llevarme al puente donde sucedió el accidente.

Los ojos de Wayne se ensancharon.

—Y podríamos ir a mi antiguo *loft*. Alguna de esas cosas le dará un empujoncito a mi memoria. ¿Tienes una copia del informe del accidente? Me gustaría leerla.

Era la primera idea brillante que tenía.

Wayne levantó sus manos como si él fuera un policía y ella fuera una avalancha de tráfico.

—Eh, eh, eh... Las ideas de una en una.

Ella se encogió en el sofá.

—Sé que esto son muchos problemas.

Wayne se movió al asiento vacío junto a ella, tocando su cuerpo desde el hombro hasta la rodilla. Él le alzó su barbilla para que le mirase.

—¿Qué es eso a lo que quieres volver?

Ella pensó en el beso del día anterior y bajó los ojos.

—Quiero que Patrice se equivoque, y quiero que Rudy vuelva a ser como antes. Quiero que mi vida regrese. Quiero que Landon me... me soporte, al menos. —Ella alzó una mirada hacia él.

—Recordar no te dará ninguna de esas cosas, ¿no crees?

Por supuesto que no.

—Tal vez sea mejor no saber, así no te quedas colgada de cosas que no puedes cambiar.

—Pero necesito recordar, Wayne. Ni tan siquiera sé cómo hablar de todo esto con el abogado del tío Trent. ¿Cómo va ayudarme con el juicio si no puedo darle ninguna información? A lo mejor debería declararme culpable... no puedo defenderme.

Wayne puso la mano sobre su rodilla.

—Él entiende lo que ocurre. Date tiempo para salir de ésta. Dale tiempo a tu cuerpo para recuperarse.

—Esto está llevando mucho tiempo. Me gustaría recordarte más pronto que tarde.

—Lo harás. Sin prisa. Pero creo que sería bueno sacarte de aquí hoy.

—¿Dónde podemos conseguir una copia del informa del accidente?

Wayne se frotó los ojos.

—Estoy seguro de que podemos conseguir una del abogado. ¿Qué tal algo más placentero en primer lugar? Me gustó tu idea de sacarme de paseo, como en los viejos tiempos.

—¿Qué era lo que solíamos hacer?

—Lo típico, me temo.

—Cena. Película.

—Cierto. Venías a Houston alguna vez...

—Estoy casi segura de que no debería abandonar el condado de Travis ahora mismo.

—Verdad. Necesitamos quedarnos en Austin.

—Además, tengo cita con la doctora Harding hoy.

Wayne se puso de pie y caminó hacia la ventana, dándole la espalda a ella.

—Te gusta nadar en Barton Springs.

Su afirmación la sorprendió. No le gustaba nada nadar en público desde que era una adolescente.

—¿En serio? No he ido a nadar desde que era una cría.

—Bueno, este verano fuimos más de una vez —la voz de Wayne sonaba sorprendida, incluso incómoda, pero él no la miraba.

A Shauna se le puso la piel de gallina como si hubiera metido los pies en agua helada.

—No creo que quiera nadar —carraspeó—. Los músculos aún no están listos.

—A lo mejor es suficiente con verlo.

—A lo mejor. ¿Qué más?

Fuimos a la sala de cine independiente que hay cerca de la universidad. Allí vimos *Faded Humor* en julio y *Eons* en agosto.

Nunca había oído hablar de ellas. Sorpresa, sorpresa.

—¿Me gusta el cine independiente?

Al final Wayne se dio la vuelta, escondiendo las manos en sus bolsillos. Él evitó sus ojos.

—Sí. Creo que sobre todo para complacerme.

—O a lo mejor tú me enseñaste a disfrutarlo.

—Puedo averiguar qué ponen esta noche —dijo él.

—Sería fantástico.

Una piscina. Un cine. Shauna no pondría mucha esperanza en ello. No sonaba a ella. Aunque al final, como mínimo, saldrían de aquel lugar.

9

Shauna sostenía la mano de Wayne mientras tomaban el largo camino en Town Lake Park hacia la piscina natural de tres hectáreas que era Barton Springs. El tiempo de octubre era suficientemente suave y seco aquel día como para atraer a unos pocos fieles nadadores a aquellas aguas templadas por naturaleza. Con unos asombrosos trescientos metros de piscina donde bañarse, todos tenían bastante espacio para moverse. El agua verde estaba transparente, o al menos lo suficientemente clara para que Shauna pudiera ver el fondo natural de gravilla y piedra caliza.

Wayne extendió una manta debajo de un viejo nogal. Aquellos árboles de treinta metros con las ramas entrelazadas eran una visión común en Austin, más antigua aún que la ciudad misma.

La vista no le traía a la memoria nada más reciente que sus recuerdos de infancia, haciendo la bomba en el agua con Rudy. Venían en primavera, cuando los altos álamos empezaban a dejar marchar sus pelusas blancas y las pequeñas nubes que formaban se desparramaban por el aire y moteaban el agua. Dejó de nadar en algún momento de su adolescencia, cohibida por las quemaduras debajo de sus brazos.

En el extremo opuesto de la piscina Shauna vio a un hombre corpulento y musculoso con una chaqueta verde de entretiempo, una gorra de béisbol azul y gafas de sol, que se hacía un hueco en la hierba, de cara a ellos.

Wayne se sentó junto a ella y apretó su mano.

—¿Algo? —preguntó.

Ella negó con la cabeza.

—Cuéntame algo sobre ti. Todavía hay mucho que no sé.

Wayne habló, y ella escuchó como las ondas de su voz se levantaban y caían en la narración. Le recordaba un poco a un presentador de telediario, un poco más sosegado que los animados locutores de las horas de máxima audiencia. Pero ni siquiera su atenta escucha podía rellenar algún vacío de su memoria.

—Nací y me crié en Tucson. Mi padre era un obrero muy trabajador, mi madre bebía. Gran atleta en el instituto, de los que llegaban muy alto, hice el servicio militar después de secundaria.

Lamentó no ser una reportera. Habría tomado nota de lo que había visto por primera vez en él. Aquella primera chispa.

El hombre de la chaqueta verde sacó de una funda de su cinturón una gran navaja y empezó a usarla para escarbar trozos de tierra del césped. Shauna encontró aquel estropicio inútil del terreno ligeramente inquietante.

—Me marché a Oregón después de mi servicio de cuatro años, conseguí un trabajo como civil como financiero en una empresa, y entonces me llamaron de la reserva cuando comenzó la guerra de Irak.

Wayne tomó aire y estiró las piernas.

—Estuve allí en dos ocasiones, fui licenciado honorablemente después de una herida, gasté un año en Tailandia, y me encontré con el Sr. Wilde en el vuelo de vuelta a Washington D.C.

Se echó sobre él, sonriendo, y le golpeó con el hombro.

—Deberías conseguir trabajo haciendo guías de estudio resumidas.

—No quiero aburrirte.

—¡No eres aburrido! ¿Aficiones?

—Muay Thai. Es el deporte nacional de Tailandia, una combinación de boxeo y artes marciales.

—¿Tú practicas eso?

—Es mucho mejor que ir al gimnasio.

—Te tengo que pedir un día que me hagas una demostración.

—No lo sé. No te impresionó mucho la primera que lo hice.

—¿Ya me lo enseñaste?

—Por suerte para mí lo has olvidado.

Ella le dio un puñetazo de broma en el hombro.

Wayne se percató del hombre con el cuchillo. Dejó de escarbar y levantó la hoja sobre su ojo por la parte plana. Señaló con la punta en su dirección. Si aquella arma hubiera sido un rifle, estaría tomando posición.

—Qué tipo más raro —susurró Shauna.

Wayne se movió y su cuerpo pasó a taparle la vista a ella. Miró fijamente al hombre lo suficiente como para hacerle saber que eran conscientes de su extraño comportamiento.

—En todos los parques hay alguno —murmuró él.

—Cuéntame sobre tu tiempo en Irak. Quiero decir, si no te importa.

—No es mi tema favorito, pero está bien.

Cuando él tardó en empezar, Shauna le animó.

—Así que, según tu experiencia, ¿qué historia es verdad? ¿Los iraquíes estaban emocionados de que fuéramos o nos odiaban y nos querían fuera?

—Ambas cosas. Y con la misma intensidad.

—Creo que la guerra es una idea terrible. Demasiada violencia. Demasiada muerte.

—No eres la única con esa opinión.

Ella puso su mano sobre una de las de él. La de ella era mucho más pequeña, pero su palma y sus dedos eran más alargados.

—No puedo ni imaginar lo que habrás llegado a ver.

Wayne arrancó un manojo de hierba con su otra mano.

—¿Cómo te hirieron? —Ella dejó que sus dedos trazaran las curvas de los dedos y tendones de él.

—Una granada. Me arrojó metralla en la cadera izquierda.

—Ay.

—Tú lo has dicho.

Se le fueron los ojos a su cintura involuntariamente, y cuando se dio cuenta se sonrojó como si hubiera hecho algo indecente. Apartó la mirada, no sin antes ver que él la estaba mirando.

—¿Estás contento de volver a casa? Sé que suena a pregunta estúpida, pero he escuchado que es duro dejar atrás a los compañeros de batalla. Los lazos que se crean. La intensidad que se comparte. ¿Tú qué crees?

Wayne no respondió enseguida.

—Odias defraudarles. Pero si ya no vas a ser de ayuda para la unidad por más tiempo...

¿De ayuda por más tiempo? Su implicación se demoró en el agua un segundo. Shauna lamentó haber sacado aquel tema tan delicado.

—¿Es algo que preferirías olvidar?

Él deslizó el brazo por encima de sus hombros.

—En este momento envidio tu pérdida de memoria.

—No es verdad —dijo ella.

—En serio. Algunas veces conocer la verdad de tu pasado no es de ayuda.

—He estado pensando mucho en eso.

—Entonces —Wayne se inclinó sobre su boca— deja atrás el pasado, sea como sea, y céntrate en el futuro.

Faltaba algo en aquel plan, algo sobre ayudar a Rudy y sobre estar fuera de prisión, pero con Wayne tan cerca no podía pensar lo que era. Levantó la cara hacia él.

—Me suena bien —dijo ella.

La primera vez que Shauna besó a Wayne, aún dolorida por el rechazo de su padre, no sintió nada. Nada excepto, quizá, la esperanza de que algo saliese de allí. Con el tiempo.

Esta vez, cuando su boca conectó con la ella, Shauna se desmayó.

La sensación de flotar en agua fría la sacó de debajo de la sombra hasta un cielo oscuro salpicado de más estrellas de las que nunca hubiera visto en las colinas de Austin. La noche era tan calmada, tan silenciosa, que el sonido de su propia respiración era una distracción.

Aquello amortiguaba lo que ella se estaba esforzando por escuchar: el sonido de la muerte inminente.

Notó que su pulgar golpeaba su muslo mientras yacía boca arriba. Un nuevo tic nervioso.

—*¡Marshall!* —ella se estremeció ante el chillido amortiguado. *¿Por qué molestarnos en susurrar si tú vas a hacer tanto ruido?* Pero después se dio cuenta de lo que estaba pasando. Otro sueño en el que no era ella misma. Su mente valoraba el truco pero no podía controlarlo. Se sintió extrañamente fuera de su cuerpo y con los pies en la tierra al mismo tiempo.

—*¿Qué?*

Ella (Marshall) seguía sin levantar la voz.

—¿Qué estás haciendo ahí, tío? Vuelve aquí.

—Un minuto.

—¿Tienes ganas de morir?

—En realidad, *sí*.

La voz de fuera de su cuerpo maldijo y le agarró del tobillo. ¿Qué? ¿Aquel tipo iba a arrastrarla dentro? Ella le apartó de una patada.

Escuchó más maldiciones, y después el sonido de una barriga arrastrándose por el suelo. Permaneció de espaldas, mirando las estrellas, hasta que la silueta de otro soldado colocó la boca a un palmo de su oreja.

—Tienes hombres ahí que cuentan contigo.

—Ellos tienen otro montón de hombres con los que contar.

—Mira, siento lo de Johnson.

—¿Sabes cómo murió?

—Todos lo sabemos.

—Sólo porque Nelson sobrevivió para contarlo.

No hubo respuesta.

—De todas las cosas posibles, el submarino. Se supone que no te mueres si te hacen el submarino.

La voz disonante de Marshall en su propia garganta asustó a Shauna. Sonaba idéntica a la de Wayne. ¿Qué estaba pasando? ¿Alguna clase de fallo en su banco de memoria? ¿Algo paranormal tanteando una conexión con este hombre?

—Eso hace que se anule su propósito. Pero si el cerebro piensa que el cuerpo va a morir, puede pasar cualquier cosa. Un ataque al corazón, una embolia...

—Lo odio. Cada momento de locura. Cada apestoso cuerpo. Cada palmo de arena. ¡Y nadie puede explicarnos por qué estamos aquí!

—Nosotros no tenemos que hacer esa pregunta.

—¿Te atacaron en el entrenamiento?

—Sólo una vez.

—¿Cuánto duraste?

—Diez segundos.

—Yo once.

—Tú eres el hombre, entonces. Guárdate tu autocompasión y haz tu trabajo.

Marshall gruñó y dejó su visión de las estrellas, rodó sobre sí mismo y empezó a arrastrase por la arena sobre sus codos.

—He terminado con esta guerra.

—Tú y unos cuantos millones más.

—No, quiero decir que me largo. Que me largo de aquí.

—¿Tienes órdenes?

—No las necesito.

La silueta permaneció tan silenciosa como el cielo. Y después:

—¿Y exactamente dónde vas a ir fuera de aquí?

—A cualquier parte donde se llegue con unos pocos dólares americanos.

—Estarás muerto antes de llegar al extremo del campamento.

—¿Crees que no he estado ideando un plan?

—En mi vida había escuchado un plan tan estúpido. —La mano en sombras golpeó un lado de la cabeza de Marshall. Mil agujas se clavaron en la sien de Shauna—. Ponte el casco. Termina tu misión. Vete a casa, auséntate sin permiso más tarde, cuando vuelvas a tu destacamento.

—O muero esta noche o muero mañana —dijo—. O pasado mañana. No sobreviviré otros seis meses en este Armagedón. No quiero.

La sombra empezó a maldecir de nuevo y señaló el esternón de Marshall, y luego abrió su mano:

—Dame tus chapas.

—Gracias.

Shauna se sentó y se sacó las chapas de identificación por la cabeza.

—Nada de gracias. No quiero saber los detalles. Encontraré esto más tarde junto a un pobre idiota sin cabeza. Eso es todo lo que conseguirás de mí.

La primera cortina de fuego del enemigo golpeó el pueblo abandonado. Las estrellas desaparecieron detrás de los destellos.

—Gracias de todas maneras.

—Bien, buena suerte con el consejo de guerra y todo eso. Espero que vivas para contarlo.

La sombra se arrastró de nuevo hacia el búnker (una casa vieja bombardeada y quemada), para vérselas con el desastre pendiente.

—Yo también te quiero —murmuró ella mientras se ajustaba la correa de su casco. Se alzó sobre sus rodillas, se ajustó el chaleco de bolsillos, y cogió la mochila con provisiones a sus pies. La lanzó contra su espalda casi como si estuviera bateando una pelota. Su frecuencia cardiaca comenzó a subir. ¿Era su corazón o el de Marshall?

Marshall comprobó su pistola. Los pensamientos del hombre rebotaban en la mente de Shauna. No habría rifle en esta ocasión, sólo la M-9 de 9 milímetros reglamentaria. Tenía que viajar ligero, y si no podía salir del aprieto con ésta, probablemente no podría salir, y punto. Comprobó su reloj.

Hora de irse.

Las explosiones a su espalda avivaron el ímpetu de Marshall, y corrió hacia la salida del pueblo y hacia su primer contacto, más rápido que una granada en picado, esquivando los fuertes resoplidos del bombardeo y la perdición.

Shauna dio un grito ahogado. El ataque cesó y fue sustituido por una brisa que sacudía las hojas.

Vio a Wayne doblado sobre ella, con una aureola de ramas de nogal, con los ojos abiertos y preocupados.

—¿Estás bien?

—¿Qué ha pasado? —dijo Shauna.

—No lo sé. Simplemente te caíste.

—¿Cuánto tiempo he estado fuera?

—Cuatro, cinco segundos. ¿Estás bien? ¿Estás mareada? ¿Te has hecho daño en algún sitio? —él cogió su mano.

Los músculos de las piernas de Shauna temblaban debajo de la superficie, a la manera que lo hacen después de un intenso trabajo. Se puso la mano sobre el sobrecargado corazón y se obligó a tomar bocanadas de aire deliberadas y cortas.

—No puedo explicarlo.

¿Una visión de guerra? Como el sueño del fútbol, no sabía lo suficiente sobre Irak para inventar un escenario tan estrafalario. Pero a diferencia del sueño del fútbol, éste le había hecho sentir miedo. ¿Qué le estaba pasando?

¿Y quién era Marshall?

Camufló su miedo con una vergüenza fingida y una risita tonta.

—Nunca había perdido el conocimiento por un beso.

Wayne no encontraba nada gracioso en aquello.

—Tiene que haber sido un ataque de alguna clase. Te llevaré al hospital.

—No... no lo hagas. Ya tengo una cita con la doctora Harding.

—Ella no es la clase de médico que tengo en la cabeza.

—No saquemos esto de sus casillas aún. —Shauna se obligó a sentarse. Su cabeza no daba vueltas, el mundo no se tambaleaba. Estaba bien. De verdad—. Le contaré lo que ha pasado.

Tal vez la terapeuta pudiera contestar también las preguntas más profundas de Shauna.

—El doctor Siders tiene que saber esto. El doctor Carver también (por si son efectos secundarios).

—Tomaré nota de ello, ¿vale?

Al final Wayne cedió, aunque no parecía convencido.

Se levantaron para marcharse, y cuando Wayne sacudió la manta y se giró para recoger sus cosas, un destello atrapó el ojo de Shauna. El extraño con el cuchillo estaba de pie, orientando la hoja para rebotar la luz del sol en su dirección. Cuando tuvo su atención, dobló la navaja y la devolvió a su funda, golpeteando sus dedos contra la visera de su gorra de béisbol en un gesto caballeresco, y se marchó entre los árboles.

10

El despacho de la doctora Millie Harding para consultas privadas era un lugar caótico en un complejo empresarial. El mobiliario del lugar hubiera podido ser descrito con cierta amabilidad como un mercadillo de segunda mano: un pequeño escritorio de madera pintado de color verde lima, con dos sillas metálicas plegables frente a frente, y una pequeña banqueta de vinilo agazapada entre ellas.

Este despacho, luminoso y poco sistemático, no se parecía ni de lejos al inexplicable sentido de estilo de la doctora Harding. Pequeñas alfombras con motivos indígenas de colores dorados y ciruela se solapaban unas a otras bajo el desquiciado mobiliario. Las paredes estaban pintadas en un rosa mexicano que (aún hoy) hacía juego con el colorete de la psiquiatra. Algunas plantas carnosas se apelotonaban en tiestos de barro en las descoordinadas estanterías, y algunos libros desplazados por las plantas se apilaban en el suelo.

Shauna y la psiquiatra se sentaron una enfrente de la otra en las sillas plegables. Se preguntaba si algún otro paciente de la doctora se sentía tranquilo en aquel ambiente.

Para su propia paz mental, centró su atención en un objeto de la habitación que estaba apartado del resto: un armario archivador de color platino, impecable y moderno y tan fuera de su elemento como Shauna en la finca de Landon. Se concentró en el panel numérico digital adherido al cajón superior mientras intentaba formular sus pensamientos sobre aquellas... *visiones*. A falta de una mejor palabra.

¿Guerra? ¿Fútbol? No pensaba que supiera lo suficiente de aquellas materias como para dar a su imaginación suficiente material para fabricar aquellas elaboradas historias. ¿Eran aquello experiencias de Wayne? Parecía tener un extraño sentido; él le había hablado de jugar al fútbol y ser militar en Irak. Las visiones le habían parecido tan reales como si las hubiera experimentado con Wayne.

¿Por qué rayos estaba su mente haciendo aquellas piruetas?

Había decidido no decirle nada a Wayne hasta que tuviera una idea clara en su cabeza de lo que estaba pasando. Tampoco estaba muy segura de lo que podía revelarle a la doctora Harding.

Así que cuando la terapeuta gruñó, con aquella áspera voz suya que de alguna manera sonaba maternal, «Cuéntame cómo has estado durmiendo», Shauna se encontró un poco sorprendida de no tener problemas para hablar de la desconcertante naturaleza de sus sueños sobre Wayne.

—Cuéntame acerca de lo que pasó antes de esos sucesos —dijo la doctora Harding.

—Eh... el día del primero fue terrible. Las peores veinticuatro horas de mi vida —explicó.

—¿El sueño fue aquella noche?

—Sí.

—¿Y antes del segundo sueño?

—Esto fue más bien una visión, en realidad. No creo que estuviera dormida... era más bien como si me hubiera desmayado. Wayne me besó. Esa no es razón. No fue traumático o estresante de ninguna manera.

La doctora Harding cruzó sus piernas.

—Bueno, aquí suceden varias cosas, algunas de las cuales podrían provocar episodios en el sueño. Episodios estresantes, por decir alguna, inducen al cerebro a trabajar para resolver un problema, y a veces esto sale a la luz en forma de sueños, aunque aparenten no estar relacionados con los sucesos desencadenantes.

Shauna apartó los ojos del archivador e intentó centrarse en la terapeuta. Tenía un cabello que distraía la atención, sobresaliendo en una masa de rizos cobrizos.

—Otro factor a tener en cuenta es que tu cerebro sabe que hay algunos recuerdos perdidos. Entonces llega Wayne, que tiene conexiones con esos capítulos vacíos de tu historia. En un nivel subconsciente, te haces a la idea de que él puede ayudarte a rellenar esos vacíos. Tu cerebro puede estar procesando esa posibilidad generando escenarios indirectos y reconstruyendo recuerdos importantes, pero no siempre de manera racional.

—Son unos sueños demasiado malos como para distinguir entre lo real y lo irreal.

—Soñar puede ser valioso, sin embargo.

—¿Qué hay de los ensayos médicos? ¿Podrían las pastillas causar esas... visiones?

—Con certeza consideraremos todo esto como un posible efecto secundario. Pero esta medicación está enfocada a los centros de tu cerebro que implican el almacenamiento de recuerdos. —Ella se golpeó la sien con una de sus uñas color manzana de caramelo—. Y puesto que soñar tiene que ver con el proceso de entrada y desmontaje de recuerdos, es perfectamente posible que tus sueños estén, al menos en parte, inducidos por la medicación.

—¿Puedo dejar de tomar las medicinas?

La doctora Harding se rió de tal manera que casi parecía una tos.

—No lo creo. Podemos sentarnos aquí todo el día y teorizar y no negar la posibilidad de que los sueños no sean nada más que un falso recuerdo.

¿Un falso qué?

—Incluso debes considerar disfrutarlos como una diversión privada. Por ahora.

La sugerencia dejó a Shauna aliviada e insatisfecha a la vez. ¿Diversión?

—Lleva un diario si quieres. Y hazme saber si los sueños se hacen más frecuentes o si —buscó la frase adecuada— cambian de tono.

—¿Cambiar de tono?

—¿Esos sueños te asustan?

Shauna sopesó aquello. La sensación real de dolor la había asustado, al igual que la confusión, la sensación de que era otra persona.

—A cierto nivel.

—Quiero saber si ese nivel se eleva. Ven a verme de nuevo el martes. Vamos a ver cómo marcha el fin de semana.

La película independiente, un lúgubre proyecto escandinavo que había funcionado bien en el Festival de Sundance, se proyectaba en el cine Dobie a las diez. Wayne y Shauna llegaron con suficiente tiempo para aparcar a cierta distancia y caminar por la avenida Guadalupe, una calle conocida por sus librerías *underground*, sus salones de tatuajes y sus tiendas eclécticas. Aquel viernes noche la avenida estaba abarrotada de estudiantes universitarios buscando una distracción de sus estudios y exámenes trimestrales.

La sala de cine estaba ubicada en el segundo piso del Centro Dobie. El cine era un lugar pequeño y extraño que hacía alarde de un puesto de comida *gourmet* (donde Wayne se compró un moca y una infusión herbal para Shauna), y de cuatro pequeñas pantallas en las salas temáticas. Su peli se proyectaba en la sala de la Gárgola Gótica. Shauna no podía comprender que alguna vez hubiera disfrutado realmente de un lugar así.

En honor a su memoria, de todas maneras, lo intentó. Pero hasta el momento, como ocurrió en la piscina de Barton Springs, el lugar no le hizo nada para destapar sus experiencias pasadas allí.

—Estás tranquila esta noche —le dijo él mientras se sentaban al final del extraño pasillo diagonal que atravesaba la sala. En aquel lugar no había asientos en gradas. Por lo visto, se esperaba que la gente alta fuera educada y se sentara atrás.

—Sólo estoy pensando. —Los grotescos murales de gárgolas en las paredes la distrajeron. Le dio un sorbo a su té, que le escaldaba el corte en su lengua, aún tierno de su caída en el hospital a principios de esa semana—. He estado teniendo más sueños raros.

—¿Ensoñaciones?

—Yo no los llamaría así.

—Dime: ¿tienes más fantasías frustrantes sobre jugar al fútbol?

La confianza de la doctora Harding la liberó para sacarse aquello de dentro.

—Sí, y sobre luchar en Irak también, eso parece.

Él ladeó la cabeza.

—Ése no lo había oído. ¿Te echaste una siesta en casa?

—No, cuando me desmayé en el parque. Y también es una joya. Soñaba que era otra persona de nuevo. No creo que fueras tú esta vez (era otro nombre), pero la voz *sonaba* como tú. Tienes que dejar de meterte en mi cabeza así, ¿vale?

—Así que tú eras yo. O tal vez no yo. En Irak.

—Sí, planeando desertar.

Él se rió de aquello, una risa corta y disimulada.

—Un desertor, ¿eh? —y luego tomó un trago de moca.

—Un amigo de... aquella persona había muerto. Creo. ¿Jones? ¿Johnson? Oh, olvida eso, le llamaban Marshall. Marshall estaba muy disgustado por ello. Me daba la impresión de que era una especie de clavo ardiendo.

Wayne se inclinó hacia delante, sus codos sobre sus rodillas, la taza entre sus manos, los ojos aún en ella.

—¿Qué es el submarino? —preguntó ella.

La mejilla de Wayne se movió de forma nerviosa, y él miró a otro lado.

—Tortura —murmuró. Ella casi no podía oírle—. No se lo desearía a mi peor enemigo.

—¿Tú lo has vivido?

—Sólo una vez, en el entrenamiento. Con entrenadores en los que confiaba. Te cubren la cara y derraman agua sobre tu nariz. Es como ahogarse en tierra seca.

—No suena tan terrible... quiero decir, comparado con otras formas que he escuchado.

Él abrió la boca y la cerró de nuevo, mirándola con la falta de palabras de alguien que no tiene algo adecuado que decir para la experiencia de él o para la ignorancia de ella. Una vez más, ella deseó habérselo pensado antes de hablar.

—Es ahogarse a cámara lenta —dijo él al final—. Una ejecución controlada.

Ella miró para otro lado, avergonzada, e intentó llevar de nuevo la conversación a su visión. Pero no había mucho más que contar.

—Alguien intentó hablar con Marshall antes de que se marchara. Pero estaba decidido.

—¿Y eso es todo?

Las luces del cine se desvanecieron.

—Más o menos.

Wayne tomó otro trago y se recostó sobre su asiento.

«Tu mente coge ideas y las deja correr», creyó ella que le escuchaba decir mientras las luces se apagaban y la pantalla se encendía.

Él se tragó el resto de su moca caliente como si fuera un trago de whisky.

Shauna miró su reloj por primera vez a los treinta minutos de película. Su té se había enfriado demasiado para beberlo, y la historia no acertaba a engancharla. Wayne zangoloteaba con su pulgar contra su muslo, una especie de repiqueteo inquieto. Pero sus ojos estaban pegados a la pantalla.

Trató de sintonizar con la película, pero sus oídos permanecían atentos al pulgar vibrante de Wayne.

Unos instantes después él se inclinó sobre su oreja y susurró:

—Ahora mismo vuelvo —y después salió. Escuchó caer el vaso de papel en la papelera junto a la entrada cuando se fue.

Cuando «ahora mismo» se convirtió en cinco minutos, Shauna empezó a preguntarse si Wayne estaría bien. ¿Leche pasada en el moca, tal vez? O a lo mejor estaba aburrido también, e intentaba ser educado sin tener que tragar más celuloide. Si ése era el caso, ella tendría que admitir que se sentía igual.

No necesitaba malgastar dinero ni tiempo.

Agarró su bolso, su taza medio vacía de té y salió.

No había signos de Wayne en el pequeño vestíbulo o junto a los lavabos. Comprobó las mesas donde bastante gente pasaba el rato esperando al pase nocturno de la película clásica que emitieran aquella semana. Tampoco allí. Contempló si sería grosero esperarle junto a los lavabos, pero entonces le pareció escuchar su voz fuera, en el centro comercial.

Asomó la cabeza y le vio de pie a unos pocos pasos, de espaldas al cine, hablando por su móvil. Se sintió ligeramente culpable por haber demandado tanto tiempo de él aquel día. Otra gente lo necesitaba. Obviamente. Su teléfono estaba sujeto entre su hombro derecho y su oreja, mientras trasteaba en sus bolsillos buscando algo.

Shauna decidió esperar.

Las tiendas del centro comercial ahora estaban cerradas, y las criaturas de la noche se habían mudado a sus clubs favoritos a donde fuera que iban las noches de los fines de semana aquellos días. Un guardia de seguridad se cruzó con ella. Aunque Wayne no estaba hablando muy alto, no tenía problemas para oír su voz.

—No puedo explicarlo... Por supuesto que no lo he hecho. Nunca. Yo no... no.

Enderezó su cabeza y cogió el teléfono con su mano derecha, dándole aún la espalda a Shauna.

—Así que tenemos una especie de *Dimensión Desconocida* aquí, o yo qué sé... No puedo recordar exactamente, tal vez... ¿Quién se encargaba de limpiar su *loft*?

¿Su *loft*?

—Bueno, esperemos que no lo hayan estropeado. O ella ha estado mintiéndonos descaradamente todo este tiempo o tus chicos fallaron... ¡no me vengas con ésas!

Pareció darse cuenta de que su volumen estaba aumentando y lo bajó de nuevo. Shauna se esforzó por oír.

—Yo sé lo que sé. Te lo estoy dejando claro. He estado con ella casi una semana. No se lo van a dar todo masticado.

El sudor irrumpió en las palmas de Shauna.

—No es tarde para asegurarse de que nunca recuerde.

Shauna se apartó de Wayne como si pudiera encontrarle alguna explicación detrás de ella al miedo que la golpeó entonces.

—Por supuesto que no te gusta. Pero es menos arriesgado.

Había algún malentendido, alguna grave tergiversación de aquellas palabras que explicaría toda la conversación.

—No. No ha contactado con ella, pero alguien está sobre ella. La tendré vigilada más de cerca, a ver lo que puedo averiguar. Tengo que volver. Te llamaré...

Ella no escuchó el resto. Se apresuró de vuelta al cine, bajo la vigilante mirada de las gárgolas. Colocó la taza de té en el suelo junto a su asiento, temblando tanto que lo pateó. Hurgó en su bolso buscando un pañuelo para secar el desastre, luego se inclinó y limpió la mancha de té. El pañuelo se deshizo en sus manos.

Una sombra tapó las débiles luces de emergencia del suelo.

—¿Se derramó? —susurró Wayne.

Metió los jirones mojados en el vaso vacío y asintió con la cabeza, intentando recomponerse.

—¿Va todo bien?

Si ella había malentendido (y seguro que lo había hecho), él le justificaría ese nuevo miedo.

—Estómago indispuesto —fue todo lo que él dijo, y se acomodó de nuevo en su asiento para ver la película.

11

Shauna estaba echada despierta en su dormitorio de la casa de invitados, mirando cómo el reloj digital marcaba los números hacia las dos en punto, y luego hacia las tres.

¿Con quién había estado hablando Wayne? Pensó en la posibilidad de intentar conseguir su teléfono pero sólo llegó a abrir la puerta de su habitación y entrar en la sala de estar antes de decidir que era una idea idiota. Cerró con cuidado su puerta, soltó el pomo y saltó de nuevo a su cama.

Se tapó con la manta hasta la barbilla.

Cuando Shauna era preescolar su madre le enseñó una cancioncilla para decir en las noches en las que los malos sueños la asustaran. ¿Cómo era? No le había venido a la mente por muchos, muchos años, así que cuando Shauna se encontró recitándola en voz alta, la rima la sorprendió.

Dios está conmigo. Jesús está aquí. El Espíritu Santo quita el miedo de mí.

Aquella noche, aun así, las palabras no la consolaban. En vez de eso, le remordía la tristeza de haber olvidado lo que era tener algo así de infantil, una fe simple en un Dios bueno. ¿Era eso algo que nunca podría reivindicar para sí misma?

Sus pensamientos volvieron al reportero rubio del chubasquero desgastado.

Un testigo pone a un segundo pasajero contigo en el coche.

¿Quién era aquel testigo? ¿Y quién podría ser el pasajero?

Necesitaba encontrar a aquel Smith. ¿Cómo se podría localizar a un *freelance* llamado Smith sin más información que aquella?

Shauna se preguntó dónde estaría su portátil. Necesitaba buscar algo en Internet.

Búsqueda en las hemerotecas de los periódicos.

Una petición del informe del accidente.

Nada de aquello haría aparecer algo que Wayne no le hubiera ya contado.

¿Wayne era su protector o un embustero?

No lo sabía. En serio había creído que él la cuidaba.

Él la había cuidado. Estaba exagerando de nuevo. De hecho, estaba segura de que había una explicación para su conversación que la avergonzaría de su burda interpretación.

No es tarde para asegurarse de que nunca recuerde.

Shauna se levantó de un salto de la cama, como una trampa para osos, sin respiración. Su teléfono estaba sonando. Miró el reloj. Las seis y treinta y dos. Se habría adormilado.

Agarró su teléfono. Nuevo mensaje de texto. Hasta donde sabía, sólo Wayne y el tío Trent tenían aquel número. Wayne estaba en la habitación de al lado, y Trent no entendía la necesidad de enviar mensajes cuando una persona puede hablar. ¿Quién, entonces?

Remitente: Desconocido

> Estás rodeada de mentirosos

Shauna cerró el teléfono de golpe.

¿Era una amenaza o una advertencia?

O ella ha estado mintiéndonos descaradamente todo este tiempo o tus chicos fallaron.

Puso una mano en su mesilla de noche para mantener el equilibrio al levantarse de la cama. El bote de pastillas número cuatro se cayó e hizo ruido cuando golpeó el suelo (le botó el corazón del susto al escucharlo), y rodó hasta pararse debajo de la cama. Recordó una parte de su primera conversación con el doctor Carver:

¿La medicación borra recuerdos?

No, lo que hace es suprimir la intensidad de las emociones asociadas a tu memoria.

Shauna se puso a gatas en el suelo y tanteó la botella, aún sujetando el teléfono en la otra mano. ¿Cómo era, entonces, que sus días habían estado repletos de fuertes emociones y sin recuerdos claros de ninguna clase? ¿Por qué estaba su cabeza llena de visiones de extraños falsos recuerdos... como fuera que la doctora Harding los había llamado, más que de realidad?

Y ahora miedo.

Cuando tuvo el bote en su mano, Shauna reparó en el número cuatro. Ni tan siquiera sabía lo que era. Desenroscó la tapa y examinó las pastillas, una pequeña cosa redonda y naranja que aparentaba ser tan inocua como un ibuprofeno.

¿Era el doctor Carver un mentiroso también?

Shauna se arriesgó. Puso su dosis matutina de pastillas en su mano y las tiró al retrete.

¿Qué se suponía que no debía recordar?

Abrió de nuevo su teléfono e intentó responder al mensaje.

>¿Qué quieres decir?

Destinatario desconocido. Imposible de enviar.

Sus manos temblaron.

¿Alguien estaba tratando de herirla?

¿Wayne?

De verdad que no. Si Wayne quisiera herirla no tendría falta de oportunidades.

¿Era Wayne su guardaespaldas?

No es tarde para asegurarse...

Nada tenía sentido.

A las seis y cuarenta y cinco Shauna entró en la cocina, donde Khai estaba preparando té. Khai, que había insinuado que Wayne era de carácter dudoso. ¿O era a Khai a quien Shauna debía tener en cuenta?

—¿Sabes quién empaquetó las cosas de mi *loft*? —preguntó Shauna sin un saludo.

—Sí.

Shauna había estado tan segura de que Khai negaría saber nada que le llevó un minuto más procesar la afirmación.

—¿Por qué quiere saberlo? —preguntó Khai.

La verdadera razón detrás de aquella pregunta sólo se puso de manifiesto entonces: porque Wayne quería saberlo.

—No puedo encontrar mi portátil. Lo necesito.

Khai amontonó algunas hojas sueltas de té de jazmín en un filtro de cerámica y lo colocó en el centro de la tetera. Luego apartó el hervidor del fuego y vertió el agua hirviendo sobre las hojas.

—Estoy casi segura de que la señora McAllister lo confiscó.

¿Confiscó?

—¿Patrice se encargó de mis cosas?

—Yo la ayudé.

—¿Ayudar a quién con qué? —Wayne estaba de pie en la puerta de la cocina, estirándose y mirando la tetera—. Eso huele bien, Khai.

Khai cubrió la tetera con una funda y la llevó a la mesa.

—Shauna está preguntando quién empaquetó sus cosas.

—El senador contrató a una empresa para hacerlo, ¿no? —dijo Wayne.

Shauna frunció el ceño. Si él ya lo sabía, ¿por qué había preguntado...?

—Dos transportistas hicieron el trabajo duro —dijo Khai.

Wayne se cruzó de brazos y se sentó en una de las sillas de madera.

—Ahí lo tienes —le dijo a Shauna—. ¿Estás buscando algo?

—Yo... estoy buscando... mi portátil. Quiero pedir información sobre el informe del accidente —dijo ella—. Por Internet.

—Llamaré a Joe Delaney y él lo conseguirá —dijo Wayne—. Para eso están los abogados.

Shauna se giró sobre sus talones y dejó la habitación, abrumada por un nuevo tipo de confusión. No sabía qué más preguntas hacer, o en quién podría confiar que le diera respuestas verdaderas.

—¿Shauna? —escuchó a Wayne llamar. Pero no podía contestar.

Después de una hora de esperar la llamada del señor Delaney, Shauna le pidió a Wayne que por favor la sacara de la casa de nuevo.

—Vayamos a mi *loft*. Se podría desencadenar algo —dijo ella, andando por la salita.

Wayne se sentó en la silla Morris antes de contestar, con cuidado de no apoyarse en el respaldo ajustable, que no tenía cojín y necesitaba que se reparase el poste de apoyo. Parecía estar evaluando su inquietud, lo que sólo la puso más nerviosa.

—Estoy casi seguro de que hay alguien viviendo allí ahora. No podemos llegar, sencillamente, y entrar.

—Tienes razón. Tienes razón.

Ella jugaba con la idea de conducir hasta el lugar del accidente, pero luego desistió cuando la perspectiva convirtió su estómago en plomo. Pronto, iría pronto. Cuando estuviera lista.

Pero hoy intentaría centrarse en ayudas para su memoria que estuvieran fuera de su mente. Algo concreto, tangible. Algo que pudiera ofrecer más promesas que los caminos sin salida y las revelaciones terroríficas de ayer. Necesitaba el informe del accidente, y no quería esperar a que un abogado demasiado ocupado se lo consiguiera.

—Vayamos a la oficina de archivos del sheriff —dijo Shauna.

—Estoy segura de que el abogado nos devolverá la llamada.

—El lunes, tal vez. Aún quedan algunas semanas para mi juicio. No soy su prioridad.

—Tú eres la hija de Landon McAllister. Por supuesto que eres su prioridad.

—Entonces, ¿por qué no ha devuelto la llamada?

Wayne negó con la cabeza y se puso de pie para agarrar su chaqueta.

—Las llaves están en la camioneta.

Mientras ella le seguía afuera, consideró la idea de encontrar su propio medio de transporte. Si Wayne no era de confianza, necesitaría poder moverse con libertad. Le preguntaría a Khai dónde podría encontrar el coche de Rudy y dónde estaban sus llaves. Tal vez podría usarlo un tiempo, salir por ella misma cuando fuera necesario.

Wayne condujo hasta la puerta de seguridad en la entrada de la propiedad, y un oficial de uniforme salió de la caseta, señalando a Wayne y Shauna para que parasen. En el otro extremo del pequeño edificio Shauna vio a un anciano negro en el asiento del conductor de un Lincoln azul brillante. Su cabello blanco y natural casi rozaba el techo del interior. Su cara amable captó la atención de ella. Él levantó sus dedos del volante en un gesto amable hacia ella y asintió con la cabeza.

Algo acerca de aquel simple movimiento de sus largos dedos le hizo a ella pensar en saludarle con la mano. Imaginó que sería cálido y amable, y que ella se sentiría segura con una sonrisa de sus ojos arrugados.

Wayne bajó su ventanilla y habló con el guardia.

—Ese de ahí es el doctor Jeremy Ayers —dijo el hombre mirando una pequeña libreta—. Dice que usted es paciente suya, señora McAllister. Estaba esperando para verla. No tenemos su nombre en ninguno de nuestros registros, sin embargo.

¿Tenía otro doctor?

—¿Tenía una cita con él? —preguntó Wayne, inclinando su cabeza para ver mejor.

—No, señor.

—No lo reconozco —dijo Shauna, deseando sin embargo poder hacerlo.

—¿No es alguien a quien hubieras visto antes del accidente?

Shauna se encogió de hombros.

—Tal vez podría llamar...

—Shauna ya tiene a un equipo cualificado —dijo Wayne al guardia sin mirarla a ella, y ella miró con el ceño fruncido hacia atrás.

El doctor Ayers había abierto la puerta del Lincoln y había puesto un pie en el camino asfaltado.

Wayne empezó a subir la ventanilla.

—Coge su número de matrícula, ¿vale? Por si acaso se vuelve un problema.

El guardia asintió, y Wayne salió por la verja antes de que el doctor hubiera salido del todo del coche.

—¿Por qué has hecho eso? A lo mejor podría haberme contado algo.

—Mira, Shauna, tu amnesia no es precisamente información clasificada. No necesitas que perfectos desconocidos te cuenten historias de cómo fueron tus amigos hace tiempo.

—Él no parecía de esa clase ni de lejos.

—Esa clase de gente puede ser cualquiera, señora McAllister. Tu padre podría convertirse en el presidente de Estados Unidos en menos de un mes.

Shauna suspiró y se resignó (por ahora) al comportamiento paternalista de Wayne. Él tenía parte de razón. Luego comprobaría si el número de teléfono del doctor Ayers estaba en la guía.

—No estoy seguro de que el informe te vaya a contar algo nuevo —dijo Wayne cuando salieron de West Lake.

—Tal vez no.

—¿Qué estás buscando?

—No lo sé exactamente.

—¿Estás preocupada por el asunto de las drogas?

—Por supuesto que sí.

Wayne miró a ambos lados.

—Ya sabes, es perfectamente posible que el MDMA fuera de Rudy.

Posible, sí, pero muy poco probable. Rudy nunca había tomado un jarabe para la tos cuando estaba enfermo, o una aspirina cuando le dolía algo.

—Lo dudo.

—Pero también dudas de que fuera tuyo.

No hacía falta decirlo, ¿verdad? Doce horas antes no hubiera imaginado que se sentiría en la necesidad de vigilar lo que le dijera a aquel hombre. Ahora ella sospechaba de cada palabra y de lo que le podría revelar.

—Estoy pensando sobre esa tercera persona —se atrevió ella.

—¿Tu pasajero fantasma?

El punto de impaciencia en su voz pellizcó a Shauna.

—Y el testigo que le vio a él. A ella. Lo que sea.

—Shauna, sólo porque un reportero misterioso...

—Lo sé, lo sé. Pero déjame hacer esto, ¿por favor?

Ella dudaba encontrar un apunte en el informe sobre otro testigo, u otro pasajero, pero quería leerlo con sus propios ojos.

—¿A qué viene este impulso repentino de volverte detective?

—No es repentino. No quiero estar entre rejas.

Él entro en el aparcamiento.

—Estás de los nervios. ¿Va todo bien?

Shauna miró al otro lado de la ventana y decidió no contestar. El silencio sería la respuesta más convincente. Y, de nuevo, él no la presionó.

Aparcaron y ella se deshizo de su chaqueta cuando salió del coche. El día estaba resultando ser más cálido de lo que ella esperaba.

Dentro, Shauna y Wayne encontraron a la funcionaria correspondiente detrás de un cristal de Plexiglás, pagaron las tasas, y media hora después sostenían en sus manos una copia del informe.

Shauna se sentó en una silla del vestíbulo para leerlo.

—Podemos llevárnoslo —dijo Wayne inclinándose sobre ella.

Ella le dijo adiós con la mano y le dejó paseándose en la aburrida sala de espera, que estaba salpicada de plantas artificiales y láminas baratas de arte moderno.

En los quince minutos siguientes leyó con detenimiento veinticinco páginas de información que ya sabía. La explicación que Wayne le había ofrecido era tan útil como aquel detallado documento, y mucho más concisa. Ella había virado su pequeño Prius y se había interpuesto en el camino de un camión que venía en sentido opuesto. Ambos, el conductor del camión y un testigo (el conductor de un SUV al que ella casi destroza) aseguraban que iba conduciendo erráticamente, que había perdido el control de su coche y se había empotrado en la rejilla del camión. Se sospechaba abuso de sustancias. Rudy fue propulsado a través de la puerta lateral, que se abrió en el impacto, antes de que ella cayera sobre la barrera.

No había más testigos.

No había otro pasajero.

Redactor del informe: ayudante del sheriff Cale Bowden. Hablaría con él.

Mientras lo leía, Shauna llevó el informe de nuevo a la ventanilla de la funcionaria.

—¿Está el ayudante Bowden aún aquí? —preguntó levantando la vista sobre el informe.

—Los ayudantes no trabajan en esta oficina —dijo la pequeña mujer.

—Claro. —Shauna se preguntaba en qué oficina estaba su base—. Quiero decir...

—Pero ocurre que hoy se pasará por aquí sobre las once y media para entregar algo de papeleo —sonrió la funcionaria—. Dicen que él nunca lo traía en persona antes de que yo empezara a trabajar aquí.

¿Qué se suponía que significaba eso? Shauna no lo sabía y, sinceramente, tampoco le interesaba.

Un reloj grande y feo colgaba de la pared detrás de la mujer. Las diez y quince.

—¿Te importa si espero? Tengo una pregunta rápida que hacer sobre este informe.

La mujer le guiñó un ojo a Shauna.

—Se lo haré saber si prometes que no vas a robármelo.

Shauna sonrió. Imaginó que parecería más como una mueca.

—¿Por qué tienes que hablar con el ayudante? —preguntó Wayne cuando Shauna se deslizó de nuevo en la silla y le contó lo que estaba haciendo.

—Necesito... si hay alguna posibilidad de que alguien más viera lo que pasó, quiero saberlo.

Wayne le acarició las manos, y ella encontró el gesto inesperadamente confortante. ¿Qué le pasaba, que ahora no podía ni siquiera confiar en cómo se sentía acerca de una persona? A veces convencida, al rato insegura. Dejó caer el informe en su regazo.

—Escucha, pequeña. Un montón de gente vio lo que pasó.

—Dos, de acuerdo con esto. Rick Bond, cuyo camión golpeé y —buscó la página concreta para asegurarse— Frank Danson. Supongo que casi golpeé su SUV también.

—Dos son suficientes. Incluso aunque encuentres tres, o cuatro, ¿qué cambiaría eso?

No cambiaría nada. Rudy seguiría inválido. Las drogas aún habrían aparecido en su *loft*. ¿Por qué rayos estaba ella allí, después de todo?

Ella negó con la cabeza despejada y apartó su mano de la de Wayne. Estaba allí porque Wayne le estaba escondiendo algo. A lo mejor no había nadie más en su coche aquella noche, pero Wayne no se lo estaba contando todo, lo que significaba que ella tendría que descubrir toda la verdad por su cuenta. Si fuera más valiente daría un paso al frente y le preguntaría por la conversación que escuchó a escondidas. ¿Por qué pensaba que ella estaba mintiendo, y por qué necesitaba tenerla vigilada? ¿Qué estaba escondiendo?

Las preguntas tenían muy poco sentido en su cabeza para imaginarse cómo sonarían si las hiciera en voz alta.

Él comprobó su reloj como respuesta al largo silencio de ella.

—Mira, voy a bajar la calle y tomaré algo de desayuno mientras esperamos. ¿Tienes hambre?

No, para nada. Ni un poco.

—Me haré con un burrito de desayuno, estaré de vuelta en unos quince minutos, ¿de acuerdo?

—Está bien.

—¿Quieres un poco de té?

Shauna apoyó su cabeza contra su puño levantado.

—Si tienen.

Él le dio una palmadita en la rodilla.

—Ahora mismo vuelvo.

Shauna intentó pensar en lo que le preguntaría al ayudante del sheriff Bowden cuando le viera. *¿No te dejarías por casualidad alguna información significativa fuera del informe? ¿Entrevistaste a algún testigo que pidió conservar su anonimato?*

Lo tendría que hacer con tacto.

Leyó el informe una vez más.

—¿En qué puedo ayudarla, joven? —Shauna se sobresaltó saliendo de su estado de concentración.

—Lo siento. No le esperaba tan pronto.

Ella miró su reloj. Sólo eran las diez y media.

La aparición del hombre de pie frente a ella no le casaba con su experiencia previa con los policías del condado de Travis. En vez de una expresión seria, unos modales profesionales y un tono de voz indiferente, el ayudante de sheriff Bowden le sonrió como si ella fuera una antigua novia con la que se había tropezado.

Ella se dispuso a levantarse, pero él se sentó en la silla contigua, se recostó de manera que sus piernas se orientaban hacia ella, y puso su tobillo derecho sobre su rodilla izquierda. Estaba en forma, y era delgado, y quizá un poco satisfecho de sí mismo por haber llegado a la mediana edad con esa envidiable forma física. Tenía teñido el pelo con algo barato y oscuro que desentonaba con su complexión pálida.

Algo en el dibujo de su nariz, que subía una pizca al final, le recordó a alguien. ¿A quién?

Ella miró la ventanilla de la funcionaria y vio a la mujer que la había ayudado a conseguir el informe mirándoles fijamente. No parecía feliz.

—¿Qué está haciendo una cosa bonita como tú en un sitio tan feo como éste? Y con ese tópico Shauna fue capaz de hacer la conexión.

—Cale Bowden. Tu hermano es Clay.

Clay solía decirle cosas como aquellas todo el tiempo.

La felicidad del ayudante pareció crecer con la revelación. Sus ojos oscuros brillaron desde lo seductor hasta lo dulce.

—Eso es. El pequeño de la familia. ¿Le conoces?

—Fuimos al instituto juntos.

—¿Lo ves? Tú y yo ya tenemos algo en común. —El ayudante Bowden cambió de posición para que su mano tocara el brazo de Shauna—. Salvo que Clay siempre dejó que el buen pescado se escapara de su anzuelo.

Shauna fue incapaz de prever una conversación de esa naturaleza.

—No era así, de verdad. —Ella sintió cómo se sonrojaba y cogió el informe del accidente de la silla de al lado, y buscó a Wayne. Sólo debían haber pasado un par de minutos desde que se había ido.

—Esperaba que pudieras ayudarme.

—Tus deseos son ór...

Se escuchó un golpe fuerte y Bowden se agachó. Otro oficial había entrado en la sala por detrás de ellos. Llevaba un periódico enrollado que había utilizado para sacudir a Bowden en la cabeza.

—Ahórratelo para cuando termine tu turno, Bowden —dijo el hombre sin dejar de andar.

—Sólo estoy ayudando a una buena ciudadana —dijo Bowden dándose la vuelta, todavía sonriendo. Luego continuó hablando con Shauna—. Éste lleva los calzoncillos de una talla muy pequeña, tú me entiendes.

Shauna entendió exactamente lo que el ayudante Bowden decía en un momento de claridad. Bajó la guardia, levantó las cejas para agrandar sus ojos y dijo:

—Tal vez podamos hablar de esto tomando un café. Cuando tengas tiempo, quiero decir. Estoy segura de que estás muy ocupado.

Bowden se levantó de la silla y le ofreció la mano para ayudarla a ponerse en pie.

—Has tenido que estar leyéndome la mente —dijo él—. Tengo media hora por delante, y conozco ese sitio bajando la calle donde...

Él todavía estaba hablando cuando Shauna deslizó su mano en la de él. Creyó ver, por el rabillo del ojo, cómo la funcionaria se cruzaba de brazos. Shauna no podía estar segura de eso, de todas maneras, porque según se puso de pie se vio sobrepasada por una sensación mucho más fuerte, una aterradora combinación de vértigo, visión en túnel y colapso. Se agarró más fuerte aún a la mano de Bowden para evitar caerse.

¿Otro desmayo? No, por favor.

La sala se inclinó, pero ella se esforzó en mantener los ojos abiertos. No podía perder de nuevo el conocimiento. Las paredes se movieron y empezaron a rotar, pero el ayudante permanecía en su sitio, así que ella aguantó e intentó mantener su cara de frente y centrada.

El espacio alrededor de ella daba vueltas, cogiendo velocidad, como una centrifugadora. Las paredes se cayeron hacia afuera y el mobiliario se movió hacia la pared hundida.

Se le doblaron las rodillas.

Una silla voló hacia ella y la sujetó para mantenerse en equilibrio.

Se cayó, de todas maneras, o creyó que se había caído fuera de la sala evanescente en la negrura de una noche sin estrellas repleta del aroma de la lluvia fresca. Pero no estaba cayendo, en realidad todavía estaba de pie en un puente húmedo, con una mano en la barrera, mareada por su salto fuera de la realidad.

¿Otra visión?

Estaba inclinada sobre su costado para ver lo que había debajo. Poco a poco su sensación de vértigo se fue calmando. No había nada que ver a primera vista excepto rayos danzantes de luz, aunque escuchaba el sonido de agua en movimiento. Luego una de las luces fue a parar a los bajos de un pequeño coche, sumergido hasta la mitad junto a la orilla a cincuenta metros río abajo, donde había sido enganchado por un terraplén. Dos ruedas sobresalían de aquel río poco profundo, que estaba ligeramente crecido por los muchos días de aguacero. Dos ayudantes de sheriff del condado de Travis se aproximaban a los restos.

Wayne Spade estaba en el agua, pidiendo ayuda a los oficiales a gritos.

—Vaya un desastre —se escuchó decir a sí misma. Pero no era ella misma. Estaba en la piel de otro. De hecho, estaba en el uniforme de otro. Un traje marrón de sheriff.

Enderezó el cuerpo en el que estaba y se volvió para tener una visión del puente de cuatro carriles, iluminado por las luces parpadeantes de los vehículos de emergencias. Dio un giro lento y metódico en dirección contraria a las agujas del reloj por el lugar.

Justo delante de ella un grupo del equipo de emergencias rondaba una sección del pavimento en el carril que se dirigía al este. *Rudy*. Detrás de las figuras encorvadas, una camioneta Chevy descansaba en el carril exterior. Ella reconoció el coche de Wayne. La puerta del conductor estaba abierta, como si hubiera llegado a la escena, hubiera dado un frenazo y hubiera saltado fuera.

La luz del techo iluminaba la cabina.

En los carriles que iban hacia el oeste, casi a la altura del Chevy, un gran camión de transporte de mercancías estaba a horcajadas sobre la doble línea amarilla del centro. Caminó alrededor del camión, tomando nota de la rejilla delantera aplastada y de la barrera dañada a aquel lado del puente. El coche tenía que haberse caído por ahí, y después haber sido arrastrado por la corriente por debajo del puente hacia el otro lado.

Uno de los ayudantes habló con el camionero. Las manos del conductor temblaban (nervios, pensó), y se frotaba las mejillas con las manos una y otra vez, intentando limpiarlas de una suciedad invisible. Balbuceaba sobre lo que había pasado. Le llevaría un tiempo al ayudante organizar los detalles. Luego el hombre se dobló y vomitó. Ella se apartó, pero aún así alcanzó sus zapatos.

Suspiró y decidió hablar con aquel hombre más tarde.

Delante de ella, como a mitad de camino, al otro lado del puente, un SUV obstruía el arcén de los carriles de la izquierda, y un conductor, alto e irritable, se apoyaba sobre el parachoques trasero, como si le hubieran dicho que se estuviera allí hasta que alguien le atendiese. Con un corte bien definido. Vestido de sábado informal. Con pinta de ejecutivo. Ella asumió que era un testigo.

En el lado este del puente, la oficina del sheriff había puesto una barricada y estaba haciendo que los conductores dieran la vuelta en un largo y desafortunado desvío.

—¡Tenemos a uno vivo, Bowden! —gritó alguien desde abajo. Ella volvió a la barrera y miró allí abajo de nuevo. Todos los focos de luz estaban en el coche volteado, y en una figura que los oficiales estaban sacando del agua. Tendieron su cuerpo en el terraplén cercano.

Uno de los ayudantes comenzó la reanimación cardiopulmonar. Detrás de él, Wayne Spade caminaba nervioso, con una mano en la frente.

Ella miró de nuevo a la víctima.

Se estaba viendo a sí misma, yaciendo inconsciente en la ribera embarrada.

12

Shauna abrió los ojos. La sala había dejado de dar vueltas. Las paredes estaban enteras, el mobiliario en su sitio. Shauna se había caído sobre sus rodillas y se inclinaba hacia delante con una mano. ¿Se había desmayado? Oh, esperaba no haberse desmayado esta vez.

Sintió una mano en su espalda y la voz preocupada de Wayne.

—¿Qué ha pasado?

—Se levantó muy rápido —le escuchó decir al ayudante—. Se fue abajo como un boxeador pero la sujetamos con fuerza. ¿Lo ves? —él se reía despreocupado.

Shauna se dio cuenta de que todavía tenía agarrada la mano de él, y su piel estaba soldada a la palma de él con un calor invisible. Él tenía las yemas de los dedos blancas. Ella le soltó, demasiado disgustada como para mirarle a los ojos, y él se dio la vuelta y se masajeó la muñeca. Wayne le frotaba la espalda con un movimiento circular.

—Ella ha estado... enferma —dijo Wayne—. Debería llevarla a casa.

—No —dijo ella. Las imágenes del puente pasaban a toda velocidad delante de sus ojos. Intentó pensar en cómo aferrarse a ellas sin dejar aparte las razones que la habían llevado a ir allí en primer lugar—. Necesito hacer unas preguntas sobre el informe.

—¿Qué informe es?

Wayne señaló la silla, y Bowden cogió los papeles del asiento. Les echó un vistazo, pasó un par de páginas y después frunció el ceño.

—Me preguntaba si había algún otro testigo del accidente —dijo Shauna.

Bowden volteó otra página.

—Los chicos del senador McAllister. Recuerdo las secuelas. Vaya desastre.

Vaya desastre.

Los ayudantes la habían llamado Bowden.

Como el entrenador que la había llamado Spade.

Y el soldado que la había llamado Marshall. Que solía golpear su pulgar contra su muslo como Wayne.

¿Qué eran aquellas imágenes, aquellas escenas? Se atrevía a decir que había estado espiando en los recuerdos de otra gente. Pero eso no tenía ningún sentido.

Como tampoco lo tuvo la primera cosa que acertó a decir.

—Los viste sacándome del agua —le dijo a Bowden.

—Yo vi... ¿tú eres Shauna McAllister?

La funcionaria se acercó con un vaso de papel que le entregó a Shauna. Shauna asintió antes de tomar un trago de agua. Bowden perjuró en un susurro, y después se transformó en el ayudante de sheriff del condado de Travis que ella había esperado encontrar en un primer momento.

—Se supone que no puedo hablar contigo antes del juicio. Ya mandaste a tu abogado para hacer esta clase de preguntas. —Alargó el brazo y sacudió el informe, como si esperara que alguien se lo quitara de las manos. Wayne lo hizo—. Coge lo que necesites de aquí y después márchate calle abajo, ¿has oído?

—Necesito saber lo que viste.

—Está todo ahí en el informe —dijo él a la vez que se daba la vuelta para marcharse.

—Necesito saber lo que no está en el informe. —El comentario, en realidad, sonó tan estúpido como Shauna pensó que sonaría.

—Que yo te viera sacándote del agua no está en el informe, por supuesto, así que siéntete libre para inventarte cualquier otra cosa que te parezca.

—Pero tú escribiste... —y entonces ella no fue capaz de recordar dónde estaba la diferencia entre lo que había leído en el informe y lo que había visto en su visión.

—Yo escribí los hechos. Y no tengo recuerdo de verte salir del agua.

—Un periodista vino a mí, dijo que él sabía de un testigo que decía que había alguien más en mi coche. ¿Sabes algo de eso?

Bowden se paró, se dio la vuelta y se cruzó de brazos.

—¿Estás sugiriendo que falsifiqué mi declaración?

—¡No! No. Sólo me preguntaba si se había revelado algún detalle más tarde. O si había habido alguna nueva información después de que el informe se terminara. O...

—No lo hice. ¿Quién es el reportero?

Smith, había dicho. De alguna manera ella no se vio con fuerzas para decir el nombre. El ayudante pensó que estaba chiflada.

Bowden suspiró.

—Señora McAllister, siento mucho todo por lo que ha pasado. Pero voy a tener que pedirle que...

—El camionero te vomitó en los zapatos.

Bowden abrió la boca. Con una mirada de soslayo hacia Bowden, la funcionaria se sonrojó y volvió al espacio menos loco de detrás de su ventanilla.

—¿De qué estás hablando? —susurró Wayne. Puso sus manos en la zona lumbar de Shauna.

—Nadie echó la papilla sobre nadie —miró a Wayne—. Si eres amigo de ella te recomiendo encarecidamente que le busques asesoramiento psicológico antes de su cita con los tribunales. Hablar así no la va ayudar para nada en el caso —Bowden la miró a ella de nuevo—. Siento no poder ayudarte.

Wayne vio marcharse al oficial.

—Necesitas sentarse un minuto —dijo.

Ella ya estaba sentada.

Shauna se sentó en el suave sillón de su habitación, sujetando el informe en su regazo con ambas manos. Wayne estaba hablando por teléfono en su cuarto (uno de esos fuegos imprevistos de fin semana que había que apagar en la oficina de Houston de McAllister MediVista). Khai había desempaquetado y colocado las cosas de Shauna mientras ella estaba fuera con Wayne. La ropa y los zapatos estaban colocados en el armario. Los libros en una caja en la salita. Las cosas de baño en el cuarto de baño. El elefante de cedro descansaba en el aparador.

Shauna leyó dos veces las anotaciones del ayudante sobre su salida del agua. *El ayudante Andrews realizó RCP durante aproximadamente quince segundos antes de resucitarla.* Y así sucesivamente. Volviendo la vista atrás, definitivamente tenía que admitir que nada en el informe podría interpretarse como su información de primera línea. Él podía no haber visto nada y haber dependido únicamente de sus subordinados para recopilar la información.

Se puso de pie tras la ventana sin mirar realmente nada. No podía explicar lo que había pasado, no podía explicar cómo había visto lo que había visto (incluyéndose a sí misma tumbada sobre la hierba, en la orilla fangosa de la pequeña ramificación del río).

Shauna nunca había experimentado eso que llaman un suceso «extracorpóreo», así que no estaba segura de cómo su última visión podía sostenerse como algo real. Desde el punto de vista de su mente, era a la vez ella misma y otra persona; claramente, otro fue el que miró abajo en el puente. Bowden, si no se equivocaba.

Incluso aunque lo creyera, no podía entenderlo: no era un sueño. No era realmente una visión. Una alucinación podría explicar el vestíbulo giratorio, y por qué le había dado el colapso, y por qué no podía centrarse con claridad en los detalles. La experiencia entera era más como un afilado recuerdo de percepciones desmesuradas.

Como el efecto de las drogas.

¿Estaba viendo imágenes reales o sólo imaginaciones? Bowden negó la mayor parte de lo que ella había visto en la visión del lugar del accidente. ¿Él se habría olvidado, simplemente? ¿O es que su reciente ahogamiento había afectado su habilidad mental para razonar, para hacer conexiones, así que había dado saltos al azar, intentando crear algo, lo que fuera, para rellenar los huecos?

Considéralos una diversión privada, había dicho la doctora Harding.

Bien, mirarse a sí misma casi muerta no era la primera opción de diversión de Shauna.

Escuchó que alguien llamaba a la puerta.

—¿Sí?

Khai asomó su cabeza a la habitación.

—Voy a hacer mi salida de la tarde. Trabajo voluntario. He pensado que tal vez querría tomar prestado mi portátil mientras no estoy, si todavía necesita uno.

—¿Tú tienes uno?

Se puso de pie, pensando en lo que haría si consiguiera conectarse a Internet. Siguió a Khai por la salita hasta la tercera habitación, que estaba tan inmaculada como el resto de la casa. El ordenador de marca barata de Khai descansaba en un escritorio enfrente de la ventana junto a una pequeña impresora de inyección de tinta.

—¿Tienes acceso a Internet? —preguntó Shauna tomando asiento.

—Una tarjeta satélite. —Khai señaló un aparato que sobresalía de una ranura en un lado—. No es rápido, pero funciona. ¿Puedo preguntarle que está buscando?

—Periódicos que hablen de mi accidente. —Shauna abrió el buscador.

—Bueno, le dejaré para que busque.

Shauna fue a la página principal del *Austin American-Statesman*. Empezaría por lo más cercano para moverse luego hacia fuera según lo necesitara.

Shauna giró el torso para mirar a Khai.

—¿Todavía piensas que Wayne tiene un carácter cuestionable?

—¿Importa mi opinión?

La mujer había sido más sincera que impertinente, pero sus ojos permanecían vigilantes. Permanecía con medio cuerpo detrás de la puerta abierta como si se protegiera de algo. ¿De qué?

—Me preguntaba si podrías ayudarme a hacer algo, Khai. Necesito encontrar el coche de Rudy, y sus llaves. Solía conducir un viejo MG de los sesenta.

—¿El blanco? Lo he visto en el garaje.

—Las llaves solían estar colgadas en la puerta. Tal vez todavía estén allí.

—Puedo mirar.

—¿Y puedes sacar el control remoto de su coche para que pueda abrir la puerta del garaje desde afuera? Él lo deja en la guantera.

—¿Está planeando una excursión?

—Una excursión, por así decirlo —dijo Shauna.

Khai no preguntó qué quería decir. Después de que Khai se fuera, Shauna hizo clic en el enlace a los archivos del *Statesman* y abrió los artículos que iban desde el día antes del accidente hasta cinco semanas después. Hubo cinco aciertos.

Todos escritos por el miembro del equipo de redacción Scott Norris. Conocía el nombre. Wayne había dicho algo de que había estado llamando todos los días.

Los hijos de McAllister gravemente heridos.

Sospecha de MDMA en la tragedia de los McAllister.

¿Se retirará McAllister de la carrera presidencial?

Esta tercera parte era una especulación sensacionalista hecha de rumores sobre cómo el estoico senador estaba llevando la devastación. La magnitud de su crisis dentro de los meses más importantes dentro de las elecciones generales le habían convertido en algo así como un dios mítico, una noble figura paterna que arriesgaba su carrera por el bien de sus hijos.

Un político nunca tiene demasiada tragedia en su vida, pensó Shauna. Fue de mal gusto de parte de los críticos tomarla con un hombre al que se le habían repartido tan malas cartas.

De hecho, su popularidad estaba en alza.

Después,

El hijo de McAllister consigue una recuperación parcial.

Se saltó este artículo entero directamente. No quería saber los detalles del sufrimiento de Rudy. Pero cuando vio que no se podía concentrar en ninguna otra palabra impresa, volvió atrás e imprimió aquel fragmento para leerlo más tarde. Se lo debía a Rudy para hacerse responsable de lo que había hecho.

Finalizado el juicio Bond contra McAllister.

Shauna paró en éste. ¿Había habido un juicio? Leyó. Sí, el conductor del camión de transporte de mercancías al que había golpeado, Rick Bond, había demandado al imperio McAllister por daños a la propiedad, lesiones físicas y angustia emocional por la suma de tres millones y medio de dólares. Los abogados de su padre cerraron el caso con un acuerdo sin juicio por 1.25 millones justo la semana pasada. Los abogados defensores no quisieron comentar los detalles de la negociación.

Un millón y cuarto. Calderilla para McAllister MediVista.

Necesitaría expandir su búsqueda para encontrar artículos sobre su despertar, aunque ni un solo periodista se le había acercado desde su comparecencia. Y sin embargo, estaba segura de que el documento tendría todo tipo de «fuentes» autorizadas con información sobre su notable recuperación.

¿Quién sabe lo que Patrice y Landon les habrían contado?

Ni se molestó en buscarlos ahora. Tan pronto como Khai volviera con las llaves del MG de Rudy, Shauna conduciría hasta el centro y le haría una visita a Scott Norris.

Escribió la dirección del *Daily Texan*, el periódico universitario, y en vez de darle a la tecla de *buscar*, accidentalmente golpeó el menú del historial. Parecía ser que Khai pasaba mucho tiempo en Internet. Sin darse cuenta, Shauna echó un vistazo a la lista.

www.ijm.org
www.hrw.org
www.incadat.com

Ni idea de cuáles eran ésas. Y después,

www.humantrafficking.com

Tráfico humano. Por un momento Shauna se preguntó por el interés de Khai en aquel tema escabroso, pero luego regresó a la búsqueda.

Nada más de Shauna en el *Daily Texan*. Rudy recibía un poco más de atención, puesto que era un alumno reciente. Pasó por encima de montones de noticias sobre vigilias de oración con velas en su nombre y concentraciones para enviarle buenos deseos y esa clase de cosas. La gente que le conocía parecía estar genuinamente desconcertada por lo que había pasado.

Shauna nunca había dedicado mucho tiempo en conocer a sus amigos, y ahora se arrepentía.

En los demás sitios aparecía muy poco sobre los detalles del accidente, aunque había muchas alusiones en los innumerables artículos sobre la campaña de su padre. Necesitaría más tiempo para revisarlos todos.

Googleó Scott Norris y en pocos minutos encontró una página de MySpace que le identificaba como redactor de *Statesman*. Localizó una fotografía. No guardaba ningún parecido con el rubio y volátil Smith. Scott era como diez años más joven, casi parecía recién salido de la escuela secundaria, con el cuerpo fornido de un defensa, una maraña de rastas de color castaño rojizo, gafas rectangulares y obsesionado con los políticos.

Incluso tenía un enlace para los alumnos de la Universidad Estatal de Arizona, de donde se había graduado hacía dos años.

Arizona.

Abrió otra pestaña en el buscador y buscó equipos universitarios de fútbol en Arizona. Los Wildcats. Los Sun Devils.

Eso era: los Sun Devils. Era el equipo en el que ella había jugado en su sueño. En el que el entrenador la llamó Spade.

Localizó el contacto del centro de atletas y volvió a su habitación para agarrar el teléfono móvil.

Marcó el número. Era una idea loca, pero al menos calmaría su mente.

Shauna fue transferida tres veces mientras buscaba a alguien con acceso a las antiguas listas de equipos. Estaba a una transferencia de abandonar cuando una mujer se puso al teléfono, sin aliento pero alegre. Sonaba como si hubiera nacido vieja, y Shauna visualizó a una pequeña mujer de setenta y pico de años, ambiciosa, llevando una sudadera del equipo, pantalones de poliéster, con unas Keds blancas y unos largos pendientes de diablesa. Probablemente dando charlas agresivas para levantar la moral de sus jugadores y también azotándoles los traseros.

Tenía que haber trabajado en el equipo durante décadas.

Shauna sólo podía esperar lo mejor.

—Llamo del *Austin American-Statesman* —dijo, deseando tener una excusa mejor (y más verdadera)—. Estoy haciendo algunas comprobaciones para un artículo sobre uno de sus antiguos jugadores. Wayne Spade. Jugaba para vosotros —hizo un rápido cálculo mental— a mediados de los noventa. ¿Podría confirmarme que estaba en el equipo?

—Bueno, encanto, he estado con esos críos desde hace treinta y cinco años, y me atrevo a decir que todavía recuerdo los nombres de cada uno de los jugadores, ¡incluso algunos de los de sus mujeres y sus hijos! Pero Wayne Spade... Wayne Spade. Eso pone a prueba mi materia gris. Excepto... espera, había un Wayne Marshall que jugaba aquí por esa época. Déjame ver que puedo sacar de aquí para ti.

El sonido que se colaba por aquel antiguo receptor sugería que la mujer estaba buscando entre las hojas de un archivador, un sonido no muy diferente al que Shauna tenía en su cabeza.

Marshall. Si Wayne alguna vez había tenido otro nombre, aquel recuerdo podría ser suyo, con seguridad.

Después de medio minuto de ajetreo, Shauna dijo:

—No pretendo que esto le suponga mucho...

—Aquí está. Sí. Mil novecientos noventa y cuatro. Un par de Waynes en los años de antes y después, pero no en ese espacio de tiempo, encanto.

—¿Tiene alguna lista o fotografías de equipo que yo pudiera...?

—Ese Wayne Marshall, tiene una historia bastante triste, ya sabes. Jugó una temporada como junior, cayó al final de la temporada con una lesión terrible, terrible.

—¿Qué clase de lesión?

—Espera un segundo, encanto —dijo la mujer, y Shauna la escuchó dejando el auricular en el escritorio. Un fuerte golpe, como libros cayendo en una superficie cercana, hizo que Shauna se apartara el teléfono de la oreja. Escuchó cómo pasaba las hojas durante casi un minuto entero, y luego el teléfono volvió con un crujido a las manos de la mujer.

—Pensarás que ya tienen todos esos artículos viejos archivados en un ordenador. Seguro que me facilitaría la vida. Pero sólo lo tienen hasta 1998. Estaré muerta y enterrada para cuando se pongan al día.

Shauna intentaba ser paciente y educada.

—Espero que no.

—Aquí está. Un chico guapo. Veamos. «El receptor Wayne "Spade" Marshall»... ¡ahora lo tengo! Había olvidado que le llamaban eso, el As de Espadas. El entrenador solía decir «Él es una carta que querrías tener en tu baraja». ¿No es gracioso lo que se pierde con los años? Bueno, veamos. «Marshall sufrió parálisis en las piernas debido a una conmoción en la médula espinal después de un golpe en el partido de anoche contra el USC».

Shauna se dejó caer al suelo, temblando, recordando el dolor eléctrico que la había catapultado fuera de aquella pesadilla. ¿Eran Wayne Spade y Wayne Marshall la misma persona?

—«Los médicos sospechan que la parálisis pudiera ser temporal, pero no esperan que Marshall regrese esta temporada». Eso es. Fue temporal, si mi memoria no falla, pero no volvió a jugar con los Devils. De hecho, creo que dejó la universidad antes de graduarse. ¿Qué es ese artículo en el que dices que estás trabajando? ¿Sabes lo que le pasó? ¿Cielo? ¿Sigues ahí?

—Lo siento, no, no estoy. Muchas gracias por su ayuda.

Shauna cerró el teléfono antes de que aquella dulce mujer pudiera hacerle otra pregunta.

Se apoyó en la silla y cerró los ojos. ¿Cómo se explicaba aquello? Había experimentado una conexión con Wayne, una clase de... ¿qué? ¿Dependencia? ¿Intimidad? Tal vez había sido una estúpida besándolo, poniéndose a sí misma en riesgo emocional. Tal vez su propia vulnerabilidad le abrió la mente a una sugestión o una fantasía anormal. Algo que le había permitido explorar o recrear algunas experiencias del pasado de él.

Pero, ¿cómo?

Con Bowden apenas había tocado su mano. Y un poco de coqueteo. Un poco. Esto iba mucho más allá.

A lo mejor todo era pura casualidad, una coincidencia insignificante.

Abrió los ojos. Necesitaba conocer si Wayne Marshall había estado alguna vez en los marines, y si Wayne Spade era el mismo hombre. ¿Cómo se había podido enrolar con una lesión de espalda como aquella en su historia clínica? Tal vez no tenía importancia por su naturaleza temporal.

Escuchó los pasos de Khai en el porche y el tintineo de las llaves.

Primero, de todas maneras, Scott Norris.

13

Scott Norris, mucho más diligente y voluntarioso de lo que ella hubiera imaginado de un hombre con rastas, devolvió la llama de Shauna en menos de una hora y accedió a encontrarse con ella. A las cuatro en punto en las oficinas del periódico en la Avenida South Congress.

Durante los siguientes minutos Shauna buscó en las páginas amarillas locales a Jeremy Ayers, el hombre con el que Wayne y ella se habían cruzado en la puerta, pero no salía nada, incluso después de haber probado algunas variaciones del apellido. Al final se rindió. Tal vez el hombre no fuera nada más que lo que Wayne había dicho: alguien buscando una vía rápida para hacerse famoso.

Wayne terminó su llamada a las tres y media y salió de su habitación.

—Lo siento. Estaban en crisis en la oficina.

—No te preocupes. Mira —dijo Shauna, no muy segura de que fuera a morder el anzuelo—, he programado una cita en un spa a las cuatro.

Miró su reloj.

—Puedo llevarte.

—Tomaré el coche de Rudy. Será bueno para mí.

Las arrugas de la frente de Wayne se hicieron más profundas.

—¿Estás seguras de que puedes conducir de nuevo?

—Estaré bien —insistió ella—. ¿Quedamos para la cena?

—¿Dónde quieres ir?

—¿Qué te parece al Iguana Grill? Está junto al lago Travis.

—Lo encontraré.

Parecía pertinentemente reacio, y aceptó con más facilidad de la que Shauna esperaba. Para un hombre que acababa de prometer vigilarla más de cerca, la iba a dejar sola casi todo el día.

Él se inclinó y le propinó un beso en la frente. Ella se puso tensa y sintió que se ponía a la defensiva, expuesta como estaba a que se le transfirieran las experiencias ajenas, como fuera que funcionase aquello. Se concentró en el detalle más minúsculo que no tuviera que ver con Wayne: la brisa que entraba por la ventana abierta y le levantaba el suave vello de su antebrazo. Si se concentraba lo suficiente, tal vez pudiera protegerse de aquello que la hacía susceptible a las visiones.

No pasó nada.

Sin embargo, la ansiedad de Shauna sobre Wayne Spade Marshall le rondaba por la mente.

Pero media hora más tarde, sentada en una silla junto a la recepción del *Statesman*, reconsideraba la idea de si debía preguntarle algo de aquello a Scott Norris. En vez de eso, a lo mejor podría ver si podía recrear las circunstancias que la llevaron a sus visiones en primer lugar. Necesitaba comprender cómo funcionaba aquello.

¿Tenía que utilizar su encanto? ¿Hacer que un hombre se confiase?

Shauna se rió sola y la recepcionista miró por encima del monitor de su ordenador. Se abrió una puerta en uno de los lados de la sala y apareció el hombre de las rastas cobrizas, el hombre de MySpace, apurado, con la mano extendida. Con la otra mano hizo que sus gafas volvieran a encontrarse con sus ojos.

—Señora McAllister, disculpe por hacerle esperar —dijo. Ella permaneció de pie y le devolvió el apretón, esperando (¿esperando el qué?) otra caída súbita en una vívida escena. A poder ser, evitando el desmayo.

Sus palmas estaban cálidas y secas. Él agitaba su brazo con fuerza.

Ninguna conexión.

Tendría que intentar un acercamiento diferente.

—Estoy tan, tan contenta de conocerte —dijo ella con entusiasmo—. Soy una gran fan. He leído todo lo que has escrito. Todo lo que he encontrado, eso es.

Él parpadeó.

—Eh, gracias —parecía recobrarse de la personalidad extrovertida de ella—. No sabes lo increíble que es que hayas contactado conmigo. Quiero decir, ¿tienes idea de la clase de fortaleza que tu padre ha levantado allí en West Lake? Es como si tuviera las líneas de teléfono preparadas para electrocutar a todo el que llamase. No he sido capaz de encontrar gran cosa de ti o de tu hermano desde que saliste de Hill Country. Siento mucho lo de él, por cierto.

La llevó a través de una puerta por un estrello pasillo, caminando deprisa y apresurados, como si se estuviera lanzando de cabeza contra una corriente de aire.

—¿Así que nuestra pequeña tragedia familiar se ha convertido en tu campo de trabajo? —dijo ella lo más emocionaba que pudo, dando grandes zancadas para mantenerle el paso.

—No exactamente. Pero tu papá se come todas las cabeceras. No tengo mucha competencia cuando se trata de las cosas de la familia.

—¿En serio? Eso debería darnos a ti y a mí toda clase de oportunidades inesperadas.

Él la miró de reojo el suficiente tiempo como para hacerle ver a Shauna que no estaba siguiendo el hilo de lo que decía, y luego siguió adelante. El pasillo se abrió en un lateral y dio paso a una sala de redacción que estaba mucho más tranquila de lo que ella se habría imaginado. Los teclados tecleaban y las voces murmuraban en voz baja. Unas cuantas cabezas se giraron para mirarla.

Scott alcanzó una sala de conferencias a la izquierda y abrió la puerta.

—Incluso con todo el desastre del éxtasis. —Encendió las luces—. Te sorprendería qué poca gente está interesada en ello.

—Suerte para mí.

Shauna eligió una silla que estaba frente a la ventana y le daba una panorámica de la sala de redacción.

—Ellos dicen que «no debería sorprender que los hijos de un magnate de las farmacéuticas tengan libre acceso a lo que quieran». Es bastante corriente. Así son las cosas. Bastante lamentables, en mi opinión.

—Ya creo que lo es, si piensas que tu candidato a la presidencia le está dando drogas a sus propios hijos.

—¿Lo está haciendo?

Shauna inclinó su cuello y negó con la cabeza como una mamá regañona. O como una profesora burlona. No podía creer que estuviera haciendo aquello.

—Vaya, estoy segura de que tú eres mucho más listo que eso, Scott.

—Por desgracia, la inteligencia no es contagiosa.

Por desgracia, tampoco lo era su voz dulce. Él fue a una esquina de la habitación y cogió una cafetera medio llena de un quemador aún caliente. Shauna se preguntó cuánto tiempo llevaba sentada allí. Él sirvió dos tazas de café negro y las llevó a la mesa.

—Así que, ¿de dónde ha salido? —dijo él.

—¿El qué?

—El éxtasis.

—Yo me he estado preguntando lo mismo —envolvió la taza con sus manos—. Y si tú eres el periodista que creo que eres, tal vez puedas ayudarme a averiguarlo.

Sus cejas se levantaron como las solapas de una caja sobre sus gafas rectangulares y delgadas, y frunció los labios.

—Oh... La clásica negación de andar por casa. —Dio un gran sorbo de café—. Pero no te voy a atacar, no viniste aquí para ser insultada.

Aquello se estaba convirtiendo en una horrible pérdida de tiempo. Tenía que ser más directa.

¿Se atrevería?

—¿Quién habla de insultar? He venido para pedirte un favor.

—Te lo concederé en la medida en que yo reciba algo.

—Vas a pensar que soy un poco rara.

—Ponme a prueba.

—Bésame —dijo ella.

Él escupió su café.

—¿Perdona? —secó el líquido marrón que se había derramado en la mesa.

Ella se inclinó sobre él.

—Bésame.

—No.

—¿Por favor?

—Señorita, formas parte de la familia más loca que haya...

Tendría que haberse revisado los sesos en la puerta antes de experimentar con un periodista. Se había expuesto a sí misma de la peor forma posible. Se deslizó de nuevo en su asiento.

—Quiero hablar de Rick Bond —dijo ella.

Él cerro su boca desencajada, se puso de pie y tiró su taza de café a la papelera.

—¿El conductor? Me prometiste una entrevista exclusiva.

—Si sigue siendo tan testarudo tendré que reconsiderarlo.

Él sacudió su dedo como un metrónomo y lo movió hacia ella.

—Exclusiva.

Ella lo miró con odio, y él se rió.

—Tú tienes tu beso. Yo tengo mi entrevista.

Nerviosa por estar perdiendo el control de la situación, consintió. La irá le encendió las mejillas, pero si aquello era por la desvergüenza de él, la insensatez de ella, o el hecho de que el beso fuera solamente un beso, no lo podía asegurar. Su visión siguió siendo clara, la sala permaneció estable.

Una total y completa pérdida de tiempo.

—Rick Bond —dijo ella.

—Sí. El tipo del camión contra el que chocaste. ¿Qué quieres saber?

—Lo entrevistaste después del juicio con mi padre.

—Sí, lo hice. Tuvo la boca tan cerrada como una almeja hasta que consiguió la victoria. Luego sus abogados no pudieron hacer que se callara.

—¿Qué dijo que no pusieras en tu artículo?

—Bueno, no puedo citar a todo el mundo de memoria. Tendría que mirar mis notas.

—Estaría bien con lo más esencial.

—¿Estás buscando algo en particular?

—Quiero saber lo que dijo que pasó en el puente.

—Dijo que estaba tan alterado por haber chocado contigo que aunque había sido tu culpa echó toda su cena sobre los zapatos del ayudante del sheriff. ¡Ja! *Eso* sí que no lo puse en el artículo.

Shauna tomó un sorbo de aquel café tan rancio sin quitar los ojos de Scott. Era la única manera de evitar decir algo que jamás en la vida diría a un miembro de los medios de comunicación.

Eso era algo más de lo que ella había dicho.

—Quiero información importante —pidió ella.

Scott aún se reía.

—¿Quién llamó al 911?

—Bond hizo una llamada por radio pidiendo ayuda. El tipo del SUV (¿cómo se llamaba? ¿Danson?) usó su teléfono móvil. Tuviste doble cobertura.

Bien, entonces. Ni siquiera podía respaldar a su pasajero misterioso con una llamada de emergencia.

Smith había sido un engreído haciéndole creer que había habido una tercera persona en su coche. ¿Qué pretendía conseguir contándole mentiras? ¿Él era sólo una distracción, un pasatiempo para alejarla de la verdad?

Se preguntó si Scott conocía a aquel tipo. Tanteó las aguas.

—Había un reportero que se las arregló para atravesar esa fortaleza metafórica que mencionabas.

—¿Sí? ¿Quién?

Shauna se encogió de hombros.

—Me contó que él tenía un testigo que vio otro pasajero en mi coche.

—¿En serio? ¿Alguien vio eso en una carretera oscura en una noche de tormenta? Me suena a que te has encontrado con un aficionado que busca hacerse un hueco.

Podría ser.

—Un aficionado que encontró la manera de llegar hasta mí mientras que tú no podías, de todas maneras. No me preguntó nada. Excepto que si era cierto que había alguien detrás de Rudy en el coche.

—¿Había alguien?

—No lo recuerdo.

—Qué oportuno.

A Shauna se le iba acabando la paciencia con aquel Scott tan sabelotodo.

—Me preguntaba si esa persona podría resolver el misterio del éxtasis.

—Los traficantes son unos profesionales a la hora de no ser encontrados. Y lo mismo con el olvido.

—No se trataría de un traficante, señor Norris. Sólo de alguien que recuerde.

—Tendrás que preguntarle al Señor Periodista para que te ponga en contacto con sus fuentes, entonces.

Shauna suspiró.

Scott sacudió su cabeza y se terminó el café.

—Él es también un fantasma, ¿eh?

—¿Dijo algo el camionero sobre los pasajeros de mi coche?

—Bond vio a Rudy salir despedido por la puerta lateral cuando tu pequeño híbrido salió volando. El chaval casi cae encima de su motor.

Shauna encontró un lugar en la sala de conferencias (un panel de noticias junto a la salida), y se concentró en cómo estaban colocadas las noticias allí clavadas. Lo que fuera por evitar la imagen de Rudy catapultado hacia el cielo de una noche lluviosa.

—¿Puedo hablar con él?

—¿Con Rick Bond? No te lo recomiendo.

—¿Por qué no?

La puerta junto al panel de noticias se abrió.

—Creo que es el momento de que yo haga mis preguntas, ¿verdad?

Scott sacó una pequeña libreta electrónica del bolsillo de su camisa.

Un hombre alto y rubio entró en la sala de conferencias.

Smith.

Shauna se puso de pie.

—¿Quién es ése?

—¿Quién? —Scott miró.

—El rubio. Con la vieja chaqueta militar.

—Ah, él. Ese es Smith —Scott estudió su cara—. ¿No esperarás besarle a él también?

Tecleó algo en la libreta con el lápiz.

—¿Realmente se llama Smith?

—Corbin Smith. Fotógrafo *freelance*. Solía ser uno de los buenos.

—¿Solía ser? —Ella tenía ahora la mano en el pomo de la puerta.

—Un amigo periodista suyo desapareció tiempo atrás. Miguel Lopez. Se lo tragó la tierra. Renunció. No se sabe nada. Todos aquí tienen dificultades, pero esos dos estaban muy unidos. Como hermanos, ya sabes, nada raro. Ahora a él se le ha ido un poco la cabeza. Teorías de conspiraciones y todo eso. Sus fotografías ya no son lo que eran —volvió a centrarse en la libreta—. No estoy seguro de cuánto trabajo más le dará el jefe. ¿Estás lista para tus preguntas?

—Más tarde —dijo ella abriendo la puerta.

Él la miró, y frunció sus cejas de solapa de caja.

—¿Qué quieres decir con más tarde?

—¿En serio crees que voy a contestar tus preguntas antes del juicio? —dijo ella parada en la puerta. Mi abogado me cortaría la cabeza. Pero te prometo una exclusiva después.

—Me podrías prometer una cena también, después de todo.

Ella salió de la habitación.

Corbin Smith se había parado en un escritorio, aparentemente esperando a que el hombre detrás de él colgara el teléfono. Un cigarrillo apagado colgaba de la esquina de su boca.

Scott gritó:

—¡Y otro beso!

Y al escuchar la voz de Scott, Corbin se giró hacia la sala de conferencias y vio a Shauna dirigiéndose hacia él, e hizo como si no la hubiera visto.

Pero ella le miró a los ojos y le vio la preocupación en los labios.

Él sacó un CD del bolsillo de su malograda chaqueta verde y lo lanzó sobre el escritorio. «Llámame», le dijo al hombre, y se lanzó con grandes zancadas hacia la puerta más próxima que le sacara de aquella sala.

—Espera —le gritó Shauna detrás de él—. ¿Corbin?

Intentó cortarle el camino.

Pero las piernas de él eran aún más largas que las de ella y se movía por la habitación como un autómata. Llegó a la salida en unos pocos pasos.

La puerta se cerró de golpe detrás de él.

Ella corrió, alcanzó la puerta, la abrió y se lanzó a través.

Algo la agarró del brazo izquierdo y gritó de dolor mientras la puerta se cerraba.

—Aquí no —dijo Corbin, empujándola y dirigiéndola por un pasillo de hormigón hacia la salida trasera del edificio. Ella escuchaba el ruido de las fotocopiadoras funcionando al otro lado de la pared.

—Hablaré contigo, pero no aquí.

Se quitó el cigarrillo de la boca con la mano que le quedaba libre y lo guardó en el bolsillo delantero de su chaqueta, mirando fijamente la escalera que tenían delante, que subía hasta el final del vestíbulo. Cuando llegaron a ella, empujó a Shauna en el hueco en sombras de debajo de la escalera y le soltó el brazo. Ella se frotó la parte por donde la había agarrado.

—Quiero saber... —empezó Shauna.

—Sh.

Él cogió un trozo de papel (parecía un recibo) de uno de sus bolsillos y un bolígrafo de otro. Se puso el capuchón del bolígrafo en la boca y empezó a escribir.

—¿Quién sabe que estás aquí? —preguntó él con el capuchón aún en la boca.

—Sólo Scott. ¿Tú podrías...?

—No cuentes con ello. Espera aquí cinco minutos después de que me vaya. Luego sales.

—¿Por qué...?

Él le colocó el trozo de papel en las manos y puso de nuevo el capuchón en el bolígrafo.

—Porque ambos viviremos más tiempo de esta manera —dijo. Luego la dejó sola, y Shauna se encogió envuelta en aquellas sombras que esperaba que la protegiesen, consciente ahora de que estaba completamente ciega ante el peligro en el que se encontraba.

14

Empujó su cuerpo al hueco sombrío de la escalera e intentó respirar profundo. Aunque los ruidos de las fotocopiadoras funcionando cubrían la mayor parte de los sonidos que ella debía estar haciendo, Corbin Smith la había asustado. No respondió a las llamadas de Scott cuando él llegó corriendo como impulsado por un viento invisible. Puso las rodillas sobre el pecho y recostó su cabeza contra ellas.

Caminó entre los trastos viejos de su mente sin encontrar ninguna idea nueva hasta que escuchó un portazo.

Miró el reloj. Había estado allí casi treinta minutos. El mensaje de Corbin era un amasijo mustio en sus manos húmedas. Lo alisó y lo leyó a la luz de su teléfono móvil.

6 de la mañana – Apt 419

¿Apartamento 419? ¿De qué edificio? ¿O se suponía que...?

Aquel era el número de su antiguo *loft.*

¿Cómo sabía Corbin Smith donde vivía antes?

Giró el papel en su mano. Era el recibo de una tienda. Licorería Victoria. Un solo producto, 36.72 dólares. Tal vez un cartón de tabaco.

Adivinó el camino para salir del edificio por la parte de atrás, luego se abrió paso hasta el pequeño MG que estaba en la entrada. Salió del aparcamiento hacia el distrito de SoCo.

Una parte de ella se sentía estúpida por haber permitido que los jueguecitos de agente secreto de Smith la asustaran tanto. ¿Y si solamente era un lunático conspiranoico como Scott había dejado caer?

Pero Corbin Smith no parecía inestable fuera del palacio de justicia. Un poco creído, pero no inestable. Aunque, para ser sinceros, su tontería con Scott y el beso, que no había dado ningún resultado, le quitaba cualquier derecho de prejuzgar al fotógrafo.

Eran casi las cinco. Con dos horas libres y sin ganas de ir a ningún sitio, ni siquiera a casa, se dirigió con el coche hacia el oeste, hacia el Bulevar Ben White y escogió una larga ruta hacia el restaurante.

Aun así, cuando el coche tomó los carriles en dirección norte de la 71 y llegó a la salida 620 a Bee Cave, no giró hacia el Iguana Grill. En vez de eso, siguió por la 71 y se dirigió hacia el puente donde su coche había salido despedido y donde la vida de Rudy había sido cambiada irreversiblemente.

Tenía tiempo. Necesitaba tiempo.

Soltó el pie del acelerador según se iba aproximando y agarró el volante con ambas manos.

No podía cruzar.

Llevó el pequeño MG de Rudy hacia un estrecho arcén junto a la barrera, esperando que el tráfico la esquivase. Había unas marcas de frenos que se cruzaban sobre las líneas delante de ella.

¿Eran sus marcas? Las miró, dejando que su cabeza vagara ligeramente hacia la izquierda de la marca, a los carriles en sentido contrario.

Una oscura mancha diseminada por el pavimento como un cáncer maligno. Después de todo este tiempo.

Se sintió mareada.

Rudy.

Echó la cabeza sobre el volante, esperando de un momento a otro ser apaleada con un recuerdo intenso y terrorífico que deseaba que no sucediese. La doctora Harding tenía toda la razón. Aquello no era un suceso que quisiera recordar. La amnesia era una bendición. Lo desconocido era un dolor merecido aunque soportable.

Debería practicar poner aquello fuera de su mente, trasladarlo.

El latido de una sirena y un megáfono la sacaron de golpe de su atolondramiento.

—Retire su vehículo del puente.

Un sedán dorado de sheriff se hacía cada vez más grande en su espejo retrovisor. Estaba demasiado lejos para dar marcha atrás, al menos para hacerlo de manera legal. Puso el coche en marcha bruscamente, esperando que no la multaran. Soltó un poco el acelerador cuando estaba sobre el agua, centrándose en la línea discontinua, circulando por el carril exterior. El coche la pasó, y ella agarró fuertemente el volante con las dos manos, optando por no mirarle.

No había otra ruta para volver a la ciudad que no fuera hacer un giro temerario, seguramente ilegal, y cruzar el puente una vez más.

Se concentró en respirar.

No fue hasta que tomó la salida norte hacia Lakeway que se dio cuenta de que el camión de transporte no había dejado ninguna marca de frenado a su lado de la línea.

Wayne ya estaba sentado cuando Shauna llegó, distraída y relajada, al Iguana Grill. La camarera la llevó a una mesa de la terraza junto a una barandilla desde donde se veía todo el lago Travis. Wayne se puso en pie y recibió a Shauna retirándole la silla.

Como no estaba segura de lo que aquel encuentro acarrearía, ella evitó su mirada poniéndose de frente al lago, surcado con los rayos del sol del atardecer.

—Espero que no te importe que me haya sentado ya. Se quedó libre la mesa y me abalancé sobre ella.

—Me alegro de que lo hicieras.

—Te ves muy bien.

—Me siento un poco cansada. Tal vez debería ir a refrescarme.

—No, en serio. Tienes el cabello suelto al viento y las mejillas sonrosadas. Es un *look* fantástico. El rato fuera te ha sentado bien. ¿Te gustó el spa?

Le ofreció un *ajá* evasivo y cogió el menú, sintiendo cómo sus ojos le estudiaban el rostro. No se le había ocurrido hasta ese momento que tenía que haber recreado el contenido de su sesión imaginaria.

Bajó el menú y se inclinó hacia Wayne.

—En realidad debería contarte lo que ha pasado.

Él le cogió la mano y la besó.

El dolor de una puñalada detrás de los ojos y una luz brillante atravesaron su visión. Vio detrás de la luz a una multitud corriendo hacia ella, cientos de personas, una estampida en un espacio tan estrecho que temía ser pisoteada. Se giró (a lo mejor podía huir de ellos) y se dio cuenta de que estaba rodeada. Todos se precipitaron hacia ella, en el centro, en una implosión de brazos y piernas.

Shauna se preparó para ser aplastada. Intentó fijarse en las caras. En alguien que pudiera ayudarla, sacarla de la multitud para no ser tragada debajo de ella. Levantó los brazos y sintió que sus nudillos golpeaban otras extremidades. Los cuerpos la empujaban. Cayó. Cerró los ojos, y empezó a sentir que se agarraba a alguien más fuerte que ella misma.

Sujetaba un musculoso antebrazo con fuerza.

La multitud se desvaneció.

Excepto un hombre. Un latino de piel morena, guapo, con una atractiva camisa guayabera azul. Pero sus ojos oscuros estaban casi negros y estallaban con furia. Ella soltó el brazo y él frunció el ceño, deformando su impecable y simétrica perilla.

La estaba apuntando con una pistola.

Ella gritó, sorprendida pero consciente, a la vez, de que tal vez ella no fuera el objetivo.

¿Era eso un recuerdo de Wayne?

¿Aquel hombre había amenazado a Wayne?

Luego la imagen se desvaneció.

Todo en menos de un segundo.

Wayne se estremeció.

—¿Qué ha pasado? —preguntó.

Ella soltó su mano y parpadeó. Cogió aire. Estaba decidida a enfrentarse con aquel desbarajuste cara a cara.

—Necesito hablar contigo de una cosa.

Las líneas de su frente se arrugaron con preocupación.

—Lo que sea.

—No creo que te llames Wayne Spade.

Él se rió lleno de alivio.

—¿Eso es todo? Casi se me para el corazón. De cualquier manera, legalmente, mi nombre es Wayne Spade. Me lo cambié hace un tiempo. Un desagradable asunto familiar. Solía ser Wayne Marshall. ¿Qué has estado escarbando?

Tenía un tono de voz amistoso.

—En realidad estaba intentando averiguar...

Algo completamente diferente, la verdad. *Estaba intentando averiguar si mis sueños te pertenecen.* No saldría esa explicación de su boca. Por lo visto, acababa de reducir su montaña a un grano de arena. A lo mejor él lo ocultaba todo.

—La otra noche en el cine —dijo ella— escuché a escondidas una parte de tu conversación por teléfono.

Él bajó los hombros y se echó atrás en la silla, y resopló.

—¿Lo hiciste? Bueno, eso es embarazoso.

Una mujer se aproximó a la mesa y le ofreció a Shauna algo para beber. Ella pidió agua y Wayne dijo que esperaría un poco más para ver el menú.

Cuando la camarera se alejó lo suficiente, Shauna dijo:

—¿Puedes ayudarme a entenderlo?

Wayne levantó la vista al lago.

—¿Me estás protegiendo de algo? ¿De algo que no puedo recordar?

—Cuando tú y Rudy chocasteis contra ese camión... tu tío Trent se empezó a subir por las paredes. Puso el grito en el cielo antes de que nadie sugiriera que el MDMA podía ser parte del caso. Dijo que alguien estaba saboteando la carrera electoral de tu padre hiriéndoos a vosotros dos.

—Patrice sugirió algo parecido. Sólo que ella me culpa del accidente.

—Trent nunca pensó que el accidente fuera... un accidente.

—¿Por qué no me contó él eso? ¿Por qué no me lo has contado *tú*?

—En honor a tu padre. Sé que tu padre y tú tenéis vuestros asuntos. Voló desde New Hampshire en un jet privado. Sinceramente, pensé que el golpe le mataría, y a ti también. Si llegaba a pensar que el accidente había sido un ataque a su familia...

La confusión hizo que se le subieran los colores.

—Así que en vez de averiguar lo que era, ¿vosotros dos pensasteis que sería mejor para Landon si el mundo me culpaba a mí? ¿Hacer que yo sufriera la caída para que mi padre pudiera llegar a la Casa Blanca? ¿Eso es lo que se supone que no debo imaginar?

Wayne le cogió las manos de nuevo, y su expresión era una súplica para que ella comprendiera.

—No lo planeamos, Shauna. Pero no podemos probar ninguna otra teoría alternativa. Todos cuentan la misma historia. Todas sus explicaciones coinciden. La investigación del sheriff no contradice nada: ni a los informes, ni a los testigos presenciales, ni a los forenses, nada.

—¿Y por qué apartarme de eso?

—¿Preferirías ir por ahí pensando que alguien intentó matarte? ¿Qué puede intentarlo otra vez?

—No me gusta ninguna opción.

—Trent se puede disgustar mucho cuando descubra que te he contado esto.

—No tiene por qué saberlo.

—Me ofrecí a estar contigo. Lo quería. Trent pensó que...

Wayne se pasó una mano por el pelo.

—¿Qué pensó?

—Pensó que si tiene razón sobre lo del montaje, si alguien tiene aún intención de dañarte, necesitarías un aliado cerca de ti.

Una brisa llegó desde el lago, y Shauna echó un vistazo al resto de comensales que había con ellos en el patio abierto. ¿Alguno de ellos era una amenaza?

—¿Rudy está en peligro?

—Lo dudo. La propiedad de los McAllister es una fortaleza, especialmente con las elecciones tan cerca. Y tuvimos a Pam Riley vigilada. Es aburridísima. Creo que tenemos suerte, que quienquiera que sea el responsable de esto está satisfecho con el daño que ya ha causado.

—¿Y qué hay del comportamiento de Smith, digno de una película de cine negro?

—Ya sabes lo que pienso de eso.

—¿El tipo con el cuchillo en Barton Springs?

—Sólo un chiflado.

Wayne tomó un sorbo de agua.

—¿Mis visiones raritas?

Wayne hizo una pausa.

—¿Has tenido más?

—Un par.

—¿La doctora Harding te ayudó con eso?

—No de una manera que me hiciera tomar el control. Me siento fuera de mi cuerpo. Como... ¿alguna vez te han apuntado con un arma?

—Soy un ex marine, por supuesto que me ha pasado.

—No en combate.

—¿Fuera de combate? Una o dos veces.

—¿Una o dos veces? ¡Wayne! ¡Eso es una locura! ¿Qué pasó?

—En Tailandia... mira, no merece la pena recordarlo. Estamos hablando de ti. ¿Dices que las visiones te hacen sentir amenazada?

—No realmente. No lo estoy llevando muy bien.

¿Mirar por el cañón de una pistola era tan intrascendental para él? Shauna no sabía qué hacer.

—Suenas estresada. ¿No te ha ayudado en nada el spa?

—No he ido al spa hoy.

Él pestañeó y le golpeó el reverso de la mano.

—Lo sé.

¿Lo sabía?

—¿Entonces por qué me haces preguntas capciosas?

—Es difícil saber qué es lo mejor, Shauna. Perdona si me he equivocado. Pero no quiero que te sientas aprisionada, o tratada como una niña pequeña.

—Siento haber mentido.

Él cogió el cuchillo de untar y lo inclinó sobre su punta, girando el mango bajo su dedo índice.

—Bueno, tú has expuesto unas cuantas mentiras de mi parte por las que también me debo disculpar.

Por unos segundos ellos dos miraron fijamente el cuchillo con el que él estaba jugando.

—Bueno, es bueno sacar todo esto a la luz —dijo ella.

Wayne se encogió de hombros.

—Estoy de acuerdo. ¿No más secretos?

—No más secretos.

Ella se dejó inundar por el alivio. Todas sus sospechas sobre Wayne se habían acabado.

—Así que, ¿qué era tan urgente en el *Statesman*? —dijo Wayne.

—El periodista que ha estado siguiendo nuestra historia. Pensé que podía ponerme en contacto con Rick Bond.

—¿Quién es ese?

—El conductor del camión que demandó a Landon después del accidente.

—Cierto. ¿Por qué quieres hablar con él?

—Estoy buscando a alguien que sepa lo que realmente pasó.

—Aún buscando a tu fantasma.

—Estoy buscando a alguien que recuerde.

—Preguntémosle al abogado...

—¿Por qué? Él no estaba allí. Sabe menos que yo de lo que pasó.

Wayne se encogió de hombros.

—Puede que estés buscando en el lugar equivocado. Si tu accidente estaba planeado, un asesino (o asesina) no se subiría al coche contigo.

Shauna asintió.

—Es un callejón sin salida de todas maneras.

—¿Y qué hay de tu aventura en el puente?

—Siento que hayas tenido que ver eso.

—No lo hice, ya que estamos siendo sinceros. Sólo te seguí hasta Bee Cave. Pensé que querrías ver el puente con tus propios ojos.

—No hay mucho que contar. Excepto... ¿sabías que el camión de mercancías no dejó ninguna marca de frenado?

Wayne asintió.

—El conductor le contó a los ayudantes que ni siquiera tuvo tiempo de pisar el freno. ¿No estaba eso en el informe?

—Tal vez. Esa clase de movimiento es algo reflejo, ¿no? ¿Ni siquiera antes del impacto?

—Esa sería mi conjetura. Pero no sé mucho sobre esas cosas.

—Probablemente haya alguna explicación obvia. Hasta ahora he estado haciendo una montaña de un grano de arena.

—No seas tan dura contigo misma. Cualquiera en tus zapatos se hubiera sentido así.

—Oh... no adivinarías. Me tropecé con Smith en el *Statesman*.

Wayne dejó caer el cuchillo con el que estaba jugando.

—¿El reportero? ¿Realmente se llama Smith?

—Sí, y es fotógrafo.

—¿Qué te dijo?

—Estaba en plan detective privado, bastante paranoico. Scott Norris dijo que tenía algunos problemas emocionales.

—¿Te reconoció?

—Sí. No quiso hablar conmigo en la oficina. Pero me pidió que nos encontráramos mañana por la mañana. Muy temprano. En mi antigua casa.

—¿El *loft* del centro?

—Si he entendido su críptica nota correctamente.

—No deberías ir sola. De hecho, tal vez no deberías ir.

La camarera regresó, y Shauna cogió su menú y le echó un vistazo rápidamente.

—Esperaba que vinieses conmigo —dijo ella.

—No podrías mantenerme lejos.

15

Shauna hizo otro intento de entrar en la casa para ver a su hermano. Con un poco de suerte podría colarse bajo la mirada de algún guarda nocturno que no se acordara de la prohibición de dejarla entrar. O algún tipo compasivo que quisiera saltarse las normas mientras Landon estuviera fuera.

Una vana esperanza. El fornido agente de guardia ni siquiera le dirigió la palabra, sólo sacudió su cabeza cuando ella se aproximaba.

De vuelta al bungalow, Shauna se puso el pijama con el corazón encogido, se deshizo de otra dosis de sus pastillas y volvió a meterse entre sábanas cuando Khai llamó a la puerta que daba a su baño compartido.

—¿Está durmiendo? —preguntó cuando Shauna la invitó a pasar. Khai llevaba un enorme sobre Manila abultado y abierto por arriba.

—Aún no.

—Wayne dice que no necesitarán desayuno mañana.

—Cierto. Tenemos una reunión muy temprano.

—¿Encontró lo que buscaba hoy en la oficina del periódico?

—No exactamente. Pero fue revelador.

Khai se aproximó a la cama y dejó allí el sobre.

—Tal vez esto le ayude.

—¿Qué es?

—Realmente no lo sé.

Shauna cogió el paquete y miró dentro. Un montón caótico de recortes de periódico, un CD en un joyero verde y hojas sueltas de papel blanco casi ponían a prueba las costuras.

—Es de su *loft*.

—¿Dónde lo encontraste?

—Lo encontré el día que lo empaquetamos todo.

Shauna esparció el contenido sobre la cama.

—Espera, Khai, no he entendido nada de lo que has dicho.

Khai se sentó, su pequeña figura apenas deformaba el colchón.

—La señora McAllister y yo fuimos a su casa el día antes de que llegaran los transportistas. Me asignó el baño y la cocina. Tenía que guardar todo lo que pudiera que no fuera rompible. Ella quería hacer su dormitorio y su salón. En particular estaba interesada en su escritorio.

—Quería mi ordenador.

—Sí. Pero creo que quería más que eso.

—¿Cómo qué?

—No me dijo qué estaba buscando, pero estaba irritada por no encontrarlo. Información de alguna clase. La mujer puso su nariz sobre todo, incluso en el microondas y la cisterna del inodoro. Luego decidió echar todo lo que había en su escritorio en una caja. Hizo eso mismo con cada cajón de la casa que no tuviera ropa. Tres grandes cajas. Ésas las puso aparte antes de irse, y cuando yo volví a la mañana siguiente para dejar pasar a los transportistas, ya no estaban.

—¿Dónde habían ido?

—No las he visto desde entonces.

—¿Y qué tiene que ver eso con esto? —Shauna extendió los papeles.

—Los encontré sobre los armarios. Estaba limpiando el polvo.

—¿Crees que esto era lo que Patrice estaba buscando?

—No sé lo que Patrice estaba buscando. Pero esto parecía algo que usted quería esconder. Desde luego, no esperaba que no recuerde lo que es.

—¿Por qué no se lo diste a Patrice?

Khai mantuvo la mirada de Shauna con sus dos ojos, el marrón y el castaño, durante unos cuantos intensos segundos antes de que se dispusiera a decir:

—Sé cómo me sentiría si invadieran mis secretos personales.

—¿Tú tienes secretos? —le dijo Shauna con una sonrisa.

—Como todo el mundo.

Shauna echó un vistazo sobre los titulares de los recortes de periódico. Parecían centrarse en la campaña de su padre, fechados casi todos en aquel mismo año. Las hojas blancas eran fotocopias de artículos similares, con unos pocos correos electrónicos de alguien que se apodaba *Sabueso*. Todos ellos cortos y crípticos, de una sola línea. Como:

El problema es la estructura del reparto de beneficios. Y,

El filial en la página 72 no tiene registro público. ¿Puedes investigar?

El CD no tenía ninguna etiqueta.

—¿Puedo usar de nuevo tu ordenador? —preguntó Shauna—. ¿Mañana en algún momento?

—Sí, cuando lo necesite. Estaré fuera otra vez durante gran parte del día.

Miró a Shauna hojear unas cuantas hojas de papel.

—Me han permitido ver a su hermano hoy. La señora Riley dice que está bien, que podemos esperar su mejora.

Shauna levantó la vista y se vio tentada a unirse sencillamente al sentimiento optimista de la enfermera. En vez de eso, cuando abrió la boca se escuchó decir:

—No creo que él se vaya a recuperar.

Khai puso sus manos sobre sus rodillas y asintió, sombría.

—Tú lo entiendes —dijo Shauna. No era una pregunta—. No creo que nadie de mi familia lo haga. Con certeza que Landon no.

—Algunos padres creen en lo imposible —dijo Khai—. Algunas veces eso les hace mejores padres.

—No siempre.

Khai negó con la cabeza.

—No. No siempre. Pero mi hermano es padre y él lo hace.

—¿Él es un buen padre?

—Sí —Khai respiró hondo—. Su cáncer ha vuelto. Se ha metastatizado al cerebro.

—Oh, Khai. Lo siento.

Alzó la mano sobre el cubrecama azul y marrón con motivos espirales para tocar el brazo de Khai. Más tarde recordaría la sensación de electricidad estática que salía de la piel de Khai, sus finos cabellos erizándose como si una fuerza magnética los atrajera a los dedos de Shauna. En sueños creería haber escuchado el golpe y el siseo, un chisporroteo de energía arqueándose a través del espacio invisible.

Pero entonces sólo escuchó el crujido eléctrico, sintió la picadura de un simple shock, y vio a Khai saltar de la cama.

Estaba ocurriendo de nuevo.

La habitación desapareció y sintió que caía al suelo, llorando histérica, gritando y chillando, gritando y chillando, al lado de una cuna vacía (un poco más pequeña que una canasta) en una diminuta habitación iluminada por la luz grisácea de la mañana. Su garganta en carne viva dolía. Había estado llorando durante horas.

Se agarraba a una manta que colgaba de uno de los lados, una tela de algodón a rayas, verde y amarilla, que olía a bebé. A su bebé.

Shauna abrió los ojos y se dio cuenta de que estaba doblada sobre la cama, agarrándose el estómago, gimiendo.

Alzó la cabeza y vio a Khai, alejada unos pasos de la cama ahora, mirándola fijamente con los ojos muy abiertos.

—¡Caray! Esto es embarazoso —dijo Shauna plantando la cara en el cubrecama, desplegando su cuerpo articulación a articulación, como si hubiera estado contorsionada durante horas. Cada miembro rígido lanzaba un grito.

—¿Puedo ayudarla?

—No.

Khai no se movió.

—Perdiste un bebé —dijo Shauna.

Khai se tapó la boca con la mano.

—Lo siento —dijo Shauna tratando de recuperar la calma, sin saber muy bien si se estaba disculpando por el niño o por su comportamiento.

—Por favor, ¿puedo preguntarte qué pasó? Necesito comprender esto que me sucede.

Inmediatamente se arrepintió de lo que había dicho. ¿Cómo se atrevía a aprovecharse de la tragedia de alguien para solucionar su propio misterio?

Trató de retirar su pregunta.

—No, no. No tendría que haber...

—Mi hija —dijo Khai—. Perdí a mi hija. Tenía tres meses. ¿Cómo lo has sabido?

Shauna extendió los brazos sobre lo alto de la cama llena de papeles.

—Tengo visiones. —Fue la única explicación que pudo dar—. Te vi... Yo *era* tú, llorando y gritando al lado de una cuna. Estabas en una habitación pequeña, gris, con una cama, un vestidor y una cuna vacía. Había una manta amarilla y verde.

Khai negó con la cabeza.

—Yo no lo recuerdo.

¿No lo recordaba? ¿Cómo podía alguien no recordar algo así?

Bueno, ¿cómo no podía Shauna recordar su propia crisis?

La voz de Khai se convirtió en un susurro.

—No lo entiendo. Todo lo que recuerdo es dolor. Me siento como si hubiera estado soñando y lo hubiera olvidado al despertarme.

La cabeza de Shauna aún daba vueltas. Este encuentro cambiaba todo lo que había procesado hasta ese momento. Estos sueños y visiones no eran solamente de hombres, no eran provocados por un beso o un flirteo. Algo más era el centro de estos encuentros...

—Describes nuestra habitación. Y su manta. Todavía la tengo.

—¿Cómo murió?

—No murió —susurró Khai. Las lágrimas que se acumulaban en sus ojos reflejaban la luz de la lámpara de la mesilla de noche—. Se la llevaron.

—¿Raptada?

—Vendida. En el mercado negro.

Shauna pensó que si hubiera sido su bebé, la muerte hubiera sido el mal menor.

—¿Cómo? ¿Por quién?

—Por su padre. Se fijó en lo imposible, y eso le convirtió en un monstruo.

16

A pesar de los extremos emocionales de su día, Shauna experimentó un misericordioso sueño profundo sin ensueños y se despertó el domingo por la mañana un minuto antes de que saltase el despertador a las cinco y media.

21 de octubre. Una semana desde su despertar. Parecía que había sido un año.

Su teléfono estaba sonando de nuevo.

Lo abrió rápidamente. Había tres mensajes de texto del mismo número. Un número local que no reconocía.

3:25 > habitación roja por la mañana, Shauna ten cuidado

3:27 > S mjor olvidr y sr feliz

3:40 > ers feliz?

Le temblaron las manos. Shauna pulsó para responder.

> Quien eres tu?

Esperó. No hubo respuesta. ¿Esperaba una? Guardó el teléfono en su bolso y se apuró para limpiar todos los papeles y el CD que aún estaban desparramados por el colchón. Los escondió en la parte de atrás del cajón de debajo de su aparador, debajo de la ropa. Si los había mantenido escondidos antes, lo más lógico sería que lo siguiera escondiendo. Hasta saber qué eran.

Hasta saber de quién los estaba escondiendo.

Se enfundó un par de tejanos y un jersey negro de cuello de cisne, se peinó con los dedos y decidió ir sin maquillar. No tenía un pulso firme para hacerlo.

En el coche de Wayne, Shauna dejó de pensar en los mensajes. Su cabeza era un revoltijo de expectativas por el encuentro con Smith, una reflexión de la conversación con Khai de la noche anterior y una confusión sobre el misterio de cómo esas visiones funcionaban. No habló mucho, lo que le pareció bien a Wayne, preocupado por sus propios pensamientos según apuntaba la camioneta hacia el amanecer.

Lo mejor que Shauna podía decir era que estaba metiéndose en los recuerdos de otra gente. Casi todos parecían implicar dolor físico o alguna clase de misterio o tragedia. ¿Acaso esa gente los estaba compartiendo con ella? ¿Sacándolos a la luz para aliviar el dolor?

—¿Recuerdas haber tenido una contusión en la espina dorsal durante un partido de fútbol? —preguntó ella.

Wayne parpadeó como si su mente hubiera sido sacudida fuera de donde fuera que estaba.

—¿Cómo sabes eso?

—Lo soñé, ¿recuerdas? Entonces me contaste que habías sufrido una lesión parecida.

—Sí, lo hice, ¿no? Supongo que no pensé... quiero decir, de verdad que parece una coincidencia.

—A lo mejor sólo es una coincidencia. No quiero hacer de esto más de lo que parece. Sería curioso si recordaras lo que pasó.

—No lo recuerdo, la verdad. Recuerdo algunos trozos de esa noche: la primera mitad del juego, la estancia en el hospital más tarde. Pero no el golpe en sí. Ni siquiera la jugada, ahora que lo pienso.

Ni siquiera recordaba la jugada.

Su sueño *era* la jugada.

No estaba compartiendo recuerdos, se los estaba llevando de alguna manera.

Estaba robando recuerdos.

¿Cómo? ¿Qué le había pasado para que eso pudiera suceder?

Dio un largo suspiro y un paso adelante.

—¿Cómo pudiste enrolarte en la Marina con una lesión así?

—Cuando eres joven y decidido, hay maneras de hacerlo.

—¿Como cambiarse de nombre?

—No. Eso fue después. Creo que te lo expliqué anoche. —Parecía ligeramente molesto.

—Todo este problema, ¿sólo para desertar? —preguntó ella.

Él se rió, pero su tono le puso los pelos de punta a Shauna. Él blandió un dedo en su dirección.

—Todo este problema, ¿qué? Como te dije antes, lo de la deserción es una ficción absoluta.

—¿No te acuerdas?

—¿Cómo voy a recordar algo que nunca pasó?

Tal vez fuera así. Recordaría haber desertado y estaría demasiado avergonzado para admitirlo. Tenía que haber olvidado la noche en que se marchó.

A lo mejor no había pasado nunca, aunque ella se sentía casi segura de que pasó.

Intentaría averiguarlo. ¿Cómo puede uno averiguar esa clase de cosas?

Durante el trayecto hacia el centro de Austin, Shauna sopesó la extraña habilidad que había adquirido y se preguntaba si había alguna manera de controlarlo. ¿Cuáles eran las circunstancias que le permitían acceder a los recuerdos de los otros? ¿Podía recrearlas a su antojo? ¿Cómo se había hecho con aquella extraña destreza? ¿Y cuándo? ¿Había más gente que podía hacer lo mismo?

Entonces, *si* pudiera determinar cómo el robo de memoria funcionaba (qué etiqueta más poco atractiva, pero no podía pensar en otro nombre), si el robo de memoria funcionaba, ¿podría escoger a qué recuerdos tener acceso?

¿Podría usar los recuerdos de otra gente para ayudar a reconstruir su propio pasado?

Con acceso a las personas adecuadas, ¿podría encontrar las respuestas a sus preguntas sobre lo que pasó aquella fatídica noche, sobre quién intentaba herirla, sobre aquello de lo que era realmente culpable?

¿Acaso su hurto hacía daño a la gente? ¿Estaba ella causando un daño invisible en un intento de salvarse a sí misma?

Wayne siguió el río Colorado bajando hacia la calle Barton Springs y después cogió la avenida South Congress por Town Lake. Involuntariamente, Shauna cerró los ojos y aguantó la respiración mientras atravesaban el puente, aunque éste era mucho más ancho que el puente sobre la 71, con andenes y sustanciosas barreras. El capitolio y los grandes edificios del centro de la ciudad (el escalonado Chessboard Palace, el multifacético Frost Bank Building), enmarcaban el camino hacia su antigua casa en Ninth Street.

El *loft* era, innegablemente, una ventaja de ser la hija de un senador. No se lo hubiera podido permitir sin la generosa pensión de Landon, uno de los pocos y sencillos gestos de obligación paternal que el empresario se permitía a sí mismo. Guardando las apariencias, había dicho ella siempre. Nunca había protestado muy fuerte, esperando que algún día a él le motivase un cariño genuino para proveerla.

A aquellas horas de la mañana encontraron un hueco para aparcar junto a un parquímetro no muy lejos de la dirección.

Wayne retomó la conversación cuando entraron en el complejo y cogieron las escaleras hacia el cuarto piso.

—Todavía creo que este tío está buscando protagonismo, alguna exclusiva.

—Es un fotógrafo; ¿sobre qué iba a estar escribiendo?

Wayne se encogió de hombros.

—A veces pienso que los fotógrafos son peores que los periodistas. Paparazzi. ¿Estás segura de que no es un montaje?

Ambos viviremos más tiempo de esta manera, había dicho Corbin antes de dejarla ayer. Shauna se preguntó si no estaba poniendo en peligro la vida de Wayne al traerle con ella.

—No, no lo estoy. Pero si lo es, tú sabes su nombre y dónde vive.

—Da la impresión de que no estaba nada dispuesto a hablar contigo en su lugar de trabajo.

—Él sonaba asustado.

—No parecía asustado cuando te acorraló a la salida del palacio de justicia.

—Entonces no sabíamos quién era.

En el cuarto piso, Shauna guió a Wayne por un vestíbulo de madera noble con sólo cuatro puertas en él. Su antigua casa era la que estaba orientada hacia el este, en una esquina con una vista panorámica del centro de la ciudad. Una pequeña pero codiciada propiedad.

—Las seis en punto —dijo Wayne mirando su reloj.

Shauna llamó a la puerta.

Esperaron.

Después de medio minuto llamó de nuevo, pero no escuchó nada moviéndose allí dentro.

Wayne alargó la mano y comprobó el pomo.

Estaba abierto.

Shauna no se lo pensó dos veces para entrar. Estar allí era como estar en casa. O algo parecido.

No había lámparas encendidas dentro, aunque la luz del amanecer iluminaba el lugar. Las persianas reflectantes que servían para proteger de la luz sólo estaban bajadas hasta la mitad de la superficie de los cristales.

No había ruido de televisión, ni de radio, ni periódicos crujiendo. Ni aroma de café o de desayuno. Sólo humo de tabaco. Y el sonido del agua goteando.

¿Se había olvidado él de su cita?

¿O ella había malentendido la nota?

—¿Corbin? —Shauna le llamó en la habitación principal.

Una partición permanente separaba el salón abierto (una combinación de cocina, comedor y sala de estar) del dormitorio y el baño. El lugar había cambiado drásticamente desde que ella ya no vivía allí. Su elegancia desaliñada se había convertido en pereza de soltero. Las paredes marrones desnudas, los sosos sillones de piel marrón, los platos sucios apilados en el fregadero hubieran quedado mejor en una fraternidad universitaria. Montañas de periódicos cubrían casi cada superficie libre del suelo de la habitación.

Shauna cruzó el umbral de la puerta hacia una alfombra. «¿Corbin?» Wayne la seguía.

Como para confirmar que el olor de tabaco de verdad pertenecía al fotógrafo, Shauna cacheó su gastada chaqueta militar que colgaba del respaldo de una silla del comedor.

—Esto es de él —dijo ella. Shauna se estremeció.

¿Cómo podía un fotógrafo *freelance* permitirse un lugar como aquel? Más que eso, ¿cómo podía ella estar tan íntimamente conectada con un hombre al que no conocía, un hombre que le seguía sin ser visto, que no quería hablar con ella sino era según sus términos, que creía que sus vidas estaban en juego?

¿Quién era Corbin Smith?

—No hay nadie aquí —dijo Wayne—. Deberíamos irnos.

—Espera un minuto —dijo Shauna. Echó un vistazo por el apartamento buscando algo, lo que fuera, que pudiera darle la información que estaba esperando.

—¿Por qué?

—Quiero saber de qué va este hombre.

—Me parece que va de cigarrillos y Gatorade.

Wayne tocó con la punta del pie una botella de plástico vacía junto a un sillón reclinable arrugado y hundido. Shauna contó otras cuatro botellas en la habitación y unos cuantos litros más de esa cosa en la encimera de la cocina.

Fue a la mesa de café: ceniceros, periódicos, el mando de la televisión, calcetines sucios. Música, debajo de la televisión: cientos de CD alineados sobre sus costados, organizados como si alguien cuidase más de ellos que de la propiedad. Un trípode permanecía de pie en una esquina de la habitación sin su cámara. Tal vez había salido corriendo para cubrir una noticia de última hora.

En la encimera de la cocina había un teléfono inalámbrico, un trozo de papel que sostenía una dirección garabateada a toda prisa, correo sin abrir, las sobras de una cena precocinada. Todo era demasiado normal, demasiado previsible.

Muy desconectado de ella. Ninguna nota explicando su ausencia. Comprobó el contestador automático. No había mensajes.

¿Qué estaba haciendo allí? No podía decidir si sentirse defraudada o enfadada.

Se dio la vuelta con un lento giro y echó un vistazo a la cama que estaba detrás de la partición. Y unos pies, saliendo de las sábanas apelotonadas a los pies de la cama.

—¿Corbin? —fue hacia la habitación.

El shock de lo que vio cuando atravesó la puerta la obligó a volver atrás. Se dobló. Wayne estaba justo detrás de ella. La agarró de la cintura.

Los pies estaban unidos a un cuerpo que descansaba sobre unas sábanas ensangrentadas. Su mano, levantada como si hubiera ido a despertarse y se hubiera encontrado sin respiración, cubría en parte un corte limpio y horizontal sobre la tráquea de Corbin Smith. Sus grandes ojos abiertos habían tomado su última fotografía de las vigas de madera del techo.

Ni tan siquiera había tenido tiempo de levantarse.

Shauna escuchó a Wayne hablar mientras la empujaba lejos de la escena, pero no estaba segura de lo que decía. Solamente se quedó con «...aquí mientras llamo a la policía».

Después se encontró a sí misma en el vestíbulo exterior, de espaldas a la pared de enfrente de la puerta, deslizándose poco a poco de cuclillas sobre sus talones mientras Wayne hablaba con serenidad por su teléfono móvil.

Un corpulento detective llamado Beeson llevó a Shauna a un lado y le habló con una suave voz de contrabajo. Era tan grande como para ser confundido con Emmitt Smith, y aun así se movía como si estuviera en una pista de baile, guiando a Shauna por el codo fuera del apartamento. Su cuerpo obedeció la orden.

Contestó a las preguntas de Beeson como un autómata. Corbin me pidió que nos encontráramos aquí. Me dio una nota; aquí está. Sí, yo vivía aquí. No, solamente nos habíamos encontrado dos veces.

Y así una tras otra. Su mente se adormecía con las respuestas. Caminé por las habitaciones, por ahí, y por ahí. Toqué el contestador automático.

Otro detective interrogaba a Wayne por separado. Por protocolo, dijo Beeson. El detective de las mejillas redondeadas y las manos gordinflonas previno a Shauna de prejuzgarle demasiado incisivo. Su tono prometía no juzgarla a ella, y Shauna pensó que incluso aunque ella fuera culpable de la muerte de Corbin, el detective Beeson sería igual de paciente. Imaginó que era un novato, que no llevaba tanto tiempo en el cuerpo como para haberse cansado.

Tal vez ella ya no creía en la amabilidad natural del ser humano.

Shauna esperó estar lo suficientemente lúcida como para estar contando la misma historia verdadera que Wayne.

No, no sabía de lo que Corbin quería hablar. No, no estaba conectado (hasta donde sabía) con el caso abierto. Mire, ella tiene lagunas de memoria. Sí, una clase de amnesia. Su doctor era Siders, en el Centro Médico Hill Country.

La desesperación de Shauna fue creciendo hasta que pasó el último largo minuto. Después de media hora de interrogatorio y otra media hora de papeleo, Beeson la dejó sola, y Shauna sintió como si todo el peso de aquel asesinato cayera sobre ella. La promesa de Corbin de conectarla con su pasado se había roto, y los bordes dentados de esa ruptura abrieron la jaula de sus peores temores.

Nunca recordaría.

En los cinco minutos que siguieron Shauna decidió que no quería recordar nunca.

Por el rabillo del ojo vio a un investigador hablando con el detective Beeson, sus cuerpos demasiado juntos, de forma poco natural, como hablan los padres cuando no quieren que los hijos escuchen. El investigador le entregó algo al detective. Un trozo de papel del tamaño de los que hay en una galleta de la fortuna, sellado en una bolsa de plástico.

Beeson se lo llevó a Shauna, leyéndolo en el camino.

—¿Tiene algún significado para usted? —preguntó él sosteniendo la bolsa para que ella pudiera leer el contenido.

Parecía un trozo arrancado de un libro; podía ver a través de la página la impresión en el reverso. Era papel fino, de la clase de papel biblia que se usaba para las antologías. Una vez tuvo uno de esos como libro de texto. Dos líneas de un poema habían sido cortadas con precisión de uno de esos libros. El trozo de papel estaba manchado con algo húmedo.

No quiso leer las palabras.

Mucho mejor que olvides y sonrías
Que no recuerdes y te entristezcas.

—Hemos encontrado esto en la boca de la víctima. Es posible que el asesino lo dejara como un mensaje para alguien: ¿tiene idea de quién?

Por primera vez en su interrogatorio, Shauna mintió.

Evitó mirar las líneas.

—No —dijo ella—. Podría ser cualquiera.

17

Wayne condujo a Shauna de vuelta a la casa de invitados, y cuando llegaron ella se encerró en la cama y no emergió de la habitación durante el resto del día. La lamparita de delante de la ventana se convirtió en un tenebroso reloj de sol, recortando su figura por todo el dormitorio.

Mucho mejor que olvides.

En ese punto pensaba que debía hacerlo.

Le contó a Wayne lo del fragmento de poesía de camino a casa.

—El mensaje de texto... este desastre... Estoy preocupado por tu seguridad —había dicho él—. Tal vez sería mejor abandonar esta búsqueda en la que te has metido. Por favor. No quiero que te hagan daño.

Las cosas eran como eran. Corbin Smith había entendido que su vida estaba en peligro, pero ofreció una clase diferente de advertencia: debes buscar dentro de ti para recordar, parecía que había dicho en sus breves encuentros.

Pero el asesino le había dejado un claro mensaje: deja el pasado a un lado. No mires atrás. Olvídate, sonríe.

Y vive. Evita el destino de Corbin.

¿Realmente, qué le costaría olvidar a ella? Shauna pensó en su padre, en su madrastra, en su hermano. ¿Cómo llegar a encajar alguna vez en su vida? No eran familia para ella.

Tenía pocos amigos, casualidades de su retraimiento en la vida anónima que prefería pero que no podía tener como una McAllister. No tenía trabajo.

No tenía un pasado que explicase su situación actual.

¿Tenía futuro?

Podía hacer las maletas, escabullirse y empezar una nueva vida. ¿Sería muy difícil cambiarse de nombre? Debería abandonar Texas, ir a algún sitio con menos calor y más agua. Oregón, tal vez. O al estado de Washington.

Podría olvidar todo aquello si no significara convertirse en una fugitiva.

Un ruido en la puerta sobresaltó a Shauna. Se dio la vuelta en la cama y vio a Khai entrando en el dormitorio con una bandeja de té. La luz de las primeras horas de la tarde se deslizaba por su suave rostro.

—Wayne me pidió que le hablara —dijo ella, poniendo la bandeja sobre el aparador—. Él piensa que la visión de una mujer puede ser más persuasiva que la de él. Quiere que abandone esa búsqueda suya.

Sus cejas se levantaron, y puso cara de estar pensando que la idea era una tontería y preguntándose si Shauna pensaba lo mismo. Shauna no dio ninguna indicación de sus sentimientos.

—Él quiere que su memoria se recupere a su propio ritmo —dijo Khai—. Wayne piensa que usted estará mejor así.

—Debería estarlo.

Khai sacudió la cabeza y le pasó una taza de té caliente a Shauna, luego se sentó junto a la ventana.

—Mi hija cumple quince años hoy, si aún está viva —dijo Khai—. A veces me pregunto si la reconocería si la viera. Me pregunto a quién se parece, y cómo suena su voz. Me pregunto si tiene algún recuerdo de mí.

Shauna cerró los ojos. No tenía el estado de ánimo para hablar con Khai de un asunto tan intenso.

—En cierta manera —dijo Khai—, ella y yo no nos conocemos para nada. Pero hay una parte de mí que siente que nunca hemos dejado de conocernos, que nunca nos hemos olvidado la una a la otra —asintió, pensativa—. Sí, estoy casi segura de que la reconocería.

—Eso está bien.

—¿Puedo contarle una historia?

Shauna dejó que sus ojos dijeran que sí aunque su mente decía que no.

—Cuando mi marido, Chuan, se llevó a nuestra hija, la gente me dijo que la olvidara. Debía seguir con mi vida, decían, no podía hacer nada. Chuan regresó a nuestra pequeña casa con su sucio dinero y dijo que tendríamos más niños. Él más que nadie quería que me olvidase. ¡Olvídalo, olvídalo!

»Durante un tiempo lo consideré. El dolor era muy profundo y muy crudo. Había días que habría muerto por olvidar. El problema era que no podía imaginar cómo sacarlo de mi mente. ¿Cómo matas esa clase de dolor?

—Si vas a decirme que mi amnesia es una bendición...

Khai levantó la mano.

—No. Espere. Había escuchado a un misionero en nuestro pueblo que decía que ayudaba a la gente a olvidar la oscuridad de su pasado. Algunos decían que era un hacedor de milagros que sabía cómo ocultar todo lo terrible que te seguía como una sombra. Su Dios podía arrancarlo y reemplazarlo por esperanza.

—Magia de Peter Pan —comentó Shauna.

—¿Nunca se preguntó por qué ese chico quería volver a pegarse su sombra?

Aquella conversación desconcertaba a Shauna.

—Pero el misionero no era un mago —dijo Khai—. Cuando le conté a él y a su mujer lo que quería, podían haberse reído de mí, pero no lo hicieron. En vez de eso ellos me contaron que mi pasado no era algo que Dios quisiera amputarme. Él quería arrojar una nueva luz sobre ello para que mi vida pudiera tener un nuevo sentido. Quería restaurarlo para que pudiera volverse útil para él y para los demás. Si intentaba negar esa sombra en mi vida, la verdad de aquello no le sería útil a nadie nunca.

—Creo que algunas verdades es mejor olvidarlas... el sufrimiento, por ejemplo.

—¿Alguna vez ha leído el Antiguo Testamento, Shauna?

La vieja tristeza de haber perdido a su madre, de haber perdido la fe de su madre, inundó el corazón de Shauna.

—Algunas partes. Hace mucho tiempo.

—Cuando la gente de Dios fue rescatada del gran sufrimiento, Él les ordenó que lo recordasen. Les pidió que hicieran altares y días festivos y monumentos para que no pudieran olvidarlo... no sólo su rescate, sino de lo que habían sido rescatados. Y no olvidar a quien les había rescatado.

—Se puede decir que te tragaste la filosofía de aquel hombre, ¿no?

No quería sonar cruel, pero aquella palabrería sobre Dios no le había servido para nada siendo adulta.

—Es mucho más que filosofía, Shauna. Intentaré explicarle más en su momento. Pero me mostró un nuevo punto de vista completamente diferente. Le pedía a Dios que nunca olvidara a mi bebé, nunca. Pedía que el dolor del recuerdo me hiciera ser una madre mejor.

—¿Y Dios contestó tus plegarias? —Shauna no podía evitar el cinismo.

—Sí.

—No has tenido más hijos.

—Cierto, pero escuche: nunca olvidé a mi hija. Estoy, de hecho, un poco más que disgustada de que aparentemente me haya quitado uno de los recuerdos de ella.

La acusación de Khai sorprendió a Shauna. Miró los ojos de Khai y vio todo el dolor de su robo allí. Era una reclamación más que justa, pero Shauna no había previsto que Khai pudiera precisar tan rápidamente las propias suposiciones de Shauna: que estaba robando recuerdos.

—Lo siento mucho si te he hecho daño de alguna manera.

Los ojos de Khai brillaban.

—Te perdono.

El recuerdo en cuestión se le presentó a Shauna a todo color, sorprendiéndola con una agonía profunda y personal como si fuera su propio recuerdo.

Se suponía que era suyo, ahora.

—No es posible que puedas añorar esa clase de dolor.

—Incluso nuestros peores recuerdos son valiosos.

—Tendrás que convencerme.

—Al mes siguiente de que Chuan vendiera a nuestra hija por doscientos cincuenta dólares, él murió por culpa del alcohol que había comprado con el dinero —dijo Khai—. Dos meses más tarde el misionero me presentó a una organización de derechos humanos que estaba afiliada con su iglesia. Su meta era recuperar a los niños que fueron víctimas del tráfico, en especial bebés que fueron vendidos en el mercado negro. Yo iba a trabajar para ellos, y recuperamos y devolvimos a veinte en los tres años siguientes. Para esos bebés yo era capaz de ser la madre que no había sido capaz de ser con mi hija; la madre que iría hasta el fin del mundo para encontrar y traerla a casa.

—¿Realmente no esperas poder encontrarla?

—Eso no lo tengo que decidir yo. Pero Areya será mi hija incluso si nunca la encuentro.

—Areya es un nombre bonito.

Khai asintió.

—Lo pronuncio todos los días. Vine a Texas porque México es uno de los mayores proveedores de niños a Norteamérica. La organización me ayudó a conseguir el permiso de trabajo. Tuve que aprender inglés, y ganar dinero para salir adelante. Esperé y me gané mi ciudadanía. Me ha llevado doce años, y seguiré haciendo lo que pueda.

—¿Por qué aquí? Los americanos no trafican con bebés.

—Sí lo hacen. Más de quinientos bebés al año. La gente paga *miles* de dólares por cada niño; veinte, treinta, cuarenta. Más aún si sus intenciones son más deshonrosas.

—Dices que tu marido se llevó doscientos cincuenta por tu hija.

—El dinero que se paga por esos niños no va a sus padres biológicos, puedes estar segura.

—¿Por qué me has contado todo esto? —preguntó ella.

—Porque Wayne quiere que olvide su dolor. *Usted* quiere olvidar su dolor. Yo quería contarle que haciendo eso sólo se causará más daño.

—No quiero olvidar mi dolor, Khai. Quiero *vivir*. Me pasó algo que hay alguien que no quiere que recuerde.

—¡Por supuesto que no quieren! Escúcheme. Las únicas cosas dignas de olvidar son las ofensas que otros nos han causado. Ellas te distraen de vivir. Pero si alguien te dice que olvides tu propia historia, puedes esperar que esa persona tenga sus propios planes en mente. Su propio egoísmo y su propia intolerancia al dolor. O algo aún más dañino.

—Yo no he olvidado nada *por voluntad propia*.

—Así que tendrá que trabajar aún más duro que cualquiera para sujetarse a la verdad. Si usted olvida, Shauna, su sufrimiento la dominará en vez de liberarla.

Le molestaba que Khai le dijera lo que tenía que hacer. El ama de llaves no podía entender por lo que Shauna estaba pasando, el dolor de ser responsable de la penosa situación de su hermano, y de la muerte de otro hombre, el miedo de ser perseguida, la soledad de enfrentarse a ello sin poder confiar en nada ni en nadie, ni siquiera en ella misma.

—Siento lo de su amigo Corbin —dijo Khai después del silencio de Shauna.

—Ni siquiera le conocía —dijo Shauna.

—Él se preocupaba por usted.

Shauna dejó la taza de té en la mesilla de noche.

—¿Os *conocíais*? —dijo Shauna, sorprendida.

—No creo que nuestros encuentros fueran tan lejos.

—¿Exactamente qué fueron esos «encuentros», entonces?

—En septiembre, más o menos una semana después de su accidente, ayudé a un escritor del *Statesman* con una historia sobre tráfico humano en la frontera de México. Nos pusimos en contacto por medio de la organización que me respalda. Participé en una reunión en grupo sobre una operación encubierta que nosotros habíamos organizado.

—Eso fue antes de que vinieras a trabajar para mi padre.

—La operación fue antes, pero yo llevaba dos meses trabajando para su familia cuando tuvo lugar la entrevista. El escritor trajo a un fotógrafo con él, y me escuchó mencionar que trabajaba para los McAllister.

—Corbin Smith.

Khai asintió.

—Nuestro director no le permitió sacar ninguna foto, pero estuvo presente en la charla y me llevó a un lado para hablar cuando terminó. Dijo que era amigo suyo y que tenía miedo por la vida de usted.

—¿Le creíste?

—No tenía razón para no hacerlo. Se ofreció para ayudarme con una... investigación que estoy haciendo, si yo le llamaba cuando usted saliese del hospital.

—Una investigación sobre tu hija.

—Indirectamente.

—Así que cuando encontraste aquellos documentos en mi casa, los guardaste para mí porque entendiste que estaban conectados de alguna manera con Corbin.

—Los guardé porque estaban escondidos. Vi su nombre en algunos pies de foto, pero nunca le dije que los tenía. ¡De qué manera se comportaba Patrice! Si ella lo hubiera encontrado... después, de nuevo, no estoy segura de que sean lo que ella estaba buscando. ¿Usted lo sabe?

Shauna negó con la cabeza.

—Bueno, creo que Corbin tenía razón y usted estaba en alguna clase de problema, y Patrice tenía algo que ver...

—Dudo de que ella tenga que ver con nada excepto con sus propios intereses.

—No es una persona compasiva.

Shauna se encogió de hombros y se dejó caer sobre su almohada.

—Hay mucho que procesar.

—Pero debe descifrarlo.

—¿Por qué?

—Porque todo el dolor de su historia, todas las cosas que no puede explicar ahora mismo... todo eso tiene el poder de salvar vidas. Incluso la suya propia.

—Sólo porque tu dolor lo hiciera no significa que el de los demás también pueda hacerlo.

—Debe creer eso primero.

—No sé si lo hago. ¿Quién quiere agarrarse a sus remordimientos, o a sus fallos, o a sus decepciones? ¿Por qué querría querer recordar lo que podría matarme?

—No para agarrarse a ellos; para ser cambiada por ellos. Cambiada a mejor. Hay una diferencia importante, y eso siempre lleva a la vida. Recordar a Areya me salvó la vida.

—¡Eso es ridículo, Khai! Te estoy hablando de algo literal, y tú me vienes con toda esa filosofía.

—Haga lo que quiera, entonces. —Khai se levantó y puso su taza aún llena en la bandeja—. Olvidar. Darle la espalda a lo que usted es. Hacerse una pequeña vida que le parezca segura. Se lo prometo: será pobre y del todo digna de olvido.

Durante una hora Shauna permaneció recluida, experimentando irritación, remordimientos y apatía en varias combinaciones. Wayne entró para preguntarle si quería algo para cenar; él iría a buscar algo si ella quería. Shauna pidió un tazón de sopa.

Shauna entendía que Khai creía lo que decía. Y supo que era otro argumento razonable que tendría que sopesar para tomar la decisión de si seguir el consejo de Wayne o el de Khai.

Incluso sus propios deseos competían entre sí. Realmente quería vivir, y temía por su vida. Y si aún alguien quería matarla para intentar ocultar la verdad, la verdad debía ser algo fascinante y valioso. Realmente quería saber lo que pasó, a ser posible para absolverse de la culpa del estado en el que se encontraba su hermano, e incluso para evitar la cárcel, aunque no había garantías de que la verdad pudiera conseguir ninguna de ambas cosas.

Al final, buscó una salida desesperada, yendo a parar en lo que era más un ultimátum que una decisión.

Tenía los archivos que Khai le había traído la noche anterior. Los leería minuciosamente, una vez, para ver si contenían algo que la empujara a seguir adelante. Si cuando terminase nada de eso tenía sentido aún, lo abandonaría todo y dejaría que el futuro siguiera su camino.

Shauna saltó de la cama y fue al aparador donde había escondido los artículos y los correos electrónicos. Los separó en tres montones (artículos, correos y el solitario CD) de acuerdo con la fecha. El material se expandía desde febrero hasta agosto de aquel año, empezando con la victoria de Landon en las primarias nacionales y terminando aproximadamente una semana antes del accidente.

Leyó los dos primeros artículos, que se centraban respectivamente, en la victoria de Landon y en la histórica reforma del sistema de salud que había propuesto y que era tan popular entre la clase media. Echó un vistazo al tercer artículo y se detuvo en la foto, una favorecedora instantánea de Landon y Rudy en la ruta electoral. Estaban sentados hombro con hombro en la mesa de una roulotte, inclinados sobre una simple hoja de papel, cercanos y centrados mientras el resto de cuerpos en el fondo eran un borrón en movimiento.

La foto acentuaba algunas similitudes entre padre e hijo de las que Shauna nunca se había dado cuenta. Rudy y Landon siempre se habían parecido, pero la profundidad de su semejanza en esa imagen la desconcertaba. La postura de sus cuerpos, la inclinación de sus cuellos, la manera en que sus dedos apretaban sus bolígrafos... ¿Cómo podían dos hombres tan diferentes en personalidad ser como gemelos?

«El senador Landon McAllister (demócrata por el Estado de Texas) y su hijo Rudy McAllister, subdirector de la campaña electoral, revisan los cambios en el discurso de campaña de camino a Massachusetts».

Shauna miró el pie de foto.

Corbin Smith.

Contuvo la respiración. Pasó las hojas para encontrar otras fotos. Muchas de ellas eran de Corbin.

Miró de quién eran los artículos, empezando por los dos que acababa de leer. Miguel Lopez. Miguel Lopez.

Cada uno de los artículos del montón estaban escritos por Miguel Lopez.

Alargó la mano y cogió el teléfono móvil, fue a la lista de llamadas realizadas y buscó el número de Scott Norris. Lo seleccionó. ¿Estaría disponible un domingo por la tarde? Si tenía identificador de llamadas confiaba en que contestara.

—¡Shauna! ¿Llamas para cenar conmigo?

—¿Has oído lo de Corbin Smith?

—Hace unas horas. ¿Acabas de enterarte?

—Scott, necesito hablar con Miguel Lopez. ¿Puedes decirme cómo localizarle?

—Migu... ¡Estás muy perdida! Ayer te conté que el tipo se desvaneció, desapareció, no se ha vuelto a saber de él.

Las esperanzas de Shauna se desvanecieron. *Miguel Lopez.* Scott lo había mencionado.

—Ya, así que no me estabas prestando toda la atención.

—¿Y cuándo fue eso?

—Ayer.

—No, ¿cuándo desapareció?

—Oh, no lo sé. Hace un mes o dos. Sí. A principios de septiembre. El jefe se imaginó que se había largado de la ciudad para trabajar con algún pez más gordo. Lopez había estado trabajando duro siguiendo el ritmo a la política, siguiendo a tu padre de vez en cuando...

Shauna no escuchó el resto. Su accidente pasó el 1 de septiembre. Corbin la conocía. Miguel conocía a Corbin. Miguel y Shauna estaban conectados en esa ventana del tiempo que contenía más misterio que realidad.

Tal vez Miguel era el testigo de Corbin.

Tal vez Miguel estaba muerto hace tiempo.

Su cabeza valoró otra docena de posibilidades.

—...mandó una carta formal de renuncia, no de disculpa. Todos pensamos que no era propio de su carácter, pero realmente nunca se conoce del todo a la gente, ¿verdad?

Shauna saltó cuando Scott paró para tomar aire.

—¿De dónde venía la carta?

—¿Quieres decir que si venía de Lopez?

—En serio, Scott. ¿De qué ciudad?

—¿Cómo voy a saber eso?

—¿Podrías averiguarlo?

—¿Por qué debería?

—Porque eres de naturaleza curiosa.

—Bueno, Recursos Humanos está cerrado ahora mismo. Es domingo, así que...

—¿Qué mejor momento para echar un vistazo que cuando no hay nadie allí?

—¿Has escuchado hablar del allanamiento de morada?

—Eres un hombre brillante, Scott Norris. Seguro que puedes encontrar cómo hacer trampa.

—¿Y arriesgar mi carrera por una fuente que ni siquiera quiere hablar conmigo? No voy...

—Piensa en mí como una fuente con contactos que pueden hacer avanzar tu carrera.

Aquel medio segundo de indecisión resolvió su duda.

—Quiero una exclusiva de la escena en casa de Smith.

—¿Cómo sabes que estaba allí?

—Yo también tengo contactos, ya sabes.

—Hecho. Pero eso será después. ¿Me llamarás?

—Tal vez.

Shauna cerró el teléfono y se echó a los pies de la cama. Si la carta de renuncia de Lopez la llevaba a un callejón sin salida, ¿qué debía buscar después?

18

El teléfono de Shauna sonó en la habitación una hora más tarde, mientras ella y Wayne terminaban la sopa en la cocina. Khai había salido aquella noche. Shauna se disculpó para ir a contestar. El número de Scott Norris estaba en la pantalla.

—¿Sí?

—La dirección de la carta es de una vieja casa, en el sobre de respuesta. No nos sirve. Pero esto podría interesarte: un matasellos de Victoria.

Podría significar cualquier cosa. Enviada desde una oficina de correos de camino a cualquier parte. A México, por ejemplo.

Buscar un Miguel Lopez en particular en México sería como buscar una aguja en un pajar. Imposible de encontrar.

Ella se encogió de hombros.

—Gracias de todas maneras.

—Todavía quiero mis exclusivas.

—Claro. Pero más adelante.

—No te alejes mucho.

Shauna se quedó mirando la pared frente a su cama durante un minuto entero, con el teléfono cerrado en sus manos, antes de que su mente recordara lo que sus ojos habían registrado en ocasiones anteriores. El recibo de Corbin, en el que había garabateado su mensaje, era de una licorería. Licorería Victoria. ¿En Victoria? ¿O era solamente un nombre? Le había dado esa nota al detective Beeson aquella mañana. Si se devanaba los sesos podría recordar.

No.

¿Cuál era el otro? *Victoria, Victoria.*

La dirección en el papel que apareció en el bolsillo de su abrigo el día que llegó a la casa de invitados.

El día que Corbin se había enfrentado a ella a la salida del palacio de justicia.

Recordó cómo le había pisado torpemente. ¿Había deslizado la dirección en su chaqueta entonces? Se acercó al armario para encontrarlo.

—¿Está todo bien?

Ella se giró. Wayne estaba apoyado en el marco de la puerta.

—Sí.

—¿Quién te llamaba tan tarde?

¿Por qué se había sentido aliviada al haber escondido los artículos de periódico antes de que él regresara con la cena?

—Número equivocado.

Wayne no la puso en duda, pero sus ojos no la creían. En vez de eso, dijo:

—Hoy llamé a Trent para explicarle por qué había revelado el secreto anoche.

—¿Y?

—Está preocupado por ti.

—Mejor a que esté enfadado contigo.

—Ya te diré. Deberías llamarle mañana. Para tranquilizarlo. —Señaló el sofá de la salita—. ¿Vemos un poco de tele? ¿Para despejar la mente un poco? Podemos evitar los nuevos canales.

Ella estiró una blusa en su percha.

—Lo siento. Estoy muy cansada. He estado tirada en la cama todo el día y estoy exhausta —intentó lanzar una risa desganada—. ¿Cómo funciona eso? Tú hazlo igualmente. ¿Hacemos algo mañana, mejor?

—Lo entiendo. Una buena noche de descanso hace maravillas para verlo todo claro. Duerme bien, entonces.

—Gracias.

Wayne cerró la puerta y Shauna continuó buscando en la chaqueta, recordando un minuto después que la había dejado en la camioneta de Wayne. Sin una buena razón para contarle por qué la necesitaba, tendría que esperar para ir a buscar la dirección. Mientras tanto, asumiría que era Victoria. Sí, estaba casi segura de que la dirección era de algún lugar de Victoria. La memoria de los últimos días le parecía sorprendentemente nítida, mucho más nítida que los primeros días en el hospital.

Casi todo podía explicar eso. Una rehabilitación natural o la ayuda farmacéutica. Se acordó de los botes de pastillas, todavía junto a su cama. O a lo mejor su decisión de evitar tomarse las medicinas había permitido que un poco de la neblina se levantase. Sea como fuere, había una conexión entre su memoria y aquellas pastillas. Esperando el encuentro con Corbin, había olvidado tomarse la dosis matutina. Aquella noche, entonces, se desharía de dos como mucho. A ver qué pasaba.

Shauna cogió uno de los botes. ¿Le habrían estado administrando la misma medicación mientras estaba en coma, o algo diferente? No se le había ocurrido preguntarle al doctor Carver.

Volvió a poner las pastillas en la mesilla de noche, fue hasta el baño, tiró de la cadena y abrió el grifo de la ducha. Luego abrió la puerta que daba a la habitación de Khai, y encendió el portátil a la luz del baño.

Khai había dicho que cuando lo necesitase.

Se cepilló los dientes, y después volvió al ordenador de Khai.

Puso el CD sin etiqueta en el reproductor. Sólo contenía un archivo PDF llamado *Anuario MMV*. El último informe anual de McAllister MediVista, de fácil descarga en la Web. ¿Por qué lo habría escondido? Conocía a dos de los tres altos ejecutivos de la empresa (Wayne y el tío Trent), por no mencionar el papel de su padre como presidente. Ojeó las primeras cincuenta páginas. Aquel año MMV había superado el récord en su margen de beneficios y el informe rezumaba autocomplacencia.

Nada más digno de asombro. Sacó el disco.

Shauna buscó en MapQuest el mapa de Victoria, aunque no tenía la dirección. El pueblo estaba sólo a dos horas de allí, en lo que supuso que sería un barrio residencial.

Luego buscó Miguel Lopez en Google. Había más de medio millón de resultados. Lo intentó con «Miguel Lopez American Statesman» y encontró cientos de enlaces, todos a archivos del periódico.

En las primeras diez páginas encontró tres artículos que trataban sobre Miguel Lopez en vez de estar escritos por Miguel Lopez.

El primero era sobre un conductor detenido por conducir ebrio en las vacaciones del año pasado.

El segundo era la necrológica de un querido granjero local que había donado cada octubre calabazas a los colegiales.

El tercero presentaba a un periodista que había recibido un premio por su reportaje sobre una inundación en Austin que había destruido un vecindario entero y había matado a cinco personas. El artículo estaba acompañado de una fotografía de aquel hombre sujetando la placa y estrechándole la mano a un hombre identificado por el pie de foto como el editor.

Incluso de perfil, su cara le resultó conocida a Shauna. Con el nacimiento del pelo rectangular, la barba bien cuidada, los labios carnosos. Modestamente contento aquí, furioso la otra vez que ella le había visto: en su visión en el Iguana Grill, apuntándola con una pistola.

Shauna se despertó de repente en la penumbra previa al amanecer del lunes por la mañana tan alerta como si se hubiera inyectado café en el corazón.

Había tomado una decisión. Conduciría hasta Victoria con la fotografía de Miguel que había impreso la noche anterior, se dirigiría a la dirección que Corbin le había entregado, averiguando si Miguel Lopez vivía allí. O si la persona que vivía allí le conocía.

Por supuesto, era posible que la dirección no tuviera nada que ver con Miguel Lopez.

Pero si Corbin había tenido tantos problemas para llegar a hurtadillas hasta ella sin que Wayne lo supiera, tenía que tener alguna conexión con su situación.

El hilo de aquella posibilidad era tan delgado que Shauna se dio cuenta de que había dejado de respirar, como si la brisa más etérea que saliera de sus pulmones pudiera partirlo en dos. Se quedó mirando las sombras que la rodeaban, consciente de las muchas razones por las que no debía ir, siendo la primera de todas la diminuta posibilidad de poder encontrar realmente a Miguel Lopez.

Luego estaban los términos de la fianza. Se suponía que no podía salir del condado de Travis.

Eso sería lo que Wayne diría para intentar disuadirla de ir. Y si él lo hacía, ¿qué tendría ella entonces? Un nombre. Un montón de artículos y correos electrónicos. Una fotografía sin otros hechos para enmarcarla.

Se levantó de la cama y balanceó los pies sobre el borde. Sentía el sólido soporte de la alfombra berebere de tela trenzada bajo los dedos de sus pies. Miró el reloj: las 4:22. Podía usar el coche de Rudy y estar allí antes de que los vecinos salieran de sus casas camino al trabajo, y estaría de vuelta por la mañana.

Antes aún si se trataba de otro callejón sin salida.

¿Sería muy difícil salir sin ser vista? Tendría que darse prisa.

Se vistió a oscuras y cogió los artículos que había dejado en el cajón del aparador. Encontró su bolso, que todavía tenía dentro las llaves de Rudy y su teléfono móvil.

Le escribió una nota a Wayne a la luz de la pantalla del teléfono y la dejó en su mesilla de noche para que la encontrase. *Por favor, no te preocupes.*

Estaré de vuelta al mediodía. Para entonces tendría que haber pensado en una explicación razonable. Aún con dudas, acabó dejando el teléfono con la nota. Wayne podría pensar que había sido un olvido, y estaría menos preocupado que si ella no contestaba sus llamadas.

Shauna abrió con cuidado la puerta de su habitación. El silencio en la pequeña casa generó un zumbido en sus oídos y dudó. La visión de Corbin sangrando en su propia cama ponía en duda su decisión de no decirle a Wayne lo que estaba haciendo. ¿Tenía el asesino de Corbin también puestos los ojos en ella? ¿Estaría esperando a que estuviera sola?

Definitivamente, Wayne la pararía.

Un asesino la pararía permanentemente.

Pero ella tenía que saber quién era Miguel Lopez.

Pasó a través de la tenue salita, salió de la casa sin incidentes, descendió las escaleras del porche y se aproximó a la camioneta de Wayne. La cabina estaba abierta. Abrió la puerta con cuidado y deslizó su brazo izquierdo detrás del asiento del copiloto para alcanzar su chaqueta. Con un poco de suerte la dirección aún estaría en el bolsillo. Sus dedos se cerraron alrededor del cuello, y tiró.

El abrigo se enganchó y ella dio un tirón. Salió por la puerta, lanzando dos objetos de plata al suelo que causaron el mismo estruendo que unas piedras.

Hizo una mueca por el ruido, y después miró a la casa, esperando que alguna luz parpadease.

Todo siguió oscuro.

Exhaló y se agachó para tomar los objetos, pero al verlos dudó. La luz de la luna centelleaba sobre la moderna carcasa de un teléfono móvil que se había abierto en el suelo al caerse. Y una cámara.

El teléfono no era de Wayne. Miró la pantalla.

C. Smith.

¿Corbin Smith?

Alargó la mano para agarrar la cámara, y paró cuando vio una tarjeta sujeta a la correa de la cámara por un enganche de plástico.

Era una acreditación de prensa. La foto de Corbin le sonrió desde el suelo.

Todas aquellas dudas persistentes que se había permitido mientras consideraba las intenciones de Wayne Spade se solidificaron en certeza.

El miedo que la invadía ahora era nuevo y poco familiar. Se le subió la sangre a la cabeza, haciendo que Shauna se dejara caer sobre sus rodillas para no perder el equilibrio. Empezó a temblar.

La decisión de Wayne de esconder aquello no tenía sentido. ¿Quería incriminarla a ella?

Tuvo la entereza de no tocar las cosas de Corbin con sus manos desnudas. Sujetó la chaqueta enfrente de ella, deslizó los brazos por las mangas y envolvió la cámara primero, y después el teléfono, dejando el fardo apretado contra su pecho.

Cuando el vértigo cesó, cerró la puerta de la camioneta con un simple clic (que sonó como un estruendo en sus oídos) y se movió todo lo deprisa y ligera que pudo hasta el pequeño auto de Rudy.

Una vez dentro cerró las puertas inmediatamente. Estaba aparcada delante de la casa de invitados y sabía que encender el motor podría despertar a alguien. Así que puso el coche en punto muerto y dejó que rodara marcha atrás por la cuesta que llevaba a la casa de invitados. Dio marcha atrás en la zona junto a los garajes de la casa principal, giró la llave del contacto y salió de la propiedad.

Sin duda alguna que aquellos guardias de seguridad se habían quedado con su cara al salir. No le preocupaban, de todas maneras, no como le preocupaba Wayne.

En unos minutos estaba en la 183 camino a Austin.

Cuando pasó por Lockhart descubrió un Wal-Mart, cogió la siguiente salida y dio la vuelta para comprar una caja de guantes de látex. Al no encontrarlos, decidió hacerse con un par de guantes de limpieza de goma. Eran demasiado abultados, pero al menos era capaz de sujetar el teléfono y la cámara.

Bajo una de las farolas del aparcamiento, Shauna sacó las cosas de Corbin de su chaqueta y tanteó el trozo de papel que esperaba que aún estuviese allí. Estaba. Lo abrió y lo colocó junto al cuentakilómetros.

Luego abrió el teléfono de Corbin. Buscó por la lista de contactos, pero no reconoció ninguno de los primeros nombres. Rápidamente comprobó la lista de llamadas realizadas y encontró, arriba del todo, los tres misteriosos e inquietantes mensajes que habían sido enviados a su teléfono la mañana del asesinato de Corbin. También estaba su respuesta: *Quien eres tu?*

¿Corbin le había mandado aquello? ¿Por qué?

Aquellos acertijos eran de broma. *Shauna ten cuidado... olvidr y sr feliz.* Sus dos encuentros con Corbin habían estado llenos de misterio pero no de amenaza. Aquellos mensajes estaban más cerca de la poesía, como el fragmento que el asesino le había dejado para que lo leyese. *Mucho mejor que olvides y sonrías...* Miró la hora. Casi las tres y media de la mañana. ¿Los había mandado el asesino de Corbin, esperando que ella atara los cabos? ¿Por qué? ¿Para asustarla y que abandonara su búsqueda?

¿Era Wayne el asesino?

Él sabía que Corbin quería verla por la mañana.

Podía haber dejado el bungalow aquella noche sin que ella se diera cuenta.

Ella no había mencionado los mensajes de texto y ahora se preguntaba cómo se había hecho él con la información que ella le había ocultado. Volvió a la lista de contactos y buscó a Miguel Lopez. Lo encontró en la lista junto a un solo número con un código del área de Austin. Sin pensar en la hora, apretó el botón de llamada y esperó...

¿Qué demonios estaba esperando?

Un mensaje le informó de que el número había sido desconectado o que estaba fuera de servicio. Por supuesto. Él ya no estaba en Austin. Sólo entonces se dio cuenta de lo estúpido que había sido usar el teléfono móvil de un hombre muerto.

Incluso así, se obligó a comprobar todas las demás entradas, sólo por si acaso. Casi al final paró. *Sabueso*. El nombre de los correos del sobre de Khai. El número de teléfono pertenecía a un código del área 312. ¿Corpus Christi?

¿*Sabueso* era Miguel Lopez? ¿El Lopez escondido? No tenía ni idea, sólo un nombre latino y una palabra en español... quizá.

¿Debía usar el teléfono? Ya había hecho una llamada. Una segunda no podría empeorarlo aún más. Presionó la tecla de *llamada*. Ni siquiera eran las cinco y cuarto.

El teléfono sonó y sonó, sin un contestador que recogiera el mensaje.

Desanimada, tiró el teléfono en la bolsa de la compra en el suelo del coche y cogió la cámara de Corbin, una Nikon digital de alta gama. D3, decía en el frente. Ella no sabía mucho de cámaras, pero se imaginaba que un fotógrafo profesional habría invertido generosamente en algo así. Shauna esperó no haber dañado el mecanismo al caérsele.

Le llevó un par de minutos trasteando, pero al final Shauna averiguó como encender la pantalla de LCD y moverse por las imágenes guardadas.

Lo primero eran unas fotos de la escena de un accidente. Un coche contra una motocicleta. Tenía fecha del sábado. Luego, lo que parecía ser la reunión del consejo de administración de algún lugar. Tal vez de una escuela: había gente joven enfadada con sus (supuso) padres. Fechada el viernes. Otras pocas imágenes más.

Shauna contuvo la respiración. Las imágenes que venían después de las del viernes y el jueves eran docenas de fotos de ella. Haciendo cola en el Cine Dobie con Wayne. Entrando a su cita con la doctora Harding. Wayne besándola en Barton Springs. ¡Llegando a la casa de invitados en la finca de su padre!

¿Cómo había entrado en la propiedad? A la salida del palacio de justicia. A la salida de la sala del juzgado. Haciendo un alegato en su comparecencia.

Corbin Smith había documentado cada uno de sus movimientos durante los días siguientes a su llegada a casa. De haberlo sabido, habría tenido más miedo de él del que había sentido en todo aquel tiempo hacia Wayne.

Desplazándose al pasado jueves, en la primera parte de la semana, Corbin parecía haber estado totalmente centrado en el trabajo.

Shauna vio las historias en imágenes todo camino hacia atrás hasta el sábado anterior y estaba a punto de apagar la cámara cuando vio una cara familiar.

Wayne conversando con otros dos hombres en un lugar que no podía identificar. Una docena de fotos de la misma reunión sólo le dieron un poco más de contexto; estaban en una clase de complejo industrial. Un astillero, tal vez.

La batería de la cámara murió. Por ahora, al menos, no tenía manera de recargarla. Por precaución apagó también el teléfono de Corbin.

¿Por qué estaba Corbin interesado en Wayne? Seguramente había tomado aquellas fotos a escondidas. Wayne no había reconocido a Corbin a la salida de los juzgados. O era eso o Wayne había mentido. Otra vez. Todo lo que Wayne le había dicho en alguna ocasión estaba abierto a las preguntas ahora.

Shauna se encogió de hombros, sin saber ninguna cosa más que hacía media hora. Miró el reloj de Rudy en el salpicadero. Casi las cinco y veinticinco. Desanduvo lo andado y se volvió a encaminar hacia Victoria.

A las seis y media tomaba prestado un mapa de la zona del vigilante de una gasolinera, y a las seis y cuarenta y cinco, cuando el sol de la mañana lanzaba una luz cegadora sobre el sucio parabrisas, ella atravesó un modesto parque en un barrio de clase media. Giró dos veces a la izquierda y encontró la casa que estaba buscando, un pequeño bungalow adosado con el desatendido jardín delantero enterrado en hojas marrones.

Shauna permaneció detrás del volante, sin poder creer que hubiera seguido adelante con aquella aventura disparatada. Ciertamente no esperaba llamar a una puerta a aquellas horas de la mañana y encontrar a un hombre con las respuestas a todas sus preguntas.

Sí, exactamente era eso lo que esperaba. Cualquier otra cosa la defraudaría. Salió del coche, atravesó una verja de malla, hizo crujir las hojas bajo sus pies y levantó su puño hacia la despellejada puerta azul.

19

Si la mañana entera no hubiera estado sembrada de dudas, Shauna habría estado más segura de lo que había visto tras los ojos cansados de Miguel Lopez en el instante que le llevó a él reconocer su cara.

Había visto aquella fugaz expresión en otra ocasión, cuando el médico de su madre salió del quirófano para darle a su padre una noticia que le cambiaría la vida. Shauna no entendió lo que el médico decía, así que permaneció atenta a la cara de su padre para ver su expresión. Sus ojos le dijeron que sus vidas habían sido cambiadas irreversiblemente.

En el momento en que Miguel Lopez se dio cuenta de los rasgos de Shauna, ella vio esperanza y expectativa, devastación y decepción, chocando accidentalmente a tal velocidad que era difícil describir lo que había pasado y si realmente todas esas emociones habían existido alguna vez. Debido al impacto se desvanecieron, siendo nada más que la ilusión de un mago, dejándole atontadas las sensaciones y sintiéndose ligeramente manipulada.

Él murmuró una palabra en español que ella no pudo descifrar.

Ella parpadeó, y los ojos de Miguel Lopez se convirtieron en desapasionados trozos negros de asfalto.

Ella levantó su mano derecha.

—Soy Shauna McAllister. Esperaba que pudieras hablar conmigo unos...

—No —él se movió para cerrar la puerta.

—¡Por favor! ¡Tu amigo Corbin Smith está muerto! —le gritó a la puerta que se cerraba. La puerta paró—. Asesinado. Por favor, déjame hablar contigo.

Mantuvo los ojos en la rendija de cinco centímetros de la puerta. Se ensanchó.

—Él me llamó aquí hace no más de una hora.

—¿Tú eres *Sabueso*?

Miguel ni lo confirmó ni lo negó.

—Era yo. Llamé buscando... Tengo su teléfono --se giró señalando el coche—. Te puedo enseñar las llamadas.

El hombre dudaba pero no decía nada.

—¿Por qué no contestaste el teléfono? —preguntó ella volviéndose hacia él. Y él también rehusó contestar aquello.

Shauna levantó la carpeta con los correos y artículos que llevaba en la mano izquierda.

—Nos hemos escrito. Sobre la campaña presidencial —empujó la carpeta hacia él—. Por favor —dijo de nuevo.

Miguel Lopez reabrió la puerta y le cogió la carpeta de las manos. Sus ojos brillaban como si la lluvia hubiera caído sobre su oscura superficie.

Mirándola de frente, abrió la carpeta y centró su atención en la primera página. Un artículo que él había escrito y una fotografía que Corbin había tomado. Ella leyó el encabezado al revés desde donde estaba. Él pasó a la siguiente página. Un correo electrónico impreso. De *Sabueso* a ShaunaM.

Los beneficios de HealthWay suben un 30%, la producción sólo 6.3%. La venta al detalle estancada. Averigüemos de dónde viene esto.

Él se apartó de la puerta como si le hiciera sitio a ella para que pasase pero ahora parecía no querer mirarla.

—¿Te dejas caer por la casa de la gente a estas horas?

—Puedo volver más tarde.

—Estás aquí ahora.

La dejó de pie en la entrada y se marchó airado.

Unas cortinas echadas oscurecían la pequeña casa, que olía a humedad pero estaba limpia. Cerró la puerta al pasar, no muy segura de si seguirle o esperar.

—¿Cuándo pasó? —preguntó él desde otra habitación.

Shauna supo sin necesidad de más explicaciones que estaba hablando de Corbin.

—Ayer.

Fue hacia una cocina con una mesa de cristal rodeada de dos sillas cromadas. Él encendió una luz sobre el fregadero y siguió dándole la espalda, todavía leyendo (o haciendo que leía). Dejó de pasar las páginas y no dijo nada por un rato.

Y entonces:

—¿Cómo?

—Mientras dormía. Le cortaron el cuello.

Miguel se encogió, encorvado. Tenía el pelo enmarañado en la nuca. Le había sacado a rastras de la cama para darle las peores noticias.

—Lo siento —susurró ella—. Por lo que he escuchado era un buen amigo tuyo.

Miguel se giró y frunció el ceño, inclinando su cabeza un poco como su estuviera sorprendido por lo que ella había dicho. O tal vez sólo estudiando sus intenciones.

Al final dijo:

—Corbin era como mi hermano. Él siempre dijo que... —Miguel se encogió de hombros y sacudió la cabeza—. ¿Cómo me has encontrado?

—Corbin me dio tu dirección. En cierta manera. No me dijo lo que era, pero lo encontré, y era arriesgarse, pero pensé que a lo mejor...

Según hablaba, Miguel cerró la carpeta y cruzó la habitación como si fuera a devolverle los documentos. Pero en vez de eso los sostuvo cerca de su pecho con una mano y se metió en el espacio personal de ella hasta el punto de que sus pies se quedaron a sólo unos centímetros. La miró a los ojos, haciéndole una pregunta silenciosa con la mirada que ella no pudo descifrar.

Podía ver lo suave que era su piel, y cada cabello en el borde de su barba. Un largo corte sobre su ceja derecha estaba en las últimas fases de cicatrización. Minúsculas líneas de expresión enmarcaban las comisuras de sus ojos, aunque ahora no estaba sonriendo. Ella imaginó que se encontraba en su peor momento, cansado, arrugado, arrastrado fuera de la cama por una mujer loca que aporreaba su puerta. Y aun así ella le encontraba atractivo.

Dio un paso involuntario hacia atrás.

Él se volvió a acercar, reduciendo el espacio. Su camiseta de algodón olía a detergente de lavandería. Alguien que ella conocía usaba esa clase de detergente.

Su mirada era persistente, pero ella no entendía. Deslizó los ojos por su piel olivácea y por la mano abierta que sostenía la carpeta contra su pecho. Podía escuchar la respiración de él y sintió que sus propios pulmones se aceleraban, lo que la confundió. Mantuvo la respiración para poder mantenerla controlada.

Aquello no se sentía como el miedo, sino como un flechazo de adolescente a punto de devastarte. ¿Estaba enfadado porque hubiera venido? ¿Era su intrusión ofensiva? ¿Qué iba a hacer él?

Lo supo en un segundo: iba a negarse a ayudarla.

La imagen de él levantando una pistola contra su cara hizo que diera otro paso hacia atrás. Su talón golpeaba una pared.

Esta vez él no se movió, sólo le ofreció los papeles.

—Señor Lopez... —dijo ella.

La lúcida sonrisa que se escapó de sus labios ante aquella formalidad era más como una ráfaga de sonido, una simple y corta nota que podía sugerir tanto alegría como dolor. Shauna alargó su mano izquierda para tomar los papeles y él le sujetó la mano, le dio la vuelta, acarició con su pulgar la parte de debajo de sus dedos con un solo y rápido gesto que era a la vez íntimo e impersonal; y la soltó.

Finalmente él rompió el contacto visual.

—Gracias por contármelo —dijo. Y luego salió de la cocina como si quisiera verla allí fuera.

Ella tomó aliento y le siguió.

—Hay algo más.

Él siguió hasta la puerta principal, la abrió y mantuvo la mano en el pomo.

—Corbin estaba ayudándome a recor... a investigar algunas cosas.

Miguel se quedó donde estaba.

—Tuve un accidente. Mi hermano... casi muere. Yo iba conduciendo.

Miguel miraba los azulejos del suelo. Shauna se aproximó a él pero manteniendo la distancia.

—La historia que me cuentan de lo que pasó no tiene sentido. A lo mejor es que no quiero creerla, pero, sinceramente, no puedo. No puedo haber hecho lo que dicen que hice.

—¿Cómo es eso de que tú no sabes lo que hiciste?

—No puedo recordarlo.

—¿No puedes recordar?

Shauna tragó saliva, escuchando en voz alta lo inverosímil que sonaba aquello.

—Estaba en coma. Un ensayo clínico. Mi cabeza... mírame, por favor.

Miguel no quería.

—He perdido meses. Necesito traerlos de vuelta.

—Soy un periodista, no un médico del cerebro.

—Corbin dice (dijo) que estaba en contacto con un testigo. Alguien que podía contar una versión diferente de la historia. Necesito encontrar a esa persona. ¿Tú sabes... te contó Corbin algo?

Miguel soltó el pomo de la puerta. Se cruzó de brazos.

—¿Te dijo él que me lo había contado?

—No.

—Entonces no lo hizo. No puedo ayudarte. De verdad, tienes que irte.

Dos observaciones dejaron a Shauna paralizada. La primera era que el peso de la decepción sencillamente no le permitía moverse. Le presionaba los hombros y se enrollaba sobre su cintura y le atornillaba los talones a la alfombra. Miguel Lopez no sabía nada. Su último cartucho era un callejón sin salida. Todas las otras preguntas que le podría haber hecho si Miguel hubiera sabido algo habían volado de su mente y habían salido por la puerta.

Pero lo segundo de lo que se dio cuenta hizo que pusiera sus ojos de nuevo en la boca de Miguel, que había pronunciado las palabras *de verdad, tienes que irte* pero tenían el tono del todo equivocado. La forma de sus palabras era más arrepentida que firme, contradiciéndose, de hecho, y parecía que en vez de eso estaba diciendo *de verdad, espero que no lo hagas.*

Ella escuchó lo que quería oír, y la decepción se fue. Shauna golpeó sus zapatos contra el suelo para hacer clara su negativa, se volvió a la sala de estar adyacente y se sentó en un extremo del sofá.

Empezó a contar, esperando que los números le enseñaran lo más oportuno para decir, las preguntas correctas con las que empezar. Llegó al número once cuando escuchó que la puerta delantera se cerraba con cuidado. Miguel vino a la sala de estar.

—De verdad que no puedo ayudarte —dijo. Ella creyó que él deseaba poder hacerlo.

—¿Puedo tomar una taza de té?

—¿Té?

—¿Tienes?

Miguel dio un largo suspiro, miró al techo como si el té estuviera colgando de allí en una cuerda y volvió a la cocina.

Shauna permaneció quieta y le escuchó llenando una tetera con agua, abriendo un armario, poniendo una taza en la encimera, quitándole el envoltorio a una bolsa de té. No habló nada mientras esperaba que el agua hirviese y no salió de la cocina mientras esperaba que el té reposase en el agua.

Nueve minutos después, Miguel regresó.

—Lo tomaré con un poco de leche y...

—Lo tomas o lo dejas.

Sostenía la taza llena de té de color caramelo. Ya tenía leche. Olió el vapor. Y azúcar. Lo probó. Azúcar moreno. Como a ella le gustaba. Como si se lo hubiera preparado ella misma.

Miguel la miraba.

Sus manos se humedecieron al contacto con la taza.

—Tú me conoces —le dijo ella.

—Hemos mantenido correspondencia.

—¿Sobre cómo me tomo el té?

Él se sentó al otro lado de la mesa de café, en una silla, y preguntó:

—¿Por qué sigues aquí?

—Porque aún no me has echado.

—Aún. Lo dije en serio. No puedo ayudarte.

A lo mejor sólo se había imaginado su tono de deseo previo. Tomó un sorbo.

—¿Cómo nos conocimos? —preguntó ella.

—Cubrí la campaña de tu padre un tiempo.

—Yo evité todo el tiempo cruzarme con ella.

—Soy periodista. Veo a gente que no quiere ser vista.

—¿Y cuándo te volviste uno de *nosotros*?

—¿Quiénes son *nosotros*?

—La gente que no quiere ser vista.

Miguel se encogió de hombros.

—No sé qué quieres decir.

—Dejaste el *Statesman* a los pocos días de mi accidente.

—Imagino que hubo mucha gente que hizo muchas cosas a los pocos días de tu accidente.

Aquella era una auténtica fiesta del té con el Sombrero Loco.

—¿Por qué dejaste los asuntos políticos?

—No lo hice. Sólo dejé el *Statesman*.

—¿Por qué?

—Nuevas oportunidades.

—¿En Victoria?

—En una época sin cables —señaló su portátil sobre la mesa de café—. Ya sabes, las oportunidades están por todas partes.

—Eres obtuso e irritante.

Él se echó hacia atrás en su silla.

—Tú eres un peligro para ti misma.

Shauna se bebió el resto del té para darse tiempo a entender lo que él quería decir.

—¿Un peligro?

—Porque no sabes lo que estás haciendo.

—Ahí está: por eso, dime lo que estoy haciendo.

—No voy a ser yo el que te lo diga.

—¿Entonces quién?

Miguel cruzó las manos sobre su estómago. Señaló su taza con la cabeza.

—¿Ya has terminado con eso?

—Es una grosería deshacerse de un invitado.

—Es una grosería agotar tu bienvenida.

Shauna se quitó del borde del cojín del sofá y puso la taza medio llena en la mesita de café, con una idea en la cabeza. Se puso de pie y rodeó la mesa, se sentó en el otro extremo para estar rodilla con rodilla con Miguel, con sus espinillas casi rozándose.

Él se movió para poner algo de distancia entre ellos.

—No quieres que me vaya —dijo ella.

—También eres bastante narcisista.

Sus ojos parecían dolidos.

Ella se inclinó hacia delante y apoyó una mano sobre la rodilla de él, esperando una conexión, una imagen, un recuerdo.

¿Tenía algún control sobre aquella... aquella *cosa*, aquella habilidad, de alguna manera? Miguel observaba su mano pero no hizo ningún ademán de retirarse más lejos o quitarla de su rodilla.

—¿Por qué querría alguien matar a Corbin? —preguntó ella.

Parecía que no la había escuchado.

—Parecía que Corbin estaba convencido de que estaba metida en algo. Actuaba de manera —Shauna sopesó sus palabras— hermética. Protectora.

Aquellos sonidos musicales sacaron a Miguel de su ensimismamiento. Vio el desafío en la mirada de Shauna y cambió su postura, inclinándose sobre su cara.

—¿Quieres que te protejan?

—¿De qué rayos estoy en peligro?

Con un rápido movimiento él le tocó la barbilla y la mano, no como un amante, sino como un padre dándole una reprimenda a su hijo y reclamándole toda la atención. Cuando él apretó su mandíbula entre sus dedos ella se estremeció. Las arrugas de su frente se hicieron más profundas y sus ojos brillaron.

—Estás en peligro de todo lo que no crees que es peligroso.

—¿Tú eres peligroso?

—Sí.

Por un instante, Shauna pensó que él iba a besarla. O a golpearla. Se intentó deshacer de sus manos y cuando se vio inmóvil cerró los ojos y contuvo la respiración, esperando lo que fuera a pasar.

Aunque había estado esperando aquel momento antes, no estaba preparada para el destello de luz cuando vino: la brillante promesa de una percepción, la expectativa de un codiciado pedazo de información que Miguel no le daría por sí mismo.

Tampoco esperaba que a aquello le siguiera la oscuridad, inmediata y total y escalofriante. Se marchó sin *nada*.

La cabeza le daba vueltas como si hubiera sido lanzaba al otro lado de un campo. Abrió los ojos y extendió los brazos, con las palmas hacia arriba, mareada.

Miguel estaba a sus pies, retirándose de ella, su silla estaba volcada como si hubiera saltado y la hubiera golpeado. La miraba fijamente, sujetándole la cabeza con una mano, con el gesto de un hombre desesperado.

Él se inclinó y la agarró por el brazo, tiró de ella para ponerla en posición vertical con la mesa.

—De verdad, tienes que irte.

Esta vez no había discrepancia entre el significado de sus palabras y su forma de decirlas. La hizo salir fuera de la habitación.

Al pasar por el sofá, él se inclinó para recoger la carpeta del asiento, le plantó el sobre contra su pecho de manera que ella se vio obligada a tomarlo, y entonces, todavía sujetándola del brazo, la arrastró hasta la puerta.

—Hay cosas que necesitas olvidar —dijo él, abriendo la puerta de un tirón con su mano libre.

¿Qué había pasado? ¿Cómo se había torcido aquello tan rápidamente?

—Suenas como Wayne —se quejó ella, hundiéndose de nuevo bajo la carga de la decepción.

—¿Cómo quién? —Miguel apretó su brazo aún más fuerte y sus dedos empezaron a entumecerse.

—Wayne Spade. Un... colega. —La imagen de Miguel levantando aquel arma no abandonaría su mente—. Tú le conoces, creo. No te gusta, supongo.

—¿Y por qué supones eso?

—¿Cuántos periodistas conoces que vayan por ahí amenazando con matar gente?

—¿Eso es lo que él te contó?

—No con esas palabras.

—¿Sabe Wayne que estás aquí? —preguntó Miguel.

Shauna negó con la cabeza. Miguel la liberó y ella se dejó caer sobre la pared, desesperada. Nada acerca de ese hombre o su papel en su vida pasada (real o imaginaria) tenía algún sentido. Él arrastró una mano bajo su pulcra barba, considerando su frustración. Ella se deslizó por la pared hasta quedarse en cuclillas y echó la cabeza hacia atrás.

—Shauna.

Cuando ella le miró de nuevo él estaba de rodillas allí delante. El sonido de su voz, ahora dulce, diciendo su nombre, le hizo resucitar la esperanza.

—Te estoy ayudando, pero ahora no puedes entenderlo. No sé lo que te parece todo esto, pero necesito que creas que es para protegerte. Es para tu bien.

Ella sacudió la cabeza.

—Shauna.

—Necesito algo más que eso.

—No puedo darte nada más.

—Quieres decir que no quieres.

—Quiero decir que *no puedo*.

—¿Por qué no?

Miguel resopló y cogió los zapatos que ella había lanzado un poco más allá. Él abrazó su pie derecho con su mano y le puso el zapato con un movimiento tranquilo, un gesto amable que empujó a su mente a abandonar toda otra idea aplastante de realidad, excepto una cosa: aquel pequeño bungalow en Victoria, Texas, debía ser el único lugar seguro en el universo para ella.

Hizo lo mismo con el pie izquierdo, y luego la ayudó a levantarse.

—Te diré una cosa que debes saber.

—*Por favor*.

—Wayne Spade no es tu amigo.

—¿Y si me dices algo que no sepa ya?

Miguel la miró. Soltó su mano y dio un paso atrás. Abandonada toda la ternura, puso una mano en su hombro y la dirigió hacia la puerta.

—No vuelvas aquí —dijo él.

Ella se dio la vuelta y él puso la puerta en medio de ellos. Escuchó cómo echaba el cerrojo.

20

Shauna no se fijó mucho en los alrededores mientras encaminaba su coche hacia el norte y lo ponía en la autopista de vuelta a Austin, donde Wayne y el sistema legal esperaban encontrarla. Necesitaba procesar aquello. Necesitaba un plan.

Ir a Victoria había sido una idea ridícula. Por otro lado, no había sido más ridículo que su otro método de investigación, eso seguro: robarle los recuerdos a la gente. Y Miguel Lopez en persona era al menos la confirmación de que los recuerdos que robaba eran reales. Su fe en su habilidad estaba en alza.

Se había convertido en una ladrona de recuerdos sin tener la más remota idea de dónde había salido aquella destreza suya. Pero entendía demasiado poco aquellos días y tenía otras importantes cuestiones de las que ocuparse.

¿Cómo podría conseguir más recuerdos? ¿Y cómo podía conseguir aquellos que más necesitaba: los recuerdos que podría usar para reconstruir su propia historia? Tenía que esforzarse más de lo que se había esforzado hasta ahora, esperando que algo pasase casi por casualidad.

Shauna intentó reducir al mínimo sus experiencias hasta encontrar los simples factores comunes que estaban presentes cada vez que experimentaba un sueño o una visión. Para cuando llegó a la pequeña población rural de Gonzales había estrechado el campo a dos:

Contacto físico.

Vulnerabilidad emocional.

El primero era fácil; el segundo mucho más complicado de reproducir. Ella sólo podía proponer esa clase de apertura a una persona. No podía demandarlo. Y aún desconocía si podía cazar algunos recuerdos en particular. Si estaba a merced de unas neuronas que vagaban por la historia al azar, desentrañar la verdad llevaría mucho tiempo.

Y el coste para su orgullo sería mayor del que estaba dispuesta a pagar. El gran fiasco con Scott Norris podría aparecer en la prensa algún día.

Sin embargo, para cuando entró en los límites de Austin, ya había formulado un pequeño plan para recoger toda la información posible de Wayne.

No más secretos, había dicho él. Ella iba a tomarle la palabra.

Shauna consideró reiniciar el teléfono de Corbin pero se lo pensó mejor (¿y si Wayne reconocía el número?), y en vez de eso paró en una gasolinera para usar el teléfono público. Llamó a Wayne. Él cogió la llamada antes de que sonase el primer timbre.

—¿Shauna?

—Way... ¿quién eres?

—Shauna, ¿dónde estás? ¡Estábamos preocupadísimos!

—¿Tío Trent?

—Vine esta mañana para verte, cielo. Wayne me contó que ya lo sabes todo.

—No todo, estoy segura —se preguntó cuantas mentiras habría contado Wayne al mejor amigo de su padre para mantener aquella charada, cuantos platos de engaño podía hacer girar en el aire al mismo tiempo. Tenía que tener cuidado con lo que decía, también corría el riesgo de poner en peligro la vida de Trent Wilde.

—Siento lo de los secretos, Shauna. Yo mismo quería hablar de ello contigo cuando fuera el momento. Llegó antes de lo esperado. Espero que entiendas por qué creímos que era necesario.

—Por supuesto. —Aunque aquel particular trozo de conocimiento dejaba otras tantas preguntas sin contestar—. ¿Dónde está Wayne?

—Se volvió loco de la preocupación.

—Le dejé una nota.

—No siempre es suficiente, mi amor. Está terminando de ducharse.

—Dile que estoy de camino.

—Mejor: encuéntrate con nosotros en Town Lake en media hora. En la zona de picnic junto al aparcamiento. Tomaremos algo para desayunar.

—La verdad es que preferiría...

—Landon está de vuelta en la ciudad, Shauna. Hablemos primero antes de que vuelvas a verle.

—Tendré suerte si no vuelvo a verle.

—En Town Lake, entonces.

—¿Tío Trent? ¿Cómo está Rudy?

—Te echa de menos, cariño. Pero por lo demás está bien. Pam Riley sabe lo que hace.

—¿Puedes hablar con Patrice por mí? ¿Para que levante la prohibición? ¿Qué me deje volver a la casa a ver a Rudy?

—Bueno, puedo hablarle, pero de ahí a que ella escuche...

—Landon no intentará siquiera convencerla.

—Haré lo que pueda, corazón.

—Gracias.

—Hasta ahora.

Esperaba en el césped a un lado del carril-bici, mirando el correr del agua río abajo y pensando en si su idea funcionaría o fracasaría estrepitosamente. Si pasaba lo último, probablemente se enfrentaría a unas consecuencias que no podría prever. Tal vez abandonaría aquel enfoque, trazando uno nuevo más razonable.

Escuchó un grito (su nombre) y se giró para ver a Wayne saludándola con la mano y caminando delante de Trent Wilde. Wayne dejó atrás a su jefe en un par de zancadas y alcanzó a Shauna deprisa, empujándola hacia él.

—¡Estás bien! ¿Dónde fuiste? ¿Por qué no se lo dijiste a nadie?

Ella no se esperaba la preocupación de su voz, y le puso los pelos de punta, engaño tras engaño.

Le seguiría el juego.

—Te dejé una nota... ¿no lo viste?

—Lo hice, pero después del asesinato de Smith no podía imaginar que... Tendrías que haberme despertado, o a Khai. *A alguien.* ¿Dónde has estado?

—Yo... el asesinato también me desconcertó a mí. Necesitaba un poco de tiempo para pensar.

—Piensa *aquí* la próxima vez, ¿vale? ¿Conmigo? Puedo darte tu espacio y estar cerca a la vez.

Él era peligrosamente convincente.

—Lo haré. Lo prometo.

—¿Adónde fuiste?

—Sólo... conduje. Para aclararme la mente.

Shauna se giró para recibir a Trent, pero Wayne mantuvo el brazo sobre su cintura. Ella se inclinó hacia él de buena gana aun cuando Trent le plantó un cálido beso en la frente.

—Te ves bien, cielo —dijo Trent, alisando el frente de su chaqueta de lana. Jersey negro de cuello alto hoy, que contrastaba con su pelo blanco rizado.

—Me siento mejor.

—Me alegro de oírlo.

Su sonrisa permanente se ensanchó. Aquel hombre era tan manifiestamente optimista todo el tiempo que nunca fallaba a la hora de templarle el ánimo.

—¿Sabe Landon lo del asesinato? —le preguntó a Trent.

—La noticia no ha pasado a los medios nacionales, hasta donde sé. Si lo escucha, dudo mucho que sepa que tú estás conectada con ello —dijo.

—No estoy exactamente conectada.

—Dudo que Landon y Patrice quieran verlo de otra manera —dijo Wayne.

—Bueno, aún no ha salido en la prensa, afortunadamente —dijo Trent.

La imagen de un Scott Norris con rastas cruzó por su mente. Tendría que prometerle aún otro favor para mantenerle callado en ese punto.

En vez de explicarse, ella dijo:

—Así que vamos a manejar estas noticias como se manejó el accidente.

—No hay necesidad de *manejarlo* de ninguna manera mientras Landon no sepa nada —dijo Trent—. Lo que él no sepa no le dañará, ¿cierto?

Le guiñó un ojo a Shauna.

—Eso no depende de mí, ¿no?

—¿Qué quieres decir? —dijo Wayne.

—El detective Beeson vendrá a hacerme más preguntas y Landon se dará cuenta muy pronto. Yo no puedo hacer nada.

—No eres más que una testigo desafortunada —dijo Wayne—. Él ya tiene tu historia, no tiene necesidad de andar hurgando. Y Landon no va a estar casi nunca estos días.

Hablaba con mucha facilidad para ser alguien con la cámara y el teléfono de un hombre muerto en su posesión. Ella mantuvo su tono de voz.

—El detective no tiene por qué creerse mi historia. Ni tan siquiera yo la entiendo del todo.

Wayne apretó a Shauna.

—Lo que tú sabes es la verdad. Todavía estás muy envuelta en todo lo que crees que no sabes, Shauna. Ten un poco de fe.

Oh, pero ella tenía muchísima fe en la verdad que había sacado a la luz hasta ese momento.

—Y haremos que Beeson pase por el abogado, cielo —dijo Trent—. Eso será más pronto aún.

—Estaría bien. Estoy lista para avanzar, para dejar el pasado a un lado.

Los ojos de Wayne apresaron los suyos y brillaron.

—He hablado con Delaney —dijo Trent—. ¿Tienes una cita con él el jueves? —Shauna asintió—. Dice que todo este asunto se puede arreglar con un acuerdo. Ni siquiera tendrás que cumplir con la pena. Haremos que tus antecedentes queden limpios, que continúes con tu vida.

—Eso suena bien. Necesito empezar a mirar al futuro.

—¿Dejarás que te ayudemos con eso, verdad? —dijo Wayne.

—Eso es, cielo. Deja que te ayudemos. Tengo un hueco para ti en MMV si lo quieres. Te vienes con nosotros a Houston, y haré que mis chicas te cuiden bien. Pero tómate el tiempo que necesites, ¿de acuerdo?

Shauna sonrió y esperó que pareciera genuino.

—Realmente eso es más de lo que me merezco. Gracias.

—No del todo. Ahora, Wayne, mi hombre —Trent le pasó a Wayne una bolsa blanca de papel que tenía en la mano—, vosotros dos llenaos los estómagos mientras yo voy a presentar mis respetos al senador. Tengo que tomar una avioneta por la tarde para llegar a una reunión esta noche.

—Gracias por recorrer todo este camino, tío Trent.

—Me alegro de poder hacerlo, corazón.

Le dio un apretón de manos a Wayne y Shauna le vio marcharse.

Wayne soltó su cintura y la cogió de la mano, a continuación la condujo por el sendero hacia una mesa de picnic.

—No puedo decirte qué descanso me resulta verte avanzando.

Ella respiró sin alterarse, animada por la posibilidad de que se hubiera creído su decisión.

—Nunca quise preocuparte.

—No, no, no. No es eso —sus pasos golpeaban la hierba sincronizados—. Pero tú me importas.

—Has sido maravilloso. Estoy segura de que no lo he hecho fácil.

—Bueno, no ha sido culpa tuya, ¿verdad? —Él puso la bolsa en la mesa y se giró para agarrar también la otra mano de Shauna, y ella se puso frente a él. No podría haber coreografiado aquello más a su favor—. Pero tu decisión de dejar a un lado el pasado hace las cosas más fáciles. Hay mucho que puedo hacer para ayudarte con eso, y el resto del tiempo puedo estar en la barrera y preocuparme de que no te hagas daño. Así conseguirás (conseguiremos) hacer borrón y cuenta nueva. Ven conmigo a Houston.

La petición de Wayne estaba tan llena de expectativa que le invitó a dar un paso hacia él, haciendo más estrecho el hueco entre ellos. Miró a la cara a su primera oportunidad intencionada.

Él estaba mitad inclinado, mitad sentado en el pequeño borde de la mesa.

—Tengo que esperar al juicio.

—Tal vez no demasiado. Y podemos conseguir un acuerdo.

—¿No te preocupan los cargos de éxtasis?

—No creo que pase nada con ellos. Y sé lo que creo sobre ti.

Ella bajó los ojos y la voz.

—¿Qué es?

—Que eres deslumbrante y sabia e incapaz de hacer daño a nadie.

Wayne estaba llevando su actuación a una distancia mucho más grande de lo que Shauna esperaba. Ella intentó alcanzarle el paso.

—Y tú has sido más bueno de lo que me merezco.

Él le sonrió.

—¿Qué hay del ensayo clínico, de mi terapia?

—Nada que no pueda hacerse en Houston.

—¿Y qué hay de Rudy?

—¿Qué pasa con él?

—No puedo dejarle.

—Houston no está tan lejos. ¿Me estás poniendo excusas ahora?

Ella se rió.

—No, estoy intentando pensar en todo. Pensar en una nueva dirección —se aseguró de mirarle directamente a los ojos—. Parece que tú sabes cómo llevarme a donde necesito ir.

Deslizó los brazos sobre sus hombros, deseando tener la seguridad que él ofrecía en vez de las respuestas sin ton ni son que ella pretendía ser capaz de conseguir de él. Dejó que las yemas de sus dedos acariciaran los finos cabellos de la base de su cuello.

Por otro lado, ¿realmente importaba que no hubiera una clara separación entre lo que él estaba dispuesto a ofrecerle y lo que ella deseaba tomar? A lo mejor no. Ella tenía que saber lo que era capaz de aprender.

Él la atrajo hacia sí y ella fue con gusto.

—No sé qué haría sin ti —susurró ella.

—No tienes que averiguarlo —dijo él, tan cerca de ella que más bien sintió, sin ver, sus labios moviéndose.

Esta vez ella esperó el beso de él. Cerró los ojos y en el suspiro que le tomó a él encontrarse con sus labios, ella emplazó firmemente su mente en la noche del accidente (en el informe del accidente de Cale Bowden, en las marcas de frenado que había visto en el puente, en Wayne vadeando el agua para salvarla), esperando que la mente de Wayne le cediera lo que había almacenado.

El lago lanzó una brisa que capturó la nuca de Shauna. Ella sintió un escalofrío y notó que sus rodillas cedían, y parecía que el suelo se abría. Empezó a caer e instintivamente cerró los ojos, pero cuando continuó cayendo, se encontró con fuerzas para abrirlos.

Caía por un túnel vertical negro revestido de imágenes tridimensionales, casi holográficas. Imágenes al azar, cientos de ellas, de escuelas, deportes, clubs, despachos, gente. Alzó la mano para tocar una de ellas y le dio una descarga eléctrica.

En algunas de las fotografías había lugares extranjeros (un desierto, un bosque). Vio a su familia. Se vio a sí misma. Vio el hospital. Agua.

Vio su coche y se lanzó a la imagen como si pudiera agarrarla y parar la caída completamente. Sus manos quemaban cuando las hundió en la imagen granulada. Continuó cayendo, y a continuación el final del túnel se abrió como la plataforma de un tanque de agua y la lanzó a un pozo de agua helada. Se quedó sin aliento y sintió su cuerpo entumecido.

El frío ascendió hasta su cintura.

Abrió los ojos y se vio a sí misma tosiendo en el agua de un río negro, dando manotazos a la superficie como si ésta fuera a sostenerla. ¿Ése era su propio recuerdo? Había estado demasiado cerca de la muerte, entonces.

No, era el recuerdo de alguien mirándola.

Wayne. La había sacado.

Se vio a sí misma llamándole por su nombre entre los jadeos de la respiración helada, y él llegó hasta ella. Agarró su hombro con su mano izquierda. La empujó debajo del agua.

La sujetó allí debajo.

La sujetó. Debajo.

Shauna no podía estar segura de si el miedo que había penetrado en ella entonces se había agarrado a aquel recuerdo o si residía en el momento, en la verdad de lo que vio. Wayne Spade había intentado ahogarla.

De hecho, había intentado acuchillarla. En su mano derecha vio su anillo azul de graduación; en su palma, una pequeña navaja con el mango de color perla.

Lanzó el cuchillo al agua detrás de él como si fuera el cazo de una noria, y lo zambullía una y otra vez venciendo la resistencia hasta que golpeó carne. Su carne.

Sacó el cuchillo y golpeó de nuevo.

En algún otro mundo, Shauna sintió un dolor punzante en sus costillas.

La tercera vez, levantó el arma fuera del agua y la luz de la luna rebotó en una punta rota.

Sonaron unas sirenas, rebotando en la orilla del río.

Él maldijo, metió el cuchillo en su bolsillo y se inclinó sobre ella, sacándola por debajo de las axilas. Parecía estar inconsciente. El agua caía por su piel según él la sacaba, raspando sus talones contra las rocas y la arena de una orilla cubierta de matorrales secos de invierno.

La deslizó sobre su espalda y comenzó a realizarle la RCP.

Cuando él cubrió su boca, ella levantó sus manos contra su pecho y le empujó.

Abrió los ojos en los azules y verdes de Town Lake.

Wayne soltó su cintura inmediatamente y ella se dio cuenta de que los dos estaban desconcertados. Estaban a dos pasos de la mesa de picnic y la brisa se había convertido en un ligero viento. Se rodeó los brazos. Las manos de Wayne temblaban e intentaba hacer algo con ellas. Él se cubrió la boca con la mano derecha y el anillo azul atrapó la luz. Sus ojos estaban tan fríos como lo había estado el agua.

—Lo siento —dijo ella—. No quise...

Él dejó caer la mano.

—No. Es mi culpa. Eso era...

Cuando él tanteó la palabra oportuna, ella dijo:

—Muy intenso.

Él se rió. Forzado.

—Espero que no haya sido demasiado fuerte.

—¡No! No. Para nada. No esperaba...

Él no intentó terminar la frase, aunque examinó a Shauna durante unos largos segundos. ¿Qué había sentido él de aquel encuentro, más allá de la realidad inmediata? Nunca se había parado a preguntar si su don abría una autopista de información que corría en ambas direcciones. ¿Cuánto habían compartido, si había sido algo?

Ella se frotó los brazos para disimular el temblor. Aunque ya no hacía frío, estaba llena de un intenso terror.

Mucho mejor que olvides y sonrías
Que no recuerdes y te entristezcas.

Oh, cómo lo entendía ahora.

Intentó poner una mano en su brazo en un gesto que esperaba que aligerara aquella situación embarazosa. Para protegerse de un mirada inquisidora. Él se apartó de su alcance deprisa, pretendiendo, pensó ella, que no había visto su movimiento. Metió sus dos manos en los bolsillos y miró la bolsa de comida.

—¿Tienes hambre?

21

Durante el resto de aquel día y del siguiente, parecía que Wayne intentaba evitar el contacto con Shauna y no apartarse de su lado a la vez, rompiendo aquel código sólo una vez, cuando le dio un beso rápido y caballeresco en el reverso de la mano antes de separarse aquella noche en el salón de la casa de invitados.

Ella se despertó de noche con los ruidos de él moviéndose por el salón. ¿Controlando que ella no huyera de nuevo? ¿Planeando entrar y asfixiarla mientras dormía?

Shauna no volvió a tomar el sueño.

¿Cómo podría escaparse de su ojo asesino?

Él no quería que ella recordara que él había intentado matarla. Él se había presentado en su vida como su amante para mantener aquel recuerdo acorralado.

Si ella no hubiera desarrollado aquella extraña habilidad suya, Shauna no tenía duda alguna de que habría funcionado. Ahora estaría planeando dejar aquel miserable hogar atrás y rehacer uno nuevo en Houston con su peor enemigo.

¿Querría matarla? ¿Organizar otra tragedia? ¿Otro accidente?

¿Había estado organizado su accidente? Si así era, ella no era la responsable del estado de Rudy. Lo era otro. Wayne Spade. Si pudiera probarlo ella lograría tener paz mental y Rudy tendría justicia, aunque no recuperaría su antigua vida.

Asumiendo que Wayne no hubiera, sencillamente, aprovechado una oportunidad en medio de un desafortunado incidente.

¿Por qué quería Wayne verla muerta en primer lugar?

Tal vez Corbin había sabido la respuesta a esa pregunta.

Si ése era el caso, ¿por qué Corbin no se lo contó aquel día en el *Statesman*? ¿Por qué llevarla a ella, y a su muerte, a su casa? ¿Qué era tan peligroso para contárselo entonces y allí?

De acuerdo. A lo mejor Corbin no lo sabía, pero su testigo sí.

Lo que no tenía sentido. ¿Por qué no querría Wayne matar al testigo? ¿Porque no sabía quién era el testigo? ¿Mató a Corbin para mandarle una advertencia al testigo? ¿Para alejar al testigo de allí?

Un dolor enraizado en la parte de atrás de la cabeza de Shauna le serpenteó por los oídos.

Quizá no había testigo. Sólo un hombre de paja que Corbin había creado para protegerse a sí mismo, aunque eso le había hecho un flaco favor. Si, como fuera, sabía de un testigo que podría divulgar lo que él (¿o ella?) había visto, ¿por qué ocultar esa información hasta que Shauna salió del coma? ¿Por qué no ir derecho a la policía el primer día? ¿Cuál era el motivo para decírselo a ella y no a la ley?

¿Simplemente para mantenerlo fuera del alcance de Wayne?

Aquello tampoco tenía sentido. Corbin podía habérselo dicho sin montar aquel circo dramático.

Si Miguel Lopez era el testigo que quería que ella siguiese viva, podría haber dicho: «Wayne Spade quiere matarte». No, «Wayne Spade no es tu amigo».

No es tu amigo. Eso es quedarse muy corto.

En ese momento Shauna creía que entendía más de aquella situación de lo que Miguel y Corbin habían entendido nunca. Cuando el primer rayo de luz rozó el suelo del dormitorio, ella tenía más preguntas y tan sólo unas pocas certezas: no estaba a salvo con Wayne.

Probablemente no estaría a salvo en ningún sitio hasta que supiera por qué Wayne había querido matarla. Quizá aún quería verla muerta, aunque eso no estaba claro. Tampoco podía preguntarlo.

Un bonito acertijo. Podía fingir que «olvidaba», dejarse llevar, ir a Houston y seguramente terminar muerta en algún lado. O podía continuar con su camino actual, solucionar todas sus dudas y probablemente morir en el proceso.

Lo que decidió su rumbo fue la posibilidad de que pudiera redimir su reputación y la relación con su padre. Si él llegaba a creer que ella no había herido a su hermano, tal vez la perdonaría. Podría permitir que volviese al pequeño círculo familiar que habían esperado que abandonase. Podría permitirlo. Necesitaba escapar de Wayne, y hasta que averiguase cómo, fingiría todo lo que fuera capaz.

Algo le había pasado a Wayne en el beso, y mientras la llevaba a su terapia con la doctora Harding aquella mañana, ella pasó la mayor parte del silencio del trayecto especulando sobre lo que sería, lo que él pensaría que sería, y si él creía que ella había maquinado el encuentro.

—Agradezco que me traigas —intentó ella en aquel momento.

Él le sonrió, con el mismo tipo de sonrisa que le había ofrecido muchas otras veces todos los días desde la primera vez que le vio en el hospital. Pero hoy su sonrisa parecía disimular algo. O tal vez siempre lo había hecho.

—Sin problema.

—He pensado preguntarle a ella lo que piensa de nuestra idea de Houston.

Wayne asintió y mantuvo la vista en la carretera.

—Bueno, si ella cree que es una mala idea, iremos a Houston a buscar una segunda opinión. —Se rió de su propia gracia. Ella le siguió el chiste.

Se habían convertido en el gato y el ratón del refrán.

Quizá siempre lo habían sido, y ella había hecho de ratón. Ahora le tocaba hacer de gato.

Él alargó la mano más allá del cambio de marchas y le acarició la rodilla, soltándola después. Ella sonrió, segura de que nada pondría sus recuerdos en riesgo mientras él estuviera en guardia. Tal vez con el tiempo él encontrara una falsa seguridad en eso. Por ahora, ella necesitaba encontrar otras maneras de probar la medida de su habilidad.

Necesitaba saber si podía repetir el éxito de ayer.

Necesitaba a una persona que pudiera abrirse a ella, a la que no le hubiera sacado aún los recuerdos.

Y necesitaba saber si realmente se los estaba llevando, o si solamente los compartía.

Necesitaba un conejillo de indias. Necesitaba a la doctora Millie Harding.

Wayne había prometido esperar en el coche mientras Shauna tenía su cita.

—Una hora es mucho tiempo para esperar —protestó ella.

—Tengo el portátil aquí conmigo. —Había recuperado el ordenador de la consola—. Y puedo hacer un par de llamadas a la oficina.

—Se supone que estás de vacaciones.

—Si son más vacaciones que trabajo, aún son vacaciones.

Ella había pensado en llamar al tío Trent, quizá para que convenciera a Wayne de que volviese de sus vacaciones antes de tiempo. Tendría que quitarle a Trent su preocupación por su seguridad sin decirle que el verdadero peligro estaba, prácticamente, sujetándole la mano. Sí ella ponía en peligro a su único «tío», estaría atando otra piedra alrededor de su cuello antes de lanzarse al río Colorado. Tendría que hacerse con un plan para tranquilizar a Trent y hacerle ver que estaba perfectamente bien y que incluso estaría mejor si Wayne se iba. Conseguir que Wayne hiciese lo que su jefe quería sería más complicado. No, conseguir que Wayne la dejara sería casi imposible, pensándolo bien. Quizá tuviera que esperar toda aquella temporada y esperar que Wayne no le acuchillase antes de que terminase.

Una idea absolutamente estúpida.

Ahora, cuarenta y cinco minutos después de empezar la conversación, Shauna aún sopesaba como podía robarle un recuerdo a la doctora Harding y después verificar que había sido robado. Aquella era una oportunidad que no podía desperdiciar, pero en quince minutos no quedaría nada que recuperar.

Mientras pensaba en aquello, su mente apenas tomaba parte de la sesión; convenció a la doctora Harding de que las visiones que habían discutido previamente se habían quedado en nada, que no sabía nada más sobre los seis meses que se habían quedado vacíos en su memoria desde su último encuentro, y que su relación con Wayne, aunque placentera, no había hecho nada por iluminar la historia de Shauna.

—Así que Wayne ha sido un gran apoyo —observó la doctora Harding.

Shauna se esforzó por mostrar entusiasmo.

—Más que eso: ha sido *atento*. No habría sobrevivido a esto sin él.

—Él tiene un lado sensible, ¿verdad?

Aquella observación pedía que Shauna tomara nota. Las palabras en sí mismas eran bastante benévolas, pero había algo maternal en el tono que le llevó a Shauna a preguntar:

—¿Le conoces? Personalmente, digo.

Las mejillas de la psiquiatra se contrajeron con nerviosismo.

—Sólo basaba mi comentario en lo que tú me has contado.

Shauna asintió, sonriendo para restaurar la tranquilidad en la habitación. ¿Era Wayne su paciente? ¿Un colega?

¿Un jefe?

La doctora Harding se aclaró su garganta de fumadora.

—Pareces mucho más relajada hoy que en nuestro primer día.

Cogió una taza de té de una pequeña bandeja que se mantenía en equilibrio sobre el taburete de vinilo.

—Supongo que he tenido tiempo de acostumbrarme a la idea de que tengo una laguna en mi vida.

—¿Eso te ha causado alguna dificultad inesperada?

Una lamentable dificultad inesperada.

—Sorprendentemente, no.

Shauna lo intentó con una pequeña risita y dejó que sus ojos revolotearan por la habitación. Aterrizaron sobre aquel archivador brillante en el mismo momento en el que se le presentó su oportunidad. Si la psiquiatra de pelo salvaje conocía a Wayne Spade, tal vez Shauna pudiera encontrar evidencias de ello en el archivador. Un memorando, un correo electrónico, una carpeta entera.

Eso era, y el armario estaba cerrado con una combinación digital. ¿Podría Shauna buscar esa información en la mente de la doctora?

Podría intentarlo. O, al menos, Shauna creía que podría encontrar un detallado conjunto de notas y evaluaciones sobre sí misma. Eso ya era bastante.

—Son cosas pequeñas —dijo Shauna—, tengo trajes en mi armario que no recuerdo haber comprado. Fotografías de una fiesta a la que no recuerdo haber asistido. No puedo recordar por qué dejé mi empleo o dónde puse mi último currículo... ¡y no ayuda mucho el que mi familia haya movido todas mis cosas! Algunas veces mezclo números de teléfono. Ayer olvidé el número PIN de mi tarjeta de crédito en el cajero.

Shauna no sentía el más mínimo pellizco de culpa por todas aquellas mentirijillas. Su vida estaba rodeada de mentiras y de mentirosos, y resultaba que si ella tenía que contar unas pocas para apañárselas entre ellos, así sería.

La doctora Harding asintió y dejó su bolígrafo sobre la mesa.

—Bueno, si te sirve de consuelo, yo me olvido de números así todo el tiempo.

Shauna le dio un sorbo a su taza, y se puso a ello.

—¡Hay tanto que recordar!

—Cierto. Hoy en día la gente tiene la memoria tan llena de información que es una maravilla que sigamos funcionando.

—¿Cómo lo haces?

—¿El qué? ¿Funcionar?

—No, recordar todos los detalles. Claves de Internet, números de cuenta —se percató de que la doctora Harding llevaba un anillo de boda en la mano izquierda—, el número de la seguridad social de tu marido...

—¡No, cielo santo! No lo recuerdo todo. La memoria es accidental algunas veces. Recordamos algo sólo porque lo usamos una y otra vez. Yo suelo recordar esa clase de cosas.

Por supuesto. Repetición. Los ojos de Shauna fueron directos por unos segundos al moderno archivador. *Piensa. Piensa. Piensa.*

Shauna se inclinó hacia delante y cogió la tetera para calentar la taza de la psiquiatra.

—¿Quieres más?

—Gracias.

Shauna se permitió un gran suspiro mientras se centraba en servir el té.

—Me gustaría recordar cómo se siente —dijo ella—. Todo está tan... embarullado.

—Date tiempo, Shauna. Pasará. —La doctora Harding se quitó sus finas gafas de leer y las colgó de la libreta. Shauna movió la tetera sobre su taza—. Tengo un hijo de tu edad.

Shauna aguantó la respiración y soltó la tetera.

—Me recuerdas un poco a él. También es impaciente.

La doctora Harding sonrió mientras Shauna levantaba una de las tazas y se la pasaba. Ahora era el momento de intentarlo. Apretó el mango de manera que casi lo cubría por completo con sus dedos, y envolvió el otro lado con su otra mano. Parecía un aventurero helado buscando calor, y tal vez lo fuera.

De aquella manera, la doctora Harding se vio obligada a tocarla para agarrar la taza.

Shauna cerró los ojos y congeló en su mente la imagen frontal y centrada de aquel archivador. Se mantuvo allí, esperando no ser golpeada por una explosión de otros recuerdos.

No hubo explosión, pero Shauna se vio golpeada por una inesperada maraña de datos que quemaban como un horno. Primero una lista de nombres, descolocados y sin sentido, aunque cortos: Jacobsen, Brown, Paulito, Vu, Allejandra. Luego, etiquetas también desordenadas: Activo, Comprometido, Cerrado, Pendiente. Luego *Harding 4273464.*

La doctora Harding dio un grito de sorpresa, y Shauna abrió de pronto los ojos. Había derramado el té en el regazo de la psiquiatra.

—Oh, no. Oh, no. No puedo creer que...

—¿Estás bien? —dijo la doctora Harding. Se acariciaba la sien izquierda con dos dedos.

—Menuda patosa.

—Para nada.

El personaje de doctora resucitó, educado pero sin ocultar del todo sus pensamientos.

—¿*Tú* estás bien? —Shauna tartamudeaba, sin poderse creer el poco control que tenía sobre lo que había pasado—. ¿Te has quemado?

—Sólo me he mojado. Se había enfriado un poco.

—¿Qué puedo hacer?

—Quédate aquí un minuto mientras voy a buscar algo. Traeré algunas toallas.

Se marchó por detrás del escritorio hacia un baño y una pequeña cocina en la parte de atrás del despacho. Shauna cogió su bolso para buscar algunos pañuelos.

4273464.

Miró el archivador, y saltó a la acción seguida del tictac de un reloj que podía sentir pero que no escuchaba; atravesó el despacho con cuatro largas zancadas y apretó el número en el panel digital.

Intro.

El cajón de arriba del archivador se abrió.

No se lo esperaba.

Shauna estaba tan sorprendida que le llevó unos cuantos segundos ponerse a registrar las carpetas colgantes alineadas delante de ella en el cajón, una hilera de lo más común de carpetas delgadas o abultadas, etiquetadas con apellidos e iniciales. Nada del otro mundo a primera vista para ser un cajón de máxima seguridad.

Shauna escuchó el ruido del agua cayendo en el baño. Se movió con rapidez. Buscó el nombre de Wayne.

El cajón terminaba en la *Ks.*

Abrió el de debajo, empezando por el final. *Spade, W.* No había nada allí.

¡No! Necesitaba algo. Se precipitó hacia su propio archivo. Luego podría intentarlo con el otro cajón.

McAllister, S.

Allí estaba ella. Agarró el archivo, una cosita flaca, y lo sacó del cajón. ¿Debería llevárselo? Miró que en su silla estaba su gran bolso. Había espacio dentro.

No. Aquello era una idiotez. Todo lo que necesitaba saber era que estaba empezando a manipular aquel regalo suyo con mayor precisión. No tenía derecho a añadir un robo real a la mezcla.

Pero su vida estaba en una carpeta. ¿Realmente llevárselo sería robar? Shauna puso el fino archivo en el escritorio de la doctora Harding y echó un vistazo dentro, mirando las notas de la mujer de sus encuentros hasta ese momento. Ninguna sorpresa.

Cogió las notas de todas maneras, dejando algunos otros documentos dentro, y después puso rápidamente la carpeta de nuevo en su cajón.

Pasó rápidamente por los nombres para ponerlo en su sitio.

Madigan. Matthews. Marshall.

Marshall, W.

¿Wayne? Dejó su propia carpeta en el mostrador de al lado y, señalando el lugar con una mano, sacó el archivo con la otra. Lo abrió. Una página.

Arriba del todo: *Wayne Marshall, alias Wayne Spade.*

La puerta del baño se abrió.

Shauna sacó el papel, lo juntó con sus propias notas, deslizó la carpeta de nuevo en su sitio, y cerró con cuidado el cajón, esperando que no hiciera ruido. Las guías no hicieron ruido hasta que escuchó el pequeño clic que explicaba el por qué del elevado precio de ese archivador de cuatro cajones. Corrió rápidamente a su sitio, guardó los documentos robados en su gran bolso y se enderezó sacando un paquete de pañuelos al mismo tiempo que la doctora Harding salía del baño con un trapo de cocina.

—No sabes cómo lo siento —dejó escapar Shauna—. Te dejaré a ti la hospitalidad de ahora en adelante.

—No ha pasado nada.

La larga falda de color azul brillante de la psiquiatra estaba mojada y más oscura sobre su regazo. Shauna esperó que la mujer tuviera algo para cambiarse a mano.

Shauna secó la silla húmeda, y sus pañuelos se desintegraron en segundos.

—Espero que esto no manche.

—Lo añadiré a tu cuenta. —Shauna se enderezó, dándole la espalda al escritorio y al archivador, y vio que la doctora Harding le estaba sonriendo. Le extendió su mano a Shauna—. Déjame que tire eso.

Shauna dejó los pañuelos en la palma de su mano y cogió la toalla.

—Si tienes que mandarlo a limpiar, por favor, pásame la cuenta.

Se inclinó sobre la silla de nuevo para secarla.

La doctora Harding no contestó, y cuando Shauna miró vio a la mujer pelirroja inclinada sobre el mostrador para tirar la bola a la papelera, y luego se enderezó, mirando el archivo sobre la superficie.

No podía ser. Sí, sí que podía. Se había olvidado su propio archivo.

—Debo haberme dejado esto fuera —murmuró la mujer. Shauna hizo como que no escuchaba. Cogió la toalla y la puso sobre la bandeja del té, se sentó y guardó el paquete de pañuelos en su bolso mientras miraba por el rabillo del ojo.

La doctora Harding caminó hacia el armario y se colocó entre Shauna y el panel digital. Levantó la mano para pulsar el código de seguridad y se quedó quieta antes de tocar el teclado. Shauna sostuvo la respiración.

—Esto es irónico —dijo la terapeuta, mirando a Shauna—. ¿No estábamos precisamente hablando de lo fácil que era olvidar cosas?

Shauna tenía su respuesta. La colecta de recuerdos de su mente no era solamente un préstamo; los estaba robando, saqueando, desvalijando, tan ausentes de las cabezas de las víctimas como si nunca hubieran pasado.

De vuelta al coche con Wayne, Shauna encontró su teléfono en el asiento del copiloto.

—El detective Beeson te llamó mientras estabas dentro —dijo Wayne—. Quiere que veas algunas fotos.

—¿Ahora?

—Le dije que podríamos ir cuando terminases.

—Vayamos, entonces.

¿Qué hubiera hecho Shauna si el recuerdo de la doctora Harding sólo hubiera incluido nombres de pacientes y diagnósticos sueltos? ¿Había caído en la combinación por pura suerte o era información que Shauna había conseguido con éxito? Shauna aún no se sentía con el control de todo aquello. ¿Y si la doctora Harding le hubiera divulgado, sin querer, su número de cuenta bancaria? ¿Su número PIN? ¿Cómo habría verificado aquello?

¿Estaba Shauna yendo muy lejos con su necesidad de saber como para cometer un delito?

Había información confidencial sobre Wayne metida en el bolsillo lateral de su bolso. Así que ya había hecho algo ilegal. Pero además de eso, ¿cómo calificaría la ley su robo de recuerdos? Lo más probable es que se hubieran reído de su delito en cualquier comisaría de policía. Pero asaltar a una persona con la intención de hacer daño, ahora, eso no era materia de risa, ¿verdad?

Intención de hacer daño. Uy. Ella no estaba haciéndole daño a nadie.

¿O sí? Ella, de entre toda la gente, entendía el dolor y las consecuencias de los recuerdos perdidos.

Una imagen de su madre frunciéndole el ceño con los brazos cruzados atravesó la mente de Shauna.

No era lo mismo.

No. Ni tan siquiera se acercaba a algo parecido. Ella estaba a la caza de la verdad. Alguien había intentado matarla. Miró a Wayne. Ella necesitaba afilar aquel don para sobrevivir a él.

Necesitaba hacerlo una vez más. Según se le iba haciendo cada vez más claro, seguramente no tendría muchas más oportunidades de poner sus manos en los recuerdos de otra persona. Su robo causaba impresión.

Así que, ¿qué hacer ahora? ¿Qué podía esperar averiguar con Wayne pisándole los talones todo el día? No quería fisgonear anécdotas personales ni números pin.

¿Y quién podría contarle algo de su propio pasado? ¿Patrice? Aquella mujer no se abriría a ella de ninguna manera ni en el próximo milenio. ¿Landon? Shauna, francamente, no tenía agallas para eso. ¿Rudy? Demasiado riesgo, incluso aunque tuviera acceso a él. ¿Quién podía asegurar lo que estaba intacto y lo que no en el cerebro de su hermano pequeño? Él no se podía permitir que ella le quitara nada.

Su cabeza fue más allá de su casa. ¿Scott Norris? El reportero fue uno de sus intentos fallidos. Demasiado riesgo repetirlo.

¿Quién, quién?

—¿Qué dijo ella? —preguntó Wayne cuando menos se lo esperaba.

—¿Eh?

—¿Qué dijo sobre lo de Houston?

—¡Ah, eso! —Shauna lo había olvidado por completo—. Dijo que era una gran idea. Que tú has sido realmente útil en mi progreso, y piensa que sería bueno que me pegara a ti.

Él le sonrió.

—Eso me gusta.

—A mí también —murmuró. Sus palabras eran muy fáciles de creer. Ella tendría que ponerse a su altura.

—Mira, llamaré al abogado hoy, a ver si puede adelantar tu cita. Veamos si podemos acabar con todo esto rápido.

Rápido, rápido. Sí. Necesitaba moverse deprisa. Más deprisa que Wayne, si quería evitar que el detective Beeson investigara su asesinato como el de Corbin Smith. Lo más deprisa que fuera posible.

22

—Esas son fotografías de mí —dijo Shauna desde la entrada, sin estar segura de lo que estaba esperando. Imágenes del escenario del crimen, tal vez. Eso no.

Estaban sentados enfrente del monitor de un ordenador en uno de los laboratorios del detective Beeson, deslizándose por una breve galería de imágenes. Cinco imágenes de ella, duplicados de las imágenes que había visto en la cámara de Corbin, pero sólo cinco. Allí estaba con Wayne en los juzgados, cenando con Wayne, conduciendo con Wayne, yendo al cine con Wayne. Hizo una mueca ante la foto de su beso con Wayne.

—Las encontramos en el portátil que cogimos del apartamento de Corbin —explicó Beeson con su voz de barítono. Su apartamento, el de ella.

—¿Cuántas había tomado? —preguntó ella.

Beeson descruzó los brazos y sacudió la cabeza.

—Imposible de saber sin la cámara. Aun así, parece que éstas son una selección de otras cuantas. Unas pocas que ya había editado.

Shauna miró a Wayne. No podía leer su expresión.

—¿Por qué piensan eso? —preguntó ella.

—Cada una de ellas había sido enviada por correo a la misma cuenta en intervalos de seis horas entre el viernes y el sábado.

—¿Qué cuenta? —preguntó Wayne—. ¿Tienen la dirección?

Beeson les enseñó uno de aquellos correos impresos, que mostraba el encabezamiento y el archivo adjunto. En el mensaje sólo se leía «¡Espabila!»

Shauna miró el nombre del destinatario. *Sabueso*. Sintió nauseas. Wayne estudió la hoja, y lanzo una pequeña maldición entre dientes.

—¿Conoce al destinatario? —le preguntó Beeson.

Wayne negó con la cabeza.

—Lo que es aún más exasperante —dijo.

—¿Estaba el Sr. Smith acosándole? —preguntó Beeson a Shauna.

Ella esperaba que le preguntase sobre la dirección de correo, y no hubiera podido anticiparse a aquella pregunta ni aunque hubiera tenido una hora entera para imaginársela.

—Acos... *no*. ¡No! Era un miembro de los medios de comunicación, por el amor de Dios.

—Aquel día en el palacio de justicia se las arregló para llegar hasta ti —dijo Wayne.

—Como cualquier paparazzi haría.

Al mismo tiempo, Shauna recordó aquello que había dicho Scott de que su historia no generaba mucha expectación pública.

—Cuénteme sobre eso —dijo Beeson.

—Yo estaba intentando sacarla por la puerta de atrás —dijo Wayne—. El hombre estaba allí esperando, prácticamente se le echó encima.

—No se me *echó* encima.

—Pero se adelantó a donde tú estarías.

—Obviamente —dijo Shauna. Aquella revelación la irritaba.

—¿Alguna vez ha recibido alguna llamada de teléfono sospechosa? —preguntó Beeson—. Algo fuera de lugar, ¿quizá algo que pensó que era broma?

—¡No! No desde que me fui a casa. ¡Él ni siquiera sabía mi número de teléfono!

—¿Está segura? Porque los registros muestran la evidencia de que él le mandó tres mensajes de texto desde su teléfono móvil la noche de su muerte. Y hubo una respuesta desde el suyo.

Shauna le miró y negó con la cabeza. Con los nervios a flor de piel, empujándola a salir volando de la habitación tan rápido como pudiera. Con todas sus fuerzas, mantuvo sus pies en el mismo sitio.

—¿Qué decían?

—No lo sé. No encontramos el teléfono. Sólo los registros. ¿Le importaría darme su teléfono?

El detective Beeson había rodeado la mesa y ahora se inclinaba sobre la parte de atrás del monitor.

—No sin una orden —murmuró Wayne. Estaba apuntando la dirección electrónica de *Sabueso*.

Su intervención en aquel momento dejó a Shauna aturdida. Le miraba, aún pensando que probablemente él habría mandado los mensajes desde el teléfono de Corbin después de matar al pobre hombre. Entonces, ¿por qué no querría que Beeson viera el teléfono? ¿Por qué se veía aún obligado a mantener aquel teatro paternalista?

Había esperado que Wayne la hubiera entregado a las autoridades, junto con la cámara y el móvil de Corbin, que ella había escondido en el armario de su dormitorio.

—Tendré una después del almuerzo —dijo Beeson—. Mientras tanto, deje que me haga una idea de todo esto, Sra. McAllister: el Sr. Smith la había estado fotografiando desde el día en que dejó el hospital, pero no la había estado acosando.

—A mi padre le adoran los medios. Corbin era un periodista...

—Un fotógrafo —dijo Wayne.

—Se trasladó al apartamento en el que usted vivía antes del accidente, pero no estaba obsesionado con usted.

Shauna sujetó el respaldo de la silla. Todavía tenía que sentarse.

—Cuénteme de nuevo la naturaleza de su cita con él.

—Decía que tenía información sobre el accidente en el que me vi envuelta.

—Dijo que él no estaba conectado con su caso.

—No lo *estaba*.

—¿La información era incriminatoria?

—¡No *sé* qué información era! Y si era incriminatoria, ¿por qué razón cree usted que me la iba a dar a mí?

—Porque estaba obsesionado con usted. Porque quería extorsionarla para conseguir dinero. —Ella echó la cabeza sobre sus manos—. Eso explicaría cómo él podía pagar el lugar.

Beeson se enderezó y se cruzó de brazos otra vez.

—Deje que le cuente lo que creo que pasó: la hija de un rico político tiene un destacado accidente, es acusada de unos cuantos cargos muy graves. Casi todas las evidencias que el sheriff del condado es capaz de conseguir son circunstanciales. ¿Sabía que no había huellas dactilares en la botella de MDMA supuestamente encontrada en su coche?

Ambos, Shauna y Wayne, lanzaron una mirada a Beeson.

—Aún no me he reunido con mi abogado —dijo Shauna con la boca cerrada.

La boca de Beeson se torció, pensativa.

—Tal vez el agua destruyó la prueba, pero puedo asegurar que aquella cosa estaba realmente limpia.

—Pensaba que el caso pertenecía a la jurisdicción del sheriff —dijo Wayne.

—No somos tan territoriales como se podría pensar —dijo Beeson—. Pero aún no he acabado con mi teoría: el reportero-fotógrafo, lo que sea, se da cuenta de que está en posesión de una prueba incriminatoria...

—¿Qué prueba?

Las cejas de Beeson se levantaron.

—... y en vez de entregársela a las autoridades, decide hacerse con su antigua vida, acosarla, chantajearla.

Shauna se hundió en una silla y Wayne le puso una mano reconfortante en el hombro. Ella se la quitó de encima. Palabra por palabra, el detective Beeson destrozó la primera impresión que ella había tenido de él como un novato de gran corazón.

—Está furiosa. Quiere salir de este lío legal. Concierta una cita con él para comprar su silencio.

—No lo hice.

—Y como él la hubiera vencido en una pelea, usted entró en su casa, a la que, por razones que no conozco, no había cambiado la cerradura...

—La puerta estaba abierta.

—Y lo mató mientras dormía.

Ella negó con la cabeza.

—No puede probar nada de eso —dijo Wayne.

—Sra. McAllister, ¿dónde está la cámara de Corbin Smith?

Shauna se resistió. No podía dejar que Wayne supiera que ella la tenía.

—No estaba allí cuando llegué esa mañana.

—No estaba cuando llegó con el Sr. Spade. ¿De dónde la cogió la noche anterior?

—No lo hice —susurró ella—. No estaba allí.

—Shauna, cariño, está haciendo conjeturas. —Wayne puso su mano bajo el brazo de Shauna y la dirigió a la puerta. Se le agarrotó el estómago, asfixiada como estaba en aquella habitación con un hombre que quería matarla y un detective que quería detenerla—. ¿Está detenida?

Por supuesto, si Shauna pudiera hacer que Beeson la detuviese, tendría una oportunidad de hablar tranquilamente con él sin tener a Wayne alrededor pululando. Pero un arresto también podría complicarlo todo mucho más.

—Todavía no.

—Entonces ella no se va a quedar aquí sentada para que usted la insulte.

Demasiado que disimular.

—Me pondré en contacto con usted después del almuerzo, Sra. McAllister. No se vaya lejos.

La luz de la tarde atravesaba la columnata de abedules de la ribera del río que se alineaban a cada uno de los lados del camino privado de los McAllister. Los árboles aún no habían empezado a florecer, y las ramas desnudas lanzaban sus sombras en líneas alternándose con el duro sol de mediodía. Shauna cerró los ojos ante el efecto estroboscópico. El agotamiento, por la noche en vela y por las circunstancias, se abalanzaba sobre ella.

—¿Qué debo hacer?

Era la tercera pregunta que Shauna había hecho y que Wayne no había contestado. Él agarraba el volante de su camioneta y fruncía el ceño mientras conducía, aparentemente indeciso sobre sus propias decisiones.

Shauna no había querido que él contestase ninguna de las preguntas tanto como hacerle creer en su fingida dependencia de él. De todas maneras, estaba incluso menos segura que antes de que él se hubiera creído algo.

—¿De verdad recibiste tres llamadas desde el número de Smith? —dijo él después de un minuto entero de silencio, como si ella no hubiera dicho una palabra.

—Mensajes de texto —dijo ella—. No sabía quién los había enviado. Los habré borrado...

—¿Por qué no me lo dijiste?

Shauna pensó mucho en la respuesta. Aquella pregunta no tenía el usual tono de cálida preocupación. ¿Y qué hacer con su creencia de que había sido él quien había mandado los mensajes?

—Estabas muy preocupado aún por el otro asunto. No quería que me impidieses ir a ver...

—¿Qué decían?

—No... No lo recuerdo exactamente. —Sacó el teléfono de su bolso, temblando—. Te lo enseñaré.

Abrió el móvil y buscó el primer mensaje y se lo pasó a Wayne. Él lo leyó, centrando sólo la mitad de su atención en la carretera ahora. Pasó más tiempo estudiándolo del que le habría llevado leerlo. ¿Qué estaba buscando?

Se temía que la siguiente pregunta sería sobre la cámara de Corbin. Era imposible que no se hubiera dado cuenta de que ya no estaba en su camioneta.

—¿Realmente Beeson conseguirá una orden? —preguntó Shauna.

—Sí. ¿Contestaste alguno de éstos? —Ella se lo enseñó—. No borres ninguno. No entiendo cómo esto puede incriminarte. En todo caso, podría ayudarte.

—¿No deberíamos preguntar al abogado?

—No. —Él le devolvió el teléfono—. Tendrías que habérmelo contado.

—¿Y qué habrías hecho entonces?

Shauna no quería sonar molesta, pero no pudo evitarlo. Wayne la miró de reojo y frunció el ceño.

Midió sus palabras.

—Hubiera evitado que te vieras envuelta.

Ella tanteó las aguas.

—¿Envuelta en qué?

—¿Tú qué crees?

—No sé qué creer, Wayne. ¿Cómo podías saber que los mensajes estaban conectados con Corbin?

—¿Qué estás sugiriendo exactamente?

—Estoy sugiriendo que tú —apenas pudo atrapar su temeridad antes de que saliera huyendo— podías haberlo sabido. El número de Corbin. Podías saber que él estaba metido en problemas.

—¿Y cómo se suponía que podía saber eso?

Wayne fue hasta el camino, tiró de la palanca de cambios hacia el parque, se giró y la taladró con su frustración. Le lanzó una dura mirada.

Ella alzó la mano hacia él para calmar la situación. Había ido muy lejos.

Con un rápido movimiento, sin embargo, él agarró su muñeca y tiró de su brazo hacia él. Ella dio un grito, sorprendida de su fuerza y su furia. ¿Por qué las acusaciones de Beeson le habían puesto tan nervioso?

—No intentes limar asperezas, Shauna —su nombre sonó como un siseo entre sus dientes—. Lo he hecho lo mejor que he podido para ganarme tu confianza, pero si tú vas a andar por ahí a hurtadillas porque piensas que soy el malo de la película aquí, no podré hacer nada para ayudarte.

Shauna tiró de su brazo, pero él la apretó más fuerte. Sentía su aliento caliente sobre su cara.

—*Dime* cuál crees que era mi relación con Corbin.

No podía seguir adelante con más mentiras. Sólo una media verdad. ¿Qué le haría él si se lo contaba? ¿Y si no lo hacía?

—Encontré el teléfono de Corbin en tu camioneta.

El susto reemplazó a la ira en los ojos de Wayne. Shauna supo que ella no era tan buena juzgando el carácter como Khai lo era, pero creyó completamente que aquella noticia había dejado pasmado a Wayne. Abrió la boca y soltó su muñeca. Se enderezó y miró fijamente el parabrisas un momento, y cuando volvió a Shauna toda la hostilidad se había marchado.

Si él supiera que ella no estaba contando toda la verdad, le preguntaría qué más había encontrado.

—¿Dónde estaba? —preguntó él.

—Envuelta en mi chaqueta.

Wayne cogió su portátil del asiento de atrás, luego puso su mano en la puerta y la abrió.

—¿Dónde está ahora?

—En mi dormitorio.

—Un sitio perfecto para ponerlo. ¿Por qué no lo colocas en la mesa para que Beeson lo encuentre?

Su condescendencia picaba. Ella le miró.

—Ve por ello —dijo él. Y luego se marchó corriendo a la casa.

Shauna fue detrás de él siguiéndole los pasos, pensando en cómo sacar el teléfono sin enseñarle la cámara.

¿Qué iba a hacer con la cámara?

Wayne dejó su ordenador primero en su dormitorio, dándole a Shauna el tiempo justo para tomar un pañuelo y sacar el teléfono de la bolsa del Wal-Mart que había escondido en el suelo en la parte de atrás de su armario. Salió corriendo por la puerta de su dormitorio, justo hacia el pecho de Wayne.

Le ofreció el teléfono envuelto en el pañuelo. Él lo examinó, y después lo cogió mientras le miraba a ella a los ojos.

—Eres más lista de lo que muchos tíos dirían de ti, Shauna.

Estaba demasiado asustada para sentirse insultada.

Él se inclinó sobre ella y le plantó un frío beso en la frente.

—No te vayas a ningún lado. Haré unas llamadas.

Él volvió a su habitación y cerró la puerta.

Shauna se movió rápidamente. Sólo tenía unos minutos, si no eran unos segundos. Fue corriendo hacia su armario, recogió la cámara e irrumpió sin llamar en el dormitorio de Khai por la puerta del baño que compartían.

—Khai, necesito que me ayudes.

Khai estaba poniendo sábanas limpias en la cama. Shauna puso la cámara de Corbin envuelta en las manos de la mujer.

—Esta cámara pertenece a Corbin Smith. Necesito que se la lleves a un detective a la comisaría de policía por mí.

—¿Cómo...?

—La encontré en la camioneta de Wayne. No tengo tiempo de explicártelo, pero necesito que le lleves esto. No se lo digas a Wayne.

Khai levantó sus cejas pero no preguntó.

—El detective es Beeson. Dile que lo encontré en la camioneta de Wayne. Dile lo que me contaste de que Corbin te estaba ayudando, que las fotografías de aquí dentro puede unir algunos cabos... —Y en ese preciso momento, algunos cabos sueltos se unieron en la propia mente de Shauna—. ¿Qué te estaba ayudando Corbin a investigar?

—Le pedí que se ofreciese para ayudar a que la organización documentase una supuesta red de tráfico de personas en Houston. Estaba colaborando con la policía de allí.

—¿Tráfico de personas? —Shauna murmuró—. ¿Qué había encontrado?

—Nunca lo supe. Solamente fueron un par de semanas. No hablamos mucho.

Una docena de nuevas posibilidades se abrieron ante Shauna tomando en cuenta aquellas imágenes de Wayne en los astilleros, pero no había tiempo para procesarlas. Tendría que hacerlo sobre la marcha. Tenía que irse. Ahora.

—Sólo dile a Beeson que las fotografías de Corbin pueden arrojar un poco de luz en su asesinato.

—¿Por qué no puede usted?

Khai siguió a Shauna a su dormitorio. Cogió su bolso, su teléfono móvil, las llaves del coche de Rudy.

—Porque él piensa que yo lo hice. Y porque no seré capaz de averiguar la verdad si estoy en la cárcel.

23

Por segunda vez en dos días, Shauna enfiló el pequeño MG hacia Victoria, preguntándose cuánto tiempo tendría antes de que Wayne averiguara que se había marchado de casa. Que ella se hubiera marchado sin que él se diera cuenta era sorprendente.

Necesitaba llamar al tío Trent.

—¡Shauna, cielo! ¿A qué debo esta llamada inesperada?

—Tío Trent, me están buscando por el asesinato de Corbin Smith.

Durante unos segundos, Trent no contestó.

—¿Tío Trent?

—No lo entiendo.

—Yo no lo hice.

—Por supuesto que no.

—Lo explicaré todo, pero primero necesito tu ayuda.

—Lo que sea. Dime lo que necesitas.

—Wayne aún no sabe que me he ido. Cuando lo averigüe, supongo que te llamará. Él sabe que tú eres la primera persona a la que acudiría.

—Como debe ser. Ven a River Oaks, Shauna. Puedo cuidarte aquí.

—Houston es el primer lugar donde me buscaría si quisiera encontrarme.

—¿Y por qué querría Wayne encontrarte?

—Él cree que sé... más de lo que sé.

—Vas a tener que ponerme al corriente, cielo.

—Creo que *él* estaba detrás de mi accidente.

—¿Detrás de él?

—Creo que pudo haberlo planeado.

Trent silbó.

—Bueno, eso necesita una explicación, y una buena reflexión, cariño. Pero si es verdad, yo seré el primero en...

—No puedo probarlo. Aún.

—¿Adónde vas, si no es a Houston?

—Voy hacia... —Eso llevaría una larga explicación—. ¿Puedes encontrarte conmigo esta noche en Corpus Christi?

—Por supuesto. ¿Dónde quieres que vaya?

—Te lo diré cuando llegue allí.

—¿Quieres que llame a tu padre?

—No. No. No veo por qué tendríamos que implicarle ahora.

—Lo que tú quieras. Tomaré el próximo vuelo a Corpus Christi. Házmelo saber cuando llegues allí.

—Te quiero.

—Yo también te quiero, cariño.

Cerró el teléfono y empezó a pensar en Miguel Lopez. Si a aquel hombre no le importaba ayudarla, al menos sería compasivo por su mejor amigo, y por llevar al hombre que le mató ante la justicia.

Con eso le bastaría.

Shauna dobló la esquina de la calle de Miguel justo a tiempo para verle, a pie, girando a la izquierda en el siguiente cruce. ¿Debía esperar en la casa a que él regresase?

En vez de eso, se decidió por seguirle, y la condujo hasta un parque a menos de cuatro calles de allí. Miguel giró a la izquierda hacia un sendero de gravilla que discurría alrededor de aquel espacio abierto. Shauna aparcó y evaluó el escenario.

El camino iba, por lo que Shauna pudo estimar por encima, quizá más de medio kilómetro alrededor del parque, pero no le era totalmente visible desde el aparcamiento. Enfrente de donde se encontraba había una pequeña arboleda cuesta abajo. Atravesó el césped hacia allí esperando cruzarse en el camino de Miguel en vez de tener que perseguirle.

Sus pies golpearon el hormigón en el otro lado y giró en la dirección en la que esperaba que viniese Miguel. El sendero tomaba un afilado descenso hacia los árboles y después seguía por ruta serpenteante a través de la sombra.

Caminó unos cincuenta metros y se agachó bajo las ramas más bajas de un árbol especialmente frondoso. Sintió dudas al pensar en cómo respondería al verla de nuevo allí, habiéndole dejado bastante claro qué esperaba que ella hiciese (mejor dicho, que no hiciese) justamente ayer.

Esperó unos cuantos minutos, deseando no haber confundido su ruta.

—Te dije que no volvieras.

Ella se dio la vuelta. Una rama le azotó la mejilla y le arañó su suave piel. Miguel Lopez estaba de pie a tres metros detrás de ella. ¿Cómo se había acercado tan sigiloso? ¿Cómo la había visto, cómo había sabido que estaba allí?

Ella se puso la mano sobre el corazón.

—Me has asustado.

—Deberías estar aterrorizada por estar aquí. ¿Qué estás haciendo?

—Ayudando a alguien.

—¿Ése sería Wayne?

Ella se puso a la par en su tono hiriente.

—Corbin.

—¿Y qué crees que puedes hacer por un hombre muerto?

—¿Por qué eres tan frío conmigo? ¿Qué es lo que te he hecho?

Vio cómo su comentario volvía a su boca, considerando la manera en que sus ojos cayeron al suelo. Él se metió las manos en los bolsillos de su fina chaqueta.

Miguel se había adecentado en comparación con su apariencia de recién levantado de ayer. Se había arreglado la barba, tenía el cabello ordenado, la ropa limpia y planchada. Tenía buena pinta.

Caminó hacia él y dejó que la rama suelta chasquease detrás de ella.

—¿Te habló Corbin de los proyectos en los que estaba trabajando?

Los modos de Miguel se suavizaron.

—Hubo un tiempo en que lo hacía. Pero no últimamente.

—¿Mencionó alguna vez algo sobre una historia de tráfico de personas en la que estaba trabajando?

Miguel negó con la cabeza.

—Probablemente estaría trabajando con otro periodista.

—¿Qué hay de Wayne Spade?

—¿Qué hay de él?

—¿Alguna conexión con algo como tráfico humano?

Miguel entrecerró los ojos.

—Wayne Spade está conectado con la empresa multimillonaria de tu padre. Si eso además está conectado con el tráfico, sería malo para ti.

—¿Para mí? ¿Qué tiene que ver conmigo?

Miguel suspiró.

—Me refería a tu familia en general.

—Y sin embargo Wayne parece tener un interés personal en mí. ¿Tienes idea del porqué?

Miguel apretó los labios.

—Deja que te pregunte de otra manera —dijo Shauna—. Dime por qué Wayne está tan furioso conmigo.

—¿Furioso contigo? ¿Crees que está *furioso*?

—¿Si no, qué?

—Si yo lo supiera, ¿te ayudaría en algo? ¿No te basta con apartarte de su camino?

—¿Que si me basta? No lo sé, Miguel. ¿Me perseguirá? ¿Tendré que cambiarme de nombre? ¿Seré capaz de llevar una vida normal?

—Yo, yo, yo. Escúchate. Lo que está ocurriendo es mucho más grande que tú, Shauna. ¿Cuándo te volviste tan egocéntrica?

—*Yo* vine aquí para relacionar a Wayne con el asesinato de Corbin, Miguel. A lo mejor mis motivos son egoístas. Si te importa en algo Corbin, al menos podrías dejar de intentar alejarme.

Miguel apartó los ojos.

—¿Qué es eso «mucho más grande»? —preguntó ella.

Miguel negó con la cabeza.

—Nunca pensé que te estuviera alejando.

Aquel comentario causó en Shauna un inesperado torrente de pensamientos. ¿Qué pensaría él que estaba haciendo? Pero la idea de *ellos* llevó su mente de vuelta a los correos electrónicos que habían intercambiado antes del accidente.

—¿Qué significa *Sabueso*?

—Perro que husmea.

—¿Qué estamos husmeando, sabueso?

Él se encogió de hombros.

—Nada que importe ahora.

—¿Qué importa ahora? ¿Sobre qué estás escribiendo?

Ella se puso tan cerca que podría tocarle si alargaba la mano, y él no se apartó.

—No he escrito nada en un mes.

—Así que eso es lo que importa, entonces: tú eres un periodista que ha renunciado a escribir. Por «nuevas oportunidades», dijiste. ¿Qué haces con tus días ahora?

—Pienso.

Shauna parpadeó. Había perdido el hilo de aquella conversación. ¿Él pensaba en ella, en el trabajo que habían hecho juntos, en algo que alguna vez importó? Cambió de pie el peso.

—*Sabueso* se ha convertido en un filósofo, entonces. ¿Qué piensas de eso?

Cuando su silencio acabó llenando unos largos segundos, Shauna le miró a los ojos.

—Creo que piensas en el pasado —dijo ella.

Él la estaba mirando, y sus ojos no eran tan silenciosos como sus labios. Parecía que él leía su cara como un poema, tiernamente. El descaro de ella se convirtió en polvo.

Al fin él preguntó:

—¿Te hizo daño?

—¿Quién?

—Wayne.

—¿Quieres decir desde el accidente?

Miguel cogió su mano.

—Lo siento mucho.

—¿El qué?

—No haber sido capaz de parar lo que pasó.

—Pero puedes contarme lo que pasó.

Ella se sintió más optimista de lo que se había sentido en días.

Él negó con la cabeza.

—Me doy cuenta de lo serio que es. He gastado toda mi energía tratando de recordar. He pensado que, si puedo recordar, puedo arreglar todo esto de alguna manera. Podré volver a donde estaba. Podré encontrar lo que he perdido. Tú eres mi última conexión con la verdad, Miguel. Realmente esperaba que tú... ¿Hay algo que puedas contarme —ella le apretó la mano ahora—, algo que tenga sentido para mí?

Miguel miró su mano.

—Hay muy poco que tenga sentido para mí, también. Lo siento, pero no me puedo arriesgar...

Enfadada, ella movió sus dedos para soltarse de su mano, pero él la retuvo. La empujó hacia él, tan cerca como habían estado en su cocina, y tuvo el fugaz presentimiento de que su atracción hacia Miguel Lopez era mucho más fuerte que cualquier cosa que hubiera sentido hacia Wayne.

—Hoy no puedo —dijo él—. Tal vez ni tan siquiera mañana sea capaz de hacerlo. Pero te haré una promesa. Te prometo que empezaré a pensar en un plan para acabar con esto. El hecho de que vinieras ayer me hizo pensar que a lo mejor podía encontrar el modo. Y después podré contártelo todo.

Ella sacudió su cabeza. Necesitaba las respuestas hoy, no mañana ni el siglo que viene. ¿De qué le servían las promesas a ella, al tío Trent, al detective Beeson, a Corbin?

—No puedo esperar.

—Es un favor pequeño.

—No puedo. —Ella agarró aún más fuerte sus dedos y también se apoderó de su otra mano—. Siento todo esto, pero no puedo.

Cerró los ojos y puso su mente directamente en su alias, *Sabueso*, y en el primer correo electrónico de él que le vino a la mente.

El problema es la estructura del reparto de beneficios.

Se concentró. Bloqueó todas las imágenes excepto la expresión de Miguel cuando abrió su puerta y la vio por primera vez ayer. Una única expresión que comunicaba docenas de emociones en conflicto. La expresión que más cosas le contaría.

Y en ese momento, la memoria de Miguel se le desplegó vívidamente, más completa de lo que había conseguido con ninguno antes. La absorbió completamente.

24

Shauna escogió el espacio en la mente de Miguel que se hacía más brillante con vibrantes estallidos de luz. La luz de su memoria se expandía rítmicamente hasta que se convirtió en la luz fluorescente del previsible vestíbulo de las oficinas de una empresa.

Moquetas de un gris industrial se metían bajo desnudas paredes grises, grises cubículos achaparrados y enormes ventanas de postal en un extremo. El silencio llenaba el espacio vacío que reinaba fuera del horario laboral. Más allá de las ventanas, las luces de la ciudad agujereaban la oscuridad.

Era la vista desde el último piso de McAllister MediVista, un pequeño incentivo que se permitían los administradores de mayor rango que servían al equipo ejecutivo. Shauna había estado allí muchas veces a lo largo de su vida, primero como una cría impresionable y más tarde como una cínica adulta visitando a su padre y a su tío favorito.

Sin embargo, no existía esa asociación de ideas en la memoria de Miguel, sólo un terrible odio impulsado por la furia y la pena.

Pena por Shauna.

El inesperado poder de la emoción casi saca a Shauna del momento. Nunca había sentido un dolor de aquella naturaleza, una pena impulsada por una pasión rota, ni tan siquiera cuando su madre murió o cuando descubrió que tenía la culpa del estado en el que se encontraba Rudy. No había culpa en esta pena, ninguna sensación de haber sido abandonada, no había miedo de estar perdida. Sólo un dolor enorme y ensordecedor, el grito con el que estallan las válvulas a presión.

Pena por ella.

Amor. Por ella.

Fuera de su mente, la confusión relegó a Shauna a un lado. ¿Cómo podía alguien que se había sentido de esa manera hacia ella ser ahora tan frío? ¿Ella le habría herido de alguna manera? Ella le apretó la mano más aún e intentó mantenerse concentrada.

Miguel caminaba por el vestíbulo hacia las ventanas, con pasos pesados y cortos, y luego giró hacia un largo pasillo. La fluorescencia industrial gris le dio paso a una indirecta y cálida iluminación de madera de cerezo. En uno de sus puños sudorosos sujetaba un objeto liso del tamaño de una ficha de dominó. Un *pendrive*.

El pasillo se abrió hacia una sala redonda en cuyo centro había un mostrador de recepción. Algunas plantas y árboles naturales se alineaban en las paredes de cerezo en el lado de la entrada, creciendo hacia la claraboya del atrio. La moqueta tenía el color y el aroma de las almendras tostadas.

En el extremo opuesto de la sala, detrás del mostrador de recepción, una pared de cristal dejaba ver tres despachos diseñados más por la forma que por la función, y a través de los enormes ventanales detrás de los despachos, un espectacular panorama de Houston, con sus edificios de oficinas brillando bajo el amanecer, levantando la vista hacia McAllister MediVista como un siervo necesitado.

Grabada en cada una de las puertas de cristal estaba la identificación de los ocupantes. A la derecha del todo, el director de operaciones Leon Chalise. Junto a ésta, el presidente Landon McAllister. A la izquierda del todo, el director financiero Wayne Spade. Y en el centro, pared con pared con su padre, el consejero delegado Trent Wilde.

Dentro del despacho de Leon, más allá del alcance de la luz, la forma imprecisa del director de operaciones, una obesa silueta hitchcockiana, se movía sobre el paisaje urbano. Miguel se abrió camino hasta el despacho de aquel hombre. La pesada puerta cedió hacia el interior bajo el peso de su cuerpo.

—Sois unos perros —rugió Miguel, rodeando el escritorio en la oscuridad. Leon se percató de la presencia de Miguel sin la más ligera sorpresa, ni tan siquiera cuando el periodista le empujó contra la ventana.

El cuerpo de Leon hizo temblar el grueso cristal. Ladró una especie de risa como si hubiera salido forzada por el impacto.

—Piénsatelo bien, husmeador —dijo él.

Miguel le dio un puñetazo en el estómago con el puño con el que sujetaba el *pendrive*. El hombre se dobló, pero no por el golpe. El puño de Miguel no había siquiera impactado contra él.

La rodilla de Miguel se levantó hacia la barbilla de Leon, y le crujieron los dientes. Miguel lanzó su puño entre sus omoplatos, y Leon se echó hacia delante, levantado al más ancho y más atlético Miguel por la cintura contra el escritorio y arrastrándolo por encima, despejando la superficie. Un reloj de cristal y latón grabado se precipitó al suelo y se partió en dos. El cuerpo de Miguel golpeó las sillas de los clientes al otro lado de la mesa y después se cayó sobre la moqueta.

No del todo desorientado, Miguel agarró una de las mitades del reloj, elegante y rota como una roca partida, lidió con las sillas, se puso en pie, se encaró con Leon, con el escritorio en medio de ellos dos. La piel bajo los labios de Leon se había abierto, y se la tocó con los dedos, sonriendo, como si aún se guardase un as en la manga.

Miguel levantó el reloj con una mano y le tiró el *pendrive* con la otra.

—Tómalo.

El *pendrive* rebotó en el pecho de Leon. Ni siquiera lo miró.

—Hace una semana eso podría haber ayudado a tu causa —dijo Leon, que aún conservaba su respiración—. Pero ahora...

Miguel le lanzó el trozo de reloj a la cabeza de Leon. Esta vez el hombre de negocios se agachó y el cristal golpeó la ventana como si hubiera sido un disparo.

En el preciso momento en el que el reloj de cristal y el vidrio de seguridad se encontraron, una bomba de dolor explotó en el muslo de Miguel, lanzándolo al suelo. Levantó los brazos para evitar la caída, y se chocó con una de sillas más cercanas, rompiéndose un dedo, pensó, mientras aterrizaba encima de su brazo derecho. El fuego lamía cada uno de sus músculos, consumiendo su sangre como combustible, besando cada célula de su piel.

Gimió, pero no podía moverse, y luego empezó a hiperventilar como si el oxígeno fuera anestesia.

¿Le habían disparado? No. Otra cosa. Los dedos de su mano izquierda rozaron un alambre que sobresalía de su pantalón. Le habían disparado con una pistola paralizante. La moqueta de almendra arañaba la cara de Miguel, y él hundió su mejilla en ella, buscando algún tipo de contrapeso a su agonía, que pronto perdió intensidad pero que le dejó inmóvil.

En el tiempo que le llevó reorientarse, Leon había rodeado la mesa y se había agachado junto a él, con los codos sobre las rodillas y los dedos entrelazados.

—Intentasteis matarla —logró decir Miguel.

Leon se encogió de hombros.

—Todavía no está muerta.

Aquellas palabras hicieron que la confusión de Miguel diera un par de pasos atrás. Trató de seguir calmado. Centrado.

—La vais a matar de todas maneras.

—Sí, lo haremos.

Miguel chilló.

—Siento mucho tener que decirte la verdad. El caso es no estar en el negocio de matar. Personalmente preferiría ver sobrevivir a tantas personas como sea posible en este desastre que habéis creado. Especialmente a alguien tan dulce e inteligente como Shauna.

—No era más que una espectadora inocente.

—Si alguien es inocente aquí, ese es Rudy. Shauna, por otro lado, es tan culpable como tú. No. Más culpable.

—¿De qué?

—Tú eres el único culpable de la codicia, sabueso. Pero no más codicioso que cualquiera. Sólo querías una buena historia, y créeme, me encantaría ser el que te la concediese. Pero Shauna McAllister es culpable de traición. Shauna McAllister es una traidora.

Miguel no se atrevía a moverse. Incluso respirar le apuñalaba los nervios.

—Después de todo —dijo Leon, frotándose la barbilla—, ella está en estado crítico. Y nosotros no somos curanderos.

—No podéis —susurró Miguel. La sangre bombeaba a través de su abdomen como el ácido.

Leon se puso de pie, sacando los dientes del aturdidor de la pierna de Miguel y guardando los cables lanzados. Sorbió por la nariz y murmuró algo que Miguel no pudo descifrar. El sonido de sus pasos renqueantes atravesó la superficie de la moqueta hasta llegar al hueco de la oreja de Miguel, apretada contra el suelo como una ventosa. El aroma del cuero lujoso se plantó delante de la nariz de Miguel, y una nueva voz dijo:

—Oh, desde luego que podemos.

Miguel se concentró y encontró dentro de él lo suficiente para sonreír.

—Pero no lo haréis —dijo.

Sus ojos se toparon con el suave cuero, con los pantalones arrugados. Giró la cabeza hacia arriba, atravesando una chaqueta hecha a medida, subiendo la cresta de una montaña de manos que habían visto unas cuantas décadas. Este hombre llevaba un suéter de color rojo sangre y sostenía una pistola eléctrica, que dejó en el escritorio detrás de él.

—Dime por qué no —dijo Trent Wilde.

Shauna se soltó involuntariamente. La incredulidad, la incapacidad de aceptar la posibilidad (por no hablar de la realidad) de aquella imagen, terminó con la conexión. La escena se apagó mientras ella aún sujetaba la mano de Miguel, y a pesar de que su cerebro se soltó, su cuerpo no podía dejarlo marchar.

Él se soltó por ella, recuperando su mano como si se hubiera golpeado.

—¿Qué estás haciendo? —Él parpadeó, confundido—. ¿Qué fue eso?

Sin respuestas para desconectar su lengua de la imagen que la había sacudido y que aún tenía delante de los ojos, ella dijo:

—Trent Wilde te disparó con una pistola eléctrica. El tío Trent te disparó.

Verbalizar lo que había visto no le hizo aquello más real. De hecho, el sonido de sus palabras era aún más ridículo que la visión. Wayne con la pistola hubiera tenido más sentido.

Tal vez aquellas visiones se estaban convirtiendo en algo así como sueños, llenas de azar y mezcladas con detalles enraizados en la realidad pero horriblemente distorsionados. Tal vez eran menos fiables de lo que ella había llegado a creer.

—¿Te disparó Trent? —preguntó ella.

La sorpresa se le escapó en un corto estallido de ruido.

—No estoy seguro. Sí. Yo no... No está cien por cien claro. —Miguel cruzó los brazos sobre su pecho—. Explícame esto.

—¿Por qué te dispararía?

Miguel se negó a contestar.

—Esto sería mucho más fácil si tú...

—Ya hemos hablado de esto. —Se giró para marcharse.

—No puedo seguir adivinando.

—Bueno, has hecho un buen trabajo hasta ahora.

—Miguel. Por favor. Necesito tu ayuda.

—Entonces dime por qué piensas que él lo hizo.

Enfrentada por primera vez con una pregunta directa sobre su extraña nueva habilidad, Shauna esquivó la pregunta, y después imitó a Khai—. Tengo un don con la gente.

—Tienes algo más que eso.

—No puedo explicártelo.

Miguel descruzó los brazos y examinó su mano, aquella que ella le había cogido. La levantó para que ella la viese y ella miró para otro lado.

—Mira —dijo él. Ella se negó—. Mira —insistió él, y esta vez sostuvo su palma delante de sus narices—. ¿Cómo explicas esto?

La preciosa piel marrón de Miguel ardía como si la hubiera puesto sobre una estufa. Había marcada una pequeña y blanca depresión en mitad de su palma. Shauna estaba casi segura que estaba donde ella había puesto su pulgar cuando le cogió la mano.

—Te hice daño —dijo ella.

Él negó con la cabeza.

—No en mi mano. Eso no duele.

—Lo siento.

—¿Cómo...?

—No tengo ni idea.

Realmente no lo sabía. ¿Cómo podía explicárselo a él cuando ni tan siquiera ella lo había conseguido entender? Peor aún, ¿cómo podía haberle *hecho* aquello a alguien como Miguel, que no quería otra cosa más que encontrar la manera de que ella siguiera viva?

Y allí estaba, viviendo y respirando y cubriendo los agujeros de su pasado robando los recuerdos de los otros. ¿Qué precio había tenido que pagar Miguel Lopez para que ella pudiera hacer eso?

En aquel momento, aquel hombre que estaba de pie delante de ella se volvió alguien totalmente diferente a Cale Bowden, o a Wayne Spade, o a Luang Khai, a Scott Norris, o a Millie Harding. No podía robar sus recuerdos, sin importar cuánto quemara su causa en su mente. Aparentemente ya le había robado mucho.

Su carrera, por ejemplo. Aquella certeza le abofeteó la cara. La salida de Miguel Lopez del *Statesman* había tenido algo que ver con ella.

Después de todo, el asesinato de su mejor amigo Corbin tenía algo que ver con ella.

Shauna estaba convencida de que no estaba pensando en ella misma por primera vez desde que recuperó la consciencia en el Centro Médico Hill Country. Shauna procesó todo aquello en cuestión de segundos, mientras Miguel la observaba como si tuviera toda la eternidad.

Deseó no haber tomado aquella decisión. Deseó no haber ido nunca allí, no haber tomado nada de él. Deseó poder devolvérselo y odiaba no saber cómo.

¿Nada podía deshacerse?

—Lo siento —repitió ella.

Miguel se encogió de hombros mirando la marca de su palma.

—No es nada.

—Me refiero a todo lo demás.

Él pareció sopesar lo que *todo lo demás* significaba.

—¿Te acuerdas?

—No. Pero veo algunas cosas. Y lo siento mucho.

Él alargó su mano quemada para ponerla sobre su hombro y ella dio un paso atrás, no estaba dispuesta a arriesgarse con su contacto.

Ella buscó en los bolsillos de su chaqueta algo en lo que escribir, pero las sacó vacías.

—¿Tienes tu teléfono?

Él hurgó en los suyos y se lo entregó, sin preguntarle para qué lo quería. Ella lo abrió e introdujo su número de teléfono en su lista de contactos.

—No quiero molestarte más —dijo ella—. Ya has... hecho mucho. Pero si hay algún cambio, llámame. Si eso en lo que... piensas... te conduce a alguna solución. Si descubres alguna manera de solucionar todo esto.

Miguel dejó caer su mano a un lado.

—¿Qué te pasó? —preguntó él. Ella le miró, incapaz de contestar.

Trent Wilde sería el que se lo explicase. O el que se lo enseñase.

25

La hora y media conduciendo sólo aclaró la mente de Shauna para darse cuenta de lo mala que era realmente la situación.

Trent y Miguel se habían obligado a hablar, o mejor dicho, se habían obligado a guardar silencio. Un silencio que tenía que ver de alguna manera con la vida de Shauna.

Le había contado a Trent que creía que Wayne había intentado matarla.

Y según los recuerdos de Miguel, Trent era parte del atentado.

Imposible.

Completamente posible.

Pero, ¿por qué?

Shauna llevó el coche hasta el arcén de la autopista, abrió la puerta de golpe y vomitó fuera del coche. Los dos hombres en los que más había confiado (Wayne y Trent) eran sus peores enemigos.

Se limpió la boca con un pañuelo de su guantera, un pañuelo que se agitaba en sus manos temblorosas. *Piensa. Piensa. Respira.*

Dios está conmigo. Jesús está aquí. El Espíritu Santo quita el miedo de mí.

El ritmo llegó de la nada, junto con una fuerte e irracional sensación de que las palabras eran verdad. ¿Qué había provocado aquello?

¿Y cómo podía creerse aquellas palabras? Ella quería hacerlo, tanto como deseaba que los brazos de su madre la rodeasen, diciéndole que aquel momento tan terrorífico pasaría.

Se imaginó a su madre inclinándose sobre ella, protegiéndola con la fuerza y la ternura de su amor. *Nada puede separarte del amor de Dios, Shauna.*

Su madre le había dicho aquello a menudo. ¿Cuándo lo había olvidado? El terror pasó.

Sus manos dejaron de temblar y su respiración se normalizó. Volvió a concentrarse.

¿Qué diablos querían Wayne y Trent que ella no supiera? Y ahora, sabiendo esto, ¿realmente ella le importaba a alguien? Por supuesto, su búsqueda (ahora temeraria, en retrospectiva) por desenterrar lo que pasó la noche del 1 de septiembre tuvo que haberles desconcertado.

Se imaginó a Wayne de camino a Corpus Christi, alertado de su paradero por su tío.

No importaba cómo había ordenado aquel puzle al que le faltaban la mitad de las piezas, sólo veía la imagen que se estaba formando: que simplemente estaba yendo de un desconocido a otro, de una forma de peligro a otra. Necesitaba una manera de convencer a Wayne, o a Trent (o a ambos) que ella no se merecía ni una pizca de su preocupación.

¿Podía hacer eso y descubrir la verdad al mismo tiempo?

Echó su frente pegajosa sobre el volante. Ni siquiera la verdad se merecía aquella agonía. Consideró la idea de desaparecer.

Y después se acordó de Corbin Smith. Le debía a él no salir corriendo.

Se acordó de Miguel Lopez. No se debería preocupar mucho por un hombre que no estaba dispuesto a levantar un solo dedo para ayudarla. Y aun así... La excusa se desinfló dentro de ella cuando recordó la picadura del disparo de la pistola eléctrica. La había ayudado de alguna manera que ella no podría corresponder. ¿Cómo se le devuelve el favor a quien te ha salvado la vida? Por su mente pasó un destello de luz directo hacia la pena que había rodeado al recuerdo de él. Pena por ella. Y dolor. Tanto dolor físico como emocional.

Él la había amado.

Quizá todavía lo hacía.

A pesar de la discrepancia entre la posibilidad y su reciente comportamiento, la idea no le desagradó.

Se detuvo un momento en aquello.

Sólo un momento.

Su piel recuperó un grado de calor.

Y luego estaba Rudy. Dejarle ahora significaría no volverle a ver nunca más. O peor aún, ponerlo en peligro. Abandonarlo sería algo criminal. No, peor que criminal.

Por no mencionar los otros molestos factores de su acuciante juicio, ¿cómo se iba a explicar ante Trent? (O, si no lo hacía, las consecuencias que eso tendría para la campaña de su padre y su propio estatus legal.) ¿Sería una fugitiva o una persona desaparecida? Probablemente ambas.

Detalles.

Todavía indecisa, Shauna volvió a la carretera y fue masticando sus opciones sin identificar hasta que la 181 se encontró con la 37 en el corazón de Corpus Christi. Empezó a buscar una gasolinera, donde había planeado llenar el depósito del pequeño coche de Rudy, adquirir caramelos de menta, si no un cepillo de dientes, y algunas otras cosas de primera necesidad, y posponer para más tarde la toma de decisión sobre lo que hacer. ¿Adónde podría ir ahora? Necesitaría llamar a Trent pronto. Casi eran las tres.

Dio con una gasolinera de Stripes y se dirigió allí.

La camioneta Chevy de color rojo vino de Wayne estaba detrás de un surtidor. Las palmas de sus manos resbalaron sobre el volante y se quedó sin respiración. A Wayne no se le veía por ninguna parte.

Shauna dio la vuelta por la parte de atrás de la tienda como una bola de *lacrosse*, y después se lanzó de nuevo a la carretera. En el espejo retrovisor le vio saliendo de la tienda de conveniencia.

Allí estaba, la posibilidad haciéndose realidad: Wayne no podría haber sabido dónde estaba a menos que Trent se lo hubiese contado.

¿Y ahora qué?

Shauna tenía suficiente dinero en efectivo con ella para pagarse una noche en un motel sin tener que dejar una pista electrónica. Eso también pagaría, al menos, un poco de tiempo para pensar.

Al cabo de una hora se había instalado en La Quinta, había estacionado detrás de la puerta trasera de Denny's, y se había sentado en el borde de la cama para leer el folio que había robado del archivo de la doctora Harding.

Estaba fechado siete años atrás y parecía ser una clase de evaluación psíquica de antes de contratarle. O quizá sólo el resumen. Escrito a mano. Tal vez las notas que precedieron al informe.

La doctora Harding, en críptica jerga de psiquiatra, identificó a Wayne Spade como un joven profesional de los negocios con experiencia en los mercados extranjeros, principalmente en Asia. No mencionaba historia familiar, sólo una reluciente declaración de su salud mental y emocional.

Shauna leyó el documento una segunda vez, con más detalle, y se paró en esto: «Detectado un rencor residual relativo a: endeudamiento con TW, p. ej., desaparición expediente militar».

TW. ¿Trent Wilde?

Desaparición de los informes... ¿por el asunto de la deserción? ¿Trent le había hecho a Wayne algún favor para ocultarlo, y ahora Wayne se lo debía?

Tendría que reflexionar sobre aquello.

Abajo del todo, la doctora Harding había escrito con bolígrafo rojo: *Aprobado para acreditación.* Fuera lo que fuese que significase.

Shauna se dejó caer sobre la cama, perdida en su indecisión. Todas las opciones fiables menos una habían sido rechazadas.

¿Era Landon McAllister fiable? ¿O solamente era otro hombre que se había puesto por debajo de los estándares morales más básicos para conseguir altas cuotas de poder?

Hubo un tiempo en su vida en la que él había intervenido para salvarla de los aprietos en los que ella misma se había metido. Fue cuando una compañera de clase del instituto le robó a Shauna el trabajo que había escrito sobre *La letra escarlata* y después acusó a Shauna de haberla plagiado. La injusticia de aquella acusación empujó a Shauna a un ataque de violencia impropio de ella (aunque ella no era la recatada Hester Prynne, tampoco), y le dio un puñetazo en el brazo a la chica tan fuerte que le dejó una marca.

Recibió un muy deficiente en su trabajo y una semana de suspensión. Landon tuvo que hacerle una visita personal al director para evitar que fuera expulsada.

Pero él había creído su versión de la historia.

Shauna se preguntaba si se creería esto.

¿Cuándo había dejado de intervenir? ¿Cuándo había detenido a Patrice en sus escandalosas e hirientes acusaciones y había defendido a su propia hija?

Shauna no podía recordar haberse sentido alguna vez tan aislada.

Y con tanto miedo.

Examinó las piezas desconectadas del puzle esparcidas sobre la mesa en su cabeza.

Un intento de asesinato chapuza.

Un fotógrafo muerto.

Un periodista desterrado.

Un asesino merodeando.

Una colección de correos electrónicos crípticos.

Un informe anual.

Dio un paseo mental alrededor de la mesa y miró las piezas desde varios ángulos. Se sentó en la mesa. Se puso de pie y se inclinó sobre ella. Le dio la vuelta a las piezas.

Hasta que lo encontró: el principio de un posible sentido. Miguel Lopez se había hecho con una historia que Wayne y Trent no querían que la gente leyese. ¿Una historia que podía derribar a MMV? Tenía que ser grande. Corbin conocía la historia y había planeado contársela. Recordársela. ¿En contra de los deseos de Miguel? El silencio de Miguel estaba cobrando más sentido cada vez.

Miguel entendía qué era lo que estaba en juego. Las opciones eran verdad y muerte, o vivir en la sombra. Y él hasta ahora había elegido esconderse a dos horas de camino de su antigua vida. ¿Por qué permanecer tan cerca del peligro?

Y más cuestiones, tan obvias que no comprendía por qué no las había preguntado primero: ¿cuál era su relación con todo aquello? ¿Por qué Corbin necesitaba contarle la historia? ¿Por qué Wayne necesitaba vigilarla tan de cerca?

Porque ella aún conocía el secreto. En algún lugar perdido en el laberinto de su mente, ella lo sabía.

La luz que se expandía iluminó muchas zonas vacías del puzle. Sabía qué piezas encajaban ahí.

Una discusión con su padre.

La confianza rota de parte de su tío.

Un año de elecciones.

Shauna se pellizcó el puente de la nariz y lo supo.

McAllister MediVista estaba financiando la campaña de su padre.

Tal vez no de forma legal.

En algún lugar en las páginas del informe anual *(el problema es la estructura del reparto de beneficios... el filial en la página 72 no tiene registro público).*

El teléfono del hotel sonó, y Shauna dio un grito. Las siete en punto. Miró fijamente el teléfono.

¿Quién estaría llamando?

Wayne no podía haberla encontrado allí.

Comprobó el teléfono móvil. Aún estaba desconectado.

El teléfono sonó por cuarta vez y Shauna se movió hacia las cortinas, cerradas sobre la ventana. Miró afuera, casi esperando ver la mirada lasciva en la cara de Wayne al otro lado del cristal.

Sólo vio coches estacionados. Ninguna camioneta de color burdeos.

El teléfono aún estaba sonando. ¿Nueve? ¿Diez? Había perdido la cuenta.

Era imposible que el último ocupante hubiera solicitado una llamada despertador que no hubiera sido desconectada.

Era... posible. A las siete de la tarde un martes.

Ridículo.

Furiosa por su miedo desbordado, Shauna rodeó la cama y descolgó el teléfono. Se puso el auricular en la oreja, pero no habló.

—Ésta es la última vez que te vas de mi vista, muñeca.

Wayne. Shauna lanzó el auricular y cogió su bolso. En dos pasos alcanzó la puerta. No podía abrirla. El pestillo. Lo buscó con las manos, lo abrió de un tirón y echó a correr por el pasillo hacia la salida del aparcamiento de atrás. Si Wayne había hablado con el conserje para llamarla a través de él, estaría en el vestíbulo principal.

¿Cómo la había encontrado? ¿Por el coche? Tendría que buscar otra forma de salir de Corpus Christi.

Shauna golpeó la puerta corriendo y salió. Por el rabillo del ojo vio una forma que se abalanzaba, y luego un cuerpo la golpeó. Unos brazos le agarraron la cintura y la levantaron del suelo. Su impulso hizo que ambos dieran vueltas. Vio un móvil negro golpear el suelo y salir volando por el hormigón.

Olió a Wayne, que respiraba con intensidad sobre su oído. Él se rió, sujetándola a un palmo del suelo mientras ella pataleaba.

—Qué bueno verte, Shauna.

26

Trent saludó a Shauna abriéndole la puerta en una suite de un hotel a muchos kilómetros de allí.

—Me alegro de que hayas venido, cielo.

Wayne la empujó dentro de la habitación. En el centro de la habitación había un conjunto de asientos formado por un sofá, un tresillo, una mesa de café y una silla. Una mesa de póquer ocupaba una de las esquinas, y una barra de bar una de las paredes. En un segundo se dio cuenta de la recargada decoración: tres arañas de luz, alfombra del Pacífico Sur, marcos de cuadros con filigranas y pesados cortinajes.

Wayne se cruzó de brazos y dijo:

—Nos ayudaría saber exactamente cuánto has averiguado, Shauna.

—No lo entiendo —le suplicó a Trent. Ellos aún no sabían que ella sabía lo de él.

—Considerando que no te sorprende verme aquí, yo diría que sí lo entiendes.

¡Era una idiota!

—Vosotros dos no me habéis estado contando toda la verdad.

Wayne dijo:

—Muy poco de lo que te dije era mentira. Intentaba protegerte...

—¡Intentaste matarme!

Las cejas de Wayne se alzaron de repente.

—Hablas como una mujer cuya mente le ha estado jugando malas pasadas. Yo intenté *salvarte*. Pero no me dejaste. Tendrías que haberme dejado.

Tendrías que haber hecho lo que te dije. Todo sería mucho menos doloroso si hubieras seguido nuestro consejo.

—Y yo te dije que no lo haría —dijo Trent—. Así que ahora que entre vosotros dos habéis hecho las cosas a vuestra manera y habéis convertido esta situación en algo mucho peor de lo que nunca tuvo necesidad de ser, vamos a hacer las cosas a mi manera.

—Tío Trent...

—Shauna. —Él levantó una mano frente a su cara—. Tú sabes que te quiero como a una hija. Pero algunos valores en este mundo están por delante de la familia.

—¿Valores como poder político? ¿Dinero? ¿Avaricia?

—Valores como poner la salud al alcance del mundo.

—¿A qué precio? ¿Cómo de sucio es el dinero que está haciendo esto posible?

—Shauna, cariño, llamarlo *sucio* es ver la ética desde el punto de vista opuesto. Para ti el mundo es mucho más blanco o negro que el del resto de los que vivimos en él. Quizá pueda ayudarte a ver las cosas desde un nuevo punto de vista. Ahora sabes que daría mi vida por ti. Pero espero que tú seas capaz de hacer lo mismo cuando el deber te llame.

—¿Qué estás diciendo?

—Estoy diciendo que Wayne y yo esperábamos más cooperación de tu parte, después de todo nuestro esfuerzo, pero tú nos has decepcionado.

—¿Qué es lo que queréis que haga?

—Aceptarlo como está, cariño. No intentar cambiarlo. No intentar reconstruirlo o recordarlo. —Él levantó su mano y le acarició el pelo—. Nos hemos metido en muchos problemas por ti.

Su contacto le dio escalofríos.

—Todo lo que quería era creer que no había sido yo quien había hecho daño a Rudy.

—¿Qué importa quién lo hizo? —preguntó Trent—. Eso es a lo que me refiero, Shauna. Las cosas son como son. Saber cómo pasó no cambia nada.

—Cambiaría lo que Landon piensa de mí.

Trent soltó una risita.

—Dudo mucho que algo cambie lo que tu padre piensa de ti, querida.

—No tenéis nada que temer conmigo —susurró ella—. Honestamente, no recuerdo nada, y lo que he averiguado no tiene sentido.

—Tú has actuado con mucho sentido para nosotros dos estos días de atrás —dijo Trent—. Pero quizá te hemos malinterpretado. ¿Por qué no lo explicas?

No podía pensar en contar otra cosa que la verdad, y aun así la verdad era muy poco convincente. Podría decir que *un periodista que conozco destapó una historia sobre MMV y vosotros queríais enterrarla.* Pero entonces ellos querrían saber sobre ese periodista, si lo recordaba; cómo averiguó ella que había una historia. Cualquier cosa que dijera podía dañar a Miguel. E incluso a Khai.

—Primero dime por qué no recuerdo.

Trent sonrió.

—MMV es una empresa de investigación farmacéutica que se ha desarrollado en una era en la que la gente está deseando olvidar sus vidas. Quieren dejar su dolor atrás, Shauna, y se automedican con sustancias que realmente no ayudan. Ahora tenemos una tecnología real que lo hace posible. Teniendo en cuenta lo que tienes a tu disposición, estoy sorprendido de verte corriendo de cabeza hacia un pasado que podrías abandonar.

—He visto que te dejaste las medicinas en la casa —dijo Wayne.

—No tuve tiempo de hacer las maletas —soltó ella. ¿La obligarían a seguir tomando las pastillas? ¿Seguirían erradicando sus recuerdos?

—Te dimos la oportunidad de empezar de cero —dijo Wayne—. Te dimos la oportunidad de recrear la verdad sobre tu vida. De creer en lo que quisieras creer. ¿Sabes cuánta gente *quiere* eso y no puede tenerlo aún? Podrías ser un poco más agradecida.

—Me lo robasteis —dijo ella. Pero la acusación era débil e impotente.

—Ahí está otra vez —dijo Trent. Se giró hacia Wayne—. Nosotros damos, y damos, y damos y ella se planta y nos acusa de robar.

—Me habéis robado a mí, y a Rudy —dijo ella—. A Corbin, y a Miguel. Y a quién sabe cuánta más gente.

—Lo que tengo curiosidad por saber (por el bien del informe del ensayo clínico, por supuesto) es cómo es que conoces a Miguel Lopez, viendo cómo afirmas no recordarle.

Shauna se encendió, no por haber sido arrinconada, sino por todo lo que había perdido, y por todo lo que otros habrían perdido en las manos de aquel ego desmedido en el que ella había confiado una vez.

—También puedo robar —dijo ella.

—Como todo el mundo —dijo Trent.

—Pero yo robo recuerdos. Los recuerdos de Wayne me hablaron de Miguel Lopez. —Los dos hombres intercambiaron miradas. Ella se inclinó sobre la cara de Trent—. Pero Wayne no puede recordar lo que me contó. Pon eso en tu informe.

Utilizando bridas de plástico, Wayne la esposó a la tubería del lavabo.

—¿Realmente es necesario? —preguntó ella.

—Ser bueno contigo no ha funcionado.

—Mientras tanto no te importó hacerte con unos cuantos besos, ¿verdad?

Wayne apretó el lazo más fuerte de lo necesario para impedir que se le escaparan las manos. Si se movía como no debía, podría cortarse la piel.

Él se fue, y ella escuchó el tono bajo de voz de Trent en la sala de estar.

Imaginó que estarían sopesando su mayor dilema actual. Con seguridad sus vidas serían mucho más simples si ella estuviese muerta, y aún ninguno de los dos había hablado de matarla, y en el fondo ella creía que era porque no podían: que algo peor podía acontecerles que el posible descubrimiento de que lo ella había conseguido reunir pieza a pieza hasta ahora.

Algo que Miguel había maquinado.

Después de todo, sus recuerdos robados no eran exactamente el testimonio de testigos, y ella no podía imaginar cómo podrían sostenerse ante un tribunal.

También estaba a su favor su afirmación de que robaba recuerdos. Wayne parecía demasiado fácil de persuadir, como si su explicación, por agreste que fuera, le hubiera golpeado directamente en el corazón de sus propias preguntas sobre lo que estaba pasando. Trent era el escéptico, y su sugerencia era escandalosa. Aun así, ella estaba casi segura de que Trent la veía, por lo menos, como una valiosa rata de laboratorio.

Más terrorífica que la posibilidad de morir, de todas maneras, era la probabilidad de un nuevo tratamiento con aquellas drogas. Una dosis más fuerte. ¿Cómo funcionaría aquella cosa? ¿Podía creerse todo lo que el espeso doctor Carver le había contado? Después de todo, estaba en la nómina de Trent Wilde. ¿Les era posible administrar las sustancias en cualquier momento, o sólo después de un trauma? ¿Tenía que estar en coma para que funcionase?

¿O (y su mente se oscureció ante esa posibilidad) era posible que su coma fuera inducido en primer lugar?

¿Podían crear un nuevo trauma? ¿Un nuevo coma? ¿Dependía el borrado de memoria de la dosis? ¿Del sufrimiento mental? ¿Podían determinar borrar seis meses, ocho meses, un año? ¿Hasta dónde podían llegar sin matarla realmente?

Eso, y no el asesinato, era lo que aterrorizaba a Shauna.

Se le habían dormido las muñecas y la rabadilla, así que adaptó su posición, golpeándose la cabeza con la parte de debajo del tablero del lavabo.

El golpe dolió e hizo que se le saltaran las lágrimas. Apoyó la mejilla contra la fría tubería hasta que el dolor pasó.

Pasó media hora hasta que Wayne regresó. Cortó las esposas de plástico y le permitió estirarse. Él fue hasta la puerta corredera que daba paso a un balcón en el tercer piso, apartó la cortina y se asomó afuera.

—Me vendría bien algo de comer —dijo ella, sentada en la cama tamaño *queen*.

—Te quedarás aquí esta noche, y mañana te irás con Trent a Houston.

—¿Por qué mañana?

—Porque está terminando de arreglar algunos asuntos por ti.

—¿Cómo qué?

Él cerró la cortina.

—Como te dije antes, nos ayudaría saber exactamente cuánto recuerdas. O cuánto no.

—No me creerías si te lo contara.

—Eso depende.

—Explícame eso.

—Trent no está dispuesto ni a viajar contigo en tu actual estado de cabezonería ni a administrarte otra dosis de narcóticos...

—¿*Narcóticos?*

—Hay muchas maneras diferentes de llevarte con nosotros de vuelta a la primera casilla. Esa es la opción más fácil. —Shauna no podía hablar—. Pero es bastante arriesgado. Si es verdad que puedes tomar los recuerdos de la gente...

—Tengo muchísimos tuyos.

—Y yo no puedo saberlo, ¿o no?

—Yo creo que *de hecho* tú lo sabes. Tú sabes de sobra que sé cosas que no podría saber de lo contrario, y que te he hecho preguntas sobre eso que nadie más pensaría en preguntar.

Wayne se dejó caer en la cama junto a ella y la miró de frente.

—Eso es por lo que odio el cerebro humano. Es demasiado complicado de cuantificar. Pero como te iba diciendo, *si* es verdad, Trent no quiere perder ningún dato sobre este... extraño efecto secundario.

—Así que todo lo que tiene que hacer es dejarme libre de drogas.

—Entenderás que eso no es razonable para nosotros.

—¿Por qué no me matáis, entonces? —susurró ella.

—Por muchas razones. Una de ellas que eres un valioso objeto de investigación ahora mismo.

—Muchas ratas de laboratorio mueren tarde o temprano.

—Y si tú puedes evitar que eso pase, yo lo haré.

—No me insultes.

—Yo sólo mato cuando es absolutamente necesario. Nunca quise matarte.

—¿Ah, no? ¿Entonces por qué lo intentaste?

Wayne se puso de pie, miró a su alrededor como si pudiera encontrar las palabras apropiadas en algún lugar, y luego acabó diciendo:

—Estoy muy en deuda con tu tío.

—¡Él no es mi tío! Y sí que estás en deuda con él. Pagó para que te libraras de un consejo de guerra y ahora tienes menos control sobre tu propia vida de lo que nunca tuviste en el ejército.

La luz de sus ojos se apagó, y Shauna se dio cuenta de que sus palabras habían dejado su impacto.

Wayne suspiró, muy alto, dramático, y se inclinó para abrir el cajón de la mesilla de noche entre las dos camas. Sacó una jeringuilla y un frasco. Shauna reculó.

—No, por favor.

—No es nada más que un poco de ayuda para dormir —dijo él, pinchando el frasco con la aguja y vaciando el contenido en el tubo de plástico—. Sólo algo para asegurarme de que no te tengas que preocupar por nada.

—No lo necesito.

—Lo tendrás de todas maneras.

Ella saltó hacia la puerta, pero él era más ágil y más rápido que ella. La sujetó bien antes siquiera de haber dejado la cama. Su grito reflejo fue cortado por el brazo de él, con el que le rodeó la garganta al mismo tiempo que atrapaba sus dos piernas con su espinilla.

—Créeme —sus palabras le abofetearon la cara—, si fuera estratégicamente inteligente matarte, lo habría hecho hace mucho tiempo.

Introdujo la aguja en su muslo y ella gritó con el contacto.

—Corrección —dijo él—. *Realmente* quiero matarte. Así que no me des más excusas.

La soltó y ella rodó hasta ponerse de cara a la pared.

Después de medio minuto de silencio, Wayne dejó la habitación.

Cuando sonó el clic de la puerta, Shauna se tiró de la cama sobre sus pies. ¿Cuánto tiempo tendría antes de que aquella cosa hiciera efecto? Alcanzó la puerta cerrada y la abrió de par en par, preparada para encararse con Wayne y con Trent sin nada más que su ingenio y su suerte y desafiarles a que intentaran mantenerla allí.

La puerta chirrió en sus goznes.

No estaban allí. La puerta de la habitación al otro lado de la suite estaba cerrada. ¿Wayne? Quizá.

Sintió cómo sus músculos empezaban a doblarse.

Un hombre se levantó del tresillo, con una pistola enfundada bajo su axila izquierda.

Reconoció a aquel hombre, pero no pudo dar con un nombre para su cara ni con un contexto en el que le hubiera conocido. No perdió mucho tiempo en aquello, de todas maneras, reconociendo en su cuerpo un claro mensaje: *Yo soy tu niñera*. Aquel hombre era la razón por la que Wayne se sintió libre para dejarla sin esposar en el dormitorio.

Se cruzó de brazos y la miró. Perfectamente mediría más de metro ochenta. Ella también era alta, pero tendría menos de la mitad de su peso, estimó. Su camisa blanca y su corbata, sus pantalones negros y sus relucientes zapatos sugerían que era del FBI, pero el vaso de whisky en la mesa de café, lleno más de la mitad, contradecía su imagen de oficial de servicio, cumplidor de la ley y agente del orden.

Shauna miró la puerta que daba al pasillo y calculó mentalmente si podría alcanzarla antes de que él lo hiciera, si elegía esa opción.

El hombre se inclinó, cogió su bebida y dio un trago al licor, sacando un cuchillo de su cinturón con la otra mano, y lo lanzó a la puerta. Se clavó en el marco, a la altura de donde habrían estado sus orejas si hubiera estado allí.

El cuchillo tenía un mango de perla.

¿Dónde había visto aquel mango...?

—Tú me perseguías en el parque —soltó ella.

El hombre se rió por lo bajo.

—A ti no, a mi jefe.

¿Su jefe?

—Wayne me debe algo de dinero.

—¿Wayne? ¿Por qué?

Él la miró como si ella no esperara que realmente él la contestase.

—¿Ahora estás trabajando para él? —preguntó ella. ¿Qué clase de relación laboral tenían aquellos dos hombres? Sintió que se le nublaba la mente. Puso sus dedos sobre su sien.

—Haces muchas preguntas. —Él se sentó de nuevo y puso los pies sobre la mesita.

—¿Qué? ¿Prometió pagarte después? Wayne es un mentiroso, ya sabes.

Ella sintió que la habitación empezaba a inclinarse.

—Ya. Estamos rodeados de mentirosos, ¿verdad? Vuelve a tu habitación ahora, antes de que tenga que llevarte dentro.

Shauna cerró la puerta antes de desmayarse en el dormitorio, ni siquiera fue capaz de alcanzar la cama.

Estamos rodeados de mentirosos. ¿Dónde había escuchado eso antes?

27

Alguien la sacó de su estupor, tropezó con su cuerpo y gruñó por la sorpresa. Había estado soñando con fútbol, de entre todas las cosas, con escaramuzas y peleas de patio trasero, con cuerpos golpeándose unos con otros sin la protección de un equipo abultado.

A la sensación física de sufrir un placaje le siguieron nuevas imágenes que dejaron el deporte a un lado. Drogas y agujas y hombres con batas de laboratorio frunciendo el ceño le aceleraron el pulso y le activaron el torrente sanguíneo. Rodó sobre su espalda y miró directamente a la negrura de la habitación, tan oscuro dentro de su propia mente que no podía descifrar las sombras.

Se escuchó a sí misma respirando muy deprisa, asustada.

—¿Wayne? —dijo.

Una voz de hombre suspiró algo, pero ella no pudo distinguir las palabras. Estaba muy asustada, pero no lo suficientemente lúcida como para pensar a través del miedo. Notó lágrimas en su cara corriendo hacia sus orejas.

Unas manos firmes le sujetaron los brazos y la levantaron hasta hacerla sentar. Su equilibrio perdía pie, y no bien se hubo levantado se volvió a caer. Sintió su cuello inclinarse hacia atrás y lo volvió a levantar rápidamente, apenas inclinado.

La voz habló de nuevo. Más susurros.

Se escuchó a sí misma balbuceando. «Nnnnosé... nnnosé... nnnosé...».

Él la hizo rodar hacia el suelo con suavidad y la dejó, para reaparecer después en forma de agua helada, salpicada por toda su cara y su cuello. Dio un grito ahogado y abrió los ojos de par en par, aún sin ver nada en la negra habitación.

—Necesitas despertarte — dijo muy bajo, apenas audible.

Shauna no era capaz de ordenar a su cuerpo que se moviese. Empezó a llorar, pero no sabía por qué.

Una mano le tapó la boca.

—Sh. Les vas a despertar.

¿Quién? ¿Quién se iba a despertar?

—Levántate.

Las exigencias convirtieron su miedo en furia. Estaba irritada, desorientada. Estaba húmeda y fría.

—No —ordenó ella. Pensó que sonaba como una borracha.

Él la dejó sola otra vez (si fueron segundos o minutos, no estaba segura) y encontró dentro de su cerebro la forma de preguntarse si la mojaría de nuevo. No le importaba.

Él regresó y la agarró de la parte delantera de su blusa, empujándola hacia arriba por el cuello. Cuando estuvo vertical, él vació un cubo de hielo sobre su camisa.

Le falló la respiración y se puso rígida. El hielo rodó hasta su regazo y le empapó los pantalones. Gritó su protesta. La mano le tapó la boca de nuevo hasta que se calmó.

El cubo vacío se balanceaba silenciosamente junto a su pierna sobre la alfombra. Sintió como unas suaves manos le agarraban de las muñecas. El hombre tiró de sus brazos hasta que casi amenazaron con salírsele, y entonces su cuerpo se levantó del suelo.

—Ponte de pie o tendré que arrastrarte fuera de aquí de un brazo, preciosa.

Esta vez, aquellas palabras llegaron a la consciencia de Shauna de forma clara, y se permitió creer que él no quería hacerle daño. *¿Preciosa?* Intentaba recordar lo que significaba aquella palabra. Se concentró en sus rodillas. Dobladas. Separadas. Derechas.

Inestables.

Se apoyó en un robusto cuerpo y se encorvó.

—¿Wayne? —dijo de nuevo. Sabía que no era él, pero no podía pensar en otro nombre.

—Ni lo sueñes —dijo él.

—Necesito más agua —murmuró ella.

Juntos se tambalearon unos pocos pasos, hacia el lavabo, pensó ella, y escuchó agua corriendo. Esta vez, cuando él le echó agua en la cara, estaba segura de que él también se había mojado.

Le sonó irracionalmente divertido.

Y además, por debajo de las risitas que ella trataba seriamente de sofocar, iluminador.

Shauna tomó aire e intentó centrar sus ojos. Aún demasiado oscuro para descifrar su cara.

—¿Qué viene ahora? —dijo ella.

—Nos vamos.

—Te echo una carrera.

—Me encantaría verlo.

—Soy rápida.

—Necesito que te calles ahora.

Ella asintió, pero luego pensó que no podría verla. Así que dijo: «De acuerdo», y mantuvo un brazo alrededor de la cintura de él, guiándola a medias, arrastrándola a medias hacia la puerta.

Él la abrió hacia una negrura semejante. El chirrido del gozne fue todo el impulso que necesitaba su mente para completar los detalles de la habitación. Arañas de luz. Whisky. Cuchillo. Se preguntó dónde estaba el tipo del FBI que no era del FBI.

—¿Dónde está...? —Ahí estaba de nuevo la mano sobre su boca. Tan fastidiosa.

Su cabeza se estaba tomando mucho tiempo para aclararse. Justo entonces decidió que lo que realmente quería era volver a dormir.

El agua resbaló por su cabello hacia sus hombros.

Su cuerpo se estaba moviendo hacia la puerta, entonces un objeto afilado se le clavó en el muslo. Lo suficientemente fuerte para hacerle un cardenal.

—¡Ay! —no quería gritar, pero lo hizo.

Su acompañante dijo una palabrota y dejó caer sus propios esfuerzos ante el silencio. La empujó hacia la pared, ayudándose de ella para sujetarla mientras buscaba a tientas el pomo de la puerta.

—No tiene que... —empezó Shauna.

Él abrió la puerta de un golpe y la sacó al pasillo, retorciéndole el codo en el proceso. Ella se golpeó la muñeca con el marco de la puerta y sus miembros se le doblaron, aún no conectados del todo con su cerebro.

Había dolor, y después, en una rápida sucesión, otras tres rápidas observaciones que la golpearon como piedras de granizo y que finalmente la despertaron de su estado de letargo.

Lo primero fue un guardián rubio viniéndose abajo en el pasillo al otro lado de la puerta.

Lo segundo fue la cara de su séquito, un Miguel Lopez con el ceño fruncido.

Y lo tercero fue el sonido de una puerta abriéndose dentro de la habitación, acompañado por un disparo.

—Enséñame lo rápido que puedes correr —dijo Miguel tirando de ella lejos del ascensor hacia una señal roja de salida.

¿Correr escaleras abajo?

Sus piernas, de alguna manera, recordaban qué hacer, aunque Miguel no la soltaba la cintura y podía haberla empujado abajo sin miramientos, pensó. O eso o le podría haber amputado la mano con aquel apretado torniquete y haber salido huyendo hacia la noche.

Ambos cayeron sobre la barra de apertura de la salida al mismo tiempo que Wayne Spade tiraba de la puerta de la habitación y les descubría al final del pasillo. Levantó una pistola en su dirección, pero no disparó antes de que ellos cayeran al otro lado.

—Idiota —dijo Miguel, empujando a Shauna escaleras abajo delante de él—. ¿No sabe que no se deben dejar los objetos valiosos en una habitación de hotel?

Shauna bajó dos tramos antes de que el tacón de su zapato se enganchara en un escalón, que la desestabilizó tan instantáneamente como la grava bajo una motocicleta en pleno giro. Sus brazos y sus piernas se bloquearon y su mente perdió el ritmo, y la niebla de su somnolencia la inundó de nuevo mientras se llevaba de cara siete escalones, viendo la barandilla levantarse para encontrarse con sus ojos.

Wayne se colocó sobre Frank Danson con una pistola, dándole vueltas al silenciador al final del cañón. El hombre estaba desplomado en una silla, empezando a despertarse de su estupor electrificado.

—Tú sabes por qué te pedí que vinieras aquí —dijo Wayne. No era una pregunta—. Estaba pensando que es el momento de que nos pongamos cara a cara para hablar de ese teléfono móvil que dejaste en mi camioneta.

Frank no podía mover nada más que sus ojos. Lanzó un gruñido.

—Y no me refiero a una conversación.

Sin mirar, disparó sobre el pecho de Frank, y el impacto empujó a ambos hacia atrás, a la silla y al hombre. Después Wayne salió del hotel. Esta vez dejaría que otro limpiara el desastre.

—Vaya un desastre, un completo desastre —murmuraba Miguel sobre ella, sujetando su mano y acariciando sus nudillos con su pulgar, cuando ella volvió en sí en una pequeña sala de curas de una clínica. Por extraño que pareciera, su mente estaba mucho más clara ahora, después de la caída, que cuando él había tratado de despertarla.

—¿Tan mala pinta tengo, eh?

Miguel sonrió por primera vez desde que ella le encontró. Una amplia sonrisa que le iluminaba la cara y le agrandaba todas aquellas arrugas alrededor de sus ojos. Hermoso.

—Eso sería imposible —dijo él—. Y no estaba hablando de ti de todos modos, preciosa.

El cariño templó aquella habitación.

—Y aún estamos metidos en el lío más grande y más apestoso de toda mi vida.

—Puede ser.

—Me siento un poco hinchada. —Ella se tocó la bolsa de hielo que le cubría casi todo el lado derecho de la cara.

—Tienes una pequeña fractura en el pómulo. —Miguel señaló su propia cara con el dedo para indicar dónde ella se había roto el hueso—. Podía haber sido mucho peor.

—Mi nariz, por ejemplo.

Él se rió con el descanso de un hombre que había escapado de un edifico en llamas.

—Algo así. Debes tener un ojo morado también.

—Eso es por lo que me llaman *preciosa*. ¿Podemos irnos ya?

Su cara palpitaba, pero, por otro lado, se sentía bastante serena y pensó (esperó) que los efectos de la inyección casi hubieran pasado.

—Te quieren tener en observación. Estuviste ausente unos minutos.

—Sólo unos minutos.

—Totalmente. Te me apagabas y encendías en el camino hacia aquí.

—Estoy segura de que fueron las drogas.

—Eso espero yo también. ¿Sabes lo que te dieron?

Ella negó con la cabeza.

Él miró su reloj.

—No estoy muy seguro de cuánto tiempo tenemos, pero tú eres la prioridad número uno ahora mismo. Necesitas algo de tiempo.

—Estoy bien. Deberíamos irnos.

Ella intentó sentarse, y Miguel, con suavidad, la sujetó del hombro. Los músculos bajo sus omoplatos lanzaron una alerta a través de su espalda y sus brazos. El hielo se resbaló.

—En un minuto.

Se ajustó la bolsa de hielo.

—Dime qué pasó después de que me cayese.

—Adrenalina fue lo que pasó. Es la única manera que tengo de explicarlo. Te cogí en brazos sin pensar siquiera que te hubieras hecho daño en el cuello...

Los ojos de él se deslizaron hasta la chaqueta colgada sobre el respaldo de su silla.

—No siempre he hecho los mejores juicios cuando se ha tratado de ti.

—Prometo no utilizar nada en contra tuya. ¿Sabe Wayne dónde estamos? Hablando de ello... ¿Dónde estamos?

Él deslizó una mano por su bien cuidada perilla. El resto de su cara necesitaba un afeitado.

—En un centro de salud abierto toda la noche. Me imaginé que él comprobaría las salas de urgencia de los hospitales primero, así que pensé que este lugar nos daría un poco más de tiempo.

—¿Así que mi nombre en el expediente es...?

—Te inscribí como anónima, dije que te había encontrado en el hueco de una escalera.

—¿Se lo creyeron?

Él se encogió de hombros.

—El problema es que te traje aquí por mí mismo en vez de llamar a la policía. Sólo puedo imaginar lo que piensan.

—Razón de más para ponernos en camino.

—Cuando estés preparada.

Ella cerró los ojos y trató de relajarse. No era una tarea fácil mientras su mente fuera directamente a Wayne, buscando hospitales con una pistola y con su ayudante contratado.

—¿Qué pasó con los tipos que vigilaban?

—Estarán bien. Soy un periodista, no un asesino. Y ellos adoran su whisky. Eso ayudó.

Ella se rió.

—Tendría que haberlo visto.

—No tendría que haberte dejado de lado —dijo él.

—No te culpes por eso. Te habría arrastrado conmigo si tú hubieras estado dispuesto, y entonces, ¿dónde estaríamos?

—No. Me refiero a que no tendría que haberte dejado de lado. Podría haber encontrado otro modo, no dejar que ellos decidieran nuestro futuro.

Nuestro futuro. Shauna intentó recordar la última vez que había sido incluida en un *nuestro* de cualquier tipo.

—Quizá tengamos tiempo de recordarlo juntos —dijo él. Le acarició en el interior de su antebrazo.

Shauna había pensado una vez que reconstruir el pasado que supuestamente compartía con Wayne la ayudaría a ponerse en pie, encontrar el camino entre los agujeros negros de su mente. ¿Podría cantar la misma canción en una clave diferente? ¿Tendría que protegerse de Miguel también?

La idea le pareció ridícula. Definitivamente, quería recordar los lazos que la habían unido a aquel hombre. Entendía más claro ahora qué fue lo que los había separado. Quizá podría recrear aquello que primeramente les había unido...

Un fogonazo de luz brilló en la parte de atrás de su mente, y apartó de un tirón su mano de entre los dedos de él.

No pasó nada más.

Soltó el aire de sus pulmones. Necesitaba su toque estabilizador, pero más aún, necesitaba respetarle. Respetarle lo suficiente como para no robarle. Él juntó las manos como si estuviera esperando su retirada. Pero no pudo esconder la desilusión.

—¿Cómo supiste dónde encontrarme?

—Un hombre puede hacer muchas cosas con el número de móvil de una chica.

Ella no le entendió.

—Tiene GPS.

—Ah. Fue así como Wayne me encontró. Por favor, dime que te deshiciste de esa cosa.

—Desearía poder atribuirme el mérito, pero lo dejaste atrás. Yo me moví demasiado despacio para dar contigo antes de que él lo hiciera.

—Tengo una suerte increíble de que me encontraras cuando lo hiciste.

—Bueno, no suelo creer en la suerte, yo veo este desastre de una manera un poco diferente.

—¿Cómo lo ves, entonces?

—Como una clara señal de que no debería dejarte sola más tiempo. Siempre has sido muy tenaz. Después de que vinieras la segunda vez entendí que eso no había cambiado.

—Y me viste lanzarme de cabeza hacia la estupidez.

—La única cosa peor de lanzarse de cabeza hacia la estupidez es lanzarse de cabeza hacia ella sin tu memoria.

Se rió de ello y, con las fuerzas renovadas por la presencia de Miguel Lopez, se enderezó y puso el hielo en el colchón detrás de ella.

—Bueno, *Sabueso* —dijo ella—. Tengo un montón de preguntas para ti y muy poca energía para resistir todas las preguntas que me harán los médicos. Y puesto que tú entiendes exactamente lo tenaz que soy, tal vez puedas enseñarme la manera de salir antes de que intente encontrarla por mí misma.

—¿Estás segura?

—Tan segura que quiero que me quites este brazalete de identificación de mi muñeca para que podamos salir de aquí.

Miguel buscó algo en la habitación para cortarlo, y luego recordó que tenía algo en su propia chaqueta. Sacó la navaja de bolsillo. Una navaja con el mango color perla.

—Tal vez esto sea excesivo, pero debería... ¿Qué ocurre? —dijo Miguel.

—¿De dónde has sacado eso?

Él sonrió.

—Estaba pegado en el marco de la puerta cuando me colé en la habitación del hotel. Me golpeé la cabeza con él. La punta está rota, pero por lo demás está en buena forma.

Él cortó en dos el brazalete.

—¿Me creerías si te dijera que yo tengo la punta? ¿En Austin?

—Estoy seguro de que me creería cualquier cosa ahora.

Ella columpió los pies fuera de la cama y se incorporó despacio.

—Esto requiere un poco más de sigilo que en nuestra última huida —dijo él.

—No hay problema.

Él lanzó dos billetes de cien sobre la cama, y luego le ofreció su mano a ella. Ella no la cogió. No se atrevía.

28

Miguel conducía un viejo Jeep batidora que parecía ser más viejo que ella.

—Mil novecientos setenta y cuatro —confirmó Miguel cuando ella preguntó.

Condujeron de vuelta a Austin mientras el sol rompía el horizonte del miércoles, con todo el escenario en su mente en vez de en la carretera. La autopista de su cerebro estaba repleta de preguntas, y no sabía cuáles hacer primero.

¿Cuál era el enorme secreto que Miguel había tratado de descubrir?

¿Dónde irían?

¿Qué harían después?

Miguel empezó la conversación por ella, contestando una pregunta que ella había abandonado eones atrás.

—Yo iba en el coche contigo aquella noche.

Se quedó sin respiración y se giró hacia él.

—Eso era lo que Corbin trataba de decirme.

—No sé qué era lo que Corbin iba a contarte. Hizo muchas cosas sin importarle demasiado si yo quería o no. Me encontró un par de semanas después del accidente, todavía no estoy muy seguro de cómo. Él era mejor sabueso que yo, la verdad. Lo que le pasó...

Las líneas blancas discontinuas reflejaban las luces del Jeep rítmicamente.

—No tenía que haberle pasado a nadie —suspiró Shauna.

—Él hizo lo que yo no pude. No te quitó ojo de encima.

—A través de Khai —pensó Shauna en voz alta.

—¿El ama de llaves? Sí, ella tuvo que ayudar. Él pensó que yo no me tomaría a Wayne seriamente, que una vez que tú estuvieras bien de nuevo y a salvo, nosotros recogeríamos la historia, la llevaríamos hasta el final, haríamos público todo el asunto.

Él se calló durante medio kilómetro.

—Pero tuviste dudas.

—De eso fue de lo que no dudé, Shauna. No tenía duda de que Spade te mataría si tenía que hacerlo.

—¿Alguna vez amenazaste a Wayne con una pistola?

—¿Él te dijo eso?

Shauna eludió la pregunta.

—Lo hice. Volví a casa una vez antes de ir a Victoria, para agarrar las pocas cosas que necesitaba. Él estaba allí, registrando la casa. Le saqué de allí a patadas.

—¿Y eso fue todo?

—Hasta ahora. Aparte de desaparecer, no sabía cómo garantizar tu seguridad. De veras. —Durante una fracción de segundo él levantó ambas manos del volante mientras se encogía de hombros—. Todavía no lo sé.

Se frotó la barba de nuevo y miró al otro lado de la ventanilla. Su silencio estaba cargado con algo más que recuerdos por un reportaje abandonado.

—Es por las drogas. La razón por la que no puedo recordar. Medicinas experimentales. —Ella jugueteaba con el reposabrazos de la puerta.

Supuso que Miguel también pensaba en las ramificaciones de todo aquello durante los dos siguientes kilómetros que permaneció en silencio.

—Soy una tabla rasa ahora —dijo ella finalmente.

Él le lanzó una media sonrisa.

—Wayne no reconoció a Corbin cuando se enfrentó conmigo a la salida del palacio de justicia.

—Dudo que sus caminos se hubieran cruzado antes. No creo que Wayne estuviera alguna vez metido en la campaña electoral.

—¿Cómo era de importante la historia que teníamos? —preguntó ella.

—No tan importante como tú. Podría haberme anticipado a lo que pasaría...

Miguel cambió de carril para adelantar a un coche lento.

—¿Cuál era la historia, exactamente? Supongo que tenía algo que ver con la campaña de mi padre. ¿Dinero sucio? ¿Violaciones de la ley de financiación? ¿Cuantiosas contribuciones ilegales?

—Casi. Blanqueo de dinero. MMV estaba moviendo fondos a la campaña de tu padre sin un claro rastro de papel.

—¿Cuánto?

—Casi cuarenta millones en el último recuento.

—¡Cuarenta! —Shauna giró su cuerpo hacia Miguel, intentando recoger todas las piezas de información que pudiera arrancar del pasado distante—. Es la misma cantidad que él ha puesto de su propio bolsillo.

—Exactamente.

—¿Crees que no es su dinero?

—*Nosotros* pensamos que no era su dinero. No técnicamente.

—¿Por qué? Landon tiene más de diez veces esa cantidad.

—Su riqueza está en activos, no en efectivo.

—Bueno, MMV superó el récord de beneficios el año pasado.

—Han ido superando récords durante siete años consecutivos, de hecho.

—Ahí lo tienes.

—¿Qué explicaría lo que hay detrás de la buena suerte, teniendo en cuenta el estado de la economía y los informes públicos de otras compañías como MMV? Nadie en su campo ha tenido un crecimiento semejante en la misma franja de tiempo. Como dije, no suelo adscribirme a la suerte.

Shauna suspiró y se pasó la mano por su cabello desaliñado. Tenía que tener una pinta horrible.

—Así que tú empezaste a cubrir la campaña de Landon... ¿cuándo?

—Hace dos años.

—¿Y empezaste a sospechar? ¿Hubo algún chirrido de números?

—*Tú* hiciste el chirrido de números. Cuarenta millones hicieron sospechar a mucha gente. Es más de lo normal. Muchos candidatos no son siquiera capaces de alcanzar ese tope. Jeffrey Billings tiene más de trescientos, e incluso él sólo contribuyó con cuatro millones y medio a su propia campaña.

—¿Y cómo estaba todo planeado para que saliera a la luz?

—¡No! No habíamos llegado tan lejos... Hasta donde sabíamos el dinero era legal.

—Pero ahora no lo crees.

—Nunca me lo creí. Pero nunca lo probamos, tampoco.

Ella miró el parabrisas y volvió a echarse sobre su asiento.

—De acuerdo. Retrocedamos un poco. ¿Cómo nos conocimos?

Miguel se aclaró la garganta.

—¿Cuánto quieres saber?

—Déjame la historia en los huesos. Ya tengo sobrecarga de información. Estas últimas veinticuatro horas han sido... —se quedó sin palabras.

—La campaña paró en Houston. En mayo de este año. McAllister quería reunir a la familia para una aparición pública. No era algo que normalmente hicieras. Pero Rudy realmente quería que estuvieras allí. Habló contigo.

—Haría lo que fuera por él.

—Él tampoco se merecía lo que le pasó.

Unas cuantas lágrimas empezaron a salir a borbotones de los ojos de Shauna. Tragó saliva. Miguel se dio cuenta y le acarició el hombro. Shauna se puso a la defensiva inmediatamente, para evitar abrir un canal en sus recuerdos. Ella dijo:

—Así que nos encontramos, ¿y...? —Se movió para deshacerse de su contacto.

—Y tú te sentiste cautivada por mi inteligencia y mi encanto, y yo me sentí cautivado del hecho de que trabajaras para la consultora que hacía las auditorías de los libros de cuentas de MMV.

Ella soltó una risita entre dientes.

—Yo nunca te habría contado eso, Príncipe Azul.

—No lo hiciste. Conocía la firma. Tú sólo me contaste que trabajabas allí. Yo te convencí de que me contaras el resto.

—No, no lo hiciste. Landon y yo tenemos nuestros problemas, pero no lo habría traicionado así.

—Lo hiciste para probarme que me equivocaba, Shauna. —Ella le miró. Bueno. Sí. Podía haber hecho eso—. Tú amas la verdad, ya sabes.

Los primeros rayos de luz brotaron del horizonte en el lado del coche de Shauna.

—Entonces, ¿qué me convenció de que tú estabas en lo cierto?

—Los hechos te convencieron: una estructura de reparto de beneficios que cambió justo el trimestre anterior al primer pico de beneficios de MMV. Beneficios exponenciales en ciertas subsidiarias de MMV (en ocho, para ser precisos), en vez de en todas las diecinueve. Subsidiarias internacionales que aparentan ser más empresas tapadera que negocios legítimos.

Shauna se quitó el alborotado flequillo de la frente.

—¿Eso es todo?

—El cambio en la estructura redujo los beneficios de los empleados a una tasa tan pequeña que era mucho más lenta que el crecimiento actual. En teoría, los oficiales ejecutivos tenían la balanza, pero en realidad, la suma total fue desviada a las arcas de McAllister. Y ninguno de ellos se quejó.

—Esa clase de cosas son difíciles de esconder.

—No cuando todos están en ello. Están siendo compensados por otros medios.

—¿Qué averiguamos de las subsidiarias?

—Que son casi fantasmas. Lo más lejos que llegamos investigando una de ellas fue encontrar su dirección social. Eso es todo.

Shauna dejó que aquellos detalles se asentaran antes de decir:

—Wayne lo descubrió. Le di el soplo de alguna manera.

—Él no es estúpido. Y tú hiciste un montón de preguntas. Todavía tengo algunas cosas que enseñarte sobre la sutileza en una investigación.

—Culpable, ¿y el tiempo de condena que he cumplido es suficiente? —se disculpó ella con una sonrisa.

—Yo no te estoy culpando, preciosa.

Shauna volvió al hilo de sus pensamientos.

—La gente no suele cometer asesinatos para esconder el blanqueo de dinero.

—No, no lo hace. Aunque también es verdad que la gente asesina por mucho menos.

—Pero nosotros somos de la familia —murmuró ella.

—Lo sois.

—Y Rudy. Nadie quiere tanto a Rudy como Landon y el tío Trent. Lo que le pasó casi frustra la carrera presidencial de Landon. ¿Por qué querría alguien hacer daño a Rudy? —Shauna dejó en el aire aquella pregunta durante unos segundos—. Quizá me he equivocado del todo. ¿Y si el accidente no es más que una monstruosa coincidencia? ¿Y si Wayne sólo aprovechó la oportunidad? Estaba disgustada aquella noche...

—No es lo que pasó.

Se giró hacia él de nuevo. El sol de la mañana revelaba las fuertes líneas de su rostro, su mandíbula decidida.

—Se suponía que Rudy no debía ir en el coche. Insistió en volver contigo después de que discutieras con McAllister.

—¿Landon y yo nos peleamos por el dinero?

—Le desafiaste a que te dijera de dónde venía. Él se limitó a recitar la línea oficial del partido.

—Por supuesto que lo hizo —suspiró Shauna—. Tú estabas conmigo, ¿dejaste que Rudy viniera?

—Rudy era muy bueno para ti, Shauna. Siempre conservaba la calma cuando tú te calentabas. Yo cerré la boca y dejé que él te contagiara la calma. En lo que me equivoqué fue en dejar que me convenciera para sentarme en el asiento de atrás. Si él...

—No, sin condicionales. Nada de eso. Es todo lo que puedo hacer para manejar lo que ocurrió. Así que se suponía que Rudy no estaría allí.

—Si la pelea no hubiera tenido lugar solamente habríamos ido tú y yo en el coche. Alguien tenía un plan a punto. Un plan con el que no podía dar marcha atrás.

—Landon no. Ni siquiera Trent. No puedo creerlo. Lo habrían cancelado. Wayne, por supuesto, podía idear algo tan atroz.

—Bajaste por el puente. Un SUV giró bruscamente hacia el carril contrario.

—Un SUV negro. —Ella lo vio en el recuerdo que había tomado del ayudante Cale Bowden. El testigo que se apoyaba impaciente sobre el guardabarros trasero. Lanzó una exclamación.

—Ahí fue donde lo vi.

—¿Viste a quién?

—El tipo que bebía whisky en el hotel. Estaba conduciendo el SUV. Y lo vi también en otra ocasión, en el parque. Barton Springs. Tenía un cuchillo. El cuchillo que tú recogiste.

—¿Estás segura? ¿Cómo puedes haberle identificado? Nos apuntó con sus luces altas y nos cegó a todos. Invadió el carril contrario así que tú no pudiste continuar recto. Te desviaste a la izquierda.

—Directamente contra el camión que iba detrás de él.

Ella aún no recordaba nada aunque se sabía el escenario de memoria.

—Te lo juro, no trató de esquivarte.

—No. No creo que lo hiciera. Trabaja para Wayne... —Montones de posibilidades encajaron a la vez en la mente de Shauna—. Me contó que Wayne le debía dinero. ¿Crees que es porque yo no morí en el accidente?

—Es posible. No hay paga por un trabajo incompleto. Si eso es verdad, apostaría que tampoco le pagaron por mantenerte vigilada en el hotel.

—Eso no me va a quitar el sueño. ¿Cómo evitaste salir herido, Miguel? Cuando salimos volando de aquel puente.

—La ventana de atrás estalló. No sabría explicarte cómo la atravesé. Estaba en el agua (esta parte no la tengo muy clara). Para cuando me las arreglé para volver al coche, ya te tenían en la ambulancia. Si sólo hubiera...

—No, sin condicionales.

Miguel tomó una larga bocanada de aire.

Shauna dijo:

—Háblame del trato que hiciste con Trent Wilde.

—¿Cómo sabes eso?

—Yo... estoy juntando cabos en mi cabeza. —Si ella tenía razón, él recordaría esa parte, los detalles de su acuerdo no aparecían en el recuerdo que había sacado de él—. Tú desapareciste para protegerme, dijiste.

—Prometí dejar la historia, dejar de rebuscar hasta el final.

—No sería suficiente para ese hombre, estoy segura.

—También prometí desaparecer, cortar todos los lazos contigo. Y con tu familia.

—A cambio de mi vida.

Miguel asintió.

—¿Y si moría?

—Les dije que había escondido la información que había recogido hasta ese momento, y que si alguno de nosotros moría, la persona que lo guardaba para mí lo sacaría a la luz.

—¿Corbin?

La tristeza atravesó las facciones de Miguel.

—No. Pero probablemente lo pensaran.

—¿Quién la tenía?

—Era un farol, en realidad. Tú la tenías.

Ella la tenía. Por supuesto que la tenía. Su mente se fue a los papeles que Khai le había rescatado. Shauna se inclinó hacia él.

—Entonces, ¿qué nos impide reabrir la historia ahora? —preguntó ella.

Él abrió la boca.

—Eh, ¿el hecho de que eso casi te mata la primera vez? ¿El hecho de que ya me importa un comino de dónde viene el dinero? Pueden quedárselo.

—Pero yo todavía tengo la información.

Él se pasó una mano por el pelo.

Ella le lanzó la pregunta con los ojos.

—Si te hubieran matado... —dijo él. Aquella posibilidad espesó el aire—. Si te hubieran matado, esa historia hubiera sido la última cosa en el mundo de la que preocuparme. Sólo necesitaba que ellos creyeran que alguien más la tenía.

—Yo la tengo. Khai me trajo algunos papeles...

—No, Shauna.

—Escucha, *Sabueso*, podría...

—Quiero decir que no, que no está en esos archivos.

—¿Entonces dónde está?

—No, Shauna. Podemos olvidarnos de ello.

—Y nunca saber la verdad. Y no sentirnos nunca a salvo. No me digas que eso no te importa. No te creeré.

Él golpeó el volante con la palma de la mano.

Ella le puso la mano en el hombro, dispuesta a sacárselo si hacía falta.

—¿No lo ves? Esto no va de blanqueo de dinero. No puede ser. De lo contrario el asesinato no tiene sentido. Esto tiene que ver con algo mucho más grande, con un padre que intenta matar a sus hijos, y un criminal que se sienta en la Casa Blanca.

—*Eso* está muy fuera del alcance de lo que podemos probar, y tú lo sabes. De hecho, estoy seguro de que va más allá de lo que tú quisieras saber, Shauna.

—Llámame preciosa. Por favor.

Él dejó caer sus hombros unos centímetros, y Shauna notó cómo se ablandaba.

—Dime dónde lo escondí. Porque si algo de lo que me estás contando es verdad, estoy segura de que te lo habría dicho.

29

Desde una acogedora cafetería en el distrito de SoCo de Austin, a la vuelta de la esquina del *Statesman,* Miguel y Shauna acunaban sus bebidas calientes y esperaban a Khai, que estaba viniendo a la ciudad en autobús.

Los pies de Miguel golpeaban la barra bajo su taburete junto a la ventana delantera, no sincronizados con la música.

Aunque Miguel no había aún aceptado el plan de Shauna de seguir el blanqueo de dinero hasta revelarlo todo, la había convencido de lo estúpido que era regresar a la propiedad de los McAllister para recuperar los datos. Así que durante la larga espera por Khai, Shauna se encontró sentada, cautelosa, sobre los filos gemelos de la impaciencia y la cafeína. Aquella mañana había bebido un café más amargo de lo que normalmente se permitía, pensando que podía vencer los persistentes efectos de su sueño forzado. Había pasado mucho tiempo desde la última vez que sintió lúcida su mente.

Finalmente Khai apareció por la puerta, cargando con una pequeña bolsa de la compra de papel con las asas entrelazadas, que dejó en la mesa que había entre ellos. Miguel se levantó de su taburete y le tendió la mano a Khai para darle las gracias.

En vez de agarrarle la mano, Khai se puso de puntillas para envolverle en un cálido abrazo.

—Siento mucho lo de Corbin —dijo ella, dando un paso atrás para mirar la cara de Miguel—. Guardó el secreto por ti.

—Gracias por guardárnoslo a nosotros ahora —dijo él.

Khai asintió y señaló la bolsa.

—Es esto, ¿sí?

Shauna la cogió y sacó el elefante de cedro, que hacía sonar su trompa como si estuviera feliz de haber sido recordado al final.

Miguel asintió.

—Esto es. ¿Quieres que te pida algo para beber?

Khai levantó la mano.

—Yo lo tomaré. Tú cuida de esto. —Le hizo un gesto hacia la criatura de madera.

Cuando Khai fue al mostrador, Miguel y Shauna se movieron a una mesa lejos de la ventana. Miguel esperó a que Shauna se sentara y luego se sentó en el lado opuesto.

Shauna examinó el elefante, que tendría más o menos el tamaño de un melón pequeño, pero no conseguía ver cómo aquello era el recipiente que Miguel había asegurado.

—Tendrás que decirme cómo funciona —dijo ella ofreciéndoselo.

Él cogió la escultura.

—Es una caja puzle de Guatemala —dijo él—. Un regalo que me hiciste. Dos semanas antes del accidente.

—¿Qué se celebraba?

—Un aniversario. Se puede decir.

—Mi madre era guatemalteca —dijo Shauna.

Miguel sonrió.

—Como la mía. —Él observó la expresión de su cara y dijo—: También te sorprendió la primera vez. Ahora mira.

Con cuidado, Miguel levantó primero los colmillos del elefante de su cara. Salieron como clavos que sujetaban la trompa y la cabeza juntas. Pieza por pieza, en un orden meticuloso, Miguel desmembró al animal hasta que ya no parecía ni un elefante ni una caja. Shauna contó ocho piezas en la mesa, más el recipiente que Miguel aún tenía en la mano. Podía haber sido su abultado abdomen, formado por dos partes y ahora separado de las piernas.

Separó las dos mitades y reveló una pequeña tira de lana negra en el centro que evitaba que el contenido sonase al agitarlo.

Shauna lo sacó de la madera y lo puso sobre la mesa para desenvolverlo. La tira no estaba ordenada; tal vez la había envuelto con prisas.

Sin duda.

El *pendrive* escondido en la lana era casi idéntico al que ella había visto en el recuerdo de Miguel.

—Me suena familiar —dijo ella ofreciéndoselo a él para que lo examinase.

—Es una buena señal, ¿verdad?

Shauna se preguntó cuándo (y cómo) sería apropiado contarle por qué le era familiar. Le dio vueltas al asunto en su mente, toqueteando el tejido distraídamente. Sus dedos dieron con un objeto redondo y duro entre sus pliegues.

—Hay algo más aquí —dijo ella, retirando el material.

Metido dentro de una esquina que había sido cuidadosamente doblada en forma de bolsillo había un anillo. Un solitario diamante Princesa colocado en una ancha banda de platino, de talla brillante cuadrada flanqueada por dos diamantes *baguette*. Aturdida, miró a Miguel buscando una explicación.

Él la miró tan aturdido como ella. Pero sólo por un momento.

—Bueno. Sí. —Él tosió y dio un sorbo a su café—. No se me hubiera ocurrido que lo habías escondido ahí, pero tiene sentido.

Shauna no podía aclararse para hacer la pregunta correcta. Cogió el anillo y se lo puso en su dedo anular izquierdo. Le quedaba perfecto. Se lo quitó inmediatamente y lo volvió a dejar sobre la lana. Estaba segura de que estaba ruborizada.

—No dijiste nada de esto.

Miguel cogió una servilleta de la mesa, y desvió los ojos.

—Me dijiste que te dejara la historia en los huesos.

—Pero esto... esto es casi como un esqueleto entero.

No quería sonar tan negativa. Para suavizar el estado de ánimo, preguntó:

—¿Por qué lo escondería?

Un destello de su buen sentido del humor parpadeó por la superficie del dolor de Miguel.

—¿No puedes pensar en una sola razón por la que no querrías que tu familia o tus jefes supieran que estás (estabas) prometida conmigo?

Bueno. Tenía sentido cuando él lo contaba así. Obviamente, ella había sido sorprendida otra vez fuera de un pensamiento razonable.

—¿*Lo estábamos?* ¿Rompí yo el compromiso?

Él dudó.

—No.

—No, pero...

—Pero no espero que mantengas una promesa que no puedes recordar haber hecho —murmuró él.

Shauna miró fijamente el anillo. Era precioso, el diseño y el corte que habría elegido para sí si lo hubiera elegido. Quizá lo habría hecho.

—¿Cuándo me lo ibas a contar?

—No lo sé. No lo había pensado aún. Si hubiera dicho algo antes...

—Está bien. De verdad.

Cogió la joya y la dejó caer sobre su palma, sintiendo todas las emociones de Miguel (anhelo, miedo, amor, pena) que sentía hacia ella. No tuvo que mirar para saber que su mirada se fijaba más en ella que en el anillo. La vergüenza y el vértigo bailaban en su estómago.

—Aquella primera vez cuando fui a verte —dijo ella—. En la cocina.

—No podía creer que no recordaras —dijo él—. Corbin me lo había contado, pero...

Ahora más que nunca odiaba no poder recordar. Odiaba que un hombre como él estuviera en la posición en la que ella había puesto a Miguel, sabiendo que la mujer a la que amaba ya no sentía para nada lo mismo que había sentido una vez, aunque no fuera culpa suya. Intentó imaginarse cómo se sentiría si hubiera perdido algo, a alguien, así.

Pensó en Rudy. Ni siquiera se le acercaba, lo sabía, pero era lo más cerca que podía ponerse.

Deseaba poder decirle a Miguel que le amaba, pero no podía. No con sinceridad. Aún no. Apenas le conocía.

Él puso la palma de su mano boca arriba.

—Esto es más incómodo de como lo había pronosticado. Puedo quedarme con eso si quieres. Por ahora.

Algo en la idea de que él se llevara el anillo provocaba un terrible rechazo en lo más profundo del corazón de Shauna. No quería devolvérselo, y no podía explicar por qué. Quedárselo sería injusto para él, sin embargo. Irracional.

Pero en una parte de ella (y no podía decir si solamente era una ilusión o algo real envuelto en una nube de olvido) creía que podía amarle fácilmente y sin tardar. ¿Cómo no, razonó, después de la clase de amor que él le había demostrado? ¿Cómo podía guardarse todo eso y no encontrarse con el tiempo explotando con tanto amor que rogaba ser devuelto?

En un acto de fe, cerró los dedos sobre el anillo para evitar que él lo cogiera, y luego se lo puso en el dedo anular de su mano derecha.

—Si no te importa, creo que me lo quedaré —dijo ella—. Por ahora.

Él asintió y empezó a recoger las piezas del puzle elefante sin mirarla, encajando las dos piezas.

—Te lo puedes quedar. No importa lo que pase.

Treinta minutos más tarde Shauna y Miguel tenían su primera pelea.

Se sentaron en el viejo Jeep, Khai se metió atrás, y se dirigieron de vuelta a West Lake atravesando Austin. Shauna había escondido el *pendrive* en el bolsillo de sus tejanos, y le había confiado el elefante a Khai. La dejarían a cierta distancia de la casa para que volviese andando pero, después de eso, no se ponían de acuerdo con un plan.

—Deberíamos llevarle lo que tenemos al detective. ¿Cómo se llamaba... Beeson? —dijo Miguel—. Él puede ofrecerte protección.

—No puedo.

—¿Por qué no?

—Por muchas razones; la primera, que sospechan que yo maté a Corbin. —Miguel abrió los ojos—. Y saben que tenía la cámara de Corbin en mi posesión.

—¿Cómo...?

—No tengo ni idea de si las imágenes de la cámara habrán desviado la atención de Beeson de mí. Y luego está el hecho de que me largué de la ciudad cuando no debía. Sólo por eso iré a la cárcel.

Miguel sacudió la cabeza.

—Le llamaremos más tarde.

—¿Para qué?

—Para contarle lo que sabemos. ¿Quedamos en eso?

Shauna lo consideró. Darle a Beeson la cámara de Corbin no había tenido resultados desastrosos. Aún. ¿Podía pasar algo peor si llamaba al detective?

—De acuerdo. Pero deberíamos encontrar a mi padre primero —dijo Shauna finalmente.

—¿Crees que Wayne va a esperar a que lo busques?

—No. Landon y yo no hemos estado en condiciones de hablar última-mente.

—Pero pensándolo bien...

—Wayne sabe que tú estás conmigo, Miguel. Desde su punto de vista no tengo ninguna razón para buscar a mi padre. ¿Dónde me llevarías si yo no fuera terca y obstinada?

—A Japón.

—En serio.

—No lo sé.

—La cuestión es que él no se esperará que tú me lleves a mi padre.

—Por eso no quiero.

—¡Miguel! Necesito saber cuánto está metido Landon en esto. Puede que no esté involucrado en absoluto. Las elecciones están a menos de dos semanas. No puedo ir disparando de...

—¡Mira lo que pasó la última vez que lo intentaste! ¿Qué te hace pensar que te tratará de manera diferente esta vez? No le importas, Shauna. No le importa que seas su hija. ¿Por qué es tan importante para ti protegerle?

—No le estoy protegiendo. Estoy hablando de llegar al fondo de la cuestión antes de hacer algo que pudiera arruinar su reputación. Si él es responsable de algo de esto, seré la primera en ponerme a un lado.

—Tú no vas a arruinar su reputación, ¡porque no vas a hacer absolutamente nada!

Shauna se cruzó de brazos y buscó los ojos de Miguel, frunciendo el ceño.

—No te atreverás a huir de la verdad.

—Ya lo hice una vez. No es tan difícil.

—Pero si hubieras seguido tu camino yo no estaría aquí. Es una elección fea, lo sé. Pero lo que ha pasado no va sobre nosotros dos. ¿No lo ves?

—Volverá a negarlo todo, como hizo la noche del accidente. No tenemos nada nuevo que contarle.

—Tenemos a Rudy. ¿Sabes lo que hará Landon cuando averigüe que Wayne le hizo daño intencionadamente? ¿Qué Wilde está detrás de esto? Tú tenías razón, no me lo creo. Él no puede saberlo. No habría dejado que esos dos pusieran el pie en su casa si lo supiera.

—Esos dos han encontrado un modo exitoso e ilegal de financiar su campaña. Rudy fue una casualidad impredecible de nuestro gran sistema político. ¿Por qué crees que tu padre te culpa del accidente, Shauna? Ese hombre quiere estar lo más lejos posible de la verdad. No puede enfrentarse a ello. Tiene mucho que perder.

—Él piensa que yo lo hice solamente porque Wayne lo amañó todo para sostener esa idea. Hasta ahora nadie podía defender ninguna otra opción.

—Nadie excepto tú, quieres decir. Has estado reclamando tu inocencia, y el senador no ha podido oír ni una palabra de lo que has dicho.

—Pero ahora tengo pruebas. —Ella señaló a Miguel.

—Difícilmente seré yo la prueba que le convencerá. Seguro que fui muy persuasivo la última vez.

—Tenemos datos.

—Tenemos datos a medias. Datos que ni siquiera me sonaron suficientes a mí para seguir investigándolos antes del accidente. Ni siquiera se lo llegué a enseñar a mi editor. Además, todo lo que sabemos que es que el senador no es del todo ignorante de lo que ha estado pasando. Incluso puede que haya sido el cerebro de todo.

Shauna le miró.

—No me lo creo. No puedo.

—¿Por qué no? Ese hombre tiene que mantener sus apariencias. ¿No crees que pueda haber contratado a Wilde y a Spade para mantener bien limpias sus manos?

—Les habría matado él mismo para proteger a Rudy.

—Bueno, yo no iría basando tus acciones en tu instinto ahora mismo. No a menos que tú también quieras ser asesinada. Porque te garantizo que McAllister no siente lo mismo hacia ti.

Aquel hecho fue como una profunda cuchillada para Shauna. Incluso siendo verdad, sus palabras eran crueles. Cerró las manos y presionó sus párpados con sus nudillos y dio un largo suspiro.

—El Sr. Spade me llamó esta mañana —dijo Khai. Shauna se sobresaltó. Se había olvidado de que Khai iba en el Jeep con ellos.

Miguel se giró para mirar por encima de su hombro.

—Eso habría sido bueno saberlo.

—Estaba disgustado, preocupado. Dijo que había ido a encontrarse con usted a Corpus Christi y que encontró su coche, su teléfono y algo de ropa. Me pidió que le llamase si tenía noticias de usted.

—¿Eso fue antes o después de que te llamáramos para decirte lo del elefante?

—Antes.

Shauna contuvo la respiración.

—Le llamé después de hablar con ustedes y le conté que usted estaba con alguien, no sabía quién. Ese Wayne Spade es peligroso. Le dije que usted me había contado que necesitaba marcharse, que se iba a Guatemala y que me pidió que le traspasara un poco de dinero. Recordé que usted me decía que iba allí a menudo.

El alivio de Shauna se expresó con una ligera sonrisa.

—Una ocurrencia brillante —dijo ella—. Gracias.

—¿Por qué tendría que creer a Khai? —dijo Miguel.

Khai dijo:

—Le di el nombre de un banco de allí. Lo encontré en Internet.

—¿Te hiciste con un número de cuenta también?

—No me habría preguntado por ello, incluso aunque hubiera dudado de mí.

—Eso no significa que él vaya a ir allí —dijo Miguel.

—Pero podría significar que no va a malgastar su tiempo volviendo aquí —dijo Shauna.

—La verdad es que no tenemos manera de saber dónde está —dijo Miguel. Khai dijo:

—Me ofrecí para recogerle las cosas que se había dejado en la casa, tenérselas listas para él. Dijo que no pasaría por allí y me dio instrucciones para enviárselas a Houston.

—Va a volver con Wilde —dijo Miguel.

—O con la misma facilidad va de camino a Guatemala —respondió Shauna.

—El caso es que él no está aquí.

—Pero el senador sí —dijo Khai.

Ahora fue Shauna la que se giró en su asiento.

—¿Qué más tienes en la manga?

—Él se va de nuevo mañana por la mañana —dijo Khai—. Su coche subió el camino mientras yo me marchaba.

Shauna se decidió. Necesitaba hablar con Landon, necesitaba aprovechar aquella oportunidad.

—Es una oportunidad perfecta, Miguel. Tenemos que aprovecharla.

Miguel negó con la cabeza.

—Tu padre me conoce. Si está metido en esto, si me ve contigo...

—Tienes razón. No podemos dejar que te vea hasta que lo sepamos —le dijo ella a Miguel—. Yo voy con Khai. Espera donde nos dejes, y volveré tan rápido como pueda.

Miguel apretó la mandíbula, y ella se preparó para una lista de razones por las que él no la dejaría salir del coche.

En vez de eso, cuando aparcó a poca distancia de la casa, estudió el parabrisas y dijo:

—Ten cuidado con Spade.

30

Shauna se quedó bastante sorprendida cuando el personal de seguridad le permitió entrar en la casa a través de la cocina. Tal vez Patrice no estuviera. O Trent hubiera mantenido su promesa de hablar con Patrice para que terminase con el bloqueo... antes de su desencuentro.

La mujer se separó de ella en el vestíbulo de ladrillo rojo. Khai apretó la mano de Shauna.

—No tengas miedo —dijo ella—. Dios está contigo.

El sentimiento la cogió fuera de guardia.

—Mi madre solía decirme eso. ¿Es de la Biblia?

Khai asintió.

—Para aquellos que creen en él.

—Ella también decía: «Nada puede separarte del amor de Dios, Shauna». ¿Eso está también en la Biblia? ¿O no es más que una bonita idea?

La boca de Khai se abrió con una amplia sonrisa.

—Es del libro de Romanos. «Ni la muerte, ni la vida, ni ángeles, ni principados, ni el presente, ni el futuro»...

A duras penas Shauna escuchó el resto. *Ni el presente ni el futuro.*

—«...nos podrán separar del amor de Dios».

Shauna sintió cómo se le erizaba el vello de los brazos.

—Si Wayne nos encuentra, tú no estarás a salvo —dijo Shauna, preocupada por la mujer que tan desinteresadamente la había ayudado tantas veces.

—No tengo miedo. Tomo un permiso esta tarde para visitar a mi hermano.

—Espero que esto sea... un tiempo memorable para los dos —dijo Shauna.

—No podría ser de otra manera. —Khai le dio un fuerte abrazo.

Shauna la vio marcharse, mientras se preguntaba si sería posible que aquel amor de Dios, como el de su madre, no la hubiera abandonado nunca, o si ella había simplemente dejado de buscarlo en su vida.

Un ruido en la cocina sacó a Shauna de golpe fuera de su ensimismamiento. Pensó en el lugar donde Landon solía pasar las tardes, si sólo tenía una hora o dos. El gimnasio, tal vez. El estudio de su padre estaba en el otro lado de la casa, con un largo patio en medio. Se acercó a la ventana más cercana.

No estaba en la piscina. Era un frío 24 de octubre para aquella época del año, demasiado frío para estar afuera, incluso en Texas. Tomando el pasillo redondo que llevaba al ala trasera de la casa, pasó por los dormitorios, y echó un ojo a ver si estaba Rudy, a quien quería abrazar, y Patrice, a quien había planeado evitar. No vio a nadie.

Yendo hacia el ala donde estaban los despachos, giró a la derecha y se paró para escuchar antes de ser vista por alguien. Oyó voces. Patrice, en el teléfono de su despacho, con la puerta abierta. Y Landon, teniendo una conversación desigual con alguien de su oficina, probablemente también al teléfono. Pilló una mención a una votación. Se deslizó hasta una posición donde pudiera, esperaba, mirar dentro de su despacho sin ser vista.

El tono de voz de Landon la atrajo hacia él. Era una voz que no había escuchado desde... no podía decir desde cuándo, relajada, sin verse afectada por la expectación pública. Era una voz que había escuchado más a menudo de niña, mucho antes de la muerte de su madre, y si le hubieran preguntado un momento antes, habría dicho que ya no la recordaba. Pero ahí estaba. Paciente, suave como un pastel de calabaza, y cálida como el sol en un día de invierno.

No era la voz en tensión de un hombre que estaba a pocos días de unas elecciones presidenciales. ¿Con quién estaría hablando? Se atrevió a mirar.

Las cortinas del despacho de Landon estaban echadas sobre la luz del mediodía, y dos abultadas librerías iluminadas por unas luces interiores eran la iluminación principal. Landon estaba sentado en su escritorio dándole la espalda a la puerta, inclinado hacia atrás en el asiento de cuero tanto como daba de sí, con los pies sin zapatos sobre el secante de tinta, con el pulgar del pie de color verde bajo la sombra color esmeralda de la lámpara de banco. Rodeaba con sus manos un vaso con hielo a punto de derretirse y se reía de su propia broma.

En su silla mecánica en el otro lado del escritorio estaba sentado Rudy.

Shauna fue hasta el marco de la puerta y se apoyó sobre él, sonriéndole a su hermano. Los horribles moratones de alrededor de sus ojos habían perdido intensidad. O quizá era la luz. Tenía buena pinta. Mejor, de todos modos.

Landon debió notar un cambio en los ojos de Rudy, porque sus risas fueron disminuyendo, puso los pies en el suelo y echó hacia delante la silla para ver quien estaba de pie junto a la puerta. Tuvo la entereza de girar el anillo de su mano derecha para ocultar los diamantes en su palma.

Él levantó su vaso vacío hacia ella, un brindis sin sentido ofrecido con un encogimiento de hombros.

—Shauna. Rudy y yo nos estábamos poniendo al día.

Aún resonaba la tensión de su último encuentro.

—Hola, Landon. —Ella dio un tímido paso hacia la habitación, y después rodeó el escritorio y paró para plantarle un beso en la frente a Rudy—. Hola Rudy. No quería interrumpiros.

Se sentó junto a su hermano. Landon la miraba, silencioso, como si ella no esperara entrar en la conversación que estaba teniendo con Rudy y aún así no pudieran continuarla.

—Eso que tienes ahí es un buen ojo morado —dijo él, levantando su vaso aunque no quedaba nada en él para beber. Shauna echó un vistazo hacia el bar en la parte de atrás de la habitación.

—¿Puedo traerte algo más? —dijo ella.

Él la invitó a hacerlo con la mano.

—El día es joven. Las células grises todavía tienen un largo camino por delante. Rudy y yo estábamos celebrando la aprobación de una pequeña propuesta mía hoy.

Shauna se dio cuenta por primera vez de que un vaso idéntico, lleno hasta la tercera parte de un licor cremoso sobre el hielo, descansaba delante de Rudy.

—Felicidades.

—Estamos un poco propensos a los accidentes estos días, ¿verdad? —Su mirada volvió a caer sobre su pómulo hinchado.

—Aparentemente. —Ella miró a Rudy, agradecida por su presencia—. Landon, necesito hablar contigo sobre... un asunto sensible. ¿Tienes unos minutos?

—La campaña va bien. Gracias por preguntar. Vamos a la cabeza de los sondeos con un quince por ciento y subiendo, siempre y cuando no reduzca la velocidad y Anderson no cometa otro error garrafal delante de la prensa.

Landon se refería al subdirector de la campaña electoral que había reemplazado a Rudy y que se volvía loco ante la presencia de una cámara.

Ella sabía que tendría que esperar, dejar que él tuviera el control de la conversación.

—Siento que haya sido como un dolor de cabeza.

—Bueno, puedo tolerar un dolor sordo siempre y cuando me lleve adonde necesito estar. Aquí Rudy, sin embargo, se lleva todo el mérito del trabajo pesado. Anderson no tuvo que hacer nada más que continuar con los planes en marcha de Rudy. Hiciste un trabajo fantástico, hijo.

Shauna sintió un nuevo dolor por lo que había perdido en Rudy. El dolor, se dio cuenta, era todo lo que la conectaba ya con su padre. La pérdida de su madre y la pérdida de Rudy pesaban demasiado sobre ellos dos, pero desde diferentes ángulos. Se preguntó si fue el dolor, con el tiempo, lo que cortó sus delgadas ataduras.

Tal vez. Si Landon continuaba culpándola por el accidente.

—¿Irá Rudy a la Casa Blanca contigo? —preguntó ella.

—Quizá. Me gustaría tenerlo allí. Pero su terapia está aquí. Tendremos que esperar y ver, darle tiempo.

Su boca se movía por esas palabras como si alguien se las hubiera dictado. Patrice, sin duda. La practicidad no podía esconder la pasión subyacente. Si fuera por Landon, ellos dos nunca estarían separados.

Shauna se arriesgó.

—Me gustaría ayudar a Rudy. Aquí. Siempre que lo necesite. Si me das la confianza para hacerlo.

—Pam está haciendo un buen trabajo.

—No quería decir...

—¿Qué era tan importante para interrumpir nuestra pequeña reunión?

De frente a la oportunidad que ella había insistido que era tan trascendental, se dio cuenta de que no sabía dónde estaba la entrada principal. ¿Cómo comenzar esa conversación? Estaba la directa: *¿Qué papel juegas en el sistema de blanqueo que está financiando tu campaña?* Estaba la oblicua: *¿Podrías contarme algo de la estructura de reparto de beneficios de MMV, por qué cambió hace unos años?* Estaba la reticente: *He oído este rumor, no puedo creer que sea verdad.* Y estaba la desesperada, la fundamental: *Wayne intentó matarme, y necesito saber que no eres un criminal a punto de tomar la Casa Blanca; necesito saber que tú no estabas detrás de esto; necesito saber que me quieres demasiado para eso.*

En un segundo cerró la puerta para cada una de esas opciones, viendo intuitivamente qué tan lejos la llevarían, y cómo de rápido. Esas preguntas podrían fallar para llevarla más cerca tanto de su padre como de la verdad. ¿Tendría alguna manera de tener ambas, intimidad y honestidad? ¿O eran mutuamente excluyentes cuando se trataba de Landon?

Cuando su padre se levantó del asiento como si fuera a terminar la conversación, ella se quitó de encima el peso de su duda y pronunció las siguientes palabras sin pensarlas demasiado.

—Tú y yo nos peleamos justo antes del accidente.

—No estoy seguro de que una disculpa sirva de mucho ahora mismo.

—No estaba... eso no era lo que quería hacer.

—Por supuesto que no.

Shauna tomó aire.

Landon dijo:

—Rudy no tendría que haber vuelto contigo si no hubieras estado hecha una furia.

—Dime sobre qué nos peleamos.

Landon se dejó caer en su asiento.

—¿No es irónico? Ni siquiera puedes recordar.

—Dímelo.

—Tenías la loca idea en tu cabeza de que mi donación particular a la campaña era dinero sucio. Eso es ridículo, Shauna. No puedo creer que tú pensaras que yo...

—No era sólo mi idea.

¡No tenía que haber dicho eso!

—No, no dudo que ese reportero del *Statesman* te estaba metiendo esas ideas en la cabeza, aprovechándose de tu empleo en Harper & Stone. Y quién sabe qué más.

El insulto la hizo sonrojarse. Tenía que mantener aquella conversación enfocada.

—Creo que el error que cometí fue asumir que tú estabas al tanto de cómo se habían disparado los beneficios de MMV. Asumí que tú lo habías urdido.

Ella esperaba que él no lo hubiera urdido. ¡Oh, cómo lo esperaba!

—¿Y cómo habría hecho eso? No he estado involucrado en sus estrategias desde hace años. Wilde asumió todo eso cuando yo entré en política y nunca la ha fastidiado. Ha tenido mucho éxito, «Éxito Wilde», lo llamamos en los mercados internacionales. Indonesia, Tailandia, incluso Camboya. ¿Qué hay de raro en eso? Te lo diré de nuevo, Shauna, como te lo dije aquella noche: puedes comprobar mis impuestos, puedes revisar mis cuentas, puedes mirar con lupa cada simple centavo que he ganado. No comprometería mi carrera o mi oficina haciendo algo tan desmesuradamente estúpido.

Shauna puso su mano sobre la rodilla de Rudy y bajó su voz a un tono aún más suave.

—Landon, estoy muy segura de que mis corazonadas eran correctas; no sobre ti, pero sí sobre el dinero. Y estoy incluso más segura de que el accidente no fue en absoluto un accidente. Alguien lo preparó.

Landon sacudió su cabeza y apuntó con su dedo a su hija.

—Záfate de tu responsabilidad todo lo que quieras, Shauna. Todavía es culpa tuya, no importa qué estrambóticas ideas te hayas inventado.

—Wayne y Trent y Leon están en posición de amañar las políticas de MMV de manera que les resulten beneficiosas.

Landon agarró su vaso del escritorio y se dirigió al bar.

—Esto suena a teoría a medio hacer que ese reportero te ha metido en la cabeza. ¿Cómo se llamaba? ¿Lopez?

Shauna se alegró de que su padre no la estuviera mirando. No quería sacar a Miguel aún.

—Enseñé mis cartas, le hice a Wayne las preguntas equivocadas. Él me descubrió.

—Él habría ido a Wilde, y luego Wilde habría venido a mí, y mis problemas contigo hubieran sido del todo más complicados de lo que son ahora. —Landon destapó una botella de licor y lo derramó sobre su hielo aguado.

Shauna se levantó y cruzó la habitación para ponerse junto a su padre. Necesitaba mantenerle en calma (por el bien de Rudy) y esperaba que él pudiera abrirse con ella, por el bien de la verdad. Por el bien de su relación desmoronada.

—Él fue a Wilde, pero ellos dos no vinieron a ti. ¿No tendría sentido para ellos mantenerte a oscuras? Tú obtienes una legítima negación. Cuanto menos sepas, menos culpable serás.

Él se giró para enfrentarse a ella.

—Yo no soy culpable de nada más que de tolerar tu lastimera necesidad de atención.

Shauna le rogó a él con la mirada que recordara que Rudy aún estaba en la habitación con ellos. Landon dio un sorbo.

—Por supuesto que no lo eres —dijo ella poniendo una mano sobre su brazo—. Pero Wayne... Landon, tengo pruebas de que él intentó matarme. —Señaló a Rudy—. Wayne hizo esto. El tío Trent lo hizo. No yo.

—No te creo.

Él estaba cerrado a su contacto. No estaba consiguiendo nada.

—Se suponía que Rudy no tenía que estar en el coche.

—Wilde lo habría parado.

—Pero Wayne ya había puesto la maquinaria en marcha. *Papá.* ¿No puedes ver lo que está pasando?

Landon explotó con el suficiente autocontrol para proteger a su hijo. Reprimió su voz y sus emociones, pero su cara estaba al rojo vivo en la tenue habitación. Dejó su bebida en la barra y se inclinó hacia Shauna.

—*Si* Wilde y Spade estuvieran involucrados en algo tan ilegal, y *si* ellos pensaran que tú ibas a sacarlo a la luz, hubieran encontrado otra docena de maneras de mantenerte callada. Habrían buscado mi consejo. Ellos viven y respiran bajo mi autoridad. Y *si* yo lo hubiera sabido, y *si* hubiera sido tan malvado que hubiera necesitado encubrirlo, me habría quitado de encima a ese loco Lopez, no a mis propios hijos.

—Wayne trató de matarle también.

Landon cerró los ojos, exasperado.

—Miguel Lopez estaba en el coche conmigo.

—¿Estuvisteis juntos en la fiesta? ¿Qué crees que dice eso de tu motivación, Shauna? ¿Y por qué no estaba en la escena? ¿Por qué no está en los informes del accidente? ¿Eres tú la única que lo vio? Supongo que Wayne puso las drogas en tu coche, además.

Shauna miró a Rudy, incapaz de seguir la conversación.

—¿Y a quién más nuestro querido Wayne Spade ha intentado llevarse por delante?

Ella sabía que no debía hablar de Corbin Smith en este punto.

—La gente no *asesina* por un blanqueo de dinero, chica. No matan por un simple delito de guante blanco.

—No, no lo hacen. Ellos matan por ganar la presidencia, Landon. Escúchame. Está pasando algo mucho más grande de lo que pensamos. Todavía no sé lo que es, pero te lo prometo: es lo suficientemente grande como para matar por ello, grande para destruir todo por lo que alguna vez hayas luchado.

Ella le rodeó la cara con sus manos como si él fuera el hijo.

—Papá. Sólo estoy aquí porque no podría soportar ver que eso ocurre.

Según ella pronunciaba las palabras, no se sorprendió al descubrir que eran verdaderas. Sintió que el hueco entre ellos se convertía en una fina línea, como si él estuviera bajando las defensas contra ella. ¿Le daría acceso a su mente? ¿Eso era lo que ella quería?

Ella quería estar más cerca de su padre. No quería robarle.

Estaba lo suficientemente cerca para ver el horizonte de su mente, repleto de un paisaje urbano de recuerdos. Vio la calle forjada por la fraternidad entre Landon y Trent. Atravesaba los picos y los valles que pudo reconocer como el retumbante crecimiento de McAllister MediVista. Vio en el trasfondo, apenas perceptible, el pequeño mundo de su infancia. En primer término había edificios atestados de gente: colegas en los que confiaba, oponentes políticos que había llegado a odiar. Vislumbró a su madre en una mansión en el tranquilo centro y se vio tentada de regazarse allí, pero no estaba dispuesta a llevarse algo tan precioso de su padre. Vio a Patrice, su brazo enganchado en el de Landon en una fiesta de recaudación de fondos en la Universidad de Columbia, donde ella era profesora interina de economía. Shauna se vio a sí misma. Vio a Rudy.

Rudy, de hecho, estaba en todas partes.

De Rudy tenía más que de sobra.

Pero eso era todo lo cerca que podía llegar.

El paisaje se esfumó. Landon se había deshecho del toque de Shauna. Ella contuvo la respiración.

—No es posible —estaba diciendo su padre, apartándose de ella hacia la zona iluminada del despacho—. Trent Wilde nunca os pondría en peligro. Yo le confiaría mi vida.

Encontró las barreras de nuevo.

—Pero yo no. Si supieras por lo que he pasado...

Landon frunció el ceño. Aproximación equivocada.

—Mira —dijo Shauna—. No te he pedido nada en años. Necesito que me ayudes ahora. Sé que estás furioso conmigo. Sé que no me crees. ¿Pero podrás ayudarme?

—Si eso te mantendrá lejos de mí hasta el 13 de noviembre, por supuesto.

—Necesito un lugar donde quedarme. Necesito tiempo para organizar la verdad en mi propia cabeza.

—Y no es una tarea encomiable. —Patrice descansaba en el marco de la puerta. Shauna no sabía cuánto había escuchado de la conversación—. ¿De qué va el drama?

Shauna permaneció callada.

—Parece ser que mi hija está obsesionada con un problema en particular que no existe. Está planeando unas vacaciones para aclararse la mente. —Él abrió una caja fuerte en la pared y sacó un juego de llaves de barco—. Puedes quedarte en el Bayliner. Lo saqué la última vez que estuve aquí. No tienes que hacer nada para tenerlo listo.

Ella dudó en tomar aquel caballo regalado. El yate del senador no era precisamente una casa segura. Pero tal vez podría darles a Miguel y a ella una hora o dos para ordenar las cosas. Hizo un intento más para mantener la conexión con su padre y evitar tener que desenmarañarla más adelante.

—No puedo decirte el alivio que es saber que tú no estás... que no estabas... —Shauna intentó explicarse.

La expresión de Landon se suavizó, de granito a arenisca. Dejó caer las llaves en la palma de su mano, pero no dijo nada.

—Gracias. Mejor que no... Si Wayne o Trent te preguntan...

Él soltó una carcajada.

—Tendría que estar borracho para decirles algo de lo que me acabas de contar. No puedo permitirme parecer un estúpido tan cerca del día de las elecciones.

31

Shauna se quedó sólo lo suficiente para ir deprisa a la casa de invitados por un poco de ropa limpia. Y por la medicación (a lo mejor podía hacer que alguien lo analizase). Y por el informe del accidente del ayudante Bowden (quería que Miguel lo leyese). Y por un poco de dinero en efectivo enrollado en un par de calcetines limpios.

Se fue antes de decidir que necesitaba un traje.

Miguel parecía tan aliviado que abrazó a Shauna cuando ella se introdujo en el asiento del pasajero de su Jeep portando sus cosas. De hecho, él la abrazó, inclinándose a un lado sobre el cambio de marchas y rodeándola con sus fuertes brazos.

Shauna sintió cómo su espalda se ponía rígida antes de separarse.

—No tenía que haber hecho eso. —Él levantó las dos manos—. Sólo estoy contento de verte.

—No puedo haber estado fuera más de veinte minutos.

—Los veinte minutos más largos de mi vida. Con una excepción.

—Bueno, yo estuve bien. Pero fue bueno que no estuvieras allí. Tu nombre salió.

—Él piensa que te he llenado la cabeza de ideas.

—Algo así.

—Eso quedó bastante claro la noche que discutimos con él.

—Antes de que mi cabeza se quedara vacía.

Él se rió.

—Así que, ¿fue más receptivo en la privacidad de su casa?

—Receptivo, no. No del todo. Él cree que estoy loca. Aun así, estoy convencida de que todo esto está pasando a las espaldas de Landon.

Miguel no dijo nada.

—Tú aún piensas que él está involucrado —dijo Shauna.

—No entiendo cómo no. ¿En su posición, poniendo dinero de su bolsillo? Esto es demasiado obvio para pensar que está ciego.

Shauna comprendió que su último enfrentamiento no probaba nada, ni siquiera para ella. Por ahora, sin embargo, no había forma de explicárselo a Miguel. Ella le enseñó las llaves del yate.

—Sé dónde podemos ir hasta que decidamos qué hacer después.

—Lo siguiente que tenemos que hacer es deshacernos de Wayne Spade y compañía antes de ellos se deshagan de nosotros.

—No puedo hacerlo sin una siesta. ¿Cuándo fue la última vez que dormiste?

Miguel se paró a pensar.

—Una hora de vez en cuando, desde que apareciste el lunes.

—Tú y yo llevamos en marcha casi tres días entonces. Landon tiene un barco en el puerto deportivo.

Miguel negó con la cabeza.

—Eso es como tomar una siesta en la cueva del lobo.

—Si nos quedamos en el muelle, quizá. Pero dentro del agua...

—Mejor te busco un hotel.

—¿Y pagar por estar allí dos horas? ¡Qué pensará la gente!

Miguel no tenía humor para bromear sobre eso.

—¿Puedes ponerle un precio a la seguridad?

—Realmente, Miguel, ¿qué puede pasar en dos horas en un lago cuando nadie que no sea de mi casa sabe dónde estamos?

Miguel giró la llave de contacto, sin estar dispuesto a seguirle el juego a ella ni a pelear. Claudicó cambiando de tema.

—Dame el *pendrive* —dijo él.

Ella hurgó en su bolsillo y se lo entregó.

—¿Qué vas a hacer?

—Si no quieres ir a ver a Beeson en persona, se lo enviaremos. No voy a ir por ahí con esa cosa.

—Tuve un poco de tiempo para pensar mientras estabas hablando con tu padre —dijo él mientras se alejaba con el coche de la oficina de FedEx hacia el puerto deportivo donde Landon tenía atracado el barco.

—¿Y sobre qué estuviste pensando?

—Estuve pensando en cómo reconociste que el conductor del SUV era el mismo hombre que estaba en la suite del hotel. O, más exactamente, cómo recordaste al conductor.

Al no responder ella inmediatamente, él dijo:

—Realmente no hemos hablado de lo que ha sido para ti esa pérdida de memoria. ¿Es algo que me puedas explicar?

—Ni siquiera estoy segura de habérmelo explicado a mí misma aún —dijo Shauna.

Él esperó.

—Las medicinas experimentales que mencioné... Me dijeron que habían sido diseñadas para contrarrestar los efectos del trauma en el cerebro. Pero estoy casi segura ahora, basándome en lo que Trent me dijo ayer, que todo eso era... pura invención. Incluso creo que tal vez el coma fuera inducido.

—¿Por qué?

—No tuve daño cerebral —ella lanzó una risita irónica—. A pesar de que pudiera resultar evidente.

Miguel miró a ambos lados.

—Quiero decir, ¿por qué te indujeron un coma si tus lesiones no estaban en el cerebro?

—¿Para darle tiempo a Trent de tramar un plan que mi padre pudiera creerse? ¿Para que las medicinas tuvieran tiempo para funcionar como se suponía que debían hacerlo? No estoy segura.

—Así que estás bastante segura de que la medicación te borró los recuerdos.

Shauna asintió.

—No es tan descabellado. Saben cómo eliminar ciertos recuerdos en ratas de laboratorio desde hace bastante tiempo. Es un plan ideal: tú desapareces. Yo lo olvido todo. Trent Wilde y compañía amasan millones y ponen a su hombre en la Casa Blanca. Trent consigue un chollo de puesto en el gabinete.

—Me pregunto si puede dar marcha atrás.

—¿El esquema del dinero?

—Tu pérdida de memoria.

—Probablemente no. Pero nuestras mentes son como de ciencia-ficción, ¿sabes? Hay muchas cosas que no sabemos cómo funcionan. ¿Sabes que Pam dijo que hay una pequeña posibilidad de que Rudy pueda recuperarse?

—¿En serio? Eso ya es algo.

—Tiene que ver con la clase de daño que tiene. No pretendo comprenderlo. En cuanto a mi mente... es como si estuviera tratando de reconstruir lo perdido.

—No lo pillo.

Ella se rió, nerviosa por primera vez en compañía de Miguel. Volvió a darle la vuelta al anillo en su dedo.

—Es una locura.

—Dilo de todas maneras.

—Puedo tomar recuerdos de otras personas —dijo ella antes de poder meditarlo a fondo. No podía mirarle—. Puedo escoger el recuerdo que yo quiera. Puedo usarlos para recrear el contexto de mi propia historia. Eso es lo que pasa.

El silencio de Miguel era demasiado ruidoso dentro del coche.

—Cogí la imagen de nuestro conductor del SUV de un ayudante del sheriff que estaba en la escena. Ése fue uno de los primeros. Ni tan siquiera sabía qué estaba haciendo entonces. Sólo pasó, me caí al suelo. Pero ahora es mi recuerdo.

Escuchó el suave sonido de la mano de Miguel deslizándose hasta sus tersas mejillas y su barba puntiaguda.

—Soy una ladrona —dijo ella—. Le robo a la gente. No tengo mis propios recuerdos, así que me llevo los que pertenecen a otros. Es el único modo en el que puedo entender este lío en el que estoy metida ahora mismo. Es como si no tuviera...

—Te creo —dijo él.

—¿Me crees?

—Dime cómo funciona.

Como si fuera un programa informático. Le echó una mirada vacilante. Su expresión era ilegible.

—Necesito... Tengo que estar en posición de tocar a una persona.

—¿Te llevas los recuerdos de todo aquel al que toques?

—No. No es tan aleatorio. Esa persona tiene que estar dispuesta a dejarme entrar en su mente.

—¿Y cómo funciona? ¿Simplemente les preguntas?

—¡Para nada! Tienen que confiar en mí. Bajar la guardia, de alguna manera. —Se estremeció—. Intento hacer que se conecten conmigo. A lo mejor les hago creer que tengo algo que darles. O tal vez incluso quieren algo que yo puedo darles.

—Así que necesitas una conexión emocional además de una física.

Ella asintió.

—En ese sentido es algo mutuo. No puedo tomar nada de alguien que me cierre el paso.

—Esta es una nueva... ¿habilidad? Algo que pasó desde el accidente.

—Estoy segura de que sí.

Él aún no la había mirado. No estaba segura de cómo interpretar la frialdad que había debajo de su voz. ¿Era precaución? ¿Repulsión?

—¿Cómo aprendiste a hacerlo?

—¿Aprender? No, nada de eso. Simplemente pasó. No puedo explicarlo. Mi mejor teoría... es que es una especie de monstruoso efecto secundario de esas drogas experimentales. Eran productos farmacéuticos de diseño. Fueron formulados basándose en mi código genético. ¿Cuántas variables podían haber previsto? Y cómo puedo realmente *tomar* un recuerdo es aún más inexplicable. Esa gente a la que le robé no había tomado drogas.

—¿Es algo que puedes controlar? ¿Desde tu lado, de alguna manera?

Ella dudó.

—Estoy mejorando.

—¿Ellos saben lo que estás haciendo? Me refiero a la gente de la que tomas los recuerdos.

—¿Lo hiciste tú?

Él giró rápidamente su cabeza para mirarla.

—¿Cuándo? —preguntó él. Su tono era aún más suave ahora.

—En el parque.

—Mi mano... —Él giró la palma hacia arriba. Aún tenía la piel blanca por donde ella le había apretado.

—No puedo explicártelo. Ese efecto en particular no le había pasado a nadie más.

—¿Qué te di? —preguntó él.

—¿Te refieres a lo que me llevé?

—No. ¿Qué fue lo que te di? —Él sonrió—. Porque sabes que puedes tomar todo lo que quieras. Puedes dejarme limpio.

Shauna tropezó con su respuesta. No se había esperado que él creyese en ella, llegar a ese extremo, a esa inexplicable confianza.

—Vi tu recuerdo de cuando te enfrentaste con tío Trent después del accidente. En su despacho de MMV.

—Ah.

Miguel asintió con la cabeza como si su extraña conversación en Victoria ahora tuviera sentido, pero sus cejas estaban juntas y miraba su mano.

—¿Cómo es? —preguntó ella.

—¿Que tú me cogieras la mano después de todo lo que ha sucedido? —bromeó él. Ella dejó que un lado de su boca sonriese.

—No, memo. Perder un recuerdo.

—Es como saber que has estado en cierta ciudad pero no recordar por qué la visitaste. O entrar en el trabajo todos los días pero no ser capaz de recordar cada hora con detalle. Todo es familiar, pero incompleto. Puedo recordar que hice un trato con Trent, pero no puedo recordar lo que pasó momentos antes.

—¿Qué sentiste cuando lo hice?

—Sentí como si hubiera metido mi mano en una piscina de agua con una baja corriente eléctrica. Al mismo tiempo, sin embargo, creí que aquella sensación era otra cosa completamente diferente.

—¿Recuerdas haber estado en el despacho de Leon?

—Recuerdo haber estado planeando cómo quería que fuera. No recuerdo cómo llegué allí.

—Así que no recuerdas a Trent atacándote.

Miguel negó con la cabeza.

—Sólo el trato. Y luego Leon me arrastró fuera de allí.

—Si tuviera que hacerlo de nuevo...

—Piensa en ello como un recuerdo que yo te he confiado —Él buscó su mano con la suya—. Tú puedes hablarme de ello cuando lo necesite. Aunque no suena como un cuento para irse a dormir, quiero que me lo repitas de forma periódica. Pero si tú y yo permanecemos juntos, no habremos perdido nada.

Su toque mandó una sacudida eléctrica a los dedos de ella. Se libró de su mano y puso una barrera en su mente. Lo que él estaba diciendo estaba del todo mal. Ella no tenía derecho a robarle de nuevo para su beneficio, para completarla. No debía. Y no quería.

Él no trató de insistir. Solamente dijo, comprendiéndolo ahora:

—Es por eso por lo que no dejas que te toque.

Ella apenas pudo asentir.

—No confío en mí misma.

—¿Confiarías en mí? —preguntó Miguel.

¿En algo así? No estaban precisamente hablando de inversiones financieras, o resultados políticos, o investigaciones periodísticas.

Shauna no supo qué contestar.

El yate de treinta y dos pies, alto y brillante como el primer día que Landon lo compró, descansaba en uno de los embarcaderos cubiertos más grandes del puerto deportivo, y les llevó a ellos dos y a un marinero de cubierta trabajar juntos cosa de unos minutos para quitar la lona y dar marcha atrás al barco para ponerlo en ruta. Dejaron el toldo bimini en el embarcadero; no lo necesitarían hoy.

Shauna estaba familiarizada con los controles y le dio a Miguel unas rápidas instrucciones antes de bajar a la cabina para ducharse y cambiarse de ropa.

Cuando ella regresó a cubierta, Miguel había apagado los motores para flotar en mar abierto. Estaba echado en una de las salas con techo de la cubierta. La guía telefónica de la galera descansaba en el suelo detrás de él. Él se enderezó inmediatamente.

—Pensé que tendría que despertarte en un par de horas —dijo ella.

—Lo harás, pero primero deberíamos llamar al detective.

Shauna asintió.

—Mi teléfono está en la cabina. —Él fue a buscarlo y volvió a su asiento, y luego sujetó el teléfono cuando ella intentó quitárselo—. Antes de que llames...

—Has estado pensando de nuevo.

—Sí. Querrá que vayas.

—Espero que quiera que vayamos los dos.

—Quiero que consideres la posibilidad de ir.

—Ya te he contado todas las razones por las que no quiero.

—Ya lo sé, pero, honestamente, la cárcel puede ser el lugar más seguro para ti ahora mismo.

—Cierto. Nadie ha muerto nunca en la cárcel.

—Shauna. Por favor.

—Lo siento. No quiero pelearme. —Ella suspiró y se puso las manos en la cintura—. Si yo voy, ¿qué harás tú?

—Puedo quedarme fuera, ayudarte en lo que tú no tuvieras oportunidad de hacer.

—Creo que la policía es perfectamente capaz de hacer su trabajo sin ti.

—No estaba hablando de la policía. Algunos de nosotros podemos llegar más lejos y más rápido cuando no tenemos que preocuparnos por el papeleo judicial.

—Ahora hablas como un periodista.

—Es cierto.

—¿Qué tienes en mente?

Ella llegó a su idea al mismo tiempo que él la pronunciaba. «Scott Norris», dijeron ambos en voz alta a la vez.

—¿Qué puede ayudarte a descubrir él que el detective Beeson no pueda? —preguntó Shauna.

—¿Dices que Wayne desertó de los marines?

—Eso era un recuerdo suyo. Él lo niega, pero algo de eso salió a la luz en su informe psicológico. Cuando acusé a Trent de pagar para que Wayne se librara del consejo de guerra, eso pareció ponerle nervioso.

—Tú no conociste al papá de Scott Norris, ¿verdad?

—Me temo que Scott no estaba muy interesado de llevarme a su casa a conocer a la familia.

—El Sr. Scott Norris padre trabaja para la CIA, en la oficina del inspector general.

—No me puedo creer que le dé a Scott...

—No, no, no. El padre es un devoto americano —dijo Miguel—. No tiene por qué contarnos nada necesariamente, pero puede que esté interesado en Wayne Marshall. Y en cualquiera que le ayudara a salir del ejército. Especialmente si esa persona puede estar conectada con la Casa Blanca.

—Estamos enfocándonos en Trent, no en mi padre.

—Como sea. He estado pensando que si podemos conectar a Wayne y a Trent a alguna clase de subversión militar, podremos acceder al asunto del blanqueo de dinero por la puerta trasera.

Abrió la guía telefónica para buscar el teléfono de la centralita de policía.

—Bueno, yo aún le debo una cena al Scott hijo —dijo Shauna.

—Tengo la corazonada de que le deberemos más que eso cuando terminemos con esto.

Él le pasó a Shauna su teléfono.

—No le vayas prometiendo nuestro primer hijo o algo así, ¿de acuerdo?

32

El problema de quedarse dormido en un barco flotante en mitad del lago era que Shauna bien podía haberse quedado dormida en el vientre materno, con el único dolor de contracciones de un despertador.

Para Shauna, vino en forma de timbre de teléfono móvil. Se despertó de un salto que golpeó su mejilla lastimada contra la almohada. Hizo una mueca de dolor y levantó su mano para cubrir la piel magullada. ¿Cómo había rodado hasta ese lado sin despertarse? La cabina estaba a oscuras. Cambió de postura, sin ganas de levantarse.

La voz de Miguel, tan atontada como su mente, subió desde el nivel más bajo de la cabina. Habló durante un minuto, quizá dos, pero no pudo descifrar las palabras. ¿Cuánto tiempo había estado durmiendo? No lo suficiente, eso seguro.

—¿Shauna?

—Estoy despierta.

Muy despacio, se fue enderezando, luego intentó encontrar sus zapatos, los que se había quitado y tirado por ahí antes de caer redonda sobre la cama.

—No esperaba dormir tanto —dijo Miguel—. Culpa mía.

—Supongo que necesitábamos descansar.

Tanteando a ciegas chocó con sus botas. Miró de ponerse la izquierda primero.

—Era Beeson. Se nos pasó la hora de la reunión.

Antes de caer, ella al final había accedido a que Miguel la dejase en la comisaría a las siete antes de que él fuera a buscar a Scott Norris.

—¿Beeson piensa que he huido de nuevo?

—Le he asegurado que no lo has hecho.

—¿Qué hora es?

—Casi las diez.

—¡Uf!... ¿Cómo es posible?

Se metió en el otro zapato y se peinó el cabello con los dedos. Lucía desordenado y claramente horrible después de la siesta. Se imaginó cómo podría asustar a los niños pequeños ahora, habiendo dormido sobre el cabello húmedo después de la ducha, haciendo juego con sus ojos casi negros.

Miguel extendió su mano desde arriba para que ella subiese las escaleras hacia la cubierta. Shauna levantó los brazos estirándose como un gato. Miguel sonreía a su aspecto desgreñado.

—Tú podrías darle una o dos pasadas a tu barba, *Sabueso*.

Ella le pellizcó la barba.

—Beeson dice que tu amiga Khai le contó que Corbin estaba ayudando a su organización pro derechos humanos a documentar algunas actividades sospechosas.

—Es verdad. Tráfico de personas —dijo ella.

—Aquellas fotos de Wayne son de él en Houston, haciendo transacciones con otros dos hombres.

—¿Beeson sabe quiénes son?

—Aún no. Pero uno de ellos tiene un gran parecido con alguien de la base de datos de la Interpol que estaba siendo buscado por delitos de tráfico de personas. Mercado negro de bebés. —A Shauna le dio un vuelco el estómago—. Beeson le ha mandado una copia al Departamento de Justicia para verificarlo.

—Esto es cada vez más y más feo.

—Ven a ser mi copiloto. Voy a necesitar ayuda para llevar a esta chica a casa.

Shauna activó las luces de navegación y se quedó cerca de Miguel en la cabina los quince minutos que tardaron en llegar al muelle. Su cómodo silencio unió sus manos con la sensación de descanso de su sueño y creó un efecto calmante. Era posible que no se hubiera sentido tan segura, tan esperanzada de poder llegar al fondo de la verdad, desde que volvió en sí.

Ella rompió el silencio.

—No sé qué pensar de que vayas a hablar con Scott Norris sin mí.

—¿Crees que no sé cómo contar una historia?

No sonaba ofendido. Quizá estaba incluso contento de que ella no quisiera separarse de él.

—Ya sabes que no es eso a lo que me refiero.

Pero no podía poner en palabras aquello que realmente quería decir. Verbalizar lo que sentía la hubiera hecho parecer infantil y vulnerable, insegura. Seguro que podía arreglárselas por su cuenta durante unas horas después de haber estado a su aire en todos los sentidos durante los últimos días.

Así que se sintió agradecida cuando Miguel pareció entenderlo todo intuitivamente y no le pidió que se explicase. Después de todo, él la conocía a ella mejor de lo que ella le conocía a él.

Pensó que le gustaría ponerse en igualdad de condiciones cuando todo aquello hubiera acabado.

—Después de que todo haya acabado esta noche, deberíamos dejar que Beeson y Norris y todas las demás autoridades competentes se encarguen del resto de este lío —dijo ella, careciendo de ánimo para imaginarse dónde irían que estuviera fuera del alcance de Wayne, o cómo podrían llegar allí, o cómo podrían estar seguros allí una vez que llegasen, o cómo...

—Creo que tienes grandes ideas —dijo Miguel.

—Lástima que el mundo no tenga mucho espacio para ellas —suspiró Shauna.

Tendrían que quedarse bajo la mirada vigilante de Beeson hasta que su juicio tuviera lugar. ¿Y entonces qué, si Wayne demostraba que era tan resbaladizo como una anguila y utilizaba los cargos contra ella para mantenerla pegada a él?

Las luces del muelle empezaron a tomar una forma reconocible.

Mientras Miguel dirigía el arco hacia el espacio cubierto de su padre, Shauna divisó la guía de teléfonos que había dejado en la cubierta. La cogió y volvió a la cabina para guardarla en su cajón mientras Miguel paraba el motor y dejaba que el barco se deslizase. Allí abajo, ella le escuchó saltar al embarcadero para asegurar las amarras.

En cuestión de segundos oyó cómo sus pies golpeaban de nuevo la cubierta. Desató los cabos a tal velocidad que podía haber sido tomado por un verdadero *cowboy* marino. Aterrizó pesadamente, un salto torpe que no habría esperado de él.

—¿Estás bien?

Sin embargo, su respuesta no vino del muelle, sino de la cubierta, y en forma de un grito de alarma.

—¡Quédate abajo!

Ignorando su orden, Shauna subió las escaleras de la cabina en dos largas zancadas. Su cabeza rompió el plano de la cubierta en el mismo momento en que un brazo le rodeó el cuello y lo apresó en el hueco de su codo. La piel de su músculo olía a sudor viejo, y cuando ella arañó el brazo con sus uñas, rasparon el vello.

Gritó mientras el hombre la arrastraba sobre sus pasos. Su brazo era un torniquete.

Vio como el puño de él se lanzaba para golpearle la cabeza, y su visión superior se iluminó con bengalas veraniegas. Se encogió, pero no logró escaparse. Llamó a Miguel, pero la presión en su laringe ahogó el grito.

Sin ser del todo consciente de las razones para hacerlo, se lanzó de cara contra la cubierta, como un peso muerto. El codo de su captor, que aún estaba enfrente de su mandíbula, crujió contra la superficie del suelo. Juzgando por el grito en su oreja, se lo tuvo que haber fracturado.

Shauna forcejeó. Detrás de los gritos de su asaltante había otros más distantes. La voz de Miguel, mezclada con la de otro. Se giró y vio a Miguel saltando otra vez al barco y lanzándose sobre la maraña de cuerpos en la que ella se encontraba, aporreando al tipo que estaba sobre ella. Las vibraciones de cada golpe reverberaban a través de sus riñones.

Luego el cuerpo se apartó rodando de ella, y la mano de Miguel se deslizó bajo su axila, tirando de ella hacia arriba.

—¡Vamos, vamos, vamos!

Sus piernas estaban liadas en demasiados nudos para hacer que salieran. Miguel, después de un gran esfuerzo, la levantó.

Otro hombre se lanzó sobre la cubierta del Bayliner, y resonó como un timbal. *Bum.* El barco se balanceó, y Shauna podría haber caído si Miguel no la hubiera estado manteniendo en equilibrio con sus propias piernas.

Sin saber cómo, se encontró lo suficientemente estable como para seguir a Miguel. Él la empujó hacia el asiento al fondo del bote. El hombre que la había atacado rodó sobre la cubierta, sujetándose el codo y gimiendo. El otro arremetió contra los tobillos de Shauna, cogiéndola de la bota mientras Miguel tiraba de ella hacia los cojines de vinilo.

Ella dio una patada y Miguel les mantuvo en equilibrio a los dos. El pie con el que forcejeaba golpeó la nariz del hombre antes de que la bota se le saliera del pie completamente.

Shauna escuchaba su propia respiración, y luego la voz de Miguel en los pocos segundos que le llevaron a las dos sombras atacantes encontrar sus pies.

—¡Suéltate! —soltaron los pulmones de él.

Tenía que hacer lo que menos sentido tenía, debía confiar en lo que no comprendía. Si no lo hacía, el tiempo que le llevaría desvelar el significado de aquella palabra los mataría a ambos. *Suéltate.*

Ella se soltó de Miguel, y él la agarró de nuevo con la fuerza de un Sansón a punto de morir. Una de sus manos se deslizó debajo de su axila y la otra agarró la otra rodilla. Ella pegó su rodilla libre a su cuerpo.

Él la lanzó a la parte de atrás del bote. Con un solo movimiento. Atrás. Afuera. Y estaba volando.

Shauna contuvo la respiración, el conocimiento de lo que Miguel había hecho se agudizaba con la ansiedad. ¿Por qué no había saltado con ella? ¿No entendía que aquellos hombres le matarían? Podían arrastrarlo fuera del bote del senador y matarle bien lejos de cualquier foco político (en algún desierto de Texas) y nadie le echaría de menos siquiera, porque nadie sabría nunca que tenían que buscarle, porque nadie sabría jamás que él ya no estaba en su propio universo solitario, en su escondite autoimpuesto...

El agua fría que le golpeó la espalda bien podría haber sido una pista de hielo. Se llevó un duro golpe, se quedó sin respiración, se vio con la mente bloqueada, centrada en la última vez que se había dado una zambullida en un agua negra y helada.

El agua oscura y el hielo y el metal del coche y la suave máscara de los air-bags manteniéndola bajo la superficie. Sabía, aunque no podía ver, que estaba sola y que moriría si no se orientaba. Sus pulmones se abrirían en cualquier segundo y dejarían entrar el agua. Se revolvió, dando patadas y nadando, forzando a su cuerpo hacia arriba y afuera. Pensó que aquello era hacia arriba y afuera. Lo esperaba.

Sus manos golpearon algo sólido y ella se agarró, una superficie rota y afilada que le hizo sangrar las manos. Un pilar plagado de percebes. Lo siguió hacia arriba, manteniendo su cuerpo bien cerca, con los filos haciendo jirones su blusa y arañándole la piel del estómago.

La imagen de una ventanilla hecha añicos cortándole la barriga atravesó como un rayo su mente. Su primer recuerdo propio.

Necesitaba aire. Shauna no podía entender por qué la negrura de su alrededor se volvía aún más negra, sólo que así era. Si no tomaba aire ahora mismo...

El instinto de supervivencia de Shauna tomó el relevo a su voluntad y abrió la boca, abrió los pulmones.

Y se llenaron de aire.

Respiró un aire espeso y dulce, aferrándose la viga de soporte de un embarcadero adyacente al de su padre. Respiró y respiró, tratando de no jadear como un pescado, tratando de no anunciar su localización.

Un estrépito le hizo abrir los ojos y enfocarlos hacia la fuente. Un teatro de sombras, iluminado desde atrás por las luces amarillas del muelle principal:

el cuerpo de Miguel estaba doblado sobre uno de los lados de la cubierta de la galera, mientras uno de los hombres le daba un puñetazo. El otro estaba de pie sobre la popa, mirando fijamente el agua y sujetándose la nariz sangrante, gritando: «Necesito una luz».

La sombra que estaba junto a Miguel estaba muy ocupada para acercarle una linterna al hombre. Obligó a Miguel a ponerse derecho con un brazo y después le asestó un fuerte puñetazo sobre sus costillas. Miguel se desmayó, su barbilla chocó contra la rodilla de su oponente. Se le fue la cabeza hacia atrás y escupió. El matón de un solo brazo descargó sus nudillos contra la cara de Miguel. El gigantón que demandaba una luz saltó de su asiento y, con una suave patada contra el hombro de Miguel, lo lanzó fuera de la vista de Shauna. Junta la pareja no tuvo problemas para someterlo.

Todo el cuerpo de Shauna estaba temblando, pero no era consciente del frío.

Uno de los hombres sacó un trapo y lo abrió de golpe. ¿Una mordaza? A los pocos minutos vio cómo levantaban a Miguel de la cubierta, con las manos atadas a su espalda. Tuvieron que levantar su cuerpo maltrecho entre ambos. Una bolsa negra tapaba la cabeza de Miguel. El corazón de Shauna se paró.

—Ahora coge tu luz —dijo el primero.

Shauna contuvo la respiración y se movió detrás del delgado pilar como si pudiera evitar que su cuerpo tembloroso dispersara ondas en el agua. Buscó a su alrededor una manera de salir de debajo del embarcadero. Sin tener su propia luz, bien podía estrangularse en el lío de vigas y cables de allí debajo. ¿Cómo trepar hacia arriba y salir huyendo? La escalerilla más cercana estaba varios embarcaderos abajo. Incluso aunque pudiera alcanzarla, no sería capaz de pasar desapercibida.

¿Podría nadar hacia la orilla?

Ni siquiera podía ver la orilla.

Los dedos de sus manos y de sus pies estaban entumecidos. Le dolía el pómulo. *Miguel.*

Un potente rayo de luz barrió el agua desde detrás del barco de su padre hacia su embarcadero. Contuvo la respiración y se deslizó bajo la superficie sin salpicar, aunque por supuesto el agua no permanecería quieta por ella.

Sobre su cabeza, el pilar cortó el rayo de luz en dos. Rondó sobre el agua unos tres segundos que fueron como tres minutos. Sus pulmones iban a estallar.

La luz se marchó. Ella volvió arriba, sin hacer más ruido que un soplo de viento.

—No hay manera de encontrarla aquí sin montar una escena —dijo el portador de la linterna, apagándola.

—Alguien tendrá que hacerlo, entonces.

—Tú serás ese alguien que se lo diga a Spade.

—Si a Spade no le gusta lo que hacemos, puede hacerlo él mismo.

—De todas formas, este es tan valioso como los dos. Podemos usarlo para atraer a la chica.

Le dieron la espalda a ella, y Shauna no pudo escuchar el resto de la conversación. Envolvieron a Miguel con una lona, dejando su cabeza fuera, y después, metódicamente, devolvieron el barco del senador a su posición de descanso, con las lonas echadas como si el bote nunca hubiera salido. Ella permaneció en el agua, con los miembros volviéndose plomos inmóviles por el frío. Apoyó su cabeza contra el pilar y lloró sin hacer ruido.

Un nuevo silencio sacó a Shauna de su estupor helado. Las luces de arriba del muelle se apagaron excepto por las de emergencia del final. Los hombres se habían ido.

Miguel se había ido.

Shauna escuchó con atención por si había algún peligro oculto. Nada. Movió un brazo para marcharse del pilar, y el agua sonó alrededor como un petardo.

Hasta donde podía saber, nadie lo escuchó.

Las luces de seguridad se iban haciendo más brillantes junto a la fuerte oscuridad de los embarcaderos, y Shauna las siguió hacia la escalerilla de acceso, que esperaba que no fuera un simple falso recuerdo. Un embarcadero. Dos embarcaderos. ¿Cómo de lejos estaba?

¿Cómo de lejos la llevaría aquella historia?

¿Cuánto le costaría al final aquella búsqueda suya por la verdad?

Landon era la única persona que sabía dónde estarían ella y Miguel; ¿quién más podría haber ordenado el asalto? ¿Y qué clase de padre querría ver a sus hijos muertos? Porque si Landon McAllister no les había delatado a ella y a Miguel a los matones contratados por Wayne, ella tendría que creer que Wayne no era humano, sino una clase de siniestro secuaz ultrasensible que era capaz de intuir su paradero.

Las yemas de los dedos de Shauna tocaron el escalón de metal de la escalerilla, y su memoria a corto plazo se abrió de par en par a una nueva realidad.

Patrice sabía que Miguel y Shauna estarían allí. Patrice McAllister. La mismísima esposa de Macbeth, el cerebro del crimen y el poder, de pie en la puerta del despacho de la casa de su padre con dagas ensangrentadas en sus manos.

33

Por favor, Dios. Por favor, mantén vivo a Miguel. Demuéstrame que me quieres y mantenle con vida.

Un viento frío se levantaba del lago. Shauna yacía boca abajo en el muelle, aún tocando con los dedos de sus pies los escalones superiores de la escalerilla, mientras se intentaba recuperar del frío del agua. Presionaba su cuerpo contra los tablones, temblorosa y temerosa de que alguien estuviera allí detrás esperándola. ¿Ahora qué? Necesitaba llegar a Beeson antes de que Wayne diera con ella. Necesitaba moverse.

¿Pero era eso lo mejor? ¿El detective sería capaz de hacer algo por Miguel? ¿Creería su historia? ¿Le importaría?

Debían ser las diez y media ahora. Se preguntaba dónde habrían ido a parar las llaves del Jeep de Miguel. Se preguntaba qué había pasado con su teléfono. Tal vez todavía estuviera en el bote.

Necesitaba ropa seca. Necesitaba calentarse. Shauna tiró de sí misma para ponerse de rodillas y se agachó para regresar al bote. Se resbaló y se golpeó contra el muelle, fallándole los pies por culpa del calcetín mojado y de la bota que le faltaba.

El aire le picoteaba las palmas rajadas. Sus dedos temblaban tanto por el frío que casi no podía quitarle los broches a la cubierta de lona. El dolor perforaba las yemas de sus dedos. Si no tenía más cuidado se las podía destrozar antes de terminar. Pero desató lo suficiente para rodar dentro del bote, aterrizando sobre un objeto rígido que se le clavó en las costillas. Su zapato perdido. Lo cogió y lo sujetó delante de ella para protegerse de la negrura.

Movimiento, movimiento, movimiento. Si se movía no tendría que pensar. Tropezó dentro de la cabina y encontró la luz del baño. Su respiración se estabilizó de forma notable en el espacio vacío. Al cabo de unos minutos se había quitado la ropa y se había secado con una toalla y se había puesto su ropa usada, aunque seca. Sólo la bota que se había llevado al agua con ella permanecía encharcada.

Shauna se estaba abotonando la blusa (tuvo que esperar hasta que sus manos dejaron de temblar) cuando el teléfono sonó.

El teléfono de Miguel.

No pensaron llevárselo con ellos. Arriba. Estaba en la cubierta. Tropezó allí arriba, sin poder ver nada. El sonido venía de la cabina, pensó. Se puso de cuclillas para llegar allí por debajo de la lona.

Dos timbrazos.

Sus manos tantearon las superficies y encontraron de todo menos el teléfono.

Tres timbrazos. El sonido retumbaba bajo la lona.

Se golpeó la espinilla contra el asiento giratorio del timón. ¡Genial!

Cuatro timbrazos. No, no, no.

El teléfono se quedó en silencio.

Se inclinó hacia delante, sujetándose con las dos manos a los brazos de la silla. ¿Dónde estaba el teléfono? Si ella fuera Miguel, ¿dónde lo habría puesto? ¿Dónde lo habría tenido a mano? ¿Dónde no se habría preocupado de que se le mojase?

La caja seca. Extendió sus dedos y alargó la mano hacia la caja detrás del asiento. Tanteó el cerrojo y lo abrió de un tirón. "¡Aquí!», dijo ella en voz alta mientras sus dedos se cerraban alrededor del magullado móvil negro.

Su mano tocó algo junto al teléfono, y escuchó cómo se resbalaba bajo un montón de trapos de gamuza que descansaban allí. Tintineando al fondo de la caja lo reconoció. Llaves. Miguel había vaciado sus bolsillos para sentarse más cómodamente. Y después se quedó dormido.

Presionó un botón en uno de los lados del panel y usó la luz de la pantalla como linterna para buscar las llaves. Habían caído más allá de un juego extra de botas de neopreno, un mapa de navegación plastificado y una cuerda trenzada en el fondo de la caja. Apartando los objetos a un lado, al final atrapó con sus dedos la pequeña anilla y tiró de ella.

Y allí estaba su billetera, con su carnet de conducir sonriéndole a través del bolsillo de plástico en uno de los lados. Tío, ésa era una mala foto. Pero en aquel momento era la cosa más bonita que hubiera visto nunca.

Estudió su sonrisa entornada, deseando de nuevo que aún estuviera...

El teléfono trinó en su mano y ella lo dejó caer. Accidentalmente desconectó la llamada. Se apagó la luz.

Encuentra el teléfono. Encuéntralo, encuéntralo, encuéntralo.

El teléfono sonó de nuevo y se iluminó. Lo arrancó del fondo. Número privado. Presionó el botón de hablar.

—¿Sí? —Estaba jadeando. ¿Cómo podía estar sin aliento?

—Ya estaba empezando a pensar que no querías hablar conmigo.

Wayne. Su cabeza se llenó de odio y miedo a partes iguales.

—¿Cómo tienes este número?

—Oh, él nos lo dio con cierta facilidad. No estábamos seguros de si estarías aún en la zona.

Oh, no. No, no, no. Tenía que largarse.

—No te preocupes, pequeña. Te he quitado a mi gente de encima. Necesito sus energías en otro lugar ahora mismo.

Ella se apartó el pelo húmedo de la frente y salió con un traspié de la cabina, sujetando las llaves y la cartera de Miguel con la otra mano. Intentó identificar el lugar por el que había entrado y respiró con fuerza sobre el teléfono. Estaba muy oscuro allí.

—¿Dónde está Miguel?

—De camino a pasar algo de tiempo conmigo. —Encontró la apertura en la lona—. Tienes buen gusto, pensé que podría tratar de averiguar qué es lo que ves en él.

—Te he preguntado que *dónde* está.

—En algún lugar entre tú y Houston.

—¿Está vivo?

—Estás haciendo preguntas estúpidas, Shauna. ¿No te ha enseñado nada el periodista?

—¿Qué vas a hacer con él?

—Estamos un poco cortos de ratas de laboratorio estos días, así que pensamos ponerlo a trabajar en calidad de una de ellas. A ver si podemos repetir lo que creamos contigo. A cualquier nivel. El resto depende de ti.

—¿Qué quieres decir?

—En serio, ¿voy a tener que explicártelo todo? La siguiente pregunta debería ser *¿Qué quieres que haga?* Vas a tener que ser una estudiante más veloz si quieres que Miguel siga vivo.

—¿Qué quieres que haga, enfermo...?

—Quiero que vengas a Houston con nosotros. Sin policía —la voz de Wayne sonrió. Como si la estuviera invitando a unas vacaciones—. Será divertido.

Shauna rodó fuera del barco hacia el embarcadero y se clavó una astilla en el muslo. Ya se ocuparía de eso más tarde. Tenía que levantarse. Sobre sus rodillas, luego sobre sus pies. Empezó a correr.

—Buena idea. Ven a toda prisa hasta aquí, tan rápido como puedas.

Tendría que ser menos obvia. Volvió su falta de aliento en una queja.

—Estoy *herida*, Wayne. Eres un perro. Ni siquiera puedo andar.

Wayne chasqueó la lengua.

—Debería mandar a alguien para que te ayude, entonces.

—Tu concepto de la palabra *ayuda* es de lo más demente.

Shauna alcanzó la verja de seguridad y se colgó el teléfono entre la oreja y el hombro para abrirla.

—Mira, no le voy a robar minutos a nuestro plan de buenos amigos —dijo Wayne—. Iré al grano. Tú vas a estar en Houston en cuatro horas, tú sola con tu espléndida y alta figura, o Lopez no sobrevivirá a esta noche.

El estómago de Shauna se volvió un bloque de cemento.

—No es posible —dijo ella—. Estoy herida. No tengo coche. Y serían tres horas de viaje para llegar hasta allí sin que nada de esto estuviera pasando.

—¡Tú eres una chica lista! Si alguien puede encontrar una manera de sacarte de tu apuro, sé que esa eres tú.

—Cinco horas.

—No estás en posición de negociar, Shauna, aunque yo sea un tipo simpático. Cuatro horas es todo lo que te puedo ofrecer.

—Necesito una garantía de que no le matarás cuando llegue allí.

—La única garantía que recibirás de mí es que le mataremos si no vienes.

Shauna trastabilló en el aparcamiento.

—Estaremos en contacto —dijo él, y ella empezó a gritar.

—*¿Dónde? ¿Dónde quieres que vaya, pedazo de animal?*

Pero él había colgado la llamada. Buscó en el registro el número y le devolvió la llamada. Número privado. Marcó el número del buzón de voz y obtuvo una grabación. Shauna gritó hacia el cielo.

Comprobó el reloj digital del teléfono. Las diez y cuarenta y seis.

Shauna se metió en el Jeep de Miguel, cerró las puertas, metió la llave en el contacto y puso en marcha el motor. La llamada de Wayne había estropeado sus planes de ir a Beeson. Wayne mataría a Miguel si ella iba a la policía. Incluso si él no averiguaba que ella le había delatado, si ella no se dejaba ver en Houston en cuatro horas...

Debería ir por Miguel ella misma. Lo más probable sería que Wayne esperara hasta el último momento posible para hacerle saber adónde debía ir. Tenía que ser más lista que él. Tenía que descubrir cómo trabajaba e ir un paso por delante.

Necesitaba ayuda, la ayuda de alguien que conociera a Wayne mejor que ella. Que conociera sus métodos. Tal vez hasta que supiera que él trabajaba fuera de MMV.

Alguien que no fuera tan ingenuo como ella. Estaba muy enfadada consigo misma.

Trent Wilde. Leon Chalise. No eran opciones.

Millie Harding. Ni idea de dónde encontrar a la buena doctora a esas horas de la noche.

El empleado de Wayne. El hombre que había visto en tantas ocasiones: en el SUV, en el parque, en el hotel. Ni idea de dónde encontrarle tampoco. Ni siquiera sabía su nombre. No sabía si podría confiar en él.

A no ser que...

El hombre que conducía el SUV era un testigo que aparecía en el informe del accidente. Todavía lo tenía allí, en el suelo del coche, con las medicinas que había querido llevarle a Beeson. Levantó el informe hacia el salpicadero bajo la luz del aparcamiento y pasó rápidamente por las páginas hasta que encontró su nombre.

Frank Danson.

Y la dirección de Frank Danson.

Shauna se apresuró a abrir la guantera de Miguel, esperando que tuviera algún callejero. De hecho, tenía montones, alineados como un montón de almohadas bajo el cuchillo de mango de perla que Frank Danson había lanzado contra el marco de la puerta del hotel.

Sacó el mapa de Austin, encontró la calle, a veinte minutos de allí. Miró el reloj del salpicadero. Las once en punto.

¿Cuál era el mayor riesgo? ¿Ir a Houston a la merced de Wayne, a ciegas, o ir a la casa de Danson sin garantías de encontrarle allí, o si estaba, que quisiera matarla y arrastrar su cadáver hasta Wayne para recoger el dinero que Wayne le debía? Eso le resultaría difícil de hacer.

Miguel le habría dicho que estaba loca. Él le habría dicho de ir directamente a Beeson, y en vez de esto, mantenerse alejada de *cualquiera* asociado con Wayne.

Toqueteó su anillo. Miguel no sería de ayuda en esta decisión.

¿Cómo había reaccionado Wayne ante el fracaso de Frank de matarla aquella noche en septiembre? Añadiéndole a eso el fracaso de evitar que se escapara del hotel...

No podían tener una buena relación. ¿Cómo sería de arriesgado asumir que Frank y Wayne estaban lo suficientemente disgustados el uno con el otro como para que ella pudiera poner a Frank en su contra?

Unos segundos después, Shauna decidió asumir el riesgo. Frank podría contarle cómo y dónde operaba Wayne en Houston. Incluso podría saber qué le había pasado a Miguel.

Sólo podía esperar que Frank Danson aún estuviera vivo, y que quisiera hablar con ella.

Eliminó la última parte. Shauna no necesitaba realmente que él le hablase, no si su recuerdo de haber trabajado para Wayne Spade estaba todavía intacto. Podía manipularlo si no decía una palabra. Si era cautelosa.

Las once y cuatro minutos. Condujo la camioneta de Miguel fuera del aparcamiento y aceleró hacia la zona sur de la ciudad, uno de los últimos lugares sobre la tierra en los que querría estar.

34

Frank Danson ocupaba una casa de clase media en un vecindario que estaba desmoronándose como uno en mal estado de clase baja. El suyo era el número 503, al final de una hilera. Shauna aporreó la puerta sin parar hasta que escuchó pasos.

La puerta se abrió.

—¿Qué? —se quejó él. Luego vio a Shauna y dio un portazo con una sarta de improperios.

Shauna aporreó de nuevo.

—¡Frank! ¡Tú no quieres que monte una escena! —Shauna gritó todo lo fuerte que pudo—. ¡Quieres hablar conmigo, Frank! Quieres hablar conmigo sobre por qué no he llamado a la policía...

¡Estúpida cría! Si él estaba con Wayne en el secuestro de Miguel, podía decir que estaba mintiendo. Ella hizo una mueca, incapaz de volver atrás.

—¡Por qué no les he contado cómo estás compinchado con Wayne, cómo maquinasteis el accidente (tú y Wayne y Bond) que me provocasteis en Corpus Christi! ¿Tú también estás involucrado en el tráfico?

Él abrió de nuevo la puerta y tiró de ella hacia dentro.

—¿Pero qué... *tráfico*? Las drogas *no* son mi área, así que no empieces.

Frank cerró la puerta detrás de ella, agarrándola por la parte superior del brazo.

—Y yo no te hice *nada* en Corpus. ¿Cómo has encontrado este sitio?

—En el informe del accidente. ¿No usaste un alias?

Él echó los cerrojos y después fue al nivel inferior de la casa a cerrar las cortinas de las ventanas, arrastrándola a ella detrás.

—No tenía ninguna razón para usar uno —murmuró—. No habría hecho falta, si el trabajo se hubiera hecho bien la primera vez. Fue culpa de Bond.

La arrastró de nuevo a la sala de estar. Había sido una loca yendo allí sola. Loca. El hombre tenía dos veces su tamaño y podía triturarla. Vio la imagen de Miguel en el suelo del despacho de Leon, retorciéndose de dolor. Por ella. Ella, al menos, podía hacer eso por él.

Frank llevaba una camisa de franela, sin abotonar, y en su pecho tenía la magulladura más larga y espantosa que había visto nunca, una explosión morada y verde sobre sus costillas.

—¿Qué pasó?

Frank la soltó tan bruscamente que ella se tambaleó. Él se abotonó la camisa para cubrirse la magulladura.

—Tu amor me disparó.

—¿Wayne? —Aquella noticia alentaba sus esfuerzos.

—¿Quién si no?

—¿Y tú llevabas un chaleco?

—¿Tú qué crees?

—Creo que vosotros dos tenéis algunos asuntos pendientes.

—No, nos conocemos bien. Por eso siempre debo llevar un chaleco antibalas en su compañía. Puedo recibir un balazo por la espalda.

—O en el corazón, por lo que veo. Es una suerte que no fuera por tu cabeza.

—Me parece que él va por la tuya —Frank señaló el moratón el pómulo de Shauna.

—Es verdad.

Ella levantó los ojos a uno de los lados del cuello de él. Dos quemaduras paralelas le marcaban la piel como una mordedura de serpiente.

—¿Wayne te hizo eso? —Ella levantó los dedos para tocarlo. Él le apartó la mano de un manotazo.

—Tu novio tiene el mérito de ésta.

Así que así fue como Miguel entró en la habitación del hotel.

—Fue un mal día para todos —dijo ella amablemente.

—¿Has venido para empeorarlo?

Ella negó con la cabeza y bajó el tono de su voz, esperando que así él bajara sus defensas y la preocupación sobre lo que acarrearía ese encuentro.

—¿Crees que Wayne me rompería la cara y después me mandaría aquí sola tras de ti?

—No me voy a molestar en adivinar lo que hace ese hombre nunca más.

—Necesito que intentes adivinarlo para mí una vez más. Como un favor.

—¿Por qué haría yo eso? ¿Qué clase de favor te podría deber yo a ti?

—Esto puede funcionar para ambos, Frank, si estás abierto a un trato.

Frank se movió hasta un viejo sofá marrón y se dejó caer en él. Alargó la mano para agarrar un vaso húmedo de whisky del final de la mesa.

—Esto debe ser bueno.

—Sé lo que estás pensando —dijo ella. Se sentó en un cojín junto a él, reduciendo su espacio personal un poco—. Estás pensando, «Frank, esta chica es tu peor pesadilla. Esta chica te sigue dejando en ridículo como vigilante, y tú *no* firmaste por tantos problemas». ¿Me acerco?

—Así que puedes leer la mente.

Ella puso su mano sobre su rodilla. No conseguía que dejara de temblar.

—Se podría decir eso.

Él cogió su mano temblorosa y la puso en su propia rodilla.

—Entonces vete a leer la mente de Wayne.

—Estoy en camino. Pero primero, como dije, necesito un favor.

—Tú eres la que no lo ha dicho hasta ahora.

—Necesito saber dónde trabaja Wayne en Houston. Donde va si las cosas se complican.

—Y si supiera eso, ¿por qué tendría que contártelo?

—Intentemos una pregunta más sencilla entontes. ¿Por qué quiere matarme Wayne?

Frank se rió entre dientes.

—Es difícil de adivinar qué llevaría a un hombre a querer matarte.

Shauna puso cara de eterna paciencia.

—Tú sabes que yo no soy el problema, Frank. Wayne está a punto de obsequiarte con un problema mucho más grande que yo.

—No sé de qué...

—Sí que lo sabes. Ése es tu instinto hablándote, pero puedes hablar libremente conmigo. Porque tú y yo conocemos a Wayne por el lobo que es. Ahora dime, ¿estoy equivocada al decir que estás francamente harto de que te vapuleen?

—Nadie me vapulea.

Shauna esperó que hubiera una excepción para esa regla. Pero esto no funcionaría si ella no podía controlar sus nervios. Se concentró y empezó a idear una historia, algo ficticio que había confeccionado conduciendo a casa de Frank, deseando que la guiase hasta la verdad.

—Wayne ha puesto a la policía tras tu pista, Frank.

Frank soltó una carcajada.

—Wayne cree que estoy muerto.

Sí, bueno, esa información la obligaba a pensar sobre la marcha.

—El departamento de policía de Austin cree que estás muy vivo. Wayne lo puso en marcha antes de cansarse de ti. Los polis tienen tus huellas en el apartamento de Corbin Smith.

Shauna aún creía que Wayne era el responsable de la muerte de Corbin. Pero si podía hacer que Frank creyera que Wayne lo había incriminado, estaba seguro de que podría poner a Frank de su parte.

Aquella afirmación borró la sonrisa de la cara de Frank. Movió nervioso la mejilla, pero dijo:

—¿Quién es Corbin Smith?

—Un fotógrafo muy muerto. ¿Pero no te interesa más saber por qué Wayne querría poner tus huellas en su casa?

—En realidad, me pregunto cómo sabes tú eso.

—Soy amiga del detective que lo investiga. —Esperaba que Frank no le preguntase para comprobar aquello—. Es sólo cuestión de tiempo que te cojan, Frank.

—Eso es una patraña.

—¿Sobre mí o sobre ti?

—Ve al grano ahora mismo.

—¿Ese cuchillo que te dejaste en el marco de la puerta del hotel? Yo lo cogí. Están buscándolo como el arma del crimen.

La risa de Frank era forzada. Pero se golpeó las perneras de sus *jeans* con sus manos, dejando la tela oscurecida por el sudor.

—Ése es el cuchillo de Wayne —dijo él.

—Lo sé. Wayne lo usó para intentar matarme

—No haces más que parlotear. No sé a dónde quieres ir a parar.

—¿Dónde conseguiste el cuchillo, Frank?

Frank soltó un taco de nuevo.

Ella respiró hondo y esperó que no se le notase el farol.

—Sé que esto es molesto, pero, a no ser que sepas volverte invisible para que la poli no te encuentre, creo que podemos ayudarnos el uno al otro.

—No necesito tu ayuda.

—Ah, ¿no la necesitas? ¿Por qué crees que aún no has sido arrestado? ¿Por qué crees que no se te han imputado cargos de asesinato o secuestro?

Frank tomó un sorbo del vaso, y después se inclinó hacia ella para soltarle el aliento a whisky en su cara. Ella tuvo que hacer un esfuerzo por mantener los ojos abiertos.

—Cuéntame.

Su hedor le provocaba náuseas, pero aun así levantó su dedo hasta la parte de debajo de la barbilla de él, como prueba de su habilidad, y como petición para que él la mirara. Su toque no generó nada.

No tenía tiempo para un plan más sutil. Se puso de pie y se inclinó sobre él, presionando sus hombros contra el respaldo. Puso su cara mucho más cerca de él. El temblor de sus manos se desplazó a sus rodillas. Se reprendió a sí misma en silencio.

—No tengo que contarte aquello que ya sabes, Frank. Porque no soy policía. No estoy aquí porque me importe lo que te pasa, o porque esté buscando empezar una nueva carrera. Estoy aquí porque creo que Wayne Spade necesita volver a poner los pies en la tierra como el resto de los humanos, y porque creo que tú sientes lo mismo. Y si no lo haces, deberías. Porque después de la aventura del hotel (y siento mucho haberte dejado plantado así) estoy segura de que tú estás entre los menos favoritos de su gente. —Sus dedos ardían sobre el pecho de él, donde estaba la magulladura. La más ligera presión de las yemas de sus dedos evitaría que él se moviese—. Dos trabajos chapuza en dos meses. Eso no puede ser bueno para ti, Frank.

Pensó que podría sostener su mirada más tiempo que él, pero al final ella dejó caer los ojos a sus labios. Dos segundos más y él la habría puesto en evidencia.

Al final él dijo:

—¿Qué propones?

Ella se agachó delante de él, dejando descansar sus manos sobre sus rodillas.

—Ayúdame, Frank. Ayúdame a traerle aquí y habrá una recompensa para ti. La principal de ellas, que no presentaré cargos contra ti por haber intentado matarme.

—Yo nunca intenté matarte. —Él se movió para ponerse en pie, pero ella presionó con su palma su magulladura y él cedió en el intento. Cogió sus manos, medio sorprendida cuando él no las apartó.

—No, tú lo preparaste. Pero, desgraciadamente, para la policía eso es casi lo mismo. Fue esa rata de Rick Bond el que en realidad me empotró contra su camión, ¿verdad? Tú me hiciste virar, seguro, pero él fue el que me empujó.

Shauna puso la mano izquierda de Frank contra su mejilla y la sujetó allí. Su palma y sus dedos casi le cubrían la totalidad de su cara. Él no se movió. Su corazón estaba a punto de atravesarle las costillas.

Ella susurró:

—Así que dime, Frank, ¿cómo es que a Rick le pagaron tan generosamente? ¿Has visto en algún lugar el dinero del acuerdo? ¿Mantuvo Wayne alguna de sus promesas cuando yo no me rendí y morí?

Frank no se movía, y Shauna esperaba que su treta hubiera hurgado en lo más profundo de la herida. Despacio, con cautela, besó su mano.

—Podemos ayudarnos el uno al otro, Frank.

Los dedos de él se pusieron rígidos y los deslizó hacia la parte de atrás de la cabeza de ella. Apretó su nuca, inclinando su cabeza hacia atrás.

—O podría matarte ahora.

Dios mío, no me dejes morir.

Ella mantuvo el contacto visual, con la voz aún más baja.

—Podrías, pero no lo harás. No le darás a Wayne esa satisfacción.

Eso, y que él no se arriesgaría a ensuciarse sus propias manos.

Él la creyó, y ella lo supo. Lo supo porque en aquel momento él decidió que odiaba a Wayne más de lo que temía a Shauna, y ella estaba allí, y él le sujetaba el cuello con firmeza. La mente de Frank se abrió, y sus recuerdos se expandieron bajo sus pies como caramelos de una bolsa desparramada; y ella escogió el suyo.

Era su turno, y sólo tenía unos cuantos segundos para decidirse antes de que él se desconectara de ella. Estiró su mano mental sobre la cima de aquellos recuerdos en forma de caramelo, intentando reducir el gigantesco montón a una simple capa, para mirarlos a vista de pájaro.

Había demasiados.

Necesitaba encontrar a Wayne. Necesitaba encontrar a Miguel. Necesitaba saber lo que fuera que la ayudara a entrar en la mente de Wayne, y le contara por qué él quería que muriese... cualquier cosa que pudiera usar para salvar la vida de Miguel.

Si tenía suerte, podría escoger un recuerdo que Frank no perdería. Un recuerdo que, cuando saliera a la luz como confesión, pudiera recrear para el resto del mundo como una evidencia.

Si tenía suerte.

35

Landon McAllister se había acostumbrado a las noches en vela en las dos décadas que habían pasado desde su primer cargo político. Desde que había anunciado su candidatura a la presidencia, sin embargo, raramente dormía más de cinco horas cada noche y había llegado a sacar provecho de esta forma de vida. Las horas sin interrupción de reflexión y estrategia mientras el resto del mundo dormía le habían dado su ventaja.

Aquella noche, él podía haber dormido siete horas, un lujo que de vez en cuando se permitía. En vez de eso, a medianoche se encontraba despierto en casa, en la cabecera de la cama de Rudy, consciente a medias de que no podría haber dormido aunque lo hubiera querido.

Rudy dormía despreocupado.

La casa estaba en silencio, vacía excepto por el personal de seguridad que Landon había encontrado la manera de ignorar. Patrice se había ido después de la cena, se había marchado a Houston para una aparición pública en un hospital pediátrico a primera hora de la mañana.

Ella le había dado un beso de despedida en el garaje.

—Pareces distraído esta noche —observó ella.

—Estaba pensando en algunas cosas que Shauna dijo.

Patrice puso un pequeño bolso de viaje en el maletero de su coche, y después volvió junto a Landon, que aún sostenía su bolso y su abrigo.

—¿Todavía no sabes cómo evitar que esa chica te mantenga despierto por la noche?

—Sí. De hecho me he vuelto bastante bueno en eso. —Él la ayudó con la chaqueta—. Quizá desgraciadamente bueno.

Patrice se puso frente a él.

—Bueno, intenta dormir un poco esta noche.

—Tú haz lo mismo. Te necesitaré las próximas dos semanas.

Ella sonrió y le acarició suavemente el brazo con la mano.

—No estoy planeando dormir en absoluto en los próximos cuatro años.

Él la besó en la nariz.

—Entonces malgastaré mis horas en vela esta noche planeando cómo hacer del insomnio una realidad para ti.

Ella movió sus cejas ante el juego de palabras y le besó una vez más antes de marcharse.

En vez de consagrar su mente a las elecciones, los pensamientos de Landon volvieron a su hija.

Su hija era tan parecida a su madre (guapa y apasionada y cabezota) que a veces a Landon le resultaba doloroso mirarla. Shauna le recordaba una vida que había perdido hacía mucho tiempo, una pérdida a la que había tenido que dar la espalda para poder sobrevivir. Las distracciones de la política y el desinterés de su perspicaz esposa, Patrice, que había hecho todo lo posible para ayudar con la educación de Shauna, lo había hecho posible de alguna manera. Rudy, sin embargo, era el corazón de la nueva vida que Landon se había creado.

Shauna, por otro lado, se comportaba como un miembro gangrenoso que quería ser amputado.

Su continua insistencia en el dinero de la campaña lo molestaba. ¿No habían dicho los doctores que había perdido medio año de recuerdos? Esos detalles quedaron enterrados bajo las cuestiones más apremiantes. Incluso así, ¿cómo había recordado su discusión, y por qué tenía esa fijación con aquel asunto? Nunca había mostrado interés en sus negocios o en sus asuntos políticos. Se había separado de él hacía años.

Siempre había pensado que sus continuas disputas con Patrice y su ruidosa aversión al mundo político eran un medio de llamar la atención.

Si era sincero, sin embargo, tenía que admitir que Shauna no era más propensa a mentir que su madre. *Xamina...* Landon suspiró. Xamina, la belleza guatemalteca con un nombre tan exótico como un perfume lujoso, nunca le había fallado a la hora de decirle la verdad con una rotunda franqueza. Shauna, como hija, se había comportado siempre así.

Puestos a pensarlo de nuevo, no podía acordarse de ninguna ocasión en la que ella hubiera dejado de ser tan directa y optimista como su madre.

Si es lo suficientemente grande como para matar por ello, es suficientemente grande para destruir todo por lo que alguna vez hayas luchado.

¿Era posible que Trent Wilde hubiera malversado los fondos de MMV a propósito de estas elecciones? La idea le dio ardor de estómago a Landon. Le había confiado el negocio a Trent durante tanto tiempo que no podía recordar la última vez que había analizado un informe anual. Trent le había ido informando de cada junta de consejo y de cada reunión de accionistas, a las que él había asistido a veces en su lugar. MMV siempre había sido una empresa saludable. Pero los últimos años habían sido especialmente fructíferos. Habían obtenido beneficios cada año desde...

Dios mío. Cada año desde que Trent había insistido en que podía tomar la presidencia. Había empezado a hablar de ello al término de su segundo mandato senatorial. Hacía siete años.

Si el dinero era sucio...

¿Era posible que el accidente de coche no hubiera sido culpa de Shauna? ¿Que ella hubiera sido perseguida por sus preguntas sobre los fondos? ¿Que Rudy no hubiera sido más que un testigo de todo ello?

¡Sus *hijos*! ¿Por qué querría Trent hacerles daño? Él los quería; Landon nunca había dudado de ello.

No, si algo criminal estaba en marcha, otro que no fuera Trent debía ser el instigador. Leon Chalise, por ejemplo.

Landon acarició las sábanas extendidas sobre las piernas estiradas de Rudy y se puso de pie. Necesitaba encontrar unos pocos informes. Buscar atrás en sus correos electrónicos para ver si Shauna alguna vez le había mandado algo que ahora debiera leer con una luz diferente. Se comunicaban muy poco, no le llevaría mucho tiempo revisarlo.

Estudiaría lo que encontrase, y después llamaría a Trent cuando se pusiera en camino mañana por la mañana. Poner todo aquello a descansar. Empezar a investigar a Leon si tenía que hacerlo. Empezar con buen pie a minimizar los daños.

Volviendo al pasillo fuera de la habitación de Rudy, Landon pasó junto al revestimiento de plástico que protegía el resto de la casa de su proyecto de remodelación. Pam no exageraba cuando decía que Landon no había reparado en gastos para cuidar de Rudy. La pared entre dos dormitorios de aquel ala había sido echada abajo, creando una gran sala de terapia, con los artilugios de la más alta tecnología relacionados con las terapias de rehabilitación de Rudy. Estaba planeado que terminaran el trabajo antes de las elecciones.

Justo cuando tuviera que dejar a su hijo atrás.

Landon suspiró y giró por el pasillo que llevaba hacia su despacho. Podía hacer mucho en las próximas horas. Miró su reloj. Las once y cuarto. La noche era joven.

Shauna necesitaba mucho más de aquel momento único. Necesitaba saber dónde estaba Miguel, dónde había ido Wayne con él, qué le estaban haciendo. Si Frank lo sabía. Necesitaba algo que pudiera convertir a Frank en su aliado. Necesitaba muchas cosas, y ella las buscó todas.

Todo lo que vio era caos. Un revoltijo aparentemente inconexo de gente y posesiones, lugares, una historia en una pila de piezas. Los recuerdos estaban tan desorganizados que tuvo problemas para centrarse en uno solo. Buscó a Miguel, a Wayne, alguna cara conocida, y cuando empezó a dolerle la cabeza empezó a buscar el lugar del accidente, donde sabía que Frank había estado, y después, desesperada, algo de Austin. Nada ligeramente familiar.

El sonido del tictac de una bomba sonó bien alto en su cabeza.

¿Era esa la mente de un hombre distraído y desarraigado? ¿Para él no había unos recuerdos más importantes que otros, ninguno más vívido que destacase? ¿Estaba tan desligado de su propia vida que no le daba prioridad a sus propios recuerdos?

Shauna sintió cómo Frank la apartaba de él.

¡Espera! Corbin.

Allí. Vio la cara de Corbin. La agarró. Su brazo apenas lo rozó mientras la pila de caramelos empezaba a alejarse de ella.

Tocó el recuerdo, lo agarró con un puño y esperó haber cogido algo que tuviera sentido.

Y lo esperó.

Vaya si lo esperó.

Miró, y su esperanza creció, no con un solo recuerdo, sino con una cuerda entera de imágenes conectadas que salían volando de la pila intactas, una gran cuerda de caramelo de dulce éxito.

Abrió los ojos, sin aliento y feliz.

¿Feliz? No. Aquello no era felicidad, sólo alivio. El tamaño y el peso de aquella cuerda de recuerdos era mucho mayor de lo que había visto al principio, una carga más pesada que cualquier otra que ella hubiera levantado hasta entonces.

¿Y esa era su carga (¿verdad?), la de llevar esos recuerdos que había robado? Se le ocurrió que no había desechado ninguno de ellos, que ninguno se había desvanecido en su cerebro desde que había empezado aquel asunto roba-mentes.

Aquel peso acumulado, quizá más que la pérdida de su propia memoria, era el verdadero castigo por todo lo que había hecho.

Shauna abrió los ojos, con la secuencia del recuerdo bien vívido.

—Realmente tú mataste a Corbin Smith —dijo ella antes de poder pararse.

Frank puso los ojos en blanco.

—Todavía sigues con esa historia.

Por supuesto. Wayne le había contratado. El golpe al darse cuenta de que su historia fabricada había sido, de hecho real, todo excepto lo de endosarle las pruebas a Wayne, la dejó atónita.

—Aceptaste el trabajo porque necesitabas el dinero, pero aún estabas molesto porque no se te pagó por lo de mi accidente. Frank empujó a Shauna lejos de él.

—Eres una chiflada. No tengo ni idea de lo que estás hablando.

Ella permaneció en pie, comprendiendo que Frank se le acababa de escurrir de los dedos.

—Alquilaste un coche que se parecía al de Wayne, lo llevaste hasta la casa de Corbin. Te colaste dentro y... —Esto, aquí, era la grotesca verdad: ella tendría que vivir con aquel recuerdo como si fuera el suyo propio. Se sintió mareada. Reculó hacia la puerta—. Le cortaste el cuello con el cuchillo de Wayne. ¿Cómo conseguiste el cuchillo de Wayne, Frank?

Frank se rió, nervioso ahora. Se puso de pie y dio un paso hacia Shauna. La espalda de ella golpeó el pomo de la puerta, y ella llevó su mano allí para agarrarlo.

—No puedes...

—Esperaste a que Wayne y yo llegásemos allí la mañana siguiente, y entonces pusiste la cámara y el teléfono de Corbin en la parte trasera de la camioneta de Wayne. Pensaste que la policía los encontraría antes de que yo lo hiciera.

—¡Deja de meterte en mi cabeza! —gritó Frank—. Me estás hablando como si tú fueras la que lo hizo. ¿Lo hiciste? ¿Estás con Wayne pegándome esto a mí?

—La razón por la que no puedes recordar haber matado a Corbin Smith es porque no puedes recordar *nada* de tu vida del último domingo por la noche, ¿verdad?

La cara de Frank le confirmó sus palabras.

Shauna estaba temblando y furiosa, furiosa y disgustada con el hecho de que no hubiera descubierto nada para ayudar a encontrar a Miguel, nada que le diese una ventaja sobre Wayne. Estaba frenética porque aquellas dos últimas semanas de confusión la habían obligado a precipitarse.

Ella empezó a gritar, menos preocupada por lo que él pudiera hacerle que por la necesidad de luchar contra la injusticia de su situación.

—Sé exactamente lo que es tener un agujero en tu mente negro y vacío, y lo desesperado que te sientes para rellenarlo ¡para que este loco mundo tenga una pizca de sentido! Y sé exactamente qué clase de locura es, y qué inútil es *esto*, este vano esfuerzo mío de sacar alguna clase de significado de los recuerdos de otra gente. ¿Qué te parece, Frank? ¿Qué te parece saber que yo he tirado de un hilo y he desenredado seis horas enteras de tu existencia y que te haya dejado con nada?

Shauna dio un paso hacia delante y le gritó en la cara.

—¡Cómo conseguiste el cuchillo de Wayne!

Frank alzó su mano y empujó a Shauna contra la pared. Ella se giró, golpeándose la oreja contra la pared de yeso.

—Él me lo lanzó después del accidente. En el puente. No quería arriesgarse a que alguien lo encontrara con *él*.

Shauna al fin comprendió: aquello era el motivo por el que Frank había dejado las pruebas en el coche de Wayne después de la muerte de Corbin. Aquello era por lo que Wayne estaba tan verdaderamente sorprendido de que ella descubriera el teléfono móvil. No había contado con que Frank le devolviese un justo castigo sigilosamente en aquel trabajo.

Frank puso sus dedos sobre la garganta de Shauna, y Shauna lamentó su falta de autocontrol.

Miguel, lo siento.

Vio una salida, sin embargo, una vía de escape de una pulgada de ancho. Saltó hacia ella. Lo único que tenía a su favor en ese momento era que Frank había olvidado del todo su asesinato. Sus falsas negaciones del principio, antes de su beso, ahora se habían convertido en afirmaciones verdaderas.

Si llevaba aquello de la manera adecuada, él podría creer que no había matado a nadie.

Ella empezó a reír como una loca y dijo:

—No puedo creer que te hayas creído todo eso. Tú sabes que Wayne mató a Corbin... Se ha metido contigo de verdad, ¿eh?

Frank la abofeteó. ¡Oh, aquello le dolió! Se le cortó la respiración y necesitó mucho tiempo para que sus pulmones se llenaran de aire de nuevo. Ella le devolvió la bofetada y levantó los ojos contra los de él. Dijo:

—Pero ya ves qué clase de afirmaciones puede hacer Wayne, ¿verdad?

—Es mentira.

—No es mentira que Wayne intentara contratarte para matar a Corbin.

Frank le soltó el cuello.

—Lo hizo. Me llamó. Yo le dije que lo haría, pero...

Shauna esperó, clavando sus uñas en la palma de sus manos. Frank la estudió, como si estuviera momentáneamente confuso. Él frunció el ceño y se presionó las sienes con los dedos, y finalmente dijo:

—Pero yo no lo llevé a cabo. Wayne lo hizo solo. Estoy seguro de ello.

—Por supuesto que lo hizo —canturreó, esperando que sus propias mentiras fueran más creíbles—. Pero tú sabes que él es un mentiroso. Tú me lo dijiste, ¿verdad? *Estás rodeada de mentirosos.* ¿No fue eso un mensaje tuyo?

Ella interpretó su silencio como un sí.

—Vosotros dos sois una mala pareja, Frank. Vosotros sacáis la... estupidez el uno del otro. Wayne ha tramado una historia muy convincente sobre ti.

Él abrió su boca, pero Shauna le interrumpió:

—Tengo una propuesta.

—No puedo pensar en ninguna razón para...

—Eso es porque necesitas pensar un poco menos en ti mismo, Frank. Tú eres la mano de obra de Wayne Spade. —Uno de sus matones, al menos. Ella se masajeó la garganta—. La gente que contrata a otros para hacer el trabajo sucio suelen estar bastante arriba en la cadena alimenticia.

—No sé en qué crees que estoy involucrado.

—Yo testificaré en tu defensa si tú me ayudas a derrocar a un pez gordo. No presentaré cargos por nada de lo que tú me hayas hecho. Hablaré con mis amigos en el departamento de policía para que te den alguna ventaja por cooperar.

—¿Cómo de grande es el pez?

—¿Cómo te suena «presidencial»?

Los ojos de Frank se abrieron de par en par.

—Y nos ocuparemos de Wayne mientras tanto. Envolveremos todos sus chanchullos con un lindo y elegante final.

—Eso me interesa más.

—Gracias a mí tú obtienes libertad bajo fianza.

—Me parece justo.

—¿Qué hora es?

Los ojos de Frank se desviaron más allá de su hombro, hasta un reloj en la pared.

—Las once y cuarenta y seis.

—Vayamos a Houston. Yo conduzco.

—Primero dime cuál es tu plan.

—Primero nos ponemos en camino. Después hablaremos.

En realidad ella no tenía un plan. Aún no. Pero ahora tenía un montón de fuerza bruta con forma de Frank. Una ventaja necesaria. Se inventaría el resto en el camino.

—¿Qué significa esto para ti? —le preguntó Frank mientras la seguía hasta la puerta—. ¿Dulce venganza? ¿Un trozo del pastel de Wayne?

Shauna no contestó inmediatamente. La pregunta era muy personal.

—Ah —suspiró Frank—. El novio. El amor verdadero.

A primera vista eso era, supuso Shauna. Pero también algo mucho más grande.

—Mi pasado —dijo ella sacando las llaves de su bolsillo—. Y mi futuro.

—Tienes grandes expectativas. Yo lo hago por un cheque. —Su estómago gruñó—. Y por un burrito.

36

Shauna condujo por la medianoche hacia la mañana del jueves diez kilómetros por encima del límite de velocidad, aún sabiendo que pocas cosas podían ser peores en aquel momento que ser parados por una patrulla de la policía. Un colapso nervioso podría entrar en esa categoría. El reventón de un neumático. Quedarse sin gasolina.

No tenía sentido preocuparse por eso. Tenía que aferrarse a lo que podía controlar.

—¿Sabes cómo llegar hasta Wayne? —le preguntó a Frank justo después de medianoche. Él iba en el asiento del copiloto, y se había negado a abrocharse el cinturón de seguridad sobre su pecho magullado.

—¿Crees que va a tomar la llamada de un hombre muerto?

—Pensé en mandarle un mensaje de texto.

—No desde mi teléfono.

Shauna le pasó el teléfono de Miguel a través del asiento.

—Usa éste.

—¿No te sabes su número? —se quejó Frank.

—Nunca lo memoricé. Y no tengo el teléfono en el que lo guardé. Y estoy conduciendo.

—¿Qué le digo? —Frank empezó a apretar los botones.

—«¿Dónde se supone que debo ir?» —Frank lo tecleó y lo mandó.

No hablaron hasta que el teléfono empezó a vibrar cuando llegó la respuesta.

—«Me conmueve que recuerdes mi número, muñeca» —leyó Frank.

—Espera un momento —dijo Shauna.

Un minuto más tarde el teléfono vibró de nuevo.

—«¿Dónde estás?» —leyó Frank.

—Dile que en la 71 con la 10.

—No estamos tan lejos todavía.

—No importa. Si no sabe dónde estamos, apostaría que el teléfono no tiene GPS.

—Por narices que no lo tiene. Esta cosa es un fósil. Me sorprende que pueda mandar mensajes de texto.

—Díselo.

Frank tecleó, y después se rió.

—Dice: «Ve hacia el este por la 10».

Shauna echaba humo.

—Sabelotodo.

—Yo puedo llamarle si tú eres muy tímida.

Ella extendió su mano para que él le devolviese el teléfono de Miguel, y luego lo lanzó a su regazo.

—No vamos a oír de él por un tiempo.

Frank reclinó su cabeza sobre el reposacabezas y cerró los ojos.

—MMV tiene un almacén en el Houston Ship Channel.

Shauna giró bruscamente la cabeza hacia la derecha, casi desgarrándose uno de los músculos del cuello.

—Eso hubiera sido bueno saberlo.

—No hay tiempo que perder.

—Aún. ¿Sabes dónde está?

—Nunca estuve allí.

—¿Cuál es la dirección?

—Lo siento.

—Entonces cállate la boca hasta que tengas algo útil que decir. —Se sintió mal por estar más antipática de lo normal.

Frank se adormiló, sonriendo.

¿Qué hacer cuando llegaran a Houston? Una gran parte dependía de Wayne. Una gran parte dependía de ella.

Necesitaría dar algunas cosas por supuestas, hacer algunos planes.

Primera suposición: Miguel no estaba muerto. Reconocía que podía ser más una ilusión que una conjetura contrastada, pero aun así se aferraba a ella. Si no podía asumir que él estaba vivo, nada más importaría.

Nada más. Con el pulgar de su mano derecha Shauna giraba el anillo sobre su dedo. Una vez. Dos veces. Otra más.

Segunda suposición: Wayne mataría a Miguel tan pronto como ella apareciese. Si se mantenía fuera del alcance de Wayne, ¿podría ella mantener a Miguel vivo más tiempo? No estaba segura de eso.

¿Qué quería Wayne que hiciese? O, más exactamente, ¿qué quería Wayne hacerle a ella? No pensaba que quisiera matarla. Era un movimiento demasiado arriesgado para él a la luz de lo que había acontecido, con todas las sospechas que había levantado alrededor de las circunstancias de su accidente.

Asesinar a Miguel, por otro lado, no le costaría nada a Wayne. Continuaba girando el anillo, y luego cerró su mando derecha, dejando impreso el diamante sobre su palma.

La razón detrás del atentado de Wayne contra su vida fue proteger el descubrimiento y la información. Y tanto lo creía que podía hacer razonablemente la suposición número tres: Wayne y Trent seguirían adelante con sus amenazas de borrar su memoria de nuevo. Y esta vez podría esperar medidas más extremas. No se podían arriesgar a que ella supiera nada, o a que recordara algo que alguna vez supo.

Contuvo la respiración y llegó a su suposición final: esconderían a Miguel de ella. No se podían arriesgar a que ella supiera dónde estaba, nunca, en ningún momento.

Wayne nunca se lo diría.

Nunca volvería a ver a Miguel.

Aquella probabilidad envió a su torrente sanguíneo un nuevo miedo palpitante. Necesitaba averiguar dónde estaba Miguel. Necesitaba que Wayne se lo dijese.

Necesitaba obligar a Wayne a que se lo dijese.

¿Cómo?

Shauna se quitó el anillo de compromiso de platino de su dedo anular derecho. Sujetándolo con las dos manos mientras sujetaba en equilibrio el volante, intentó captar la luz de la luna en el diamante. Demasiado oscuro. La piedra brilló con poco entusiasmo bajo las luces de la autopista.

Miguel Lopez le había salvado la vida... ¿cuántas veces? Dos que ella recordara, y una que había olvidado. Le había salvado la vida y se apartó de su lado.

Aquello era amor. Sin duda, lo reconoció como el género más profundo posible de amor.

Y sí, ella le amaba también de la misma manera. Se lo podría demostrar. Si lo encontraba.

¿Cómo le encontraría?

Shauna deslizó el anillo sobre su mano izquierda.

Su pequeño truco inteligente de robar recuerdos, su habilidad de bicho raro, no valía nada ya con Wayne. Él sabía que ella podía hacerlo, aunque no pudiera comprenderlo. Para echarse a llorar, ella le había *contado* que podía hacerlo, ¡entregándole la información en bandeja de plata! En aquel entonces ella pensó que eso la mantendría con vida. Ahora le parecía que todo hubiera ido mejor, para Miguel al menos, si hubiera mantenido la boca cerrada.

Wayne no se pondría al alcance de su mano si podía evitarlo.

¿Cuáles eran sus opciones? Le lanzó una mirada a Frank. Su fuerza podía ayudarla. De todos modos, ésa era su idea inicial al traerle con ella. Quizá podría hacer que él dejara a Wayne fuera de combate, y ella podría besar al hombre (se estremeció) mientras estaba inconsciente.

Suponiendo que Wayne no estuviera escoltado por miles de aduladores dispuestos a cumplir sus órdenes. Suponiendo que ella y Frank no estuvieran atados y amordazados en el momento en que Wayne los localizase. No había manera de estar segura. No había forma de hacer un plan para cada eventualidad.

Demasiadas cosas que no sabía. Demasiadas suposiciones que podían ir mal.

Su mente volvió a su imagen de Wayne, noqueado e inconsciente sobre el suelo de algún callejón trasero. Incluso aunque ella y Frank pudieran llegar tan lejos, no sabía si podría agarrar algo de una persona inconsciente. Necesitaba un contacto (eso era muy fácil) y necesitaba un acceso. Vulnerabilidad. Franqueza. Una voluntad libre que dijera que sí a su demanda.

No estaba segura de conseguir aquello de alguien cuya mente no fuera totalmente consciente de lo que le rodeaba.

Desechó esa opción.

Podría drogarle.

El mismo problema asomó la cabeza, además del hecho de que ella no tenía acceso a ninguna clase de narcóticos que pudieran hacer lo que ella necesitaba, concretamente, mantenerle consciente y sedado.

Pinchó a Frank en el brazo. Él se revolvió.

—¿Frank, tienes algún contacto con drogas?

Él frunció el ceño y cerró los ojos de nuevo.

—Te dije que ese no es mi territorio.

—¿Sabes si es el territorio de alguien?

—No. Ahora déjame dormir hasta que te aclares.

—Gracias por la ayuda.

Podía fingir un giro de ciento ochenta grados, una completa conversión completa a cada uno de los consejos que él le había ofrecido hasta entonces. Frank sería su prueba, la evidencia de que ella estaba ahora de su parte, que si él la incluía en sus planes, ya fueran complejos o ilegales, ella lo olvidaría *todo*. Podría hablar su propio lenguaje. Derribar la cautela que sostenía sus defensas, seducirle con un toque, un beso cariñoso. Hacerle creer que su propia comedia preocupándose por ella era auténtica.

El estómago de Shauna dio un vuelco. Imposible. No podría convencerle bajo aquellas circunstancias. Él nunca la creería. Incluso pensar en aquello hacía que sus manos temblaran. Lo que había hecho con Frank marcaba la frontera de su habilidad.

Además, se suponía que Frank estaba muerto.

Podía debilitar a Wayne de alguna manera. Físicamente. Apuñalarle como él la había apuñalado. Se burló de la fragilidad de su propia mente. Como si ella pudiera siquiera tocar a un ex marine si él no quería. Un ex marine entrenado en alguna clase de arte marcial que de la que ella nunca había oído hablar. Frank podría, quizá, pero Shauna no podía arriesgarse a que Frank le matase.

Wayne necesitaba estar vivo. No habría otra forma de encontrar a Miguel.

No veía manera de averiguar, de parte de Wayne, dónde podía estar Miguel. En ese caso, desecharía la cuarta suposición. Podía esperar que Wayne la guiase hasta Miguel y permanecer en la sombra.

¿Y luego qué? ¿Los mataría a ambos?

Shauna sintió que su desespero se resbalaba por sus hombros y abría paso a una nueva furia. Odiaba a Wayne Spade, odiaba que le hubiera robado una y otra vez y que seguramente lo fuera a hacer una más. Lo que él le había hecho era nada menos que una violación de su mente, un saqueo de sus pertenencias más preciadas: su memoria, su historia, su viaje, su identidad.

Le había robado a su hermano. Había amordazado al hombre que amaba. Había puesto a su padre en su contra. Había torcido la verdad. La había traicionado con una amistad impostada y un falso sentido de seguridad. Él la apoyó sobre un andamiaje de mentiras que se cobró vidas cuando empezó a derrumbarse.

Incluso había intentado matarla. Ahogarla...

Una idea le vino a la mente con la sorpresa de un cubo de hielo lanzado sobre su cara.

Que incluso fuera capaz de pensarlo la hacía estremecerse. ¿Sería capaz de algo así? Estudió las manos de Frank, esas anchas manos con largos dedos. ¿Sería ella capaz de convencer a alguien de algo así?

Sí, sí que lo era.

Por el bien de la vida de Miguel, lo era. Por honor a la verdad, la justicia y por enderezar lo torcido, estaba totalmente segura de que lo era.

Pilló a Frank despierto, mirándola. Sostuvo su mirada más tiempo del que era seguro, hasta que volvió a mirar a la carretera por su bien.

Él la ayudaría.

Si no los mataban a ambos sobre la marcha.

—Deja que te cuente lo que estoy pensando —dijo ella.

37

A la una menos cuarto, el despacho normalmente ordenado de Landon estaba completamente desparramado con papeles y folletos satinados con el logo amarillo y celeste de MMV.

Informes anuales, prospectos, memorandos ejecutivos, artículos de revistas sobre la época dorada de MMV, copias impresas de presentaciones electrónicas realizadas en juntas de consejo. También había sacado los documentos de la campaña: informes financieros, resúmenes contables, registros de donaciones, todo lo que tuviera en su despacho relacionado con el dinero que fluía de sus arcas. Aquellos eran menos útiles; los archivos más detallados estaban en el cuartel general de su campaña, no allí.

Incluso así, Landon no vio que pasara nada, nada en un vistazo que apoyara los miedos de Shauna. Se frotó los ojos y suspiró. Tal vez tuviera razón y aquel comportamiento de Shauna no fuera más que un patético intento de llamar la atención.

Pero el esquema de tiempo de la espectacular subida de rentabilidad de MMV no dejaba de abrumarle. Trent había estado muy seguro de que Landon tendría los fondos que necesitaba para su carrera por la Casa Blanca, y, al mismo tiempo, Landon no había visto en ello nada más que la incansable fe de un buen amigo.

Trent se lo había planteado a Landon en la Pascua de aquel mismo año. En enero siguiente, MMV hacía públicos los resultados del cuarto trimestre con trompetas y fanfarrias.

¿Dónde estaba aquel informe trimestral?

Landon buscó por los montones pero no pudo localizarlo. Encontró todos los archivos del año siguiente, pero no aquel. Irritado porque no estuviera allí, se levantó de su escritorio y fue al despacho de Patrice para ver si estaba en sus archivos. Realmente no creía que aquel documento fuera a arrojar algo más de luz sobre sus dudas, pero el hecho de no encontrarlo en sus archivos le molestaba. Necesitaba encontrar algo que tranquilizase su mente.

Encendió la luz del techo, que lanzó un foco cegador sobre las paredes verdes y los cortinajes florales. Aquel lugar siempre le había recordado a un salón de té inglés.

Cruzó la habitación hacia el archivador de roble de la esquina y abrió el cajón donde sabía que ella guardaba las copias del papeleo de MMV. El contenido era un desastre: ella ni siquiera usaba carpetas flotantes para sus cosas.

Con paciencia, fue pasando los documentos de la pila. Nada. Bien. Ya era hora de dejarlo.

Cerró el cajón.

Pero no se cerró del todo.

Un examen más detallado del problema reveló una pequeña caja de madera en el cajón inferior, de pie al final junto a una pila similar de papeleo sin clasificar. La caja tenía el mismo tamaño que un gran libro de tapa dura y parecía que se había deslizado desde lo alto de los papeles, tal vez cuando Landon abrió el cajón superior.

Landon alargó la mano detrás del cajón abierto para sacar la caja. Era una proeza incómoda, porque el espacio abierto apenas tenía el tamaño suficiente para que su brazo se deslizara dentro. Pero se las arregló para agarrarla y sacarla fuera del compartimento inferior. Cuando la empujó hacia arriba, sin embargo, la tapa se enganchó en la parte de atrás del cajón y se abrió de golpe, desparramando el contenido.

Landon maldijo por lo bajo, dejó la caja encima del archivador y empezó a recoger los papeles caídos.

Eran cartas, parecía ser, la mayoría en papel común. Se paró ante el destello de una letra. La letra de Trent Wilde.

Mi amada Patrice...

En los últimos años Landon se había llevado más golpes de expertos y de oponentes políticos de los que podía contar. Pero ni un solo golpe había dejado su corazón tan muerto como aquellas tres palabras.

Cogió los papeles y leyó cartas de amor que le enfermaron. De todos modos las leyó, cogiendo cada nota antes de haber terminado de leer la anterior.

Sus dedos fueron a parar a una hoja de papel satinado. La miró, mostraba una ligera conexión con el logo amarillo y celeste de MMV.

Era aquel primer informe trimestral que había estado buscando. Lanzó las otras cartas y abrió el informe. Allí, en la página que declaraba la conclusión, las impresionantes cifras habías sido subrayadas y rodeadas con un rotulador rojo. Garabateadas sobre la página con la misma tinta sangrienta, con la misma condenada letra, había una nota que atravesó como una lanza a Landon.

> *Para mi futura Primera Dama, mi único amor,*
> *no apartes los ojos del premio.*
>
> > *Con amor,*
> > *Tu Wilde*

Landon lanzó su puño, con el informe, a través de la pared junto al archivador, y luego la sacó de un tirón haciendo llover trozos de yeso sobre la alfombra de motivos florales.

El dolor físico de sus nudillos se activó en su mente. Giró su cuerpo hacia la pared y planeó un cambio en su itinerario. Él no era el tonto con el que Trent y Patrice habían pensado que estaban jugando.

Como tampoco lo era su hija.

La espera de tres horas no hizo nada para estabilizar los nervios de Wayne Spade. Ya eran cerca de las dos en punto y Lopez debía estar a punto de llegar en cualquier momento. Wayne aún paseaba por la oficina trasera del almacén, una sala transformada temporalmente en un consultorio médico improvisado.

—No puedo prometerte que funcione.

Will Carver, el farmacólogo que había supervisado el barrido de memoria de Shauna, metía las manos en sus bolsillos y las volvía a sacar. A las dos de la mañana parecía más aturdido de lo normal.

—¿Por qué no podemos esperar los mismos resultados obtenidos con Shauna?

—Son circunstancias diferentes.

—Nada es diferente. Le hemos traumatizado, le hemos noqueado. Le hemos anestesiado. Cuando llegue aquí le daremos el mismo cóctel.

—Hay algunas variables. Como la simple cuestión del género. Y asuntos más complicados. El cóctel de ella estaba hecho a la medida de su ADN. Tuvimos más tiempo para evaluar los detalles.

Wayne le dio una patada a la puerta cerrada.

—¿Qué tiene eso que ver con nada?

—Y Siders le administró el MDMA cuando la tuvo en urgencias.

—Puedo conseguirte más si lo necesitas.

—Sólo estoy diciendo que esto no es exactamente un entorno controlado. No puedo garantizarte el resultado.

Wayne maldijo.

—Parece que ninguno de nosotros puede.

—¿Estás preparado para ocultarlo las seis semanas enteras? ¿Que siga el régimen?

—Eso depende.

De Shauna. De cuanto control de daños era necesario antes de que esto pasase. Siempre podía matar al periodista si tenía que hacerlo. De hecho, debía hacerlo de todos modos, porque el mexicano era un agitador. Una vez que Shauna llegase, el valor de la vida de Miguel Lopez disminuiría considerablemente.

—¿Qué piensas del robo de memoria? —preguntó Wayne.

—Ni siquiera he empezado a teorizar. ¿Puede probarlo?

¿Probarlo? Dudoso. Él no estaba seguro de si ella realmente se había llevado los recuerdos de él o si simplemente había olvidado unos pocos detalles, a la manera en que muchos recuerdos se diluyen con el tiempo. Y aun así no se le podía ocurrir otra explicación de cómo ella había descubierto muchos de sus secretos. ¿Cómo había soñado ella con su lesión de fútbol, y por qué él no podía recordar aquel preciso suceso? ¿Cuándo había descubierto que él había desertado, y por qué no podía él recordar a nadie hablándole para que no lo hiciera?

Cualquier científico medio decente podría presentarse con un experimento para probarlo, meditó. Con tal de que pudieran asegurar la cooperación de Shauna.

Wayne estudió a Carver.

—Tal vez la mande contigo y así lo averiguaremos.

Sonó una puerta cerrándose fuera del edificio. Lopez estaba allí.

—Déjame lo que necesite —dijo Wayne.

Él se fue a grandes zancadas y recorrió los pasillos creados para almacenar barriles de crudo y *containers* de mercancías a dos alturas. La puerta exterior se mantenía abierta mientras él la alcanzaba. Entraron dos hombres arrastrando un cuerpo renqueante entre ellos. Lanzaron la figura al suelo enfrente de Wayne. Se agachó sobre la cara de un Miguel Lopez inconsciente.

—Estarás vivo mientras eso traiga a Shauna aquí —dijo Wayne—. Después de eso, ya veremos lo que vales. Llevádselo a Carver —dijo a los hombres—. Luego sacadlo de aquí. Estad localizables hasta que tengáis noticias mías.

Él empezó a juguetear con su teléfono, pasándoselo de una mano a otra mientras ellos arrastraban a Miguel Lopez de nuevo fuera de la habitación. En menos de una hora llamaría a Shauna.

—No funcionará —dijo Frank con la boca llena de burrito.

Habían aparcado fuera de una gasolinera cerca de la 10 y la 610, anticipándose a que Wayne los enviara hacia el Houston Ship Channel.

Shauna había llenado el depósito de gasolina y luego había comprado un mapa y dos botellas grandes de agua. Cada vez estaba más angustiada de que Wayne no hubiera contactado aún con ellos. Eran las dos cuarenta y cinco. No estaba exactamente de humor para discutir los pros y los contras de su precario plan con Frank.

—Quiero decir —Frank tragó— que no puedes fiarte de nada de lo que diga. Estará hablando su miedo, no su razón.

—No me importa lo que él diga —le espetó Shauna.

—Es uno de los medios más ineficaces...

—Todo lo que necesito es que él *piense*, ¿vale? Si está asustado, eso funcionará a mi favor.

Frank se encogió de hombros.

—Lo que estás planeando es ilegal. Prohibido internacionalmente. Deberías pensártelo dos veces.

—Mira, Frank, ¿por qué estás aquí?

—Porque tú odias a Wayne Spade más que yo.

—¿Quieres que esto funcione o no?

—Claro que sí.

—Entonces pon un poco de tu parte en esto.

Frank se encogió de hombros.

—Es tu actuación. Si quieres rayos de sol y arco iris, yo te los enciendo. —Tomó otro gran bocado.

Shauna respiró hondo para calmarse.

—Hay mucho en juego. Sé mis músculos durante cinco minutos; menos que eso si todo va bien. Yo terminaré y tú podrás hacer lo que quieras con él.

—Cinco minutos, y luego mi turno.

Ella asintió.

Él sonrió empezó a cantar: «You are my sunshine, my only sunshine...»

Ella le miró hasta que continuó comiendo.

El teléfono de Miguel zumbó. Shauna se estremeció.

Se puso el teléfono sobre la oreja.

—¿Dónde está Miguel? —dijo ella.

—Es un mensaje de texto, Shauna —dijo Frank.

Shauna bajó el teléfono y comprobó la pantalla. Una dirección. Ella se la enseñó a Frank, que se metió el resto de la comida en la boca y abrió el mapa.

¿Dónde está Miguel?, escribió ella.

Wayne contestó en segundos.

> En camino

Ella preguntó:

> ¿Está contigo?

> No soy un servicio de citas

> Prueba que está vivo. Necesito saber

> No necesitas saber. Vendrás de todas maneras

Eso era cierto. Era cierto y ellos dos lo sabían. A Shauna le ardían los ojos.

—Lo tengo —dijo Frank—. Junto a Brady Island. A pocos minutos de aquí.

> ¿Cuándo conseguiré verle?

> Estoy esperando

Shauna arrojó el teléfono al suelo entre los asientos y salió de la gasolinera, dejando que Frank le indicase. Se dirigieron al sur por la 610, salieron por el canal y se metieron en el complejo industrial justo al este de la pequeña isla comercial.

Las espesas sombras que rodeaban las refinerías le parecieron a Shauna un pueblo fantasma. La luna había cambiado de lugar y su luz se había atenuado. A un par de cientos de metros de la dirección que Wayne le había dado, ella se desvió de la carretera. Frank salió del coche.

—Prométeme que no me perderás —dijo ella. Él respondió golpeando sus dedos contra su frente como un saludo, y después se marchó.

Era importante que ella se dejase ver sola.

Shauna cogió el teléfono. Localizó la dirección que Wayne le había enviado y después encontró el número de teléfono que el detective Beeson le había dado a Miguel aquella tarde.

Era estúpida, sin duda, para lanzarse de cabeza a aquella piscina poco profunda llamada Wayne Spade, pero no sería una estúpida completa. Y Frank Danson no contaba. Compuso un breve mensaje para Beeson enfrente de la dirección:

> Usted quiere a Wayne Spade por el asesinato de Corbin Smith, por mi accidente y por mucho más. Tengo el arma del crimen. Datos de blanqueo posiblemente conectados con Casa Blanca le llegarán hoy. Estamos aquí.

Pulsó la tecla *enviar* y silenció el teléfono.

Suponía que Beeson podría estar allí en una hora, si es que estaba despierto y tenía acceso a un helicóptero de la policía. O podría tener sólo diez minutos si se lo notificaba a la policía de Houston para que fuera un paso por delante de él. O puede que no recibiese el mensaje en horas.

Sólo necesitaba cinco minutos. Si Frank seguía por ahí.

38

El pequeño almacén estaba asentado a quince metros del muelle más cercano. El delgado canal de navegación de Houston se dividía aquí: una de sus ramas atajaba por Brady Island y la otra se dirigía camino del noroeste hacia el corazón de Houston. Shauna detuvo el Jeep en la parte de atrás y agarró sus botellas de agua antes de salir. Una suave brisa marina le revolvió el cuello de la blusa y le provocó un escalofrío.

Caminando alrededor del edificio, pasó una escalera exterior de metal que se deslizaba por la fachada oriental hacia lo que ella supuso que serían las oficinas. Debajo de los escalones encontró una puerta abierta. Una luz en lo alto se derramaba sobre el callejón sin pavimentar entre un almacén y el siguiente.

Dejó el agua sobre la pared de acero antes de entrar. La puerta se cerró detrás de ella y creó un eco que retumbó en los barriles de crudo y en los *containers*. El aire olía a quemado y a polvo.

—Aquí atrás, muñeca.

La voz de Wayne resonó alrededor también, pero aunque ella hubiera sabido de dónde venía, tampoco la hubiera seguido. Necesitaba que él saliera afuera con ella.

—No pienso ir más allá —dijo ella—. ¿Dónde está Miguel?

—No lo sé. Ven aquí y tal vez te lo diga.

—Nunca me lo dirás.

—Te estás volviendo más lista, ¿verdad? —Ella escuchó otro portazo, y el sonido de sus duras suelas sobre el hormigón. Apretó su espalda contra la barra de salida, sin estar segura de por dónde aparecería—. ¿Sabes por qué no te lo he dicho?

Ella no contestó.

—Porque realmente no tengo la información.

Apareció por la derecha, saliendo de las sombras al final de una hilera de *containers*. Llevaba unos zapatos de vestir y una chaqueta ligera.

—No te creo. Nunca me has dicho una sola verdad. Quizás a nadie.

Él asintió, encogiéndose de hombros.

—Supongo que eso haría que la verdad fuera aún más confusa cuando al final se contase.

Ella no le creyó. El objetivo de la maniobra era manipularla: él sabía exactamente dónde estaba Miguel. Wayne dio un paso hacia Shauna y ella empujó con su espalda la puerta para abrirla. Se giró y corrió hacia el Jeep.

Había dado seis grandes zancadas por el callejón hacia la parte de atrás del edificio cuando Wayne la cogió por detrás, golpeándole los hombros y empujándola hacia el suelo. La grava le arañó la mejilla. Se quedó sin aliento y se le nubló la visión.

Le flaquearon los ánimos. Aquello no era lo que ella había pretendido. Había planeado llegar más cerca del Jeep.

Wayne la tiró bocabajo, y luego se puso a horcajadas sobre ella, atrapándole las manos con sus rodillas. Sintió cómo su garganta se cerraba, deseosa de tomar aire pero incapaz de hacer entrar nada. Los mismos músculos de su pecho la asfixiarían si no se relajaba.

Finalmente tomó una bocanada de aire. Wayne le dio una palmadita en la mejilla.

—Eso es, Shauna. Ahora te calmarás.

Ella tragó aire y él sacó un objeto del bolsillo de su chaqueta. Dos objetos. Un rollo de cinta y un paquete de papel que revoloteó hacia el suelo. Él rasgó un largo trozo de cinta y después usó sus rodillas y su mano libre para ponerla de costado. Ella luchó, pero él la sometió fácilmente.

—Puedes hacer esto mucho más fácil si dejas que me ocupe de ti —murmuró él.

Wayne ató sus muñecas, y después la puso boca arriba de manera que sus manos eran como una piedra debajo de su columna.

Él alargó su mano hacia el paquete de papel. Era alguna clase de paquete estéril, como esos que llevan gasas. Sólo que ella se temía que este contenía algo menos benigno.

Quitó el envoltorio y sacó un parche que parecía una venda extra larga. Luego le desabrochó los dos primeros botones de la blusa y le pegó el parche sobre su corazón. Devolvió el envoltorio a su bolsillo. La respiración de Shauna se aceleró. ¿Dónde estaba Frank?

—No llevará mucho tiempo —dijo él—. No tan rápido como una aguja en el torrente sanguíneo, pero más seguro para mí con todo el lío que armas.

—¿Qué estás haciendo?

—Regresando al principio.

La piel bajo el parche ardía.

—Necesito que me digas dónde está Miguel.

—Como te dije, no lo sé. Creo que he averiguado cómo funciona ese pequeño truco mental que has desarrollado, y lo triste es que no creo que sea muy efectivo contra tus enemigos. Lo que me proporciona una bonita ventaja en un caso como éste. El problema, por supuesto, es que eso no hace la droga muy atractiva en los mercados extranjeros. Así que necesitamos saber cómo resolver ese pequeño contratiempo. Miguel y tú podéis ayudarnos con ello.

—¿No tienes suficiente con la industria extranjera para mantenerte ocupado?

Si Frank la había dejado plantada...

Wayne pareció sorprenderse ante eso.

—¿Averiguaste lo de nuestra pequeña operación? Bueno, tendremos que tener cuidado de ese recuerdo en particular. Quizá haya una forma de fijar un objetivo específico...

—¿Violación de derechos humanos? ¿Tráfico de niños? Hay miles de maneras de quebrantar la ley, Wayne. ¿Por qué escogisteis esa?

—Buena paga. Buen estilo de vida. —Él se inclinó sobre ella y exhaló directamente sobre su boca y su nariz—. Mujeres bonitas. —Wayne se quedó allí durante unos segundos amenazantes—. Y la lealtad del hombre más poderoso de la tierra.

Se movió como si fuera a ponerse de pie.

—Si crees que él va a ser leal cuando lo averigüe...

Wayne se rió.

—Siempre has sido una ingenua, Shauna. Eso es lo que me gusta...

Frank, como una bala, apartó de un golpe a Wayne lejos del cuerpo de Shauna y se precipitó sobre su costado. Los hombres forcejearon y ella escuchó a Wayne gritar. Shauna rodó sobre sus rodillas y se puso en pie. Frank, que con toda seguridad pesaría veinte kilos más que Wayne, encontró la parte superior de su pelo y levantó un puño.

—¡No le dejes inconsciente! —gritó ella. Se dio prisa.

Frank maldijo y golpeó a Wayne en el hombro en vez de en la cara.

—Mis manos, mis manos. ¡Frank, ayúdame a soltarme!

Necesitaba arrancarse esa cosa del pecho. Necesitaba estar alerta. La sangre zumbaba por sus venas, llevando la droga de Wayne a su cerebro.

—Estoy un poco ocupado aquí —gruñó Frank. Había sujetado a Wayne debajo de él pero aún tenía que asegurar las manos y los pies inquietos del hombre.

—Tiene cinta en su bolsillo —dijo ella, apresurándose hacia la escalera. Comprobó la barandilla metálica. ¡Era muy difícil de ver! Apoyó su hombro contra el pasamanos y lo arrastró sobre su superficie, encontrando un borde suficientemente afilado para rasgar su camisa. Levantó sobre él sus muñecas y empezó a serrar. Esperaba que aún hubiera tiempo.

La visión de Shauna se nubló durante unos segundos, y luego se aclaró. Tenía que darse prisa antes de que la dosis completa de lo que fuera el sedante de aquel parche le alcanzara la cabeza.

Sintió que la cinta cedía al mismo tiempo que Frank arrastraba a Wayne hacia las escaleras con las muñecas, las rodillas y los tobillos atados. Ella le metió prisa a Frank.

—¡Ayúdame!

Él le desató las muñecas en unos segundos, y ella arañó el parche, arrancándoselo y lanzándolo a la grava. Corrió por las botellas de agua, tropezándose a mitad de camino, y continuó. No podía meter la pata.

Para cuando regresó, Frank había inclinado a Wayne sobre la escalera, con la cabeza sobre el último escalón, los pies hacia arriba. Frank le sostenía por los tobillos. La camisa de Wayne estaba manchada de sangre, y por la incómoda posición de su cuerpo, Shauna pensó que una de sus piernas debía estar rota.

—¿Esto era realmente necesario? —Ella se arrodilló en el suelo junto a la cabeza de Wayne, perdiendo el equilibrio, y después nivelándose.

—Dijiste que podía hacer lo que quisiese.

—Cuando yo termine. —Shauna desenroscó el tapón de una botella. Entre las dos tendría un litro.

Frank levantó su reloj hacia la tenue luz de la luna.

—Te doy tres minutos más.

—Dame tu camisa.

—¿Qué?

—Quítate la camisa.

Él se la quitó y se la lanzó. Le envolvió la cara a Wayne con ella. Él se movió para zafarse, pero ella amarró bien la camisa atándole los brazos detrás de la cabeza.

Wayne estaba gritando, de dolor, pensó ella. Inclinó la botella y así el agua corrió hacia su nariz a través de la camisa. Él se asfixiaba y escupía.

—¿Recuerdas cuando intentaste ahogarme, Wayne? —Él se revolvió mientras ella le descargaba otro poco sobre su boca. Le agarró el pelo de atrás de su cabeza y le mantuvo quieto—. Tal vez no, porque el recuerdo de ese momento es mío ahora. Tu recuerdo en el que me apuñalabas las costillas. Así que pensé en recrearte el momento.

Ella sujetó la botella en lo alto para que el agua cayese con un hilo regular. Lo mantendría así unos pocos segundo más antes de quitarlo, y sería suficiente.

Wayne se revolvió violentamente, pero ella continuó.

—Necesito que me digas dónde está Miguel, Wayne.

—Nnnolosé... —se las arregló él para decir.

—Sí que lo sabes, y necesito que me lo digas ahora mismo, porque todo el mundo está a punto de caer sobre este lugar y arrastrarán tu desgraciado cuerpo fuera de aquí.

El agua continuaba cayendo y la espalda de Wayne se puso rígida.

—No va a decir nada —dijo Frank.

Shauna levantó la botella y paró el flujo.

—¿Dónde? —dijo ella.

—Wilde —dijo Wayne—. Con Wilde.

Ella vació la botella en su cara.

—No es verdad —dijo Frank—. No te lo creas.

Shauna se inclinó sobre la oreja de Wayne mientras se deshacía de la primera botella. Cogió la segunda.

Wayne tragó aire.

—Sólo necesito una cosa, Wayne. ¿Sabes cuál es? —Desenroscó la tapa—. Es oírte decir *por favor*. Di por favor. Dime que no quieres que te ahogue. Suplícame que te salve la vida. Porque, de otra manera, no lo haré.

Wayne gritó. Ella inclinó la siguiente botella sobre su cara.

—Sólo di por favor, *muñeco*.

En esta ocasión, Shauna dejó que el agua fluyera, despacio y constante, el tiempo suficiente para hacer la sensación más fuerte. Sinceramente, no le importaba si decía por favor. Realmente no necesitaba que dijera nada. Sólo necesitaba que él la necesitase. Cuando él reconociera que ella tenía el poder de mantenerle vivo, la necesitaría más que nunca.

Él empezó a retorcerse.

Esto llevaría unos segundos. Podría encontrar el escondite de Miguel en la cabeza de Wayne en otros diez. Seguro que un marine entrenado podía aguantar la respiración durante treinta segundos.

Por supuesto, desde el punto de vista de Wayne, no era así como esa clase particular de sufrimiento funcionaba.

Él estaba histérico, asfixiándose con su propia necesidad de permanecer con vida.

A ella casi no le quedaba agua.

—P-p-porfavor —escupió él—. Porfavvr.

Todavía tenía otros cuatro centímetros de agua. Cinco, cuatro, tres, dos...

Shauna tiró la botella y le quitó la camisa de la cabeza. Le apretó la nariz, y cubrió su boca con la de ella. Presionó fuerte, sintiendo sus dientes contra sus labios, sacudiéndose con los espasmos de su cuerpo.

No había más barreras entre ellos. Ni más muros, ni más mentiras. Él la necesitaba. Oh, vaya si la necesitaba.

Empezó a buscar a Miguel.

Aunque Shauna había accedido a los recuerdos de Wayne en otras tres ocasiones, nunca los había visto desde aquella amplia perspectiva. El robo de los dos primeros recuerdos habían sido casi oportunidades accidentales, como encontrar un billete de veinte tirado en la calle.

Ella había avanzado en su arte desde entonces, sin embargo, y tenía mucho más control ahora, lo que le serviría para echar este nuevo vistazo.

Shauna vio agua otra vez, pero esta vez el líquido era un océano, y los recuerdos de Wayne eran granos de arena húmeda, unidos, formando un castillo de arena a medio terminar.

Vio una imagen de sí misma en el torreón superior, junto a los recuerdos más recientes de Wayne. Con ella en el suelo, y él pegándole el parche en el pecho. Y allí mismo: el almacén donde ellos ahora batallaban por tener el control. ¿Y el doctor Carver? Y una consulta médica, una cama, bandejas con frascos de medicinas y jeringuillas. Llamadas de teléfono móvil.

Shauna vio cada uno de los granos como si las imágenes que contenían fueran de tamaño natural, aunque podía tomar con su mano un puñado de ellos. Examinó los recuerdos, tomándolos entre las yemas y desplegándolos con sus pulgares sobre las almohadillas de sus dedos, observando: un paseo en la camioneta de Wayne en mitad de la noche. Una parada a repostar y comprar una bolsa de maíz tostado.

Allí: el hombre al que ella le había roto la nariz. ¡Y Miguel! A los pies del hombre. A los pies de Wayne. Inconsciente. ¿Dónde había ido? Ella se acercó y escuchó.

Estarás vivo mientras eso traiga a Shauna aquí. Después de eso, ya veremos lo que vales. Llevádselo a Carver. Luego sacadlo de aquí. Estad localizables hasta que tengáis noticias mías.

Estad localizables.

Un sollozo se escapó de los pulmones de Shauna y rompió el contacto con Wayne. Wayne aspiró aire. Él había evitado intencionadamente saber dónde había ido Wayne.

—¡Eres un monstruo! —Ella le dio una bofetada en toda la cara. Apenas parecía consciente—. ¿Cuál es su número? ¿Dónde está tu teléfono?

En algún lugar dentro de su cerebro se sintió deslizándose fuera de la consciencia, haciéndole hueco a cualesquiera que hubieran sido las drogas que su piel había absorbido. No, no eran las drogas esta vez. Era la desesperación en estado puro.

Shauna pensó que su respiración entrecortada sonaba como a risa, a burla. El aliento de él en su cara encendió su fuego interior.

Shauna dejó de pensar en lo que estaba haciendo. No podía aceptar que hubiera recorrido todo aquel camino y aún estuviera tan lejos de su meta, que Miguel estuviera tan lejos de su alcance, o quizá incluso muerto. No podía creer que un solo hombre hubiera podido derrumbar cada muro que sostenía su vida, cada alma que la había compartido con ella... ¿y para qué? ¿Por qué? ¿Porque amaba la verdad?

¿Porque Miguel amaba la verdad?

Ella le agarró de detrás de las orejas con ambas manos y gritó a pleno pulmón sobre la boca de Wayne. Vio su mente dentro de la suya propia, vio el estúpido y pueril castillo de arena, la estúpida y frágil vida que se había construido para sí mismo, y empezó a patearlo, echándolo abajo, empezó a llorar y a gritar arrasando los fosos y destruyendo los torreones. Sus ojos se llenaron de arena, y los granos se metieron debajo de sus uñas, se enredaron en su pelo. Echó abajo puentes y patios y paredes y la torre del homenaje. La arena le embarró los labios y le raspó la piel debajo de la ropa y se le pegó a las plantas de los pies.

El dolor la bloqueó mientras aún estaba a medio terminar con su vandalismo. El dolor y la carga de aquellos pegajosos y pesados recuerdos. Se dobló, sin respiración, y sintió unas fuertes manos sobre sus hombros.

Alguien tiraba de ella, arrastrándola arriba. Afuera.

Fuera de Wayne.

Ella tomó aire.

Frank la tenía cogida por detrás, y se escuchó a sí misma dando bocanadas de aire. Se tambaleó bajo su propio peso y presionó sus puños contra sus sienes. ¿Qué había hecho?

¿Qué se había llevado por delante? ¿Con qué tendría que vivir? La magnitud de su robo había excedido sus intenciones y no había conseguido nada.

En ningún lugar de aquellos recuerdos robados (aquellas oscuras, viles y engreídas imágenes) había nada que le dijera dónde estaba Miguel. Y no había vuelta atrás.

Se escuchaba el pulso en los oídos, el redoble de un tambor que corría bajo la miseria de esa otra vida, ese canto fúnebre de decisiones desafortunadas y oportunidades perdidas. Shauna se había llevado por delante diez, quizá quince años. Se dobló sobre sus manos y sus rodillas y empezó a lamentarse. Frank la arrastró hacia la pared y la empujó contra ella.

—Cálmate, Shauna.

No podía. Sencillamente no podía.

Wayne yacía a los pies de la escalera, parpadeando dentro del círculo de luz. Levantó un brazo muerto un par de centímetros del suelo, y después lo dejó caer. Estaba hiperventilando.

El estómago de Shauna se llenó de calambres y ella se encorvó. Sintió a Frank cerca y alargó una mano hacia él. Para apoyarse. Él se retiró para librarse de su contacto.

—Ni se te ocurra ponerme la mano encima —le advirtió él. Se pasó una mano por el pelo y miró alrededor como si buscara a alguien—. No entiendo nada de lo que ha pasado aquí.

39

El dolor de la grava debajo de las palmas de sus manos agudizó la consciencia de Shauna. Estaba a cuatro patas en la base de la escalera exterior del almacén, mirando fijamente el suelo a través de los párpados hinchados. La sal de sus lágrimas se había secado sobre sus mejillas.

El sitio estaba tranquilo. La solitaria bombilla sobre la puerta del almacén, que antes alumbraba el lugar, se había apagado, y el sucio callejón estaba únicamente iluminado por la luna baja. Un manto uniforme de negrura se expandía sobre el cielo.

Shauna forzó sus ojos a mirar al callejón. Distinguió la forma de Wayne, echado a diez metros de ella, inconsciente o durmiendo o muerto (no podía asegurarlo).

Frank había desaparecido.

No le importaba.

Shauna estiró su cuerpo poco a poco, arreglándoselas para ponerse de pie y caminar hacia Wayne. Vio que su pecho subía y bajaba.

Ella acompasó su respiración a la de él, a un ritmo más tranquilo.

De alguna manera, Wayne había sacado lo mejor de ella esa noche.

Ella, por otro lado, le había destruido. El resto de la vida de Wayne sería un castigo por años de decisiones que él no podría recordar haber tomado, por ser una persona en la que él no recordaría haberse convertido. No tendría oportunidad de redención, ninguna posibilidad para encontrarle un significado a su pasado en aras de forjarse un futuro. Él sería siempre joven, siempre rezagado, siempre confuso. Por culpa de ella.

¿Qué había hecho?

Se prometió entonces, mirando la cara inexpresiva de Wayne, que nunca olvidaría lo que había hecho allí. Siempre permitiría que aquel trauma la asaltase. El recuerdo la mantendría alerta y alejada del peligroso abismo de su habilidad. Aquella noche ella se había detenido en el mismísimo borde.

Sintió un dolor profundo y agonizante. Por lo que le había robado a Wayne podía derrumbar todo el imperio McAllister. Pensó que ya lo había perdido todo. Pero nada comparado con lo que estaba a punto de ocurrir.

Y todos aquellos sentimientos palidecieron al lado de su dolor por haber perdido a Miguel. El chirrido de un vehículo deslizándose despacio sobre la pista de tierra le hizo girar los ojos hacia la carretera. ¿Frank?

Un coche de policía se dirigió al otro lado del edificio, con una potente luz barriendo el callejón. A Shauna ni siquiera le importaba si la localizaban. Pero ella y Wayne estaban más allá del alcance de la luz.

El coche se apartó de su vista pasado el final del almacén, pero lo escuchó dando la vuelta. Volverían para echar un vistazo si Beeson les había enviado.

Sonó un teléfono.

El teléfono de Wayne.

Detrás de ella. Yacía sobre el suelo en el otro extremo del edificio, donde Frank le había asaltado por sorpresa, con la luz de la pantalla lanzando un pequeño destello de luz azul en la oscuridad. Corrió para agarrarlo. Tenía que quitarle el sonido.

Sonó el portazo de un coche mientras Shauna llegaba al teléfono. Apretó el botón para silenciar el timbre. No había ningún nombre asociado al número. ¿Se atrevía a contestar?

Estad localizables hasta que tengáis noticias mías.

¿Qué pasaba si el que llamaba tenía a Miguel? ¿Alguien esperando órdenes de Wayne? No podía contestar, no podía arriesgarse a que su voz, hablando en lugar de Wayne, lo estropease todo.

Se comunicaría por mensajes de texto tan pronto como estuviera lejos de aquel lugar.

Corrió con pies ligeros de vuelta al final del edificio, con la intención de deslizarse dentro de la seguridad del Jeep de Miguel y salir de allí.

Dobló la esquina. No estaba.

¡Frank! Se había ido con el cuchillo de Wayne, con sus medicinas, con su dirección en el informe del accidente. El teléfono de Miguel y su cartera también estaban allí, y el número de teléfono de Beeson. Sólo podía esperar que Frank no fuera consciente de lo que tenía.

Shauna pensaba en Frank, al mismo tiempo que los policías doblaban la esquina al otro lado del edificio. El teléfono en sus manos sonó de nuevo. El mismo número. Cortó la llamada antes de que sonara el timbre entero, y mandó un mensaje.

> SIN AUDIO. SOLO TEXTO.

Una nueva esperanza de que Miguel no estuviera fuera de su alcance empujó a lo más profundo su ansiedad. Se preguntaba dónde habría aparcado Wayne su camioneta. No habría ido hasta allí sin su propio medio de transporte.

> Dnd narices ESTAS?

Alguien estaba esperando a Wayne. ¿Dónde? Wayne controlaba a tantas serpientes que no estaba segura de cuál sería aquella. Tenía que pensar como él.

Pensar como Wayne. Eso no sería difícil ahora, ¿verdad? Su mente desconcertada saltó a un estado ordenado de concentración. La intensidad de los sucesos la habían distraído de la solución, que estaba fácilmente a su alcance:

Los recuerdos de Wayne le contaron exactamente a cuál de aquellas serpientes había que encantar. Aquellos hombres estaban esperando que Wayne les dijera dónde llevar a Miguel. Wayne pretendía decírselo después de que hubiera sujetado bien a Shauna. Ella contestó.

> La ? es, dnd estais vostrs?

Shauna cerró los ojos y tanteó más recuerdos de Wayne: vio aparcada la camioneta dos bloques al sur, lejos del canal.

> Q importa? Dinos dnd ir.

Dónde ir con Miguel.

¿Dónde debía mandarles?

> Está vivo?

Unos pasos se movían en su dirección. Shauna no había estado prestando atención. Se lanzó detrás de un barril, comprendiendo en un segundo que no tenía suficiente espacio para esconderse.

Dos hombres de uniforme se acercaron al edificio, barriendo con sus linternas los alrededores de donde ella se escondía. Sólo el barril la separaba de ellos. Shauna cerró los ojos como si eso pudiera ayudarla a que no la vieran, presionando la pantalla del teléfono entre sus manos húmedas. Si los chicos de Wayne enviaban un mensaje antes...

Pasaron junto al barril, tan cerca que Shauna pudo oler la colonia. Todo lo que tenían que hacer era mirar a la derecha.

—Un cuerpo —dijo uno de los policías. Sus ojos se centraron en Wayne y corrieron hacia él.

Ella los vio, y se movió cuando el sonido de sus pisadas hizo el suficiente ruido para cubrir el suyo. Y luego corrió al mismo tiempo que ellos en sentido opuesto, hacia el astillero al otro lado del callejón.

> Tecnicamnte vivo

Por ahora se tomaría aquello como buenas noticias. Cuando se aseguró de estar fuera del alcance del oído de los policías, paró para escribir una dirección en River Oaks, al otro lado de Houston. Era la única dirección en Houston que se sabía. Pensó que podría llegar allí en veinte o veinticinco minutos.

> Responde cn tmpo stimado d llgda

Tendrían que buscarlo en el mapa, hacer una estimación.

Siguió su camino en dirección a la camioneta de Wayne, con cuidado de permanecer fuera de la vista de los policías en el escenario.

Encontró el Chevy sin problema, como si ella misma lo hubiera aparcado. Shauna saltó a la cabina y fue directamente al cenicero. Allí estaban las llaves, como era normal. El teléfono vibró en su palma.

> 30 mins

Podría llegar antes que ellos.

> Id

Sólo había una manera de sacar a Miguel de aquel desastre, y sería dándose a sí misma a Trent Wilde. Aseguraría la seguridad de Miguel ofreciendo su cabeza y su cuerpo a la ciencia.

Al menos uno de los dos viviría. Porque si ella no conseguía salvar a Miguel, moriría de todas formas.

40

Con gran disgusto, a Landon le llevó más de diez minutos explicarle a su personal de seguridad que había añadido un cambio a sus planes de viaje, para después esperar a que ellos aprobaran su ruta y destino.

Ridículo, dijo él.

Imperativo, dijeron ellos, tan cerca de las elecciones.

Después de algunas peleas, accedieron a llevarle a la zona oeste de Houston: un coche, dos agentes, y punto. No era como si él quisiera conducir hasta Argentina.

Pasó las tres horas de viaje pensando en qué le había fallado a su segunda esposa y en qué no lo había hecho Trent Wilde. Nunca era sólo por un suceso, supuso. En su caso, vivir quince años en un complot que él desconocía tenía que haber jugado un papel importante.

Y todo empezó cuando Wilde le presentó a Patrice. Qué profético le parecía ahora aquel pequeño detalle.

El coche pasó por el cruce de la 610 y giró hacia River Oaks Boulevard a las cuatro y cuarenta y cinco, y después entró en el acaudalado vecindario. Landon dio instrucciones al conductor para que le dejara a una manzana de la casa de Wilde, una monstruosidad para el rico divorciado, en la que vivía solo.

—Espere aquí —dijo Landon.

—Señor...

—Ya está bien. Sólo estoy visitando a un amigo.

Salió del Lincoln negro y cerró la puerta, sin ganas de entrar en más discusiones.

Un coche que salía de cancela de un vecino era lo único emocionante a aquella tranquila hora. El frío mantenía incluso a los pájaros callados.

Trent no se molestaba con cancelas, sino que una impresionante entrada circular rodeaba un jardín, y un amplio tramo de escalones de ladrillo rosa llevaba hasta la entrada de dos puertas. En cuestión de segundos Landon se encontró, asombrosamente sereno, de frente a una aldaba de metal labrado.

Optó por el timbre de la puerta y lo hizo sonar tres veces antes de que Trent apareciese, anudándose el cinturón de una bata a su cintura. Su mejilla izquierda tenía la marca de las sábanas.

Los ojos de Trent reconocieron a Landon, y luego salió disparado por las escaleras hacia la puerta izquierda de la entrada.

—Bueno, esto sí que es una sorpresa inesperada. ¿Qué te trae por aquí? ¿Dónde está tu personal?

Landon pasó junto a él hacia el vestíbulo, y luego se paró en la base de las escaleras, mirando arriba. Trent cerró la puerta despacio, permaneciendo en las sombras.

—¿Dónde está mi esposa?

Trent metió la mano en uno de los bolsillos de su bata y levantó una ceja.

—Por lo visto piensas que está aquí.

—¡Patrice! —gritó Landon, dirigiendo su fuerte voz hacia el piso superior. Le dio la espalda al hombre al que había llamado *amigo* durante muchos años—. ¿Qué problema tienes que no puedes mantenerte lejos de ella?

—Oh, creo que era al revés.

—¡No me subestimes!

Trent levantó ambas manos y dio un paso atrás, un gesto de rendición fingida burlándose de Landon.

Él subió su puño hacia la mandíbula de Trent a tal velocidad que la cabeza rizada del hombre se echó para atrás y resquebrajó el cristal del lateral de la puerta. Él parpadeó y se apoyó pesadamente sobre la pared, aturdido.

—Bueno, bueno. —Patrice apareció en lo alto de la escalera con una bata de seda azul—. No creo que esa clase de comportamiento sea muy apropiado para un futuro presidente.

—¿En serio? Hablemos sobre comportamientos *apropiados*.

Ella empezó a descender las escaleras.

—Me has usado para tu propio beneficio desde el primer día —dijo Landon a Patrice—. Has manipulado y mentido. Has destruido la relación con mis propios hijos, ¿y para qué? ¿Por un traidor mentiroso como él? —Miró a Trent.

Patrice se unió a los dos hombres en el suelo de baldosas, con los ojos fijos en Landon.

—¿Qué crees que hace esto por nosotros? —continuó él— ¿Un escándalo sexual antes siquiera de haber puesto el pie en la Casa Blanca? ¿Qué pasa si la historia sale a la luz antes de las elecciones?

Trent se había enderezado y ahora se frotaba la parte de atrás de su cabeza.

—Ha estado frente a tus narices durante ocho años, Landon. ¿Qué te hace pensar que alguien podría enterarse ahora, a menos que seas tú el que lo cuente?

Landon no estaba dispuesto a sostener el peso de su humillación solo. Levantó sus manos.

—¡Todos nosotros pagaremos!

—No, no lo haremos —dijo Trent—. ¿No es eso por lo que has venido aquí tú solo, a estas horas? ¿Para que nadie pudiera saberlo? ¿Para que podamos terminar lo que empezamos, sin importar cómo?

Landon negó con la cabeza y empezó a pasearse por la habitación. El sonido de sus talones sobre las baldosas hacía eco en el techo del atrio.

—¿Qué habéis hecho?

—Pregúntamelo en dos semanas y te diré: «Poner a Landon McAllister en la Casa Blanca».

Landon miró fijamente a Trent.

—¿Sobre qué está construido mi nombramiento? —preguntó él.

—Sobre dinero. —Se encogió de hombros el otro—. Como todos, ¿no?

—¿No sobre principios, idealismo? ¿Esperanza? ¿Soluciones laborables? *¿Moralidad?*

—¿El sueño americano? Tú siempre fuiste un romántico, McAllister. Es por eso que la gente elige a personas como tú. De otra manera yo mismo me habría presentado como candidato y hubiera convencido a Patrice para que se divorciara. Pero es bueno que un candidato a la presidencia esté casado.

Landon gruñó de indignación.

—¿El dinero es sucio?

Patrice se rió en voz alta y se puso entre Landon y Trent.

—Si no te conociera diría que tu hija se ha metido en tu cabeza con sus ideas.

—Yo tengo mi propio cerebro, mujer.

—Landon —dijo Trent—, no hay nada ilegal en marcha. Sólo grandes negocios en una época económicamente favorable para la industria médica. Te juro que cada centavo es legítimo.

—¿Por qué debería creer algo de lo que me dices, Trent? Mis empleados han recortado sus beneficios para ponerme aquí. ¿Es eso legítimo?

—Ciertamente no es ningún delito.

—¡*Convénceme!* Convénceme de que si sigo adelante no voy a ser manchado para siempre. Convénceme de que puedo confiar en ti, porque estoy seguro de que puedes ver que tengo todas las razones del mundo para no hacerlo.

Patrice respondió por Trent.

—Shauna es la única que no confía en nosotros.

Él la miró con desprecio, tentado de hacerle sentir el mismo dolor que él sintió por su traición. En vez de eso se controló y descargó su ira apretando los dientes.

—Nunca más.

Trent dio un paso hacia la cocina, con los ojos sobre Landon.

—Ven a sentarte un minuto. Toma una taza de café. Contestaré tus preguntas, pero, realmente, todas van a reducirse a una sola, Landon. ¿Te retirarás de la carrera, o no? Estoy casi seguro de que verás que te has exacerbado por nada más que una relación abierta. Vamos a dejar esto resuelto ahora, para que podamos seguir adelante.

Los faros de un coche por el camino circular de la entrada traspasaron la ventana, cruzando las caras de los tres adultos. Patrice se asomó por el cristal lateral de la puerta.

—Wayne está aquí —dijo ella.

—Bien. Haré que se una a nosotros, entonces. Una voz razonable más para poner toda esta locura a un lado.

41

Shauna permaneció sentada en la camioneta de Wayne durante un minuto entero antes de decidirse a salir. Peor que la posibilidad de que Trent no negociara con ella era la posibilidad de que los hombres de Wayne llegaran con Miguel antes de que ella hubiera intentado asegurarse la ayuda de Trent.

Temblando, subió pesadamente los escalones de ladrillo y llamó al timbre.

Esperaba la cara de Trent y su repugnante traición. Pero fue Patrice quien abrió la puerta.

Patrice.

La confusión se llevó por delante las palabras que había ensayado para Trent. Y después miró más allá de su madrastra, hacia el vestíbulo, donde su tío la miraba con ojos inexpresivos. La última esperanza de Shauna quedó aplastada por aquella revelación. Sus rodillas notaron la textura del hormigón del porche cuando se desmoronó, exhausta de haber estado persiguiendo un imposible, sólo para encontrar, en cada recodo del camino, más noticias horribles.

Estaban trabajando juntos.

Ella y Miguel morirían.

Patrice frunció el ceño.

—¿Dónde está Wayne?

Landon empujó a Patrice a un lado y se puso en la puerta, mirando a su hija con los ojos muy abiertos.

Así que él también estaba en ello.

El dolor de la revelación le hizo temblar los brazos. Miró fijamente la silueta de Landon, iluminada desde atrás en el marco de la puerta y emborronada por las lágrimas.

—¿Por qué estás haciendo esto?

La expresión de confusión en su cara le dijo que él no entendía lo que ella quería decir.

—¿Por qué quieres hacerme daño? ¿Y a Rudy? ¿Por qué les dejaste hacerle aquello?

Landon vio a Trent acercándose por encima de su hombro.

—Shauna, ¿dónde está Wayne? —preguntó Trent.

Shauna no podía hablar a través del nudo de su garganta. Las líneas de expresión de Landon se endurecieron. Estaba impaciente con ella de nuevo.

—Parad esto, ahora. ¿Por qué estás tú aquí?

—Miguel —sólo pudo decir ella, y después tragó para aclararse la garganta—. Vosotros tenéis a Miguel...

—¿Quién es Miguel?

Patrice se giró sobre sus talones, empujó a Trent fuera de la entrada y se inclinó para susurrarle algo en la oreja. Luego se fue a la cocina, indignada.

Trent regresó a la puerta y puso una mano en la espalda de Landon.

—Entrémosla —le dijo a Landon.

¿Dentro? El pánico se hizo con ella. ¡La harían entrar y nunca volvería a salir con vida!

Shauna se puso histérica. Echó todo su peso contra los esfuerzos de Landon por levantarla.

—¡No! ¡No podéis matarme!

Landon relajó la expresión de su boca.

—¿*Matarte*? Shauna, yo nunca haría...

—¡Tú lo harías todo! Mira lo que los ensayos clínicos han hecho conmigo. El ensayo fue todo tuyo... ¡tú les dijiste que me drogaran!

Landon lanzó una mirada a Trent.

—¿Ensayo clínico? ¿Qué le habéis dado?

—Tú lo aprobaste porque sabías que era lo mejor.

—¿Para quién, Trent? Yo quería lo mejor para *ella*.

—De verdad, Landon. Sabías que había un riesgo.

—¿Es esta clase de comportamiento es un efecto secundario?

—Posiblemente. —Trent echó un vistazo hacia la cocina.

—Shauna, escucha. Quiero hablar contigo, pero ahora mismo no estás siendo nada razonable. Puedes entrar y todos juntos solucionaremos esto, o puedes quedarte ahí afuera en el frío. Realmente no me importa lo que elijas.

Las lágrimas de Shauna se secaron. No había nada más por lo que llorar. Nada importaba ya. No habría ningún modo de que la dejaran sobrevivir a la noche ahora que ella lo sabía. Había sido una tonta al aferrarse a la esperanza de que ella pudiera salvar a Miguel de aquellos monstruos.

Apretó su mandíbula y dejó que Landon la levantase. Le siguió como un cordero hacia el matadero, a través de la puerta de entrada hacia el vestíbulo de suelo de mármol.

Qué extraño era sentir la mano caliente de él entre sus fríos dedos. Se paró bajo una enorme lámpara de araña, entumecida, mientras Trent cerraba la puerta.

—Aquí dentro —dijo él, y caminó hacia el recibidor.

Landon la miró, soltó su mano y caminó detrás de Trent. Pero Shauna no les siguió. No podía seguirles. Se sentía sofocada.

—¿Sabes que estás traficando con niños, Landon?

La pregunta salió suavemente, pero hizo que Landon se parase antes de entrar en la otra habitación.

—El mercado negro de bebés está financiando tu campaña —dijo ella—. Y otros niños. Chicas.

Landon se giró lentamente. Trent había parado y también se había girado. Volvió hasta el vestíbulo, mirándola de nuevo con sus ojos inexpresivos.

—Wayne desertó de los marines durante la guerra de Irak —dijo Shauna, entusiasmada de poder decirlo aunque ellos ya lo supieran—. Pasó un año en Tailandia, estableciendo conexiones con el mercado negro durante el tiempo que estuvo allí. Se encontró con Trent en un vuelo a Canadá, intercambiando sus conexiones en el mercado negro a cambio del acceso político de Trent. Trent movió algunos hilos para borrar el historial militar de Wayne.

Su padre miró a Trent.

—Me dijiste que lo habías reclutado de Global Wellness, que él podía proporcionarnos ventaja sobre la competencia.

Trent ni se molestó en responder. Su oscura mirada taladró a Shauna.

—Arriesgué mi carrera por ello —dijo Landon—. Tú usaste *mis* conexiones para suprimir su informe.

—Sí —dijo Trent sin mirar a Landon—. Lo hice.

—El único papel real de Wayne en MMV era blanquear fondos —dijo Shauna, devolviéndole a Trent la mirada—. Él compraba niños de Tailandia, y más tarde de Camboya e Indonesia. Los niños pasaban por Houston y Florida e iban a familias americanas y... y a otras partes.

—¿Ellos pagaban a MMV? —La pregunta de Landon suplicaba una negación.

—Ellos pagaban a subsidiarias extranjeras de MMV —le contó Shauna—. Compañías tapadera. La empresa se embolsaba cantidades netas a una tasa del setenta y cinco por ciento.

—No puede ser verdad.

—Tiene mucha imaginación, ¿verdad? —dijo Trent.

Shauna miró a su padre. Su ceño estaba tan perplejo que ella casi se creía que él no sabía nada de aquello. Pero no tenía estómago para abrazar aquella esperanza inútil.

—Creo que deberías irte a casa, Shauna —dijo Trent—. Y tú, Landon, usa tu cabeza. ¿Eso te suena razonable?

Landon miró a Trent, y luego miró de nuevo a Shauna. Se le había ido el color de la cara.

—Landon... —Una gota de sudor se deslizó por la frente de Trent—. No es posible que la creas.

Las palabras alcanzaron el pecho de Shauna y le estrujaron el corazón. *No, Landon, tú nunca me creerás a mí, ¿verdad? No cuando Patrice me quema la piel, no cuando me convierto en objetivo de un asesinato, no cuando te estoy contando la verdad.*

Landon cogió la mano de su hija. Allí estaba la calidez de nuevo. A Landon le empezaron a llorar los ojos.

—¿Cuántos niños? —preguntó Landon.

—Trescientos cincuenta al año durante siete años —dijo Shauna—. Sesenta millones de dólares netos, nueve millones al año para la compañía. Para tu plan de reparto de beneficios.

Las líneas de expresión de su padre parecieron envejecer en segundos.

¿Sería posible que él...?

—Patrice coordinaba el emplazamiento de los niños —dijo Shauna.

Landon la estudió con una mirada tan confusa y desesperada que Shauna se preguntó si podría tener esperanza en él después de todo. Que de alguna manera él volvería a ella, que la creería.

—Por favor. Tienes que creerme. Tienes que hacerlo. Sólo esta vez —sus palabras salieron a raudales, corriendo una sobre la otra, pero no podía detenerlas—. Es muy importante. No me he inventado nada. Miguel y yo lo averiguamos... Dime que tú no eras parte de esto. Por favor. Papá, por favor, dime que me crees.

Trent puso su mano sobre el brazo de Landon.

—Está delirando, Landon. Mándala a casa antes de que esto se ponga feo.

—No —dijo Landon, quitándose de encima a Trent.

—Ella va a echarlo todo a perder.

—Cállate, Trent.

Patrice apareció y le entregó un objeto a Trent.

—Por favor —susurró Shauna. Ella apretó las manos de Landon, y los dedos de él rozaron el anillo de Miguel. Vio cómo él lo observaba, y después lo empujó con su pulgar.

—Miguel —susurró ella—. Van a matar a Miguel. Él lo sabe todo.

—Para —dijo Trent—. ¡No haces más que mentir!

—¿Y tú no? —le saltó Landon—. Tal vez Shauna sea la única en esta habitación que me está diciendo la verdad.

—Lo perderás todo, estúpido.

—Ya lo he perdido todo. Pero tal vez no sea muy tarde para hacer volver a mi hija.

Los ojos de Shauna se percataron de cómo la pistola en la mano de Trent golpeaba el aire y chocaba contra la sien de Landon.

—¡Papá!

Su padre se tambaleó.

Trent apuntó el arma contra la oreja de Shauna. Landon gritó algo.

Shauna cayó sobre sus rodillas y lanzó sus brazos sobre su cabeza. El disparo llenó la habitación.

Pero la detonación venía de detrás de ella, de la puerta. Y ella no estaba muerta, ni siquiera herida, si siquiera la habían tocado.

Se giró y vio a dos hombres trajeados deslizarse hacia la puerta abierta, con sus armas levantadas.

—Que nadie se mueva.

Ella intentó levantarse, pero el personal de seguridad de Landon no quiso saber nada de ella.

—¡Abajo!

—Dejad a mi hija. Llevaos a *esa*.

Shauna vio cómo su padre se había afirmado en sus pies y estaba apuntando a Patrice.

Los hombres se miraron.

—Ella está en el centro de todo este lío.

Trent yacía postrado bocabajo en un charco de sangre sobre el suelo de mármol, con el arma aún en su mano extendida. Había sido alcanzado por uno de los hombres de Landon. No se movía.

Patrice miraba fijamente el cuerpo inmóvil. Lentamente levantó los ojos, miró a Landon y después a los agentes.

—No seas ridículo. Él estaba tratando de...

—¡Lleváosla de mi vista! —tronó Landon.

El agente más cercano asintió.

—Si viene conmigo, señora.

—No.

El otro agente fue hacia ella, la cogió del brazo y la empujó por el vestíbulo hacia la salida.

—La educación no funciona con ésta —le dijo a su compañero.

Se fue a regañadientes, profiriendo una sarta de viles improperios.

—¿Está usted bien, señor?

—Estoy bien. Ayuda a Joe, y mantén a las autoridades fuera de aquí.

El agente asintió y siguió al otro a la cocina, con el teléfono aún en la mano.

Por un momento ellos dos se miraron, padre e hija, inseguros. Luego Landon le extendió su mano a Shauna y la ayudó a levantarse. A través de la puerta, Shauna vio un SUV marrón aparecer por el final del camino, avanzando sigilosamente hacia el Chevy de Wayne.

—¿Estás herida? —preguntó Landon.

Shauna apenas le oía. Sus ojos estaban en el SUV.

¡Miguel!

Se lanzó a través del vestíbulo y dio dos pasos antes de que Landon la sujetara del brazo y la empujara hacia atrás. Su apretón fue tan fuerte que ella chocó contra su pecho.

—¿Qué haces? —le preguntó.

—Ayudarte a recuperar a Miguel —susurró él.

Le empujó contra ella.

—¡Está en ese coche!

—Si tú vas, ellos se escaparán, Shauna. Están buscando a Wayne. Están viendo su coche y esperan que él esté aquí.

Tenía razón, se dio cuenta, y saber aquello le intensificó el miedo.

—¡Van a matarle!

Landon giró la cara de Shauna para que le mirase y sujetó sus dos hombros.

—No, *no van a hacerlo.* ¿Me oyes? No les voy a dejar. —Shauna escuchó, pero no lo comprendía—. Escúchame, Shauna. Necesito que me digas dónde está Wayne.

—La policía lo tiene.

—¿Esos hombres lo saben?

Ella negó con la cabeza.

Lentamente, Landon la soltó, levantando sus manos con un gesto de advertencia.

—Espera aquí. ¡No te muevas! Si te ven, se acabó todo, ¿lo entiendes?

Landon cogió la pistola con la que Trent le había encañonado.

—¿Qué estás haciendo? No puedes ir...

—¡Sí! —Luego él se calmó y buscó su mirada—. Sí, sí que puedo. Yo no soy su enemigo, tú sí. Puedo entretenerles hasta que la policía llegue.

—Tus guardas...

—Les asustarían tan rápido como tú. Se supone que yo no estoy aquí.

Él dio un paso hacia ella, la rodeó con su brazo y la acercó hacia sí. Ella pudo oler el perfume de su colonia. Una paz irracional se derramó sobre ella, como el amor de su madre.

Como el amor de Dios.

Landon no la había sujetado así desde que era una preescolar propensa a las rabietas. En aquel entonces ella siempre acababa en el regazo de su padre, mientras él le acariciaba el pelo hasta que su corazón se calmaba. Ahora, él le tocó la mejilla con la mano.

—Lo siento, Shauna. Lo siento muchísimo.

Él le besó el nacimiento del pelo y se quedó allí unos instantes.

Ella cerró los ojos, aún fuertemente conmocionada por el enfrentamiento y no queriendo estar así. Se separó antes de que ella estuviera preparada.

—No te muevas —dijo él.

Escondió la pistola fuera de la vista, detrás de su cinturón, y caminó hacia aquellas tenues horas de la mañana.

Shauna corrió a la ventana y vio a su padre cruzando el césped a la luz de las lámparas del porche, y oró por Miguel. Oró para que siguiera vivo, para que pudiera llegar pronto hasta él, para que ni él ni su padre resultaran heridos en medio de todo lo que estaba a punto de pasar.

El SUV se detuvo al lado de la camioneta de Wayne. Casi esperaba que el conductor pusiera en marcha el motor y se largara a toda prisa por el camino cuando viera a Landon aproximándose. Pero su padre tenía razón. Los hombres de Wayne no le vieron como una amenaza inminente.

Landon caminó hasta el coche y les hizo una señal para que bajaran la ventana.

Después de unos cuantos segundos y un duro golpe en la puerta, la ventana se abrió.

Durante medio minuto hablaron. Sobre qué, Shauna no tenía idea.

Landon gesticulaba hacia la casa, quizá sugiriendo a los hombres que entrasen dentro.

Vio al hombre en el asiento del copiloto que comprobaba el Chevy rojo, y luego se giraba de vuelta a Landon y sacudía su cabeza. Señaló a la casa y después señaló con su pulgar la parte trasera del SUV mientras hablaba con su padre. ¿Quería que Wayne saliera allí?

El conductor se inclinó hacia delante como si fuera a encender el motor.

Landon enganchó la puerta y la abrió de un tirón. El hombre empezó a gritar. Landon se inclinó sobre la cabina y le arrastró fuera cogiéndole del pelo de la nuca.

Shauna se esforzó por escuchar alguna señal de que la policía estaba en camino. ¿Por qué estaban tardando tanto?

Su padre estaba familiarizado con las armas de fuego, como muchos tejanos, pero la rapidez con la que sacó el arma de Trent de su cinturón y la empuñó contra la cara del conductor la sorprendió.

¿Qué estaba haciendo?

El hombre le rogaba a Landon que no le disparase mientras él le arrastraba hacia las luces de los faros de la parte delantera del coche.

El pasajero se había arrastrado fuera de su lado y se agachaba entre el SUV y la camioneta de Wayne. Se escabulló hacia el jardín.

Miguel. Él podía agarrar a Miguel, usarlo como rehén. Ella tenía que llegar a él primero.

Shauna voló hacia la puerta y dio un gran paso hacia el porche. Saltó los escalones antes de pensar que tendría que haber pedido ayuda al personal de seguridad de Landon.

Empezó a gritar, esperando que ellos pudieran oírla.

Estaba a medio camino del césped, en pleno *sprint,* cuando el primer disparo estalló como hielo rompiéndose de un glaciar.

Shauna se estremeció. *¿Papá?*

Dios, por favor, por favor.

Landon estaba aún de pie. El conductor había caído al suelo, tapándose las orejas con las manos, lanzando un torrente de insultos. Landon sostenía su arma entre los dos vehículos, apuntando en la dirección del pasajero. Ella vio humo saliendo del cañón.

Todos estaban gritando. Los dos agentes saltaron por encima de los escalones de ladrillo y golpearon el suelo detrás de ella en el mismo instante en que ella volvía a sentir sus pies. Echaron a correr hacia Landon.

Ella corrió hacia el SUV. El pasajero, gritando y agarrándose su pierna sangrante, se había derrumbado junto a la rueda trasera. Shauna saltó sobre él. En la parte posterior, sin aliento, ella abrió la ventanilla. Miguel yacía en el maletero.

Estaba muy pálido, casi doblado por la mitad. *No, no, no.*

—¿Miguel?

Ella saltó dentro junto a él y colocó la mano sobre su corazón, rogándole a Dios por un latido. No podía sentir nada. Trató de encontrarle el pulso en el cuello... ¡tan débil! Pero estaba respirando. Superficialmente.

Unas sirenas lejanas sonaron en River Oaks Boulevard.

Él estaba muy frío.

Levantó su cabeza sobre su regazo, y le acarició el pelo con los dedos, mientras esperaba que otras personas llegaran para ayudarla con lo que ella no podía. Estaba llorando de nuevo.

—No me olvides —murmuró ella—. Por favor, no olvides.

42

Shauna descansaba sobre una cama plegable en la habitación del hospital de Houston de Miguel, mirando el techo. No estaba segura de la hora que era, o de qué día, o de si algún día se movería de aquel lugar. No le importaba si debía ducharse, si debía comer, o si debía contestar el teléfono si sonaba de nuevo.

En cuatro días Miguel no había mostrado ningún signo de estar recuperando la consciencia. Shauna interrogó a los médicos que le atendían sobre el estado de Miguel. No tenían una imagen clara de su estado mental. Estaba estable y probablemente sobreviviría a aquella terrible experiencia, pero los detalles precisos tendrían que esperar hasta que se despertara.

Los doctores Carver, Siders y Harding y algunos trabajadores del Centro Médico Hill Country habían sido arrestados en sus casas según salían para el trabajo el jueves por la mañana, por su papel en falsificar y tergiversar los ensayos clínicos de MMV con medicinas experimentales. Aquella información no fue del todo útil para los médicos de Miguel. Aparentemente les llevaría más de cuatro días descubrir la verdad.

El doctor Siders admitió que le había inyectado MDMA a Shauna mientras estaba en la sala de emergencias.

Frank Danson fue arrestado en Denver el sábado cuando intentó usar una de las tarjetas de crédito de Miguel. Se le incriminó el asesinato de Corbin, pero el abogado defensor de Frank estaba planeando negociar una reducción de condena por la «ayuda» de Frank para traer a Wayne Spade ante la justicia.

El Jeep había sido recuperado, junto con el cuchillo de mango de perla y los medicamentos administrados a Shauna.

Trent Wilde murió de camino al hospital, con un tiro limpio al corazón por uno de los agentes encargados de defender al senador. Después de una evaluación estándar, Landon esperaba que fuera restituido.

Las llamadas de teléfono, correos electrónicos y documentos confiscados de los ordenadores de Wayne y Trent implicaron a Leon Chalise en la red. Fue arrestado el jueves por la tarde, diez minutos antes de que tomara un vuelo rumbo a Brasil.

Patrice McAllister confesó que había colocado el MDMA en el coche de Shauna y en su apartamento. Se acogió a la Quinta Enmienda en relación con su papel en la operación de tráfico.

Todos los cargos contra Shauna fueron retirados.

Wayne Spade pensaba que era un estudiante del Estado de Arizona llamado Wayne Marshall, que llegaba tarde al entrenamiento de fútbol, y que tenía resaca después de una dura borrachera. Su abogado estaba tramando alegar locura en el juicio.

Sin eso, Wayne se enfrentaba a una posible cadena perpetua por liderar la red de tráfico y blanqueo, añadiéndole un consejo de guerra por su deserción en Irak, y otra posible cadena perpetua por el intento de asesinato de Shauna McAllister. Si era implicado como cómplice en el asesinato de Corbin Smith, podría enfrentarse a la pena capital. Y él no recordaba nada.

Landon abandonó la carrera presidencial el viernes por la mañana, cuando la exclusiva de Scott Norris llegó a los teletipos de la agencia de noticias estadounidense. Las acciones de la MMV de Landon tocaron fondo a la media hora de su retirada, dejándole con muy poco para pagar las indemnizaciones a sus otros accionistas y a los empleados que habían perdido su justa porción de los beneficios. Su contable estimó que le llevaría años poder salir del agujero. Su abogado dijo que era muy pronto para decir si Landon cumpliría condena por su papel en la manipulación de los registros, pero podían esperar una condena y un tiempo mínimo de prisión.

Renunció a su liderazgo de la junta de MMV el viernes por la tarde, y dimitió de su puesto de senador mientras la gente salía del trabajo temprano para irse de fiesta. Para el viernes por la noche, ya había regresado a casa, había despedido a todo su personal excepto a Pam Riley y se durmió echado sobre los pies de la cama de su hijo.

En treinta y seis horas había perdido su carrera, su negocio, su sustento, su mujer y su mejor amigo.

Todo lo que conservaba eran sus hijos, justo lo que tenía hacía más de dos décadas cuando Xamina murió.

Shauna miraba la humillación de su padre sin alegría.

Y cuando su propio interrogatorio con todas las autoridades competentes y con unos pocos psicólogos terminó bien entrada la tarde del sábado, se había instalado junto a Miguel, desplomándose sobre el colchón, exhausta y llorosa. Ríos de lágrimas impregnaron su pelo y su cuello.

Se dormía y se despertaba. Parecía que no hubiera dormido en absoluto. Alguien estaba golpeando la puerta, y deseó que cesase el ruido y volviera el silencio.

El pomo de la puerta giró. Un foco cegador de luz cayó sobre sus ojos cerrados y cruzó los brazos sobre su cara como escudo.

La puerta se cerró y alguien entró en la habitación.

Ella olió la loción de afeitado de su padre.

—Shauna, cariño.

Su voz llevaba inflexiones que no había escuchado antes de él. Esperanza. Afecto. Pena. Con su mano libre él apartó el brazo de ella de sus ojos y tocó con los dedos el anillo de Miguel.

—Shauna, ven, siéntate con nosotros.

Durante dos horas Shauna se sentó al lado de Miguel junto a su padre, estudiando cada línea y cada poro de la piel de la cara de su prometido, y sujetando su mano.

Después de una hora de silencio, Landon dijo:

—He ido a la iglesia esta mañana.

Shauna apartó los ojos de Miguel y redescubrió a su padre.

—No había ido a la iglesia desde que tu madre murió.

Shauna no había pensado en la iglesia durante años. Ella retiró su mano y se secó la palma en los mugrientos *jeans* que hacía casi cinco días que llevaba puestos.

—El predicador estaba hablando del libro de Apocalipsis. No escuché nada de lo que dijo excepto el trozo de la Escritura: «Recuerda dónde estabas y de dónde has caído» —Él volvió sus ojos a Shauna—. «Arrepiéntete y trabaja como entonces lo hacías».

»Shauna, cielo, he olvidado muchas cosas importantes, cosas que tu madre solía poner delante de mis ojos. Te aseguro que este es un nuevo comienzo para mí. Espero —carraspeó—, espero que puedas perdonarme.

Shauna le miró fijamente, casi sin creerse cómo los años de heridas y rechazo se iban en un momento. Quería un nuevo comienzo con su padre. Lo había querido durante mucho tiempo. Las palabras que quería pronunciar se le hacían un nudo en la garganta, así que apretó su mano contra la de él hasta que pudo recuperar la voz.

—Sí —dijo ella—, te perdono.

Después de eso, ninguno de los dos McAllister dijo nada; sus presencias, una junto a la otra, decían suficiente por el momento.

A las siete en punto la inquietud la obligó a salir de la habitación. Necesitaba caminar y alejarse de las dudas. ¿Y si Miguel no se despertaba nunca? ¿Y si se despertaba y no podía recordarla? ¿Y si los efectos de las drogas que ella y Miguel habían recibido eran irreversibles?

Tomó prestado el coche alquilado de Landon y encontró un centro comercial, compró un par nuevo de pantalones y una blusa sin probárselos, se bañó en el hotel de él y regresó al hospital. Landon había seguido sentado con Miguel en su ausencia. Mientras volvía a la habitación de Miguel paró en una cafetería y compró un sándwich de atún y una manzana para compartirlo con su padre. Shauna se lo comió en tres bocados.

Landon se fue a las nueve.

Shauna permaneció en estado de letargo y se despertó antes de que se levantara el sol. Reanudó su estudio de la cara de Miguel, buscando una manera de recordar cualquier cosa que hubiera sabido de él sin necesidad de robarla. No encontró nada.

Nada, aparte de un amor cada vez mayor.

A las diez alguien golpeó la puerta. Shauna se giró y una joven mujer con un vestido a rayas de color caramelo se asomó y susurró:

—¿Puedo traerle algo? ¿Algo para beber? ¿Una manta?

Shauna se la quedó mirando. La chica apenas tendría dieciséis años, más o menos. Su impecable cabellera negra estaba recogida en una coleta, y su piel de color bronce resplandecía con la misma jovialidad que irradiaba de sus ojos sonrientes.

Sus ojos de dos colores diferentes. Marrón y castaño. Igual que los de Khai.

Shauna se la quedó mirando boquiabierta.

—Lo siento. Tus ojos. Son preciosos.

La chica se rió.

—No pasa nada. Son un buen principio de conversación, ¿sabes? ¿Cuánta gente conoces que tenga *heterochromia iridum*? Como yo lo veo, puedes aprovecharte de ello o puedes ser un monstruo. Yo prefiero lo primero.

Shauna asintió y añadió:

—En realidad, te pareces a alguien que conozco.

—¿Te refieres a los ojos? Sería asombroso si pudiera conocerle algún día. Bueno, sólo me he encontrado con otra persona en toda mi vida. Es genético, ya sabes. Mi padre dice que significa que puedo ver todos los matices del mundo.

—Un padre listo.

—El más listo.

Shauna echó un vistazo a la chapa identificativa de la muchacha. Amy Mitchell.

—Bueno, si no necesitas nada debería irme.

—Gracias —dijo Shauna—. ¿Podré verte de nuevo, tal vez? Te podría presentar a mi amiga.

—Apuesta que sí.

Amy dejó la habitación y Shauna continuó mirando el espacio que ella había ocupado. No había manera de saber si era la hija de Khai. Las posibilidades eran del tamaño del filo de una hoja de papel. Y aun así...

Las sábanas de Miguel crujieron. Shauna se giró. Él la estaba mirando.

—Miguel.

Él cerró los ojos como si tuviera un impresionante dolor de cabeza, y luego los abrió de nuevo. Respiró muy profundamente.

—¿Te duele? ¿Llamo al doctor? —Shauna se agarró de la barandilla junto a su cabeza y se deslizó hacia él sobre su taburete con ruedas.

Él despegó la mano de la cama. No.

Ella descansó su barbilla sobre sus manos. Oh, quería tocar su cara, sujetar su mano, ¡besarle! Quería una evidencia tangible de que no estaba gravemente dañado.

De que la recordaba. No se sentía con el valor suficiente para preguntar.

Él giró su cara hacia ella y la miró fijamente un buen rato, su pelo, su cara, sus manos.

—¿Qué te ha pasado? —preguntó él.

Shauna se enderezó y se tocó su piel magullada con la mano izquierda. Las lágrimas brotaron de sus ojos, pero no porque su piel estuviera dolorida.

Él había olvidado.

Ella tragó saliva y forzó una voz segura.

—Me resbalé por el hueco de una escalera. —Eso fue todo lo que pudo decir.

Miguel se movió sobre su costado y puso su mano sobre la que ella tenía en la barandilla. Una pequeña sonrisa se asomó por su mejilla.

—No, preciosa. Te cambiaste el anillo de mano. Quiero saber qué pasó.

Su alivio se convirtió en una carcajada. Ella se cubrió la boca, y sus lágrimas se desbordaron.

—Recordé que te quiero —dijo ella.

Él cogió la mano de ella y la llevó hacia él, besándole la palma. Ella se puso en guardia sobre su corazón y su mente.

—Miguel, no te arriesgues...

Él le besó aún más fuerte la mano, y luego la puso sobre su mejilla sin afeitar y la mantuvo allí.

—No quiero hacerte daño...

—Shauna, ya te dije una vez que no podrías llevarte nada de mí que yo no quisiera darte libremente.

Ella sacudió su cabeza. De lo que ella era capaz de hacer... ni siquiera Miguel lo sabía.

—No te cierres a mí —dijo él—. No lo hagas.

—Pero...

—Tienes que confiar en mí.

—Confío en ti. —Pero no confiaba en ella misma, el factor desconocido en aquella ecuación.

—Estoy bastante seguro de que me dieron algunas de las drogas que te dieron a ti. —Miguel le guiñó un ojo—. No puedo recordar la dirección de mi casa. Tal vez nos anulemos el uno al otro.

—Lo dudo...

—Necesito que te calles ahora.

Y yo necesito que me salves de nuevo.

Miguel levantó la mano para atraerla más cerca de él, y Shauna bajó su defensas, dispuesta a creer que el amor que ella tenía por él podría rellenar los lugares vacíos de su corazón porque él quisiera llenarlos, y no porque ella se lo demandase.

Ella dejó que la besara.

Epílogo

La vista desde el muelle de la propiedad de mi padre es preciosa hoy, 13 de noviembre. El día de las elecciones. El cielo está azul y el río está verde y el aire está más calmado que de costumbre. Lando... (papá) y yo hemos decidido pasar el día al aire libre, lo más lejos posible de la radio y la televisión.

Rudy está en su silla al final del muelle, con los ojos cerrados y la cara girada hacia el sol. Está sonriendo. No puedo explicarlo y no quiero arruinar el momento intentándolo. Nuestro padre le sonríe.

Oigo los pasos de Miguel acercándose detrás de nosotros y me giro mientras desciende la pequeña ladera. El doctor Ayers camina a su lado, alto y elegante y tan derecho como una batuta. Aún no tengo recuerdos de mis sesiones con él, aunque Miguel me ha contado que sabe de ellas y me ha asegurado que de todos los doctores en los que podría confiar en este momento de mi vida, el doctor Ayers es el único.

Extiendo mi mano hacia él como saludo, y él me la toma con las dos suyas, escondiendo mis dedos entre sus grandes palmas. Acaricia mis nudillos. Creo que adoptaré a este hombre para que sea mi abuelo.

Sus ojos centellean.

—Así que dime, Shauna, ¿cómo se siente uno al haber conseguido su deseo?

—¿Mi deseo? —No puedo imaginar a lo que se refiere, pero espero que me lo cuente.

—Veamos. La última vez que hablamos tú sólo querías olvidar todo el dolor de tu vida pasada. Tuvimos una pequeña discusión sobre ese punto, ciertamente.

Él sacudía mis dedos para bromear conmigo, y yo dudo de que realmente hayamos discutido. Pero entonces el destello de una imagen cruza como un rayo mis ojos, sobresaltándome: un caluroso aparcamiento, cuatro pisos por debajo de un gran ventanal.

¿Un recuerdo?

Mi memoria no ha retornado, pero los recuerdos de Miguel han rellenado muchos de los huecos. En un acto de confianza que nunca le agradeceré lo suficiente, Miguel me ha permitido averiguar cómo acceder a su mente sin llevarme nada, cómo mirar sin robar. Juntos hemos sido capaces de reconstruir nuestra historia en común: un esfuerzo que ha venido acompañado de algunos besos de excepcional belleza.

Acompaño al doctor Ayers a un grupo de sillas plegables que hemos colocado junto al embarcadero.

—¿Quién ganó la discusión? —pregunto yo, lo que lanza al doctor Ayers a un arrebato de carcajadas. Miguel y yo intercambiamos con delicia nuestras miradas y nos sentamos a su lado.

—Oh, yo siempre gano —dice él cuando recupera el aliento—. Los ancianos siempre llevamos razón.

No sé si todos los ancianos, todo el tiempo, tienen razón; pero es bastante fácil de imaginar con el doctor Ayers.

—Bueno, contestando a tu pregunta —sigo yo—, no estoy muy segura de lo que esperaba cuando quería olvidar. Pero creo que ahora tengo una perspectiva diferente de mi pasado. Una idea diferente de su valor, me refiero. Con todo su dolor.

El doctor Ayers se frota la esquina de sus ojos sonrientes, asintiendo.

—Sí, sí. Dolor o perspectiva —dice él—. Ésa es la elección.

—No es una elección muy fácil, ¿verdad?

—Oh, eso depende.

—¿Qué quieres decir?

—Si eliges dolor (eliges luchar contra ello, negarlo, enterrarlo), entonces sí, la elección siempre es dura. Pero si eliges perspectiva (abrazas tu historia, reconoces el mérito que tiene para hacerte una persona mejor, con cicatrices y todo), la elección se hace cada vez más sencilla.

—Parece todo lo contrario.

—Sí que lo parece. Pero te digo que es verdad. Yo luché durante años contra ello igual que Jacob luchó contra Dios. ¿Cómo si no se me habría vuelto blanca esta maraña de pelo negro? —dijo él señalando sus rizos.

Me incliné sobre el respaldo de mi silla y giré mi cara hacia el sol, como Rudy. No estoy segura de coincidir con el doctor Ayers, pero los agujeros negros que todavía permanecen en mi pasado sugieren que tiene razón. Otra vez. Sea lo que sea que aprendí o que gané o que desarrollé de aquellas experiencias, se ha ido para siempre. He perdido una parte de mí misma con ellas.

Además, este hombre debe llevarme al menos cincuenta años de vida de ventaja para demostrarme que me equivoco.

—Así que, ¿qué te dijo Dios cuando luchaste contra él?

—Acuérdate de que fuiste siervo en Egipto.

Yo levanté la cabeza.

—Qué críptico.

—No del todo. Es la Biblia. Esta gente estuvo oprimida por sus enemigos.

—¿Y él quiere que mantengas eso delante de tus ojos? ¿Quiere que estés centrado en la época más oscura de tu vida? ¿Cómo puede eso hacer algún bien?

El doctor Ayers cruza sus manos sobre su delgado abdomen y fija sus ojos en los míos. Aunque las arrugas de sus ojos se hacen más profundas en las esquinas, su mirada me dice claramente que no me debo perder lo que está a punto de decir.

—Él quiere que recuerdes que te libró de aquella época, Shauna. Ese es el motivo de guardarlo en la memoria: liberación, no oscuridad.

—Perspectiva, no dolor —murmuro yo.

—Ahora, querida, creo que lo vas entendiendo.

BUSCA LA SIGUIENTE
NOVELA DE

TED DEKKER
Y ERIN HEALY

LANZAMIENTO AGOSTO DE 2011

NO TE PIERDAS
LA SERIE DEL CÍRCULO

NEGRO
LA SERIE DEL CÍRCULO
LIBRO 1: El nacimiento del mal

ISBN: 9781602552159

AUTOR DE ÉXITOS DE
TED

ROJO
LA SERIE DEL CÍRCULO
LIBRO 2: El rescate herido

ISBN: 9781602552173

LIBRERÍA DEL NEW YORK TIMES
DEKKER

BLANCO
LA SERIE DEL CÍRCULO
LIBRO 3: La gran búsqueda

ISBN: 9781602552166

AUTOR DE ÉXITOS DE LIBRERÍA DEL NEW YORK TIMES
TED DEKKER

GRUPO NELSON
gruponelson.com

El Principio y el Final

VERDE

LANZAMIENTO ENERO DE 2011

Acerca de los autores

Ted Dekker es conocido por novelas que combinan historias llenas de adrenalina con giros inesperados en la trama, personajes inolvidables e increíbles enfrentamientos entre el bien y el mal. Es el autor de la novela *Adán*, La Serie del Círculo (*Negro*, *Rojo*, *Blanco*), *Tr3s*, *En un instante*, y la serie The Martyr's Song (*La apuesta del cielo*, *Cuando llora el cielo* y *Trueno del cielo*) entre otras. También es coautor de *La casa*. Criado en las junglas de Indonesia, Ted vive actualmente con su familia en Austin, Texas. Visita www.teddekker.com

Erin Healy es una premiada editora que ha trabajado con Ted Dekker en más de una docena de historias antes de su colaboración en *Beso*. Su debut en solitario con la novela *Never Let You Go* sale en primavera de 2010. Ella y su marido, Tim, tienen dos hijos. Visita www.erinhealy.com